李霁野选集

李霁野／著　宫立／编

燕赵学脉文库

郑振峰　胡景敏　主编

社会科学文献出版社

SSAP

SOCIAL SCIENCES ACADEMIC PRESS (CHINA)

"燕赵学脉文库" 出版说明

  "燕赵学脉文库"由河北师范大学文学院策划、编辑，主要编选院史上著名学者的著述。河北师范大学的前身是 1902 年创办的顺天府高等学堂和 1906 年创办的北洋女师范学堂，至今已有 110 多年的历史；文学院的前身是 1929 年由李何林先生等创建的河北省国立女子师范学院国文系，至今已有 80 余年的历史。燕赵之士，人称悲歌慷慨；燕赵故地，自古文采焕然。燕赵的风土物理、文化品格、人文精神，以及长期作为畿辅重镇的地缘环境为其培育了独具气质的学风、学派和学术。燕赵学术，源远流长。近年来，河北师范大学中国语言文学博士一级学科秉承燕赵学术传统，锐意创新，取得了无愧于先贤，不逊于左右的成绩。文库的编辑既是向有功于学科建设的前辈致敬，也是对在学术园地上孜孜耕耘的后继者的激励，所谓不忘过去，继往开来。

  文库的出版得到了"河北师范大学中国语言文学博士一级学科"的资助，也得到了诸多友好人士与出版方的支持和帮助，在此一并致谢。

"燕赵学脉文库"编委会

2017 年 4 月

编选说明

李霁野（1904～1997），出生于安徽霍邱县叶集，是我国现代著名文学家、翻译家、教育家、鲁迅研究专家。1914年入叶集明强小学读书，同班同学中有韦素园、台静农、韦丛芜等。1919年入阜阳第三师范学校读书。1923年秋考入北京的崇实中学。1924年结识鲁迅先生，1925年在鲁迅先生的资助下，入燕京大学读书。同年，在鲁迅先生倡导下，参加创办了未名社。1929年至孔德学院教课，1930年秋，受聘至天津河北女子师范学院任英语系教授兼主任，1937年离开。1938年，应聘到北平辅仁大学教课。1943年5月，经曹禺介绍，到夏坝复旦大学任教，1944年3月8日离开，到白沙女子师范学院英语系任教。1946年应鲁迅先生挚友许寿裳先生之邀，到台湾省编译馆任编纂。1947年"2·28"起义后，编译馆解散，转台湾大学外语系任教。1949年，在北京参加全国第一次文代会，9月到南开大学外语系任教。1982年，被选为天津市文联主席。1993年，获天津市最高文艺奖"鲁迅文艺奖"，1995年获中国"彩虹翻译奖"，1996年12月被选为中国作家协会名誉副主席。

河北师范大学的前身是天津河北女子师范学院。李霁野先生在《李霁野自传》《李霁野文集·总序》《在天津河北女子师范学院》等文章中深情地回忆了他在天津河北女子师范学院的往事。经李何林先生和朱肇洛先生推荐，先生于1930年秋受聘至天津河北女子师范学院担任英语系教授兼主任。除了负责行政事务外，先生教了两门课：西洋名著选读和英美短篇小说。第二学年教英国长篇小说，并且为学生辅导英诗选读课。当时孔另境在女师院编辑校刊《朝华》，向先生约稿，先生"选点学生翻译较好的作品，加以校改给他发表"，"我记得写了介绍英国诗人（W. H. Davies）的短文和一篇散文《父亲》"。因为行政事务和备课忙，先生头两年没有翻译什么书。"鲁迅先生很关心，同冯雪峰谈到，以为我偷懒"，先生接冯雪峰信后，立即写信告诉鲁迅先生他在译《简·爱》，后经鲁迅先生介绍给郑振铎，作为《世界文库》单本印行。先生在河北女子师范学院最后译完的一本书是《我的家庭》，1936 年由商务印书馆出版。先生在任教期间，还应章靳以之约，为《文季月刊》写了《谈渔猎》《木瓜》《病》《忆素园》《忆鲁迅先生》等几篇文章。

据先生回忆，他在女子师范学院时的作息时间很规律："将一天分为三段，上午上课，备课，办行政事务，有闲暇就读与教课有关的书。午饭后一定午睡一小时，时间几乎一分钟都不差。起床后洗洗脸，外出散步一小时，一般到北宁公园，绕一圈回来正好。有时划划船，时间就要长一些了。师生关系很好，有时候有几个同学与我同去，自由谈笑，无拘无束。下午三点到六点，一般我用来译书写作，寒假暑假也是如此。晚饭后七点到十点，除非与备课有关的书读不完，我总读点与上课无大关系的书……晚间按时就寝，睡前散步洗漱，约二十分钟。"很可惜，"女师院有一条清规戒律，教师如同学生恋爱，就得离职。文贞同我已经订了婚，所以我要做离校的准备"。先生按照女子师范学院的清规，于 1937 年辞职离开天津河北女子师范学院。

2004 年 3 月，天津百花文艺出版社出版了 9 卷本的《李霁野文集》，2014 年 1 月，上海社会科学院出版社又出版了 2 卷本的《李霁野文集补遗》，将李霁野先生一生所写的散文、小说、诗歌、译著、书信等近 500 万字收录在内，为我们了解和研究李霁野先生提供了最为完备的文献资料。为了纪念曾在天津河北女子师范学院任教的李霁野先生，我们从《李霁野文集》和《李霁野文集补遗》精选了部分篇章，编成《李霁野选集》。第一辑名为"影"，收录了《革命者》等几篇短篇小说。第二辑名为"我的生活历程"，主要是先生对自己的回忆。第三辑名为"回忆鲁迅先生"，主要是收录先生回忆鲁迅先生的文字。第四辑名为"回忆未名社"，主要收录先生回忆有关未名社的若干篇章。第五辑名为"怀旧集"，主要收录先生纪念亲人以及许地山、台静农、李何林等现代作家（学者）的文字。最后精选了李何林先生《我所了解的李霁野同志》和清华大学的解志熙教授的长篇研究论文《"严肃的工作"——〈李霁野文集〉阅读札记》，作为附录，帮助我们走近先生。

最后，在编选过程中，冯跃华、赵坤、魏静、侯月盼、史新玉、周华等同学帮忙做了校对，在此表示衷心的感谢！

•目 录

一 影

二 我的生活历程

三　回忆鲁迅先生

四 回忆未名社

五 怀旧集

附　录

影

革命者

　　已经是 11 月底的天气了，虽说是在靠长江北岸的 A 城，气候也常到冰点下十几度。冬天的夜特别地长得难堪，尤其是对于无聊闲居的旅客；所以我每晚饭后，必点着灯耐心读几点钟书，为的是读乏了，一躺下便可以睡着。夜间做些虚幻的梦，也可以略略充实些日间单调无聊的生活。以我的经验说，夜间读书似乎于做梦有些帮助。好像也会听着有人说我勤读。因此，那欢喜闲谈的 T 君和 S 君有时掀起帘子，也只略站一会儿便走开了。大概他们也未必知道，我读书为的是忘记日间的现实和寻觅夜间的幻梦吧。

　　书籍不是万应散，所以我的心有时忐忑着，黑魆魆的字便在我眼前跃跃跳动。请原谅吧！到了这时！我就去找 S 君，他便手舞足蹈地东一句西一句地说起他看为重过泰山的话来："C 女士真开通，她和我叙了许多话。真开通，来到这里做招待。外边好，真开通！"……"听说 W 君不久要从北京回来，以后的天下还不是你们的吗？在高等小学的时候他就不错。"……"北京"两个字他似乎格外郑重地读清楚些，"吗"字以后的音拖得格外长而高，似乎满怀羡慕并且能断定确乎如此的样子。"就不错"三个字的音发得缓而低，大概是回想起几年前同学的情形，夸示自己的目光还不差；后来一念及自己的近况，于是便忽然止住了吧？我只用"哦"、"是的"等字回答，因为我的脑子只随他的话打打转，并不要高谈什么；他也不给我机会答较长的句子，我没答这话，他的话锋便又转了陡弯——"K 那个调舌鬼什么事他都捣乱！"或是"F 弄几个钱不是赌便是嫖"……

许多时间我在无法葬送之中找出这个法子把它葬送。在这样无聊的状况之中，我度过几乎天天是绵绵细雨的长江流域的春天！直到湿雪下不及寸的冬季。

北风在雪后吹得更凶，我屋里一块做屏墙的白布，像旗帜一般哗哗地飘动。因为我的住房只有这么大的地方：一张板床，床面前一张桌子，桌床中间只有侧身可以走过的路，靠桌的空地还可以放下一条窄窄的骨牌凳。布墙那边的小屋里放着一堆堆的报纸，大概是发行室吧；一张空桌上面却也放着剪刀和糨糊，也常听有两三个人低声聚谈！大概也就是编辑室了。要不是让天风进来吹动吹动，恐怕要和棺材里一样静死；所以我没听一个老年人"着风骨头疼"的劝告，却整天开着窗子。

雪后的黄昏，屋里一时不至暗黑，所以我也不会点灯，只坐在骨牌凳上支着头幻想，两眼凝视着床里墙板上钉着的爱罗先珂的绿色肖像，这也就是我屋里惟一的陈设了。心里只郁积着一些无名的感伤，只感到一些难言的寂寞。

布墙掀起，露出 T 君的面貌，土黄的脸面映着黄昏的光辉，更形油光光地淡黄可怕了。我仍然支着头坐着，让他在床上坐下，几分钟我们没有说一个字。他似乎心里有什么事，坐在床上移来移去的只是坐不安稳的样子。我想或者是坐得不耐烦要走吧！所以只静默着不做声，希望他走了好继续我的幻想。

他轻轻地把放在桌子上的一本书掀开，又轻轻地合上。又过了一些时候，他才低声说一句话：

"洋文总不如中国文合眼。"

"看惯也就好了。"我说。

又沉默了片时他才问我道：

"究竟洋文书里叙些什么事？"

因为我手边是一本叙革命故事的书，所以我顺便回答说：

"所有的事都叙，这是一本叙革命的书。"

这答话似乎很有力量，他的两眼惊异地望着我，心里也似乎更当激动，他从床上站起，手做着姿势，声音也似乎有些变调了：

"叙革命的书！"……"革命"两个字吐得异常地清楚沉着。

屋里静死的空气顿形转变，我的手也不支着头了，我的眼光转向他的脸上！看他似乎脑子里正燃起了一种回想。

"闹革命的玩意儿倒还有趣哩！"说着他又在床上坐下，并且随手掏出一包长城烟来。我将火柴递给他，一面就顺手点了灯。

他的两眼里有种闪烁的光辉，异样地注视着我，黄皱的脸上也堆起平时不经见的笑容来。他时时以手搔着头发，显然他心里更比以前兴奋了。我知道他的话已经是弓上待发的箭，所以就接着他的话问他说：

"你玩过革命的玩意吗？"

"或者没有你书上叙得有趣吧，"他谦虚地说，"但是这是我亲身玩过的玩意。"他用力吸了一口烟，随即又静默下去。

"那时候我比你勇多了！"他忽然大声向我说，"那时候我在最冷的冬天也只穿比你的制服还薄的呢衣。腿上打着裹腿，走起路来踢死虾蟆绊死猴的，他们给了我一个'大马猴'的外号。"说着他便要站起来踱步——可惜只是地方太窄了！

"我觉得什么事干来热闹便即刻就动手。我的火性没处发作的时候，就该我两旁邻家的小孩子们倒霉了。——找不着小孩子我便要打狗。"说着他笑起来。

"那一年可来了合脾味的玩意了！听说是和皇帝打仗。我家乡也到了些辫子盘在帽子里面的'虾蟆党'。我跟手就要去投营，和皇帝打仗可不是比打狗和打小孩子勇多了吗？打仗！开枪！这该玩些新玩意了——我那时这样想。可是家里老人家们可着了慌了！哭的哭，闹的闹。我妈妈只是哭着说进了虾蟆党就要杀头，弄得不好老子娘也是受累。但是男子汉的心肠哪能哭得软？哈！哈！这样我就投了营！"他弹一弹纸烟灰，又暂时归于沉静。

过了些时，他又接下去说：

"刚好我一进去，B 都督就正在 S 埠等着人，说要乘机会去取 A 城。进去的第二天我就穿起军衣、军靴，戴上军帽，哈！觉得脚下的地都高起来了！我打街上走过，邻家的小孩叫我做虾蟆党，我就给他一个耳光，他大叫着妈妈哭回去了。哼！和皇帝打仗的大军哩——我那时越想越得意，皮靴走得格格地响，家乡的街市在我的眼睛里也变了样了！"他冷笑了一声，眼向着窗外探望。这时，对面酒楼上的饮客，正在兴高采烈地猜着拳，妓女们也正拉着胡琴在高声卖唱。

"那些杂种们要在那时候遇着我，我管叫他们流出脑浆！"他贸然愤声说。

他重新吸着一支纸烟，隔了一会儿又继续说他的故事：

"第三天我们便要拔队到 S 埠去，我也就在那天早晨领了一杆无烟枪。背在身上重吞吞的，真有趣！"说完，他拍拍肩头晃晃身子笑起来。

"到 S 埠便见了 B 督。他身旁没有一个兵士，只指望我们这几十个人去占 A 城。咳，不过他真威武，像个将军！他对弟兄们也真好，句句话都叫人心服。

"他对我们演说，"他坐起身子拿出将军的样子，两手做着姿势，捏着腔调，述说起来，"'诸位弟兄：现在各处都起了义，要推翻异族的皇帝。天下不是一个人的；我们也不必像敬神样怕皇帝了。天下是大家公有的！现在 A 城的皇军全队去和革命军打仗，A 城空无人守，我们要乘这时机去占据。诸位弟兄：我们大家同心去打，以后有罪大家同受，有福大家同享……'哈，哈！他说了好多，真勇，真像个将军！"说时他竟笑着拍起桌子来。

"到 S 埠歇了一天，我们便开了到 A 城，"他乘势就接着说，"这中间还要经过 W 埠呢。前路军报说 W 埠大军已经预备开火，我们几十个新兵哪能上阵呢？却亏得 B 督计划多，他把我们分成两队：一队坐船，一队起陆。坐船的一队有上十个人，都背的是在 S 埠购买的德国新造的洋枪。他吩咐走水路的遇着大军只管开火，我们在后面走陆路便会响应。除下的人，我也在内，就和 B 督由陆路走，我们却一枪没开地走僻路跑到 A 城……"

"那么走水路的呢？"我随忙接着问。

"那还有什么好处？听说被官兵枪毙了！"他的声音陡然消沉下去，他叹了口气，低下头去死力吸起纸烟来。

对面和上面的酒楼已经没有声息了。微风吹着灯焰闪动，屋里更显得阴森而凄凉。新晴的天空里闪耀着的星光！如初长成的少女的眼睛一般惹人爱怜。天上乳白色浮游的云翳，地下银白色薄铺的积雪，表示着各物都平安地宁息，而漂泊者的心却因此更感得渺无归处了！

"到 A 城以后怎样呢？"在长时静默之后，我问。

"到 A 城以后……"他说着稍停，把吸残的纸烟头从窗眼里扔出去，两手卷一卷袖口，这才拖长嗓音大声说，"那还不是山里没老虎，猴子称大王吗？我们到时，城里果然一个兵也没有，人心慌慌动的都怕虾蟆党。到后我们就出示安民，叫他们不要害怕，并且说了后面大队不久就到的一大篇吹牛话！真好玩！哈，哈！这样就地招了些新兵，七拼八凑地编了一营——其实怕还不到二百人。四城门也就派人站岗，大号也满城——嘟嘟嘟嘟地吹起来！好威武！哈！哈！"说时他又颠着腿拍桌笑起来。

"不久官军得了消息，"他收敛了些声音，脸色也陡形庄严地说，"这才是男子汉做事的时候哩！开枪！杀人！多么英雄！多么有趣！我那时心里一点也不害怕，只急等着开火打仗。打靶打得更起劲，枪也擦得更勤了。那时候我比你勇多了！"他笑觑着我，嘴里显出两排犬牙齿来。

"探报说敌军离城不远，我们即刻就整队迎出去。B 督选了我们几个老同事随身，又对大众说了些有福同享，有罪同受……的话，亲身上前敌指挥。出城几里就开起火来了！我还记得上阵打第一枪的时候，魂不在身似的眼前模糊起来，好像我已经走进了另一个世界；打了第二枪，第三枪，便渐渐地定了神；又见 B 督在后面，所以更提起精神了。打不到十枪我心里喝血的雄心便被唤起了，我觉着不顺眼的东西我的心便想使他们一律灭亡，树也吧，人也吧，牛也吧，乡村也罢……在我的眼睛里只有杀，杀，杀！……"他的声音高而严厉，杀人的勇气从他的眼角里透射出来。他坐下站起，站起坐下，两手做着瞄准的形式，我只看着他发呆。

"我勇赳赳地前进，我觉得要杀完他们才快意。哈，哈，真痛快！忽然我听着'呜！'地一声响，我的眼前便一黑。我就觉一股杀气从我的头顶冲出，拿着大刀还喊'杀，杀，杀'地冲锋……不过以后我就不明白了……"他的声音渐渐低沉下去。

"你受伤了吗？"我低声问。

"是的，我受伤了。"他也缓缓地回答。

"等我伤好的时候，战事也完了，"过了些时候他才继续着低声说，"官军因为四面的风声不好便退了。B 督也就挂起'大都督 B'的旗子来。

他算作了 A 城的皇帝了！衙门前，就是现在的省长衙门，也站了好些卫队，堂堂皇皇，好不威武！做穷杆子的时候，口口声声'诸位弟兄'，'有罪同受，有福同享'，末了就不问旧人了！我们还是吃三块钱一个月干粮的'弟兄'！"他愤怨似的说，又狠命地吸起纸烟来。

"以后来了一个新营长，我们却都弄在他的手下了！什么王八羔子也来做长！——我们都依仗是 B 督的旧人，时时和他对抗，所以也就成了他的眼中钉。"他冷笑着缓缓地说。

"在营里没有事，就只喝喝酒，抽抽烟，闲谈闲谈，或是到外面逛一逛。无聊无聊！越过越没有意思！兵营里充满了鬼气！我倒有点想……"

"想娶亲了吧？"我笑着问他说。

他也只冷笑了一笑。

"有一天，我喝得烂醉回来！"他的神气似乎又严重起来，"轮着我站岗的时间已经过了半点钟了。挨了营长的一顿臭骂，我才背起带刺刀的枪去换了班，心里气愤愤地站在岗位那里。什么鬼差事——站岗！我神魂昏迷地在那里怒骂着，回想着。回想着我从家乡投营，回想着我和 B 督一队人从 S 埠到 A 城的情形，回想着到前敌开仗的英勇，回想着受伤时悲壮的情况……现在却背着铁杆当看门狗！没意思！无聊！真是心里无名火万丈！我无意识地离开岗位，我走回到院子里，我看看我面前有种黑丛丛的东西！，我心里涌上来一种莫名其妙的和我受伤时涌上来的一样的杀气，我说着'去他娘的球'，便向黑丛里刺去。我听着一声鬼样的叫喊，以后的我便全不明白了……"我身子寒栗起来，觉着屋里充满了阴森森的杀气。

"第二天早晨我才知道我刺死人了。这自然是营长除去我的机会，不由分说，我已经定处死刑了。我的身子五花大绑起来。我想活着也是无聊，倒不如完结了也好；所以也没有什么怕。我回想以前也只是胡闹，也只是没有意思。罢，罢，罢，出北门往南拐，腿一伸，眼一闭，什么事都完结……"他低声缓述着，虽然没有多大恐怖，声音里却含着深沉的悲哀。窗外静死得没有一点声息，雪如死人的面皮一般蒙被着大地，我的呼吸也如夜的呼吸一般轻微。

"不料因为 B 督的秘书长帮忙，他是我的亲戚，得了 B 督的特赦令——我便从虎口里逃脱了一条狗命……从那时以后我更觉得没有意思，我的妈妈也死了……唉，无聊！无聊！"他的平日哀愁多皱的面皮至此又复了原，不过更加上一点平日所无的新鲜的悲哀的表情罢了。"不久我也就出了营盘了。"他又加上说。

"好歹算安顿了，"我宽慰他说。

"安顿？"他惊异地反问，"没有妈妈了，又没有娶亲……有什么意思？不过鬼混鬼混。喝喝酒，抽抽烟，打打牌，闲谈闲谈……这样过一辈子。一辈子能有几年？鬼混鬼混就完了……"他低下头去，纸烟的残头在他中指和二指中间燃烧，一切都静止，只有他吸烟的声音可以听到。

"这故事不值得上书……"他站起来摸着我的书低声说。他靠着桌子站着，两眼向屋里蓬聚的青烟里看望，面部堆着惨苦的微笑，大概是在重温以前的旧梦吧，——可是他的两眼里似乎已经绝灭了希望的光辉了。

1924 年 7 月 16 日，北京

回　信

等着，等着，老是没有消息。

TH 男校和 TS 女校都是 P 教会设立的，中间只隔着 P 教会牧师们的住宅，所以两个学校相离是很近的，三点钟以前的事情现在还没有消息，无怪玉英焦急得难耐了。

玉英是 TS 女校著名的好学生：不爱多事，不爱多言，功课在全班占第一，但是她对人只是微笑，从不露一点骄傲的神气，有少女所应有的可爱的烂漫的风采，在她的态度上绝觉不出轻浮和做作痕迹。她常常是安静的，淡泊的，从不表示过分的欢乐，也没有什么大不了的失意。同学们都羡慕她，说她的心里是有天国的和平的，实在的，她是一个恬静的少女，面上常带着和谐的微笑，笑里深埋着少女的梦想和秘密。

耶稣圣诞节到了，TH 男校演剧。玉英也被同学们邀着去看戏。她是不爱到任什么会场里去的，因为每次去后心里总引起些不爽快的情绪，有时为情面的关系不得不去，坐在众人聚集的会场里，但是多半地都不待会终便悄悄地独自走去了。这次到 TH 男校看戏，也是被同学们几邀几请还不肯动身的，但是——

"静坐在家里想心事不如去散散心好些。"同学这句话使她红了脸！她便同她们一阵去了。

她们到时，TH 男校礼堂里的看客还很稀少！离开幕还有半点钟的时候，她们便选了适中的地方坐下了。电灯下白墙上绿纸黑字的秩序单内有几个字特别大——戏剧《卓文君》。

玉英曾经读过这个剧本，一看见这几个字便引起读时的环境和印象来：深黑的冬夜，周围已静死无声，自己独坐在白煤炉旁边低声微吟，读完后她觉得心里有种捉摸不住的东西渐快渐快地跳动起来，远远地什么地方似乎有飘渺的琴声和她律动的心音相应。脸上堆着神秘的微笑，她低头坐着一点儿也不做声。

玉英这次可有了耐性了：戏完了，人散了，她还不动地坐在那里向着白幕布出神，似乎那幕布上还活跃着刚才演剧的人影。

读时和刚看的这剧本的印象融成一片，梦幻地在她眼前荡动，她好似多次地经过了这境地一样。她的心里现在有一种谁也猜不透的梦想。

"这次可看高兴了！"她的一位同学带着善意的讥刺向玉英说道。她们都看出玉英这次过分的注意与兴奋了。

"人完了好走些，免得挤。"玉英缓缓地回答，懒懒地站起身来，带着留恋的深情，向白色的幕布又狠狠地盯了一眼；这才和她的同学们一块回去了。

从这以后玉英变得更为沉静了，她常常站在学校园里枯树下面好像懊悔似的沉思着什么，有时候抬起头来向北看望 TH 男校的楼顶，看望楼顶上的天空，看望楼顶上的浮云，好像有什么秘密发现似的，她颜间堆起微笑来。但是有时微笑像闪电一般飞过，失望笼罩住她的全身，她便迅速地溜进卧室，静静地和衣躺下了。

夜间，玉英也难以安睡了！她的耳朵里响着不知来自何处的飘渺的琴声，扮卓文君的他的形象只是如即如离地在她的眼前闪现，她的心里有种说不出的苦闷，她觉得心里多了一种新东西，这东西在她的血管里流动，使她的心和脉搏的跳动都增加了。同时又好像失去了一切似的，觉得她全身飘零无依。

玉英见人还是微笑，但是这微笑不是以前的微笑了：里面夹杂着酸苦的神气，她见人好像有些窘似的，总有些遮遮掩掩的懦怯。她的神情恍惚，因此不敢和别人说话，恐怕别人会从她的话中发现她心底深处的秘密。然而无意中她总爱提起到 TH 男校看戏的事。

"怕还有人想着司马相如呢！"她的同学在谈得热闹的时候戏声说，眼光却缓缓地投射到玉英身上，她便低下头去不做声了，脸上渐渐地红起来。她的同学们哄笑着，她的心里充满了一种难为情的半喜半怒的感情，脸上现出羞怯怯的微笑来。

玉英想把一切念头都抛开，回复她以前的恬静淡泊的生活，但是有种莫名其妙的内在的东西使得她兴奋而且不安，这东西使她感受着生活上有一种更大的力，这力驱使着她向前挣扎，她在这挣扎里也获得了她从未尝味过的辛酸和甜蜜。

以前的渺茫空泛的梦想现在更为迫切地现在眼前了，并且在现在的梦想里似乎有一种具体的东西了，虽然这东西也是一样辽远，一样的不着边际，虽说在恍惚的情况中，这东西却似乎是确凿可见的；虽然心里更为飘渺，却觉得是有所追寻，有可凭依的了。

梦想，梦想，甜蜜的梦想，幸福的梦想，圣诞节后两星期里充满了玉英生活，同时也带来许多烦恼与惆怅。

屡次屡次提笔，终于还没有写成她所愿写的信。最后她简直不愿起身，洗脸，吃饭，上课了，她告了病假终日躺卧着。一个人躺在卧室里更形孤单，白天躺着夜里便没有瞌睡，因此她的内心便更形烦乱，桃色的梦想更纷至沓来频频地扰她不安。

她卧病的第三日，她的三岁的小弟弟来瞧她，她便把同学们买给她的水果糖物等给他吃，她慈爱地摸他的头，热烈地亲他的嘴。

东西吃够了小孩子便要走，她牵着他的手只是说：

"莫慌，弟弟，乖弟弟，我要——"说着她又停下，亲了他一次嘴，顺手拿起一个橘子，她接着说，"我要把橘子给你吃。"

她把橘瓣一瓣一瓣地送进他的樱红的小嘴里，他吃着橘子脸上现出更为娇憨可爱的神气。只吃三瓣他便摇头不要了。

他又要走，她可窘了，手向铺被下面摸索，她向他说：

"莫慌，乖弟弟，我要——"她又不说了，手牵着她弟弟。

"我要——我要说故事给你听哩！"隔了好久之后她弟弟要挣脱他的小手时她才说。

但是她心里异常纷乱，她在挂念着别的一件东西！故事也说不出头绪来，她牵着他的小手；她亲他的嘴。

最后，弟弟终于是无法再留的了，她便摸出一条手巾为他包了许多水果和糖物，另外——在她的枕头下面摸出一个绢手巾的小包里，打开来，露出一封粉红色信封的信。这信稿在她心里已经筹划了上十天的功夫了，前天告病假时着笔写，改了好几次，才于昨天下午写定的。直到她弟弟一定要走的最后的瞬间，她才决然把它拿出来。

"乖弟弟，把这个送到 TH 学校门房去，等回信，给我送来；回家可莫要说。"她嘱咐他，把信谨慎地放在他的袋里。

他还没走出房门，她又叫他回来，把信又拿出来细看了一遍；"封好了。"她低声说，便又把它放进他的袋里去。

她目送着他直到不能再见了。她觉得他真好像小天使一样可爱。她想像他经过了牧师们的宅院，她想像他走到了 TH 男校的门前，他到了门房，交了信……突然她的心不安地跳动起来。

但桃色的梦想又使她平静下去：信已经到了他的手中，他亲密地在信封上接吻，欢笑地将它拆开，他看着在……

她觉得身上微微抖索，房屋微微旋转，里处的飘渺的琴声渐渐逼近她的耳边，一切都蒙蔽上了玫瑰色的神秘的色彩，她的梦正甜浓，她忘记了一切。

当——当的下课的钟声响后，院子里的脚步和笑话便喧闹起来了，她才突然惊异地忆起："已经去有两点多钟了，弟弟怎么还没回来！"她不免有些焦急。"要等着回信的，"她又转了念头，"写信是很费时候的。"这时同学们又上堂了，院子又死静下去。

她想弟弟也许已经出了 TH 男校的门，手里拿着她所渴望的回信，不久门声一响便会露出他的小天使的脸面——但是又过了不少时候，院子里仍然没有脚步的响声。

她开始失望了……

但是快乐的梦想又诱引她祝福将临的幸福：远处似乎有人向她的卧室轻轻地走来了……

L 夫人是 P 教会里一位德高望重的女教士，耶稣的道不用说，孔子的道理她也是最熟悉不过的，她兼办 TS 女校的教务和斋务。她很佩服《圣经》里两句话："凡看见妇女就动淫念的，这人心里已经与她犯奸淫了。"这话她以为说得真彻底，真到靠；最纯洁，最高尚的道德只在这两句话里寻求便得了，我们本土的"男女授受不亲"她以为还是太皮毛。

L夫人正在翻读圣经，因为晚上还要做一次晚祷，她要预备为学生们讲道。听着扣门声，她便懒懒地答道："来！"

TH男校的童役送上一封粉红色信封的信，并和一页白信纸，说是TH男校的斋务长叫送来的，L夫人倒吃了一惊，一看白信纸上写道：

L夫人大鉴

　　适在敝校门口遇有　贵校学生投书敝校学生内中云云颇与风化有关鄙意此风万不可开故特将原函奉上俯望　裁度办理是幸即请教安

王逊生谨上

L夫人登时脸上便失了色，两手也微微抖索起来。她想起了人的软弱，人的罪过，她便跪在圣像前祈祷。

她觉得粉红色的信是罪恶的污浊的东西，所以她并不会打开来看，只轻蔑地把它胡乱抓在手里。

拿起她常常用以洗涤学生的罪过的工具，她愤怒地向学生的寝室走去了。

被新的希望诱引，被快乐的梦想抚慰，玉英的眼中闪耀着异常的光辉。这光辉使她的眼力敏锐：她能透穿厚墙清清楚楚地看见走向她来的弟弟。可爱的是他的微笑的脸面，可爱的是他的玫瑰色的小手——在他的小手里握着她所希望的回信，这却是更为可爱的。

眉间唇上堆着神秘的微笑，她的脸面好像朝阳下面新放苞的芙蓉花一样，表现出少女的活鲜与美丽——她的自身便是幸福，便是美。

她的听觉也变得异常锐敏，她听得出门外的脚步声离门还有多远，她便计算着步子，她的心逐渐跳得快起来。

她突然停止了呼吸，一个震颤经过了她的全身——门开处露出L夫人的脸面。

"害的好病！"她愤怒地向玉英说。

玉英闭起眼来静默无声，不一会儿工夫之后屋里发出控制不住的哭声来，L 夫人的愤怒似乎被这可怜的哭声缓和了一些了，她低声向玉英说："起来吧！"

玉英又沉默一会儿工夫，但终于被催促着起来了。

"你犯了罪过了，"L 夫人怜恤而兼教训地向玉英说，"低头我们祈祷！"

玉英的头是早已低垂的了，L 夫人便开始祈祷。

祈祷完了，L 夫人便把洗涤罪过的工具——一把牙刷，一块肥皂，一玻璃杯净水——放在玉英面前的桌子上面。因为照例在 TS 女校犯这样罪过的学生是要用肥皂用力刷刷牙，另外还要喝一杯肥皂水洗心的。

玉英右手摸弄着衣角，两眼羞怯怯地斜视桌上，脸是比前更红了，但不是内心的希望与快乐燃烧出来的光辉。

1925 年 3 月，北京

生　活

　　王青突然站起来，把契诃夫的戏剧向旁一扔，便一步迈出门，顺手把它锁了。步伐迈得很大，不到三分钟工夫已经转了两个弯在南池子大街上向南前进了。

　　大概一半为着生气，一半为着走得太快了，他的心突突地跳得厉害。走完南池子大街，向右一转，身上顿觉凉爽一些，脚步也就随着慢起来。林阴里吹着微风，树叶沙沙地作响，他便掏出手帕，擦去脸上的汗。四月还穿着棉袄，也不能算凉快，这时全身的毛孔被闷不过，便如跳蚤一般咬起来了。

　　他渐渐地静了神，手向袋里一摸索，只剩了四枚当二十的铜子了，只够公园票价的一半。他停住脚步，懊恼并且奇怪：是什么力量把他抓出房门！拖上大街，推到这里来的呢？

　　缓缓地，低着头，他又顺着原路走回去了。

　　——唉唉，生活……走进房里时他全身已经没有一点力量了，便叹息一声坐在沙发上。周围是灰黄的死墙。

　　——不如索性离开了干脆！——他想。——前天说是有同学约逛公园，一去就是一天；我到什么地方都觉没趣，都觉无聊，最后没有法想，我到阅书室去翻旧报。去的时候也不问我一声同去不——那也许是怕你的同学不愿见不相识的男人——但是她回来的时候那样子！我躺着她竟不问我一声，却坐在那里出神，笑哩，笑哩……

　　——嘻嘻！——他冷笑了一声。

也许是金新那个鬼东西！他到处乱散我的谣言：热天棉袍子还下不了身啊，家里已经娶了老婆养了孩子咧……混账东西！想着，他竟破口骂起来。

——这几天我就看她有许多改变，还想瞒着我哩！——哈哈，今天，今天又是……

——昨天我说吃面，她偏要吃饭，故意为难！故意为难！不是明明知道没有米了吗？……

想到钱，他便把几月来所受的穷苦罪完全记起来了！他又想起在土匪窝里日夜不能安居，时时绝食的家庭……眼泪终于是忍不住了。

——生活，生活，唉唉！——他叹息着说。

奋然地在沙发上坐起身来，眼里闪耀着愤怒与仇视的光辉，他狠狠地盯视着灰黄的死墙，好像是在追寻生活究竟有什么意义。

——女人爱人，是在她崇拜人的时候——想起王尔德似乎在哪里说过这样的话，因而联想到他们订婚以前的情形：她说她像对英雄一样崇拜他，她说读他的作品时常感动得流泪，其余的便是怎样爱他，怎样爱他……他那时确实也感受着很大的喜悦：他觉得借着他的作品两个赤裸裸的灵魂有融合为一的机会。他梦想着生命的和谐。他觉得她给予他创作的力。他们都很爱契诃夫，因为觉得他写的东西很有趣。他记起他们所过的短暂的、确实是甜蜜的时期。于是他们便交换了戒指，做两个灵魂要合成和谐的一体的预期。

"戒指"实在成为"界址"了：从那以后，他觉得转变成另一时期了。他们中间似乎隔着跳不过的鸿沟。她的无言的淡漠在他心里燃起剧烈的痛苦。

他尽力想免去纷争，但是每每因为极小的细故便拌起嘴来了。不过各自忍耐一些，不久又渐归和好了。

——许有人妄想成对的男女都是快乐，其实没有比那更难受的苦！——再过些时候，他竟当着她面对朋友们这样说了。

她也背地里一说几点钟地抱怨起他来。

但是他们表面上还保持着和睦，他们还梦想着生命的大和谐。

——现在……他叫，要到公园去和她理论的愤怒与勇气使他在沙发上重新坐起来。

——爱情好比橡树叶，新叶一生，便把老叶顶掉了——想起路丁的这比喻，愤恨与嫉妒便如蛇一般咬住了他的心。似乎要破腔而出的大苦痛一阵一阵地从他的心底里涌上来。

——金新这畜生，混账东西！——他不能自制地骂。

他觉得他似乎近几日才悟出契诃夫所暗示的真理：生命永无和谐。

——现在才订婚哩，结婚岂不是一幕更滑稽的喜剧吗！——他想。

——嘻嘻！——他痛苦地冷笑。

四月午后的困倦像大被一般把他拥盖，他几乎要朦胧入睡了，但是生命大和谐的梦想却阴影似的在他眼前跳跃起来。

——生活！——他跳起来喊道。这喊声里似乎含着几样意义。

1925 年 5 月 9 日作于北京

嫩黄瓜

一天的奔波之后，颇想有片刻的清闲，晚饭后天气也凉爽得多了，便决定晚间不再看案头放着的几封关于业务的无聊信，也不再去看别人的淡漠的鬼脸，一定要独自过一个清闲的夜晚；于是就搬出睡椅去，放在扁豆藤下面。

院子确是很小的，大概有两丈长，还不到一丈宽，但是上面是晴朗的天空，深蓝里现出闪闪不定的白星，左边也不时吹来清微的凉风，这已经足够减轻白日里的疲倦，使人觉得身子轻松得多，心思也自由得多了。我这里向来是没有人来的，所以我很安心，知道不会有什么来搅扰我的清闲。

手抚摸着藤叶，我可以清清楚楚摸出它的叶脉来。时或有蝉的鸣声，但并不像在日间似的，使人听着感到燥热。

这样一直躺了两点钟，没有想什么，也没有入睡，只是朦胧朦胧的。

忽然地，我坐起身子来。我用脚踩一踩地，觉得还实在，便离开睡椅，踱起步。细看了灰黄的窗纸，摸了摸生满了绿苔的墙头，摘下一两片扁豆叶，我才确知这是我住的老地方。这一念把我拖出梦境来。

据说梦后迅速地一转身，梦中的事便会忘得干干净净的，这话多半是可靠的吧。这次我的梦残留下来的似乎只有一件东西：黄瓜。

——黄瓜？——我自问地低声说。——这什么意义呢？

满怀着疑问与惋惜，我缓步走到街上去，我走进菜店，我买了几条黄瓜回来。我想借着它或者可以忆起一些梦中的事，或者可以把我的梦给补缀起来。

我躺在以前躺的睡椅上，我数着黄瓜的刺，我闭目默想。——但是梦境却离我更为渺远，我倒想起别人的故事来了。

微微弯曲的中等的身材，枯黄而忧郁的脸面，语尾话前爱带着拖长的"唉"的声音；我一见这样的 H 君的时候，便似乎觉得他内心里有一件不幸的故事埋藏着。

并不是出于同情，或者也许是出于拿别人的不幸来开玩笑的心理吧，我时常笑问他心里可有什么事。

——唉，没有什么事！你莫关心，唉——他会向我说。

有时候他谈话谈得高兴了，便很快地在屋子里绕圈子；两手不停地做着手势，甚至把身子屈成直角，右手猛力向下，好像是要打什么东西的样子，语尾的"唉"字音也就随着加重起来。

这样过了两星期，我也就惯了。

一天他清早便出去了，晚饭后还不会回来。头天夜深他收到一封快信，我被他从梦中叫醒，他很不安地时而卧在床上，时而呆站着凝视窗外，时而跑出屋子，时而低着头在屋里徘徊，我焦灼地看望着他，直到天明才闭目微睡。我和他是新近才认识的，几次问他，他又不肯说出原委，所以我的话也无从说。我想多半总是爱情方面的事吧，便从这方面设法劝解；但是我自己也知道感情兴奋的时候，什么话都是白费。我以后只不安地看着他，直到我疲乏极了，微微地入了睡。第二天早晨我看他匆匆地出去了，一天不见他回来，我很觉得不安，独坐在屋里也很无聊难耐，我便跑到屋右的广场上去散步。

这时是新晴的初秋的夜晚，天色蓝得窘人，我便躲到树阴里去了。

我静立着默想了半点钟，有脚步声从我的左边走近，我看去，原来就是 H 君。

——这时才回来呀！——我向 H 君叫，很带些欢喜的神气。

——有点事，唉，——他的声音很小很沉痛，把我的欢喜即时压下去了。

——那么现在已经办妥了吗？——我缓声问。

——没有什么可办，唉——一阵疯狂过去了就完了，——他嘴里吐出强烈的酒气。

——哦……喝酒了吗？——他的答话使我更加怀疑，我问。

他不做声，他的两眼锐敏地向远方凝视，好像要在空中攫捉住什么东西似的。静默了许多时候。

——哈哈哈！——他突然大笑起来，这笑里含有更大的悲哀，似乎要使四周宁静的空气炸裂。

——有事还是请说了吧，何必放在心里难受呢？——我催促他说出心里的事来。

他不做声。

——女人女人兮；爱情爱情……我想他大概也是闹这一类的事吧，便戏口说出这话来。

——唔？我要回去赴结婚的喜筵哩！——他随即接上说。

——那还有什么不高兴的呢？——我随即问。

——我昨夜接到一封信，她给他的信……说时他摸索着口袋。

——哦……

——他说他和素芬要在一星期以后结婚，希望我那时候能到他们那里去玩，哼……

——唔？

——我起始想那畜生是来要我的好看，——说时他脸上现出凶狠相——继而想他不知道我和素芬的交情……

——哦……

——这封信是他写的，但是下面也有素芬的署名……我想女人终究是不可靠的……他说完后叹息了一声。

——3个月以前我和素芬初次认识，我是在乡间住惯的，她也很爱乡间，K城城外也很好，我们便时常到乡间去玩。——停了一会儿之后他接着说。——有一次他约了几个相知的同学和我一块出去玩，我们从午后一时一直玩到傍晚，我们都很渴了，便到乡村里去买瓜吃，那时候黄瓜还嫩哩，只有……

他用大拇指和食指做了个手势。

——也许我太对素芬殷勤了吧，——他微笑着向我说，——我把洗好的嫩黄瓜分给她们的时候，素芬的一位同学说：把最嫩最好的一条给素芬吧，说后她们笑起来。我看一看素芬，她的头已经低下，她的脸向着地，红红的，红得真可爱……

他好像沉迷在那过去的幻梦里一般，静默着，微微地摇着头，闭着眼。

——但是欢乐容易过去！——他忽然声音沉痛地说，紧握着我的手，——我的素芬一月以后便不再爱我了……他的声音逐渐地低下去，话没完他便呜呜咽咽地哭起来了。

他的哭声透进了我的心，我紧紧地握着他的手，我们默默对望着。

——不久便听说她和他订了婚，唉——K城我是住不住了，我想去漂泊也罢，便私自跑到N城，唉——那凄凉实在是说不尽！

我们默默地对望着，我竟想不出一句话安慰他。

——但是又何必说呢，她不爱我了，这是我的命运。——他仰首望着天空，尽力遏抑着他的感情，——我上个月在N城，这月在这里，下月谁又知道到哪里去呢？现在虽说她的影子像水蛭一般紧伏在我的脑子上面，不久总会忘却的吧，朋友，不必担心，这是我的命运……

他的啜泣的哀音真要击碎我的心！

晴空里闪着群星的眼睛，微风在树叶上沙沙作响，仿佛是在悲悼他的不幸一样。

——回去吧，唉——天已经不早了，对不起得很，——他向我低声说。

——好吧。

——这信也有素芬的署名——他自语似的说，途中他又摸出昨夜的来信。

——怎么知道我的地址呢，我对旧朋友都没有给信？——他自问。

——过去的让它过去吧，不必过分伤心，——看着弯曲的弱身子，我不由己地向他劝说。

——没有什么，请你宽心，——他忍着眼泪向我说。

过了一会儿，他狠狠地撕去昨夜的来信。

H君去后已经将满一年了，到如今我还不知道他的消息，他现在流落到哪里了呢？我手指抚摸着黄瓜，眼前浮出身体微曲、面目枯黄的他的形象来，我凝视着远方的星辰，沉思着爱情的魔力与神秘。

1925年8月　北京

微笑的脸面

　　空气尽够严肃了：几个人聚在阅报室里低声谈着话，叙着 F 军班师回京的消息，有时话声高大起来，这沉闷的圈子里透出几声喧嚷的笑，但是这笑声的阴影里显然藏着一种不可言说的恐惧。电灯光像昏灰的薄雾一样，弥漫在这小屋的白色的四壁里。怀着似恐怖而又欢欣的心情，我加入他们谈话的群中去。

　　——打得又不彻底！——有人似惋惜而带愤恨地说。

　　——没打到你家里！——有人反驳他。

　　——早结束，少死人，少费钱。

　　——哼，明年开火可以早些。

　　——开他的去！兵多着哩！

　　——狠东西！

　　……

　　议论很纷纭，我有些不耐了，便回到自己的房里。心里很安静，但是书却读不下去。睡也不能成寐！我只闭着眼躺卧着。

　　——嘚……嘚……嘚……嘚……马蹄声缓缓地从隔壁的巷中响过来，伴着巡哨的兵士的踏踏的步声；这时候已经是夜深的时分。

　　——嘚……嘚……马蹄声加快地响起来，我的神经便觉紧张而清醒，我的想象便追随着静夜中的这严肃的蹄声。我陡然忆起一个很可爱的和蔼微笑的脸面，这脸面照着庄严森冷的夜，好像是一面大的圆镜一般。

　　——嘚嘚……嘚嘚……嘚嘚……嘚嘚……

微笑的脸面随着蹄声隐现。

战事爆发以后，这驻在我隔壁的兵房里的兵士的微笑的脸面，我便没有再见到的机会了。和蔼可爱的微笑的脸面！红润壮健有如初升的朝阳一般！

——对不起，——他放下电话机向我说。

他借用学校公用电话，向他的朋友告别，在他要开拔的前晚。他要他的朋友转告他的母亲和妻子，他说他不愿再回家去麻烦她们了；他说他的孩子劳他的神照管照管；他说他此去大概是不会有什么危险的……最后他诚挚地低声说了再见。

我等候他有一刻钟，但我在旁边装着看报，使他可以从容地把他要说的话说完。他放下电话机才察觉我在等着他，所以他谦恭地向我道了歉。

这时候他的感情大概已经到了顶点：我觉得他的在感情中燃烧着的微笑的容颜和温和的双眼，美丽得如鲜花和晨曦一般。他的抱歉声击动了我的心。我想假如我打断或缩短了他和朋友叙话的时间，那是怎样的罪过啊！

吐自真情燃烧着的心里的"对不起"三个字在我的心底作响，那瞬间我的眼里脑里便深深地印入了他的微笑的脸面——永不磨灭的微笑的脸面！

自他开往前线以后，我心里有些怀念，他无意中却把我对兵士的态度改变了：以前我怕兵，我以为他们除要抢要杀以外没有其他的情感。我时常读着详细的战讯，好像战讯和一个小兵的生死有什么相干！自然我是一无所知，我想也许如他所说，此去没有什么危险，但是……我不尽着想下去，只在空想里保存着他的微笑的脸面——空想是惟一的慰安。

站在楼窗旁可以看清楚隔壁的兵房，兵开后好像是一片荒凉的墓场。每日清早的号声，在平日有时足以引起凄凉而甜蜜的儿时的回想，已经是多时听不到了。月光下的方格的纸窗，好像是垂死的人的眼珠，充满着凄惨的深情向人怅望。白茫茫的风后的操场比死人的容颜还令人感伤！

白天里时而有拾字纸的老妈子进去拾兵士们扔下的破衣破鞋，夜里他们的住室便成了老鼠的宿场。

我爱向这兵房看望，因为我愿饱饮这凄凉；这样可以增加我对于那可爱的微笑的脸面的怀想。

怀想——怀想——微笑的脸面却永不能实现在我的身旁！

——嘚嘚……嘚嘚……嘚嘚……嘚嘚……

微笑的脸面随着蹄声变化，蹄声鼓荡着我的幻想。

半空里飞来一颗流弹，正中在他的两眼中间，鲜血便泉一般从这里涌出，一切都被血淹没。

一颗炸弹正抛中了他的头颅，他便整个地变成了火红的烟雾，散在空间，散到空间的极处。

他的心中燃起了愤怒的烈火，他的微笑的脸面变成了汹涌的海洋，他要翻盖着人类，洗去他们的耻辱。

他变成了一面平明的圆镜，要普照出人类的污行。

他亲吻人，拥抱人，抚慰人，有如婴儿的母亲。

四周响起震天动地的炮火声，威吓着要毁灭他。

他挣扎，他奋进，微笑的脸面扩大起来，覆罩着一切，一切都蒙被着晚霞的桃色的泽润，宇宙的新生……

——嘚嘚嘚嘚……嘚嘚嘚嘚……马蹄声忽加严厉起来，凉风掠过我的脸，我从幻想中惊醒。

微笑的脸面被马蹄践踏成丝丝的碎纹，但他们还在践踏下挣扎奋进，他们要扩向无限的远处，普盖着宇宙，以大的微笑的脸面。

1925 年 12 月　北京

艺术家的故事

　　一个人断指写情书而碰了壁的逸闻，一时传遍了 P 城，而且成为一般好事者的谈话材料了。这谈话中自然各种意义都有，有的以为是可传诵的艳事，有的以为是无聊，有的以为太不（正）经，有的只当做平常的趣事，略谈一谈就完了。

　　一天晚上，克仁的客房就聚集了这样的一群谈客。最先克仁就向来宾简单地叙述了这事实，仿佛要"俾众周知"一样。于是就各人发着各样的议论，俨然要大加讨论似的。小小的客房里不断话声，笑声，拍手声……只有一位异国的客人在角落里默坐着，有时淡淡地微笑一下，要有人看望他的时候。

　　"听说把不高兴的'情书'钉在布告牌上，或者传读朗诵以为笑乐，在现任的女子中是很时行的。"一如从谈着的特殊事实，转到一般的情形，说。略停一下他的话锋一转："自然抹点血也没有什么用处。"

　　这话引起颇为热闹的笑声来。

　　"不过血书和墨书究竟怕是不同的。"克仁笑声还没有停就接着说。

　　"血书钉起来更难堪，虽然看的人许以为更有趣。"兴余似乎很同情于被钉者，而无笑容地说道。"中国的女子真是特别的一种类。真是宝贝……"他竟微微摇着头发起议论来了。

　　屋里沉默起来。异国的客人仿佛对于他们所谈的情形很不了解，只缓缓地从各个人的脸上看过去。

　　"先生的意见以为怎样呢，今晚你一句话也没有说？"克仁想打破这沉默，谦恭地向异国的客人问道。

J君是住在中国很久的德国人，他就用流利的中国话回答道："因为诸位的谈话，我却想起更奇特的事情来了。看诸位谈兴很好，所以不想说出这故事来败诸位兴，诸位还是续谈下去吧，我就要告别。"说后他就起来走到屋子中间。

"J先生要为我们说出这故事来！"几个人同声叫道。

"是的，请J先生说一说。"克仁转脸向J君央请。

"对不起，这故事会使诸君不快，所以还是不说的好，我以为。"J君和蔼地向一群好奇的谈客说道。

"没什么的，J先生，请说，请说！"有几个人热心地向J君纠缠。

J君默默地不做声，带着迟疑的脸色看望四周好奇的、热望的、有着不耐神气的眼睛。

"请说吧，没有什么的。"克仁催促着J君。

J君又退回到角落里原位子上坐下，两眼凄然地向地下低垂，在自己身上画了十字，以颇为低沉的声音开始说：

"愿他们灵魂得到平安，为了爱情而牺牲的朋友。愿他们恕我饶舌……"

他的声音中分明有着眼泪，一种严肃的沉默笼罩着听众了。

"事情是这样的……"J君在全室的沉默中沉思了一会儿接着说，仿佛还没有想好要怎样来说他的故事一样。"他们全是我的好朋友，V夫妇和画家G。自我来到你们贵国后，和G就不大通消息了，因为他是极懒散的人——这是说对于一切普通的世事——我呢，我却忙得像一只中夏的蜜蜂。"他带点苦的微笑环视热心的听众，稍稍停了一下。"V夫妇住在贵国已经是很久了，比我住的时间差不好多，而且仿佛被这里的生活吸住了，这里就无异于我们的故乡了——实在的，有时比故乡还亲密。自然想到故乡而觉得难受的时候也是常有的。V夫妇我们时常相聚，读读故国的新闻，谈谈故国的消息。他们过着快乐的家庭生活。我倒也并不觉得寂寞。从故国的新闻纸上，我们时时读到G的消息，也常读到推崇他的艺术的文字，V君和G不过是浅浅的相识，V夫人和他全不认得，所以他们不觉得怎样，在我却觉得很欢喜的。"J君停了说话，听众的脸上都表露出极自然的欢快来。

"'可好了，我们不久许就可以见到 G！'有一天我一走进 V 夫妇家门，就向迎出来的他们叫。他们莫名其妙地看着我，微笑了笑。我却总觉得这是很大的事情一样，一进屋就将手里拿着的一份日本报纸递给他们了。'看 G 的消息！'他们默默地接过去看了。

"'很好，我们又可以多一个朋友了。'V 君看了新闻满欢喜地说道。'多年不见，进步得这样快！'日本的报纸以特大的字登载 G 到日本的消息，并且开了盛大的欢迎会，对于这名闻世界的画家，实在也尽了赞扬的能事了。无怪 V 君惊羡的。V 夫人没有做声，只好奇地微笑着，看看 V 君，又看看我……

"据日本的报纸说，G 是要遍游东方的，他已经游过印度了，在那里也引起了极大的注意，并且有人在一篇评论里说，他是一到哪里就能捉住哪里的真精神，就能了解那里人民生活的情调，而且能将这活跃地转到画布上去。对于画我是不懂的，不过因为 G 是朋友，读起来倒也觉得有理。又说他在日本要住两月，以后就到中国来。诸位或许有这种经验，在异地见到故国的朋友，的确是很快意的事。我期待 G，实在是很热诚的。"J 君停了话，从杯里呷了一口茶。

"自然的，自然的。"克仁随意应和说，并为 J 君斟满了茶，仿佛是想到了要尽主人之谊。

"G 终于来到中国了，来到了 P 城，"J 君微抬起一点低垂的头说，"不过是默默地，并没有人注意，——这也难怪，那时候有两位将军正在离 P 城不远打着仗哩。"J 君怕使听众难为情，自己又解释起他的话来。

"来后他就住在 P 饭店，常见他的只有我。他和前些年很有些不同了，衣服外表都极不讲究，就是破烂了也不在意。一天到晚就是画，画，画。仿佛这就是他的生命了。初到后，他就这里那里莫名其妙地跑，有时呆呆地看着一件东西，几点钟不离开。不过一个多星期，桌上和地板上，甚至床上都堆满了 P 城生活的速写。他住屋的墙上也渐渐涂满了这些东西。飞跑的人力车，满族妇女的大发髻，伸手求乞的叫化，背在背上的粪桶，扭扭捏捏走着的小脚……就是我的像也被涂在墙的一角。总之是到处都是速写。墙上是旧的上面又画上了新的。

"有一天，我走进他的房中时，他正胡乱抓着一把速写，擦他破皮鞋上的厚厚的灰尘，也漫不经心地用这些拭桌上的水和墨渍。

"'你不应当这样糟蹋你的创作品。'我很惋惜地向他劝说。

"'这算什么呢，向来是随作随扔的，'他冷然地答道，'真的艺术是本来的那实体，这些算什么呢。'我不明白艺术，只觉得这样毁去创作品是可惜的，所以就私自为他保存了一些。觉得墙上的速写实在是充满生命的。"J君抬起眼睛来向客屋的墙上凝望，仿佛觉得那上面也会突然现出那些活跃的速写一样。

听众沉默地注视着J君，不明白他脑子里在涌着怎样的幻想。过了些时，沉默中又发出J君的声音来：

"他在P饭店还没住到一月，那里的经理就已经从他的衣服和外表怀疑到他的钱袋了。据说他已经'住毁了'他们的房子，非得搬走不成了。哪里去呢？他已经够寂寞了，再使他住在那样地方，是会使他更寂寞的——不但寂寞，简直是孤苦。我就去找了——找了V君——"他的声音低得几乎难以听到，眼极力看着地下，并且似乎害怕听众的目光；好久都垂着头沉默着。

好奇抓住了听众的心！各人的目光却都集中在畏避听众目光的J君身上了。这目光也就有如清澈的言语一样，默默地将这问话传送到J君的耳中："找了V君怎样？"

"上帝宽恕我的过错——"这突然的打破长时沉默的祷语更为激起了听众的好奇心。"J先生！"不知为什么有人以并不低微也不温和的声音向他叫。同情呢，不耐呢，没有人知道。

"我去找了V君……"J君从梦中才醒来似的接着说。屋里充满了宁静的空气，听众都屏息听着故事的说述者。"V君作为艺术家敬爱他，并且欢迎他住到他家里去！他家里是有着空房的。我自然以为是再好不过的了。V夫人虽然有异议，然而经了她丈夫的劝解，也就同意让G住在他们家里了。

"G的习惯还照旧，除一堆堆的纸上的速写之外，他又画满了住屋的四壁，而且旧的上面又画满了新的。V君不但不生气，而且很欢喜，给他许多鼓励。V夫人却是满心说不出的不高兴，——起初一两月确实是这样的，因为她常常向我诉苦，说见到 G 生活极不快意。

"然而 V 君却一天一天地更为敬爱 G 了，因为他是研究过几年艺术的，而且对于他的性情颇有了解。一天他向 V 夫人说：'请 G 先生为你画个像吧，一定会好的。'

"V 夫人已经对 G 够不耐烦的了！而且要坐在一块谈话或吃饭的时候，他总呆呆地打量着她的身体，使她几乎要逃避她的家庭了，要不是为了显然可见的她丈夫对于 G 的敬爱；所以她只托词身子不舒服，一天一天地推下去。

"这样过了两个月，唉，人真难说，三个人的关系中有了大改变了！"J君只缓缓摇着头，并且接连叹了两口气，显然有着深的悲痛。

"一天 V 君去访我，情形很狼狈，"J君以低沉的声音向屏息的听众说，"半天他才向我说了一句话：'我的妻对于 G 已经有了不可移的爱。'我说要是可以的话，我可以想法使 G 离开，因为我以为 V 夫妇是一向情笃的，这样或者可以将这事情解决了。然而 V 君说：'我已经察觉妻对他的爱是不可移的了。我仍然爱着妻，对 G 也不怀什么恨。毁去我的生命是容易的，但是怕因此也毁去了他们的幸福。我是还有相当我的命运的勇气的。我现在来向你告别。我的房屋什么在我已经是无用的了，就送给他们去。不过只向他们说我要回故国看一看，不必说明所以。……我是还要活下去的，我们有再见的机会……'V 君虽然尽力制止着他的感情，他的身体已经在啜泣中微微抽动起来了。这自然是难堪的……"那时的景况似乎又涌上 J 君的心头了，他的声音颤动，眼睛更低地看着地。

从屋的一角发出不知何人的叹息，很低微。

"他对于他的妻的爱是极热的。你们想，又不是神，他能在那样情况中还为妻设想，是什么力量呢？爱情是可以决定一切的，爱情能做出奇迹来，虽然时常是惨苦的奇迹。带着这样的创伤，V 君回到他的故乡去了……

"G 君的生活还照常，天天是画，画，画。"J君沉默了些时候又接上说，"V 夫人却天天毫不厌倦地坐在他的画室里让他画自己的像了。G 君的性情里是有点魔力，初看来他似乎很难亲近，接近了也就很难分离。V 夫人就是被他这种吸引力迷住了的。V 夫人确乎如 V 君所说，对于 G 君有着不可移的爱。然而 G 呢，却似乎心里只有画画这一件事……"J 君皱起眉头，不再说话了，显然是在沉思着这难解的问题。

听众的热望突破了 J 君的沉默，他又继续着说下去：

"世事总是这样的，"他叹了一口气，"我因为第一是为自己忙碌，其次这是人家的私事，两个星期没有去见 G 和 V 夫人了。有一天心里总不安，不知道这是不是预感，然而没有想到会在他们中间发生什么意外的。这是我们的老法子，用麦酒来解决。"J 君说着惨笑了一下。

"不料到晚上，电铃不断地响起来了，能有什么事呢，我的心跳得厉害。走出去，V 夫人的仆人仓皇地递给我一封信，并且惊慌地报告我不幸的消息：V 夫人下午交给他这封信，嘱咐第二天早晨送给我，并且叫仆人们都不用惊动她，她要睡半天觉休息，画像已经使她很累了。一直到晚上，女仆才轻轻走进屋里去，看她卧室的门是紧闭着的。叫也没有应。戳破窗纸一看，她笔直地躺在床上。再叫，也没有应声。怕起来，打开门，看见 V 夫人已经服毒死在床上了，嘴角上有血；所以就赶紧送来这封信。我抖索着拆开信来；这样简单的两句：没有 G 了，我不能再生活下去……"凄苦的表情蒙蔽了 J 君的脸，屋里实在像是雪夜的旷野。像积雪上的轻轻的步声一般，些时后死静中又传出 J 君的低语：

"我即刻跑了去。V 夫人是已经僵直地卧在床上了。G 究竟是怎么回事呢，我一时无从明白……在这样的境地里，——非得有经验的人才明白在这样境地里是怎样惨淡的……

"我无目的地走进 V 夫人的书房去，心里不知道要怎样好……呀，壁上有如生的 V 夫人画像，即刻抓住了我的注意。这分明是 G 的手笔。V 夫妇的不幸，更激烈地刺激我的心了。以生命殉了爱情的 V 夫人的画像，那时候在我看来实在比圣母像还神圣。然而 G 究竟是怎么回事呢，我仍然不明白……"

随着听众好奇心的增加，J 君的声音逐渐低下去，至于只有微微的嘘唏。

"最后我想从书信中总可以找出一点原委来吧，"J 君想结束他的故事，重新振作起来以稍大的声音说，"就走近 V 夫人的书桌去了。桌上有几封近日的信，其中有一封是 G 所写，没有地址和邮票，似乎是留下来的。信的大意是这样：'谢谢五个月的殷勤招待，谢谢你向我所表示的好意。我一向没有见到过你那样完全的身体，这是应当为你祝贺的。这是我不倦地为你画三个月像的原因，愿你不要有什么误解。我的工作终于完成了，我第一次真正见到了人间美，而且第一次觉得我真正把这人间美把捉住，并把它转到画布上了。你将无上的愉快给了我，我也给了你我的无上的崇敬与爱——画像……'无上的崇敬与爱——"J 君重复着这话，仿佛其中有着深奥的意义，颇堪思索一样。

各样的呼气声从 J 君的周围发出来，四壁上晃动着听众的头影，轻梦似的忧伤空气中有着不平的怨语："无情的 G！""可怜的 V 夫人！"

沉默着的 J 君轻快地环视着听众，又说出下面的话来：

"我没有向他们下批评的勇气。谁知道呢，也许 V 夫人在死中见了伟大的爱，所以以死做她爱的归宿。G 的行为也许是出于天性的真吧。我的意思以为这是应当作为人间的不幸看的。我——"但是 J 君没有说完，话锋又转到故事上来了："还有一点小风波。"听众的目光即刻都集中在 J 君身上。"V 君到了故乡，没有住就又跑回 P 城来，定居在乡间的山里。这不幸的消息也将他的不幸的生活完结了。G 君至今没有消息……"J 君叹了一口气，眼眶里含着眼泪沉默下去了。

屋里像没有人一样，他的叹息在宁静的空气中一丝丝地传进听众的心里去，使他们感到墓地的凄凉与严肃。

1929 年 2 月　北平市

题卷末

　　有好几年自己实在好像是影一样生活在人间，这几篇就是那时生活的影中影。过去的生活的影已经是杳无踪迹的了，也不想再追回它来，这影也就让它随同那影消灭了吧。这小集只是墓碑，不过证明它们曾经存在。

1928 年 12 月 21 日　北平市

·二·

我的生活历程

我的童年

一　故乡叶家集

1904年4月6日，我在安徽省霍邱县叶家集出世。离南边不到百里是大别山，史河在西边相离不到十里，与河南省固始县接壤，北去不很远也就是属于固始县的土地，东部是丘陵地带，称为孙家岗。叶家集在这个小小肥沃平原西边。听父辈的人说，以前史河紧靠叶家集流过，常有些多桅帆船运货物来往，所以这个集镇十分繁华。但在我记事的时候，过去的繁荣只留下"五里路长街"的虚名，除中街一小段还有后起的几家富裕商店外，两头都只有些简陋茅屋的住户了。还有几处先为会馆，后为佛庙的相当庞大的建筑，如珍珠庙、火神庙、东关庙等，街北头还有好几座节女烈妇的大石牌坊，证明过去的光荣史，并不是民间的传说故事。

我的家庭是随着集镇衰落下来的老住户，据说定居在这里已经有二百年的历史了，所以虽然贫穷，还算是"名族"，颇有点威望，我记得，在排解纠纷和主持正义上，确实做过些有益的工作。

在集镇南北两头，分别有回民聚居，平时倒也很少纠纷，但有一次不知为什么起了冲突，两方面准备好大规模械斗。那时候我已经有六七岁了，一天见到离家不远的大栅栏门横在街心关闭起来，阻拦北头回民去南头沙滩械斗场。但是不一会儿门就被闯破，一群回民飞奔前进，手里都拿着明晃晃的大刀，边跑边大声喊叫。父亲看到这种情形，匆匆从后街绕到沙滩，并约了几个年长的人同去，一行排开，站到械斗场上，将南北两头的回民分开。他们尽力劝说，把这场势必流血的械斗制止了。

我家睡觉的时间总比较晚，因为素园的父亲常来同我的伯父和父亲谈天，有时谈到深夜。我喜欢坐在旁边听他们闲谈。这时候店门总开着，煤油灯的亮光一直照到街心。这已经几乎成了一景。有一晚突然跑进来一个人，跪下来求救，说明得罪过的几个人在后面持刀赶他。我父亲起来关了店门并上了闩，让那个人起来坐下。追他的人并没有叩门。第二天经过调解，他们也就相安无事了。

集镇房屋绝大多数都是用茅草作顶盖的，因此常常有火灾。听父辈说，以前无人动手救火，因为怕引起火神更大的愤怒，所以往往一烧一条街。后有聪明勇敢的人出主意：把有些房屋拆掉，截住火头，倒可以使一些人家得救。我还记得从父亲那里听到的一件趣事。我祖父在世时，家里的经济情况还比较富裕，盖了三间梁柱木料很好的堂屋，自然还是茅草顶。一次离家颇远的人家起了火，照老例完全可以烧到我们家，大概从拆屋截火得到启发，亲友邻居觉得这样好木料烧了实在太可惜，便向祖父建议拆房保料，祖父同意了。这样做可能一举两得，火到我家没有再烧下去，所以祖父落了个"积德"的佳话。不过可能因此引起火神生气，我记得我家以后又受火灾多次。到这里，我要赶紧为我的乡亲们说句公平话，在我记事时，叶家集的人救火勇敢并有办法，远近都颇有点名声了。

火灾给我留下的印象是很深的，有一次深夜被叫醒起来，我站在家门口看望，火鸽（被火烧红的瓦）在低空嘶嘶叫着飞过，时在严冬，我全身不禁颤抖。人们说火鸽是火神的信使，飞落到谁家，那家就难幸免。年纪虽小，我已经不相信火鸽是被火神派遣，但我还在心中默祷，火鸽不要落到我家屋上，它会引起灾难，是小孩也会明白的。

谈到火灾，我记起一件印象更深的大事。我已经上小学了，一夜被叫醒来，祖母抱着我坐轿渡过史河，到一个相熟的人家住下了。第二天听说，"白狼"要进扰叶家集，我们全家连夜"逃反"啦。我半明不白这是怎么一回事，所以并不如夜间看火那样害怕。既有同伴在田野玩耍，每餐又可以吃到新鲜的野味，我倒觉得很有意思了。何况我又从父亲听到一些与集镇有关的历史往事。

当时老百姓相信统治阶级的宣传，把"白狼"称为"土匪"，这就联想到更著名的"土匪"李闯王。叶家集是个小小的镇，地方官的职位却比县长还高得多，就是因为史河那岸有个大地主庄园，主人原是李闯王部下，要用高点职位的官监管着他。这个衙门很有威风，那个地主当然不敢蠢动。辛亥革命之后，衙门当然不存在了，但门前的"站笼"并未撤除，我还看到过，好奇追问，才知道以前把犯罪要处死的人放在笼内先示众，有木枷套在颈上，慢慢用木片将枷缩小，多天后才将他处死。

紧靠这个衙门，同我家相隔一家，是李闯王一个较小的下属，老百姓管他叫"王大人"。我记事时，他已经死了，他的遗孀还活着。她养了许多只白兔，但极为吝啬，从不肯送人一只。她脾气古怪凶暴，还很爱摆昔日的威风。我们很讨厌她，但极喜爱她的白兔，可又总无法弄到一只。白兔一来狡猾难捉，二来即使捉到，它会像婴儿一样怪叫，一直把女主人叫出来，大闹一番，结果还是物归原主。我们小孩想尽战略战术，都毫无用处。我们有一位表兄，是我们很欢喜的人，因为他的办法多，会帮助我们做成许多事，我们便将想要捉到一只白兔的事告诉他了。他神秘地笑了笑，点点头。过不几天，他就给我们送了一只白兔来，还为我们讲了捉兔的故事。他用菜引来十多只兔，蹲在一旁看它们贪馋地嚼吃，突然冷不防抓住一只兔的两耳，握紧喉咙使它不能出声，待到晚间女主人察觉，白兔已经换了主人，她却以为被黄鼠狼吃掉了。这只白兔是我最为心爱的宠物。

这样玩耍，吃野味，听故事，不觉几天过去了。一天晚饭后，突然有人进来对我们惊叫：集上失火了。父亲连忙出去瞭望，一看就说，从北街起的火，离我家很近。大人心急如焚，但又无可奈何，不免唉声叹气，我却只关心我的白兔，后悔没有将它带出。第二天大路上陆续有受伤的兵士走过，听他们说，他们在集东约三里外与"白狼"的部队作战，败下来了。起火的情况他们毫无所知，也许是那些人已经进镇了，但如进镇，似乎又没有纵火的必要。大家很焦心，便派人去打听消息。原来一个未走的居民晚间烧饭不慎，引起火灾。"白狼"的部队虽然胜了，未敢进追，因为进镇要经过一片极大的竹园，怕"官兵"有伏兵截击。晚上一起火，他们疑心是败兵纵火，引他们不注意竹园伏兵。"白狼"率队他去，我们家就回集，家里的店房和南北厢房是瓦盖的，又得到大姑父的救护，保存下来了，但我心爱的白兔却烧成了灰烬。这是我童年的一大悲哀。我久久不能忘怀。

前不多时，我读到一篇记载白朗领导农民起义的文章，我才恍然忆起童年这段往事。原来真相如此。

这使我联想到与故乡有关的更有意义的历史事实。叶家集离金家寨只有九十里，在1930年前后，曾一度是豫皖鄂革命根据地的一部分。在此以前和以后，故乡就有不少人参加了革命的队伍，有的还为共产主义事业奉献了生命。例如郑卫华（李云鹤）早年就参加了共产党，在不少地方从事革命活动，曾五次入狱。我能明确记得的，是1928年他经过北京未名社去绥远工作。1962年我们在合肥晤面，他谈到一次在故乡荒年时，曾领导群众砸开地主的粮仓分粮。我写过五首赠他的诗，有这样两句：

不肯等闲身老大，私心未忘启蒙功。

在"十年浩劫"中，他被活活打死了。

袁新民是我明强小学的后期同学，在芜湖做地下工作时被国民党逮捕，我们托在芜湖法院工作的一位同乡长辈营救，当然无结果。以后从他那儿听说，新民是被活着装入麻袋投入长江的。我现在还清清楚楚记得他那憨厚的总带着笑容的圆脸和明亮的大眼睛。

台一谷是我的明强小学同班同学，1926年我回乡省亲时同他在金陵大学最后一次晤面，他还保持着少年英俊态度，却已经是地下党员了。他被国民党逮捕关了一些时候又被释放了。他不慎去访另外的地下党员，国民党又将他所访的人捕去，因此涉变节之嫌。我问过不少两人都熟识的朋友和同学，大家都说不清。这个疑问久久压在我的心头。解放后，大约在肃反的时期，我在《人民日报》上看到一篇通信，我细细看了两遍，文中记载杀害台□谷烈士的特务某某，在武汉伏法了。记得一谷也是在武汉被害的，时间在汪精卫叛变之后。浩劫中抄家时，我们几人合照的相片，大概为广设罗网之用，都被没收了，只有一谷同两个友人合照的一张漏了网，现在成为惟一可以纪念他的珍品了。

赵赤坪是集上人，但他在北京做党的地下工作时，我才同他熟识起来，因为他不是明强小学的学生。我在另外一篇文章中写了他的事迹，在这里只简单说几句。他在不同的地方先后七次被捕，主要靠他的机智脱险未死。解放战争时期，叶家集成了一个拉锯地点，他参加了革命工作，总在集周围不远的地方来来往往。集外有一家恶霸地主，有反革命的武装队，赤坪不幸被他们逮捕了。赤坪在当地人民中很有威信，地主威胁利诱他投降，声明反共，立即释放。赤坪坚贞不屈，临刑还高呼"共产党万岁"的口号，许多老乡为之泣不成声。故乡完全解放后，党和军队召开公审大会，恶霸地主兄弟被处决，为赤坪报了仇，为群众解了愤。

韦德芳是韦素园的亲侄女，叶家集被解放前，她就在地下做宣传工作，正式成为革命根据地时，她仍然如此。红军撤离，去同其他队伍会合长征，她抛家随队去了。不幸到湖北时她病倒不能再走，不久就逝世了。多年她家里和我们完全不知道她的下落。解放以后才查明情况，被追认为烈士，可惜素园逝世已经半个世纪了。我1922年去安庆，住在德芳父亲家里，她还是一个活泼可爱的小女孩，我原保存着她同弟弟德培合照的一张照片，虽然早丢失，他们的形象还历历如在目前。听说在"十年浩劫"中，她的烈士证明文件倒保护了德培一家没有遭难。

我的童年时代已经是一去不能复返了，上言的中华民族的优秀儿女还生活在我和其他不少人的心中。等到我们也复归黄土的时候，他们所代表的革命精神和传统仍将成为后来者的楷模，世世代代流传下去。这就是渗入民族生命的真正的不朽。

1983 年 8 月 31 日

二　我的家庭

我没有见过我的祖父，因为我出世前他已经去世了。在上一节我提到他接受建议拆房，是从父亲听说的。我从伯父（名经纶，字伟臣）听说，他经商诚实能干，待人厚道，很受人敬爱。我还常听伯父说，那时候我家比较富裕，一家王姓大地主是我家商业方面的大主顾，年节结算，总付不清货款，常向祖父说，某处一块田愿拨归我家还债，祖父怎样也不肯接受。这是我家地无寸土的原因。

我父亲名经纬，字子久，只受过私塾教育。他接手经营商业的时候，我已经很记事了，记得父亲结账，总有好几面写着欠账户及所欠款数，据说祖父向不逼还欠款，也不购置不动产，这些只是慰情聊胜无的遗物罢了。我想父亲年年还把这些明知无用的账目抄写一次，只是表示对于祖父的怀念。

我已经上小学时，祖母还健在，已经七十多岁了，还常拄着手杖前后院行走。她极为勤劳整洁。她生了二男三女，二姑早死，留下一子一女，遵照祖母的意思，作为自家的孙儿孙女养育，祖母去世后，父亲仍然对他们极负责任，直到他们婚嫁成家，还保持很亲密的关系。这位表兄多才多艺，仿佛不学自通，裱糊工作干得极为精巧。他善于种花，秋天总能培育出几百盆菊花，摆在厢房里，花形花色俱佳，阳光照射得特别鲜艳，有时乳燕在花丛飞舞，富有诗情画意。春节他为我们扎花灯，我特别喜欢能牵着在地上走的狮子。春暖花开，他为我们制作各式各样的风筝，我特别喜欢蝴蝶和彩凤。风筝上装置芦管，在碧空下发出乐音令人沉醉。

表姐性情温和。声音低柔，虽然早成孤女，在祖母的爱抚下成长起来，内心恬静，脸上总现出微笑。她不仅针线活做得精巧，也善于烹调。天热她不怕苦，耐心为我们在炉火里烧玉米棒，火候总恰到好处，香甜可口。我的表姐具有中国妇女许多传统的美德。

他们为我的童年增加无限乐趣，使祖母晚年更为幸福。亲友们常说这是老人积德的结果，其实祖母对于早夭女儿的怜爱，对于儿童的慈心，起着决定性的作用。

不久前有人对我说，父亲为人慈蔼、诚实、宽大、慷慨，有正义感，是继承了祖父的美德，这是不错的。但是从我直接的观察和体会评断，祖母对父亲的影响也很大。

夏季晚饭后在院内坐着挥扇乘凉，是家庭最欢快的时候，除闲谈些家事外，大人常为孩子们说故事。祖母所讲的牛郎和织女给我印象最深。鬼的故事也偶然谈谈，我虽然听时毛骨悚然，觉得寒气透骨，还仍然觉得津津有味。记得有一次谈到一家的厅屋闹鬼，在那里睡觉的人，往往夜间被鬼用泥糊住嘴面闷死。我在这家的私塾附读，晚间要从这个厅屋来回走两次，所以特别引起恐怖。我伏在祖母怀里，也许身上有点颤抖，祖母以后便不准说鬼的故事了。我又有时不免觉得可惜。有一晚大家正在谈笑，忽然中止，都向一处凝视。我听到大人们低声说，一位亲友恐怕不久于人世了。因为他们迷信（或不如说相信）垂危的病人死前要"讨脚步"，就是灵魂出体，到生前到过的地方重走一回。"科学的证据"是：这样人的脚腿发肿。脚步讨完，这人也就要寿终正寝了。

我小时是喜欢吃鱼的，从来没有被鱼刺伤过喉咙，祖母总微笑着看我吃，仿佛这是很可乐的事。她还给我起了一个诨名，小鱼鹰。我很欢喜，并没有提出抗议，要求她正名，尽管我看过渔夫用鱼鹰捕鱼，要把喉咙缚住，使鱼鹰把捕得的鱼吐出来。

有趣的是，我的小孙儿也喜欢吃鱼，胃口比我强。技术却比我差。我微笑看着他，仿佛祖母也坐在近旁一样。

伯父的长女精明能干，性情直爽偏刚，订婚的婆家原来也很殷实，她出嫁后不久就衰落了，生活很艰苦。夫妻感情倒很好，姐夫善说笑话故事，姐姐记熟很多歇后语，有些十分巧妙。祖母因为姐姐遭遇不好，特别怜爱她。她常常回家做客，陪祖母谈天说笑。有一次她晚饭后回去，祖母送她，不慎跌了一跤。这时祖母已经八十三四岁，跌后不能再起来，卧床多日，发烧，逐渐神志不清，有时高叫说我上了屋顶，就要跌下，竟没有人管。我被叫到祖母床前，她仍呓语不止。这情形深深刺痛我的童稚的心。

算命的瞎子说，我不宜送祖母的终，所以祖母弥留之际，我不在她身旁。因为怕年老了灵魂容易迷路，从祖母的房门起，到大门外，点了许多盏"引魂灯"。我听到哭声，注目凝视，仿佛看到祖母挂着杖，在"引魂灯"的微光中，缓缓走入另一世界去了。

死亡是我童年记忆中的最初印象，但这是在祖母逝世之前了。伯父的长子年轻时被送到离家九十里的金家寨去做学徒，学习经商。山里的生活十分艰苦，店规严酷，终日站柜台不准坐，晚间还要干活。他早婚，已经有结核病，终于病倒回家，不久就去世。这都是从大人那听说的。我只记得一天看到院里放着纸糊的轿马和人，很好奇，问问有什么用处。这才知道就要为大哥焚化，准备给他在阴间使用。

他的死亡自然是家庭很大的不幸，我当时年岁很小，并未感到什么悲哀。等我成年之后，我才认为这是更大灾难的根本原因。大伯的次子理应受教接手经商，但是伯父，尤其伯母，对他过分姑息宠爱，不加管教，以至他渐渐懒惰成性，染上很多坏习惯，尤其坏的是吸鸦片烟。父亲不便干预，他表面上是父亲经商的助手，实际上是个蛀虫，不几年就将以小商业为生活来源的家庭蛀空了。父亲一生为此吃很大苦头，但从未发过一句怨言，被人敬为孝悌的楷模，至今传为佳话。

我的伯父倒是一个善良的人，洁身自好，但有点以自我为中心，不甚关心他人的事。他对二哥虽然不闻不问，放任自流，对我却谆谆教导。他大概应过科举考试，但只捐了一个员生，文化程度当然不很高。从我记事起，他终生细看《申报》，所以颇有些常识。我小时，一年春节前后，叶家集发生过一次地震，人们议论纷纷，惊慌万状。我很记得邻家一位眯睎眼的中年妇女，在惊恐的人群中反复高声说："鳌鱼睒眼地转身哪！"只有伯父卧床安睡，对门外的人说："这是地震！"以后他还给大家讲地震是怎么一回事。我不知道是相信他的话人多，还是相信"鳌鱼睒眼"论的人多。有时他也给大家讲些报纸上的怪诞记事，如照相照出鬼影，公鸡下蛋之类，但他从来不说不雅的色情新闻。

有一次集上忽然来了一个外国人，是向内地推销煤油的，这真像从天上降下一个怪物，大家又议论纷纷，自然也颇有惊恐情绪。伯父虽然不懂什么帝国主义经济侵略这类名词，他对外国人用这类东西大赚中国人的钱，有时我们中国人很被他们欺压，都能说得头头是道，也为听众所了解。

又有一次来了一个外国传道士，因为关于这类人民间早有传闻，说他们偷挖儿童的眼睛，所以人们都远远避开。伯父是不信任何宗教的，但对于佛教、道教和基督教都略有所知，所以能够深入浅出地谈一谈，传教士又像救世军样有锣鼓助兴，而这些助手又都是中国人，他就渐渐有了些听众。但说的一套同群众惯听的佛教宣传总是格格不入，有时不免引起嘲笑，传教士大概觉得他们是不可救药的异教徒，不几天就愤然离开了。听惯下油锅和割舌地狱故事的群众，只要自家孩子的眼睛没被挖走，对于洋地狱的威风，也就无所畏惧了。

　　我的伯父是品行端庄，仪表严肃的人，一般群众因此对他敬而远之，除素园的父亲之外，似乎别无亲近的朋友。我的父亲和他不同，一般都称他为老善人，大小事都同他商谈，并真心诚意听取他的意见。他们兄弟虽然性格很不相同，关系却始终和睦，为邻里所称羡。伯父端庄严谨，似乎从两件小事上也可以看出。我家里有一座当时集上少见的时钟，都由伯父亲手上弦，在拨正时刻时，必把大针拨到正点，钟响完了，再拨下一点钟，绝不乱拨几转。那时玻璃罩煤油灯也少见，伯父每天到一定时候用纱布擦灯罩，擦的时间似乎分秒不差。他的生活习惯虽然和别人不同，却极有规律，绝不轻易改动：晚上二更鼓后约九点钟到厨房检查炉灶，看是否有未灭完的余烬，然后就寝。第二天起来洗漱后就喝一杯茶。吃午饭，父亲总为他特备点菜肴，他自留一部分晚餐吃，绝不谦让。我想这对我喜欢过规律生活颇有影响。

　　但是最使我对伯父感念不忘的，是他说故事闲谈似的说教。他的说教总都有的放矢，说时和颜悦色，语调温和，声音也不高。我永远爱听，从未感到厌烦过。我现在还清清楚楚记得他教导我们勤学的话："学如逆水行舟，不进则退。"这是经验之谈，也是真理。有些成语格言，如"流水不腐，户枢不蠹"，我听起来也津津有味，因为他说起来既不迂腐，也不教条。伯父离乡做过一段工作，省吃俭用，记得回来时他为我们谈勤俭的必要，还拿出节省起来的几十块银元，交给父亲做家用。时钟恐怕也是他在外地工作时买的。最引我欢喜的是伯父带回来并为我们解说的精印六十张名人图。他挑选这些名人像带回来，并为我们详细解说他们的生平简历，用心显然是要为我们树立榜样。我想这不能不对我们发生影响。我虽然并没有从其中选一人做榜样学习，我可以告慰伯父的，是我总保持着力求上进的心。使我惭愧的是，这些名人中有一位陶思道，我只记得他留着一副很长的胡须，仿佛使人敬畏，而并不感到亲切。很久以后，我才知道他是俄国大作家托尔斯泰，简历里谈到他什么著作，记不起来了。假如伯父还在世，他会很高兴我译了托尔斯泰的《战争与和平》，但我会坦率告诉他，这与名人像并没有关系。我还记得一位英国海军名将纳尔逊，记的方法是很可笑的：他的右手放在耳边，"拿耳"音近，所以记住了。我从未想过参加海军建立功勋，但他的爱国主义思想和精神，总不会对我全无影响吧。人的思想性格形成，影响往往是多方面的，明达的父母会选择安排一些真善美的事物，使儿童从这些得到陶冶。伯父未必明白这些道理，但他做得往往比教育文化水平很高的人更好。

我家有三间厢房，是三哥和我学习、睡觉的地方，同时也是客厅。因为伯父每天亲自打扫收拾，房里极为整洁，仅这一点就给我们很好的影响。伯父很喜欢字画，父亲也是如此。这厢房的正中上面墙上挂着四幅沈周画的花鸟。伯父反复为我们讲沈周在艺术上的地位和精益求精的故事。父亲和伯父的艺术趣味不一样，他更喜欢另一面墙上那幅大笔头骑驴图。这似乎也表现他们性格的异趣。正面墙的横梁上悬一块宣纸匾额，"市隐"两个大字就占了一半纸面，后面的跋文大意是说，主人虽然经商，却是高雅的隐士。在房子的东端另开一门，通到放些盆花的小院，父亲对花深感兴趣，伯父却比较淡漠，而更爱在中秋节前后在小院或厢房里斗蟋蟀。这个门上悬一块小匾，题着"蜗庐"两个字。门的上侧是我们的卧床，下侧对窗有一张书桌，桌的左侧有个书架，里面放着几部古典明清小说，还有《西厢记》和《今古奇观》，倒没有儒教的经典和佛经。这些大概是伯父和父亲读过放在这里的，他们既不鼓励，也不禁止我阅读。我先看小说，后看《西厢记》，听表兄和人谈剧的内容，读"……呀，阮肇到天台……"相视而笑，现在我还清清楚楚记得，那时只似明不白地了解其意义。小学同学张目寒介绍我读《乔太守乱点鸳鸯谱》，使我受到最初的性的启蒙教育，现在回想起来，也没有什么不健康的影响。当然不能指望伯父和父亲对小孩进行开明的性教育，但他们谈过一点简单的卫生常识，对我们也就很有用处了。

在东乡有一位秀才，我听说厢房的匾额都是他写的，写时我还不记事。后来他还常到我家做客，伯父和父亲对他彬彬有礼，我有时也在旁边陪着，听他们谈话，因为我已经上小学了。有一次秀才谈到我家应当修家谱，他可以效劳。他从三皇五帝扯起，又谈到唐太宗等人，我摸不清头脑，但知道这是溯源同历史上姓李的高攀。伯父和父亲倒比较实事求是，只就还能记起的祖先谈点事实，秀才摇头表示颇不满意。有一件趣事同我有关，我至今还记得。

我在小学读书时，同学除名字之外，还要起个号，当时同学们不知为什么给我起了个号：谪仙。他们用这号称呼了我一些时候，别人当然也都知道了。我既姓李，大家也不足为奇。倒是我自己明白既无诗才，又无仙骨，用这个号实在太狂妄，便改为"泽先"。但在秀才要修家谱时号还未改，所以他灵机一动，说那就溯源到李白。伯父似乎有点虚荣心，未置可否，父亲却断然摇摇头，修家谱的事就没有再谈下去了。以后我恍然了：秀才的酒饭菜肴都要求讲究，还要供应鸦片烟，要修那样一部家谱，只好倾家荡产了。父亲自己动手，从曾祖起写点简单的记事，这在"十年浩劫"中也被抄走了。

在这个厢房里，除秋季陈列许多盆菊花外，冬季在一个古香古色的瓷瓶里总养着几枝蜡梅花，还在一个瓷盘里摆着四个清香四溢的木瓜，这都是三姑的长子每年送来的。伯父和父亲都非常喜爱。但对于花，父亲总爱亲自培育，杜鹃和兰花是从南山移来的，桂花和瑞香是亲友赠送。伯父有时戏言，他不做花匠，只做欣赏家，父亲往往戏答，只有花匠，才是花的知己。

我的母亲姓朱，家庭是自耕农，我记事时，几个舅父都在一个庄上分居，各家都有几亩水田，自种自收，可以维持清苦生活。我的父母结婚后，曾生过男孩，但或者患脐疯一周即死，或者早夭。算命的瞎子说，结婚择日不吉，并被"白虎冲撞"（我不了解这术语的意义，白虎大概是妖魔吧），要另行择吉重新举行婚礼，生男不能叫父母爸妈，要多认干爸干妈，不然难保性命。一切照办，我称父母为"老叔"和"娘"，拜了好几个干爸干妈，逢年遇节，叩头送礼。因此我承上天保佑，一直活到八十岁未死，还有心血管病专家今年向我保证，我可以活到一百岁。神学和科学结合，我想我的人寿保险大概是可靠的了。

我的父亲并未受很多教育，写一笔好字，文化多靠自学得来。因为经商，精于珠算。我最为感谢父亲的，是他虽未听说过儿童心理学，他对我从不厉声厉色，态度总是和蔼可亲，绝对不损伤儿童自尊心，教诲合情合理，使人心悦诚服。他对人诚恳忠厚，乐善好施，使易起纠纷的旧式大家庭能够基本和睦团结，社会关系也很融洽。

我八岁时，父亲送我到一家私塾读书，塾师董卓堂是位秀才。拜了至圣先师牌位，向塾师行过礼之后，塾师让我扫地，我先莫名其妙，扫完后，我听他对父亲说："这孩子可以读书，还聪明。"这是我第一次受到的奇特入学考试，及格了，父亲自然高兴，微笑了。读些启蒙课本之后，塾师就给我讲《孟子》，句句翻成白话，讲得令人听着津津有味，讲后朗读，那声调我觉得很好听，以后读诗尤其如此。此调仿佛现在已成绝响，我觉得很可惜。我尤其感谢这位塾师的，是他让我自读《三国演义》，这养成了我爱读书的习惯，可惜我以后总未能系统学好一种专门学问，对启蒙的塾师很感歉疚。

还有值得感谢这位塾师的，就是他讲情理，不一味苛刻严厉，对我尤其如此。叶家集每年总要演一次戏，据说班子是我上文所说河西地主家里的，以后养不起了，班子未散，到处演戏自谋生活。父亲愿意带我去看戏，但要塾师给假，他总准许。我在童年看过不少好戏，有的演员至今我还记得他的外貌和外号。有一个"大老光"，真可以算是头等喜剧演员，他一出场，台下就是一片笑声。有的老旦戏，因为父亲给我说明戏中的故事，有时还讲一两句唱词，我也很喜欢听。可惜父亲已经算是"绅士"，钱袋虽不宽裕，还逃不脱被"跳加官"，就是一位演员衣冠特别讲究，手拿笏板，在台上舞一番，行几次礼，祝贺"升官"。看起来也满有意思，可是要付赏钱，这比戏价至少要高二三十倍，不然喊出数字是显得很寒伧的。有一次我也意外被"跳加官"，这就使父亲穷于应付，不好再去看戏，我还要去，只好由表兄带领了。

我很敬爱我的塾师，父亲对他也很友好，偶然给他送点自家做的出售的糕点，真是"千里送鹅毛"，但塾师真觉得"礼轻情意重"，总表示真诚的感谢。这使我想起来父亲多年坚持的一个习惯，有点好吃的东西，总约三姑到家里。三姑出嫁的农家，人多地少又薄，生活很艰苦，父亲欲助而有心无力，常常引为憾事。三姑父为我家救出几间房屋，我已经记述过了。我几次听到父亲说三姑父诚实可靠，有一次兵灾，我们全家人逃避，父亲那时有几个银锭送到三姑父家，他给埋藏在粪池内，乱后掏出洗净送回。我父亲信任他，他也没有辜负父亲的信任。三姑父种菜蔬，每天担到我家门口出卖，父亲绝不无偿收他送给的菜，但答应我每天白吃一个白萝卜，味道真比京津的"赛似梨"还好。我从小爱吃胡萝卜，一生如此，有人说我八十岁不戴眼镜看书写字，或者与此有关。为此我很感谢姑父，也很感谢父亲，因为他对姑父十分关怀体贴，每天必留在家午餐，总尽力备点好菜。他们间除亲戚关系，还有深厚友谊，因为是从小一起生长起来的。记得父亲还讲过，他们童年时，猎人追捕一只虎，虎跑到叶家集，姑父紧靠虎旁走过，只当是牛犊，虎只看看他而未加伤害。人们都说姑父是武松转世。

父亲同一位陶姓回民友情也很深厚。那时候当然并没有什么民族政策，不同民族之间常常发生误解纠纷。汉民一般总是欺压别的民族，在我的故乡也不例外。我说过的那次集南北回民彼此械斗，有些汉族居民乐意坐山观虎斗，看他们两败俱伤。父亲出面冒险排解，很引起陶君的钦佩。父亲也有私人帮助他的地方，使他能够得到合情合理的待遇，他自然也很感谢。他曾经对我略有经济的帮助，我1926年回乡省母前，父亲在促我回去的信中，嘱我买北京特产铜墨盒和镇纸，回去他亲自和我一同送给陶家上学的孩子。送孩子上学是父亲劝说的，那时回民的孩子一般不上学。不歧视不同民族的人，是父亲为人宽厚的表现，我以为是很难得的，特别在那样时代。

父亲很有正义感，但一般不主张暴力斗殴，力争摆理分清是非，合理解决。我的六舅父有个女儿，婆婆是泼恶悍妇，经常把儿媳打得遍体鳞伤，痛苦万分。舅父想带几个人去报仇，声称要把婆婆往死里打，至少打成残废。这是他们很容易做到的。父亲劝他们不要走极端，以免救不了女儿，自己倒要遭殃。但也绝对不能置之不理，要邀请恶婆的四邻，揭露她的暴行，如无效，可以将女儿接回，脱离婆家，自食其力。在那个时候，这种主张是大胆的，也是英明的。

那时集上驻扎有民兵之类的队伍，人数不多，只有一名小军官，可威风很大，总欺侮老百姓。他同一个寡妇姘居，她的儿子已成年，受不了他的侮辱和群众的轻视，有时出面干预。那小军官几次把他抓起毒打，几乎丧命。父亲没有直接申斥，但逢人便公开谴责，小军官未敢报复，倒收敛了一些。不久他调驻别处，地方上少了一害。

有一个阎姓土豪，自立衙门，俨然是个地方政府。手下有些恶棍，处处为非作歹，挑动人们斗殴打官司，土豪以调解审讯为名，敲诈勒索，使人敢怒而不敢言，他也收税。父亲很气愤，但匹马单枪，无能为力。后来一位在山西做过高官的人台林逸，厌恶政治黑暗，宁愿放弃高薪，回乡任小学校长。他为人耿直，很爱打抱不平，便与地方上公正士绅商量，铲除这个衙门，打倒这个土豪。伯父和父亲都参加了。泄露了风声，土豪雇人去暗杀校长，结果他倒把阴谋揭露了，土豪被赶出衙门，衙门也随即关闭，人心大快。我亲眼看过土豪像普通乞丐一样，流浪在十字街头，至今觉得是一大快事。

有一年北方什么地方旱灾严重，颗粒不收，有不少人逃荒到叶家集，天天有人饿死。广为救济无力，父亲尽力煮些粥，蒸些馒头，夜间送到灾民聚居地附近。他说，粥少僧多，尽点心罢了。这事感动了不少人，大家出力，灾民至少可以每天吃到两碗粥，偶然吃到馒头咸菜。这以后饿死的人几乎没有了。

我到北京上学后，父亲每年都让我买些成药寄回，如"薛家保赤散""彭家百效膏"，同仁堂的"兔脑丸""瓜子眼药"等，还有少量"紫雪丹"，因为这药很贵。我特别记得"兔脑丸"和"紫雪丹"，前者说明奇怪：据说难产妇女服下，即可顺利生下，婴孩手里握着丸药。父亲写信说，丸药对催产很有效，但未见过婴孩手里有丸药。有一次一家独生子病了，高烧垂危，向父亲求救，父亲给了他点"紫雪丹"，孩子的病居然治好了，全家感激，多年不忘。

给我留下悲伤印象的，是每年除夕，我的一位本家哥哥总来和伯父、父亲共同守夜谈天。这时兽炭火盆上用陶器烧着开水，水声嘶嘶作响，和着低缓的谈话声，增强了新年的气氛。我不喜欢同其他人耍牌守夜，而愿坐在这里一声不响，听他们谈家常。父亲是主管家事的人，总说某年某年，家庭情况顺利，本以为可以越来越好了，不意来了一场灾难，火灾或兵灾，希望变成一场空。这些灾难我都目睹身经，也看到年前结账以后，不付清欠债，钱柜也是空空如也，这些听过多次的故事，仍然有逼真的现实感，同时看到父亲日显衰老的容颜，在我童稚的心里引起的悲伤经久难忘。

说到新年，我记起父亲写春联的情形。父亲能写一笔好字，这是自己苦练出来的，并无教师。父亲除读点小说外，也读过《唐诗三百首》等少数诗。亲友找他写春联的很多，他为他们写喜庆性质的。为自家写的却从诗中选出对句，我觉得很特别，也很欢喜。我现在能记起的只有：

> 云霞出海曙，
> 梅柳渡江春。

> 两个黄鹂鸣翠柳，
> 一行白鹭上青天。

我在童年即爱梅柳，喜听黄鹂，爱看白鹭，或者与此不无关系。

新年照例要放炮竹，童年有谁不欢喜多放？但没有人无偿供应呀。有一种应时的玩具：琉璃扑咚，儿童极爱吹着玩，声音别有一番风味，但很容易吹破，要用钱另买。为换取一点零用钱，三哥同我摆了一个写春联的摊子，但只有两三个乡下主顾，连纸价也不好收回，倒赔了一点小本。仿佛故意同我们小孩为难似的，这时市上出现平时见不到的北乡的梨和河南的柿饼、霜糖。父亲当然会给我们买一些的，但儿童的胃口不仅得不到满足，倒更馋起来了。母亲自然还会补充一些，我虽小，却已经知道，母亲靠纺线养鸭得点零钱，平常买线添针就靠它，便对她说，已经有点吃腻了。以后知道，欧洲人把谎言分为黑白两种，黑谎固然很坏，白谎却并没有什么不好。因此我不觉得有什么对不起母亲的地方。倒是对父亲我很惭愧，因为我未从写不好春联吸取教训，刻苦努力，练习写字，直到现在还时常被迫出丑。

父亲倒是一个心胸开朗，坚强乐观的人。他喜欢无事弹弹月琴，这一直是我喜欢的乐器，有时吹吹洞箫或笛子，我更喜欢前者的悠扬乐音。夏晚乘凉时，一位满脸笑容的客人总到我家来，大人称呼他沈老天，我们小孩总管他叫"老天爷"，他总笑嘻嘻地答应。有人拉胡琴，他同父亲喜欢唱京戏，他唱花脸，父亲唱小生。这时父亲是很欢快的，尽管家境一天不如一天。

从父亲所说的一些故事，可以看出他是一个颇有幽默感的人。我记得他说，集上有两家较富的商店，在春节准备花灯，为要压倒别家，彼此严格保守秘密。一家的花灯是各种色彩鲜艳的花枝，每枝上点几十支蜡烛，以为一定可以夺魁了。另一家扎了一架抬阁，上面端坐着少女装饰的花神，四周是四季的名花。

史河虽然西移，紧靠集西边还有一条干河道，也就是我们常在那里游戏的沙滩。夏季山洪暴发，我们常常看到洪水滚滚流来，街上很快就涨到膝深或腰深的水，但并无大危险，因为水很快就会落下去。镇的周围有塘有溪，平时就有水，可以养鸭养鱼，洪水来时，水当然也要上涨。我们家附近有一座看来很不坚固的石桥，但洪水多年冲不坏。父亲说，这桥是他小时就建成的，被人戏称为"豆腐渣桥"，原以为被水一冲就会倒塌，可是"豆腐渣"为建桥人争了气，父亲说着不禁笑了。1957年我回乡，"豆腐渣"桥依然完好，我们还笑谈这段故事，欢快不减当年。

父亲有时爱在厢房里默坐沉思，这时缓缓吸着装满杂拌儿烟的烟管，烟味香郁好闻。父亲这时仿佛入了忘我之境，脸上现出微笑。不用警戒，我绝不会干扰。有一次父亲因事外出，烟管和杂拌儿烟都留在桌上没有带走。我有点好奇，装好烟草，烧着吸起来。鼻嗅的香气虽佳，口尝的味道并不好，但我还继续品评，仿佛要探索吸烟的妙趣。我渐渐觉得口有点干，心微微跳，头也有点晕疼了。我略有点害怕，到床上躺下来，父亲回来时我照习惯如实说了，父亲并未责备我，只给我服几粒仁丹，喝杯茶，嘱我好好睡一会儿，醒后就会好了。果然像他说的，起来后并未觉到有其他后果。

这使我联想起来，一次新年我喝了些酿酒的甜糟酒，脸颈发热发红，正不知怎样是好，我迎面看到塾师贺年来了。我不好意思，真想头钻进地里。塾师却笑着走进厢房，父亲正在那里吸烟。我想两个对头再加大人的嘲笑责备，那可真够受。不料他们都微笑着看我，父亲更意外地说："拿起青龙偃月刀，演一段过五关斩六将吧！"他们知道我正在看《三国演义》，并入了迷。

这两件小事在我的记忆中虽然留下愉快的回忆，我却一生几乎同烟酒绝了缘。

母亲是农家出身，没有读过书，那时当然也没有自学的机会。勤劳、朴素、诚实、善良是她的性格特点。她说话耿直，不爱听更不善说花言巧语，见到太不顺眼的事情，往往不管场合，直率畅快地说几句。我上面说到过，伯父的次子是我家衰败的祸根，鸦片烟瘾很大，又好吃懒做，母亲认为他是喝父亲的血，所以很憎恶他，虽无公开冲突，她也毫不掩饰。伯父对二哥不声不响，伯母一味姑息，父亲是哑巴吃黄连，苦味自心知。我记得有一次，母亲在洗衣服，伯父和父亲在不远的地方吃饭，这时二哥醉醺醺地晃晃荡荡走进来，母亲捺不住心头怒火，厉声骂一句"该死的东西"！二哥怒目而视，伯父不吭声，父亲拍桌责骂母亲，母亲当然不屈服，说家里还成什么规矩。屋里空气很紧张，我觉得制止不住眼泪，默默走出去，母亲牵着我的手走回房去，在床上躺下来，这事也就算不了了之了。从父亲以后对母亲的态度看，他是后悔的，明知做得不合理。这是我看到父亲惟一一次在家里发脾气。他在家里对什么人都和颜悦色，慈祥可亲，对于伯父悌道真是尽到了百分之百，直到现在还为人常常称道。但他又不是老好好，对社会上不公平事件，他总仗义执言，对坏人他能发出令人震惊的脾气。对于这一点，母亲是心服的。但是她对父亲的处境和苦衷不能完全谅解。

母亲爱憎分明，合情合理，家里和四邻许多人都同情她。三哥续弦的妻子很憨厚贤惠，料理家务十分勤劳，不大计较多少。二嫂精明能干，但只做分内的事。母亲和她们二人轮流分日烧饭，母亲要为父亲和几个孩子缝衣做鞋袜并洗衣，十分劳累，三嫂常常主动为母亲分担些做饭工作，又因为她品质好，所以母亲爱如己女。大嫂早年孀居，大家主动照顾她，不让她分担家务劳动。伯母有两个儿媳出力，自己同几位老妇人结为干姊妹，定期互相宴请，菜肴相当精美丰盛，有时终日耍牌。母亲对于这些，连对我也从未发过一句怨言。但她总羡慕伯母有福气，儿子都成了家，家务可以由她们代劳，而我是长子，虽然照习惯已经订好亲事，年岁不够大，又要外出读书，不知盼到哪一天才能了此一桩心事！这当然不是完全为了自私的目的，在封建主义时代，为儿女完婚是父母的神圣责任。不意五四运动一爆发，母亲的梦遭到毁灭，但她以明达的态度对待了这一问题，不过等我以后再来叙述了。

母亲的形象在她教我们唱儿歌时，在我的回忆中最为鲜明、亲切。我一低吟：

月姥姥，黄巴巴，小孩子要吃妈；
月亮走，我也走，我给月亮背花篓。

我觉得我能画好母亲的像——一件我久久想做，而苦于做不到的事。

因为我是第一个活下来的男孩，母亲对我自然特别疼爱，但从不姑息，我想这多半是从伯母吸取教训。她常常教导我以二哥为戒。若是母亲有什么缺点的话，这个教训也是根源。我的二弟弟从邻近的孩子们学来一些坏习惯，尤其使母亲不喜欢的是他爱骂人。母亲爱他，因此更怕他不成器，有时气不过，就打一顿，打完又后悔，受了不少苦恼。

我记得只在上小学时生过一场病，出疹子。这出得很顺利，一般认为是照例的儿童病，本不必忧虑，但在我前一批出疹子的病儿，死亡率很高，母亲极为焦心，为护理我几夜不睡。记得三弟有一次害病，形势很危急，母亲废寝忘食，日夜守在床边。在绝望中，母亲要求请"端公下神"，实际是请巫医，父亲也同意了。与此同时，镇上来了一个征求酒税的人，我家酿酒，一定要同他打交道。他看父亲忧容满面，心神不安，便问有什么心事，父亲告以孩子病危。那个人自告奋勇，到我家看了看三弟，随手开方抓了一剂汤药。父亲略通医理，看出同以前另一当地医生所开药方比较，热寒药相反。父亲迟疑了，竟问我的意见。经过考虑，用了外来医生所开的药。一个多小时以后，三弟按腹挣扎，翻了白眼，我们认为将死了，母亲这时在后院拜神。不一会儿三弟要大解，便后立时就觉得舒服了，真是"药到病除"。父亲让我去通知母亲，神事刚完，母亲一听便念几声"阿弥陀佛！"牵着我飞跑到三弟跟前，欢喜得泪流满面！我感到母爱伟大无际，母亲大概觉得神力无疆，父亲一定对外来医生更为感激吧。我记得这晚夜宵特别丰盛，酒也畅饮，端公酒醉饭饱，回去一定酣睡并做美梦，梦中还念念有词，感谢大神保护了三弟。

叶家集的习惯，出嫁过的女儿只能在元宵节后一天回娘家探亲，母亲年年总带我到姥姥家去。每去必经过一片墓地，母亲总指着一个小坟对我说，"那是你哥哥的坟，他不到三岁就死了，要活着比你大三四岁。"事隔多年，母亲谈起来心里还不免悲伤。这悲剧显然增加了母亲对于我的疼爱。

我最爱外祖母和姨母。她们都信佛，终身吃素。外祖母慈祥和蔼，我总幻想她是大慈大悲的观世音化身，常常拿她们的面相做比较，仿佛很有相似的地方。外祖母每年只到我家一次，只住四五天，母亲亲自为她烹调素菜，让我陪餐，这对我是一大乐趣。她虽然只是并无文化的农家妇女，却落落大方，温文尔雅，语言十分低柔悦耳。虽然只是真正的闲话桑麻，我却听得津津有味。

外祖父沉默寡言，性情略有点孤僻，但并不严厉。他很少到我家来，我记得有一次父亲留他吃了晚饭才回去，他怎样也不肯，径自走了。我自告奋勇去追赶挽留，他仍没有回来。在姥家，他也很少出来同大家一起谈笑。他虽然没有文化，更不知道有教育学、心理学，他和外祖母却把子女教育得很好。首先他们纯朴诚实，勤劳厚道，分居在一个庄上，和睦互助，从不争争吵吵。外祖父母单独生活，他们轮流赡养照顾。父亲对姥家比对自己的家还满意。

姨母性情爽朗，心直口快，但言语极有分寸，绝不伤人。我以后听说，我一出世，姨母就很疼爱，每次赶集，总要看看抱抱。她和母亲感情极好，或者是主要原因。1930 年前后，叶家集是豫皖鄂革命根据地的一部分，姨母虽然没有读过书，对于党所宣传的道理，却很能理解并欣然接受。那时她已经结婚成家，有了孩子，不然她一定会参加革命行列，做出应有的贡献。

我在童年，特别在小学受了点启蒙教育之后，朦眬觉得封建主义的旧家庭毁了不少可以有为的女子，在五四运动发生后，这种感觉就形成明确的思想了。我的姨母的生活在旧时代还算幸福，但却是她最初使我有这种感觉。我初恋的女子更是这种旧家庭的牺牲品。我的家庭还算是比较开明的，我对父亲和母亲永远怀着敬爱感谢之情。

1983 年 9 月 10 日

三　我的母校明强小学

在辛亥革命前，叶家集只有两家私塾，学生不过十来个人。革命后创办了小学，起始是蚕桑学校性质，我记得仿佛还种了些桑树，学生寥寥无几，创办人是个孟姓的地主。大概在 1914 年，明强小学才成立，读私塾的人才转入了第一班，其中有韦素园、张目寒、台静农、韦丛芜和我。

离集很近，有一座火神庙，供的主要是火神，还有文昌菩萨。神庙居然能改为学校，总算是革命带来的一大进步吧，虽然再没有人来朝拜进香，大家对菩萨还是敬而远之，相安无事。庙前有一堵很高的影壁，据说是用来遮火神眼睛的，免得他见到人世间的坏人坏事，生起气来，放火惩罚。小时我曾想，不是这墙未起作用，就是火神脾气太坏，因为叶家集常起火灾。

庙内靠后一排有六间二层楼房，都是教室。从楼的一端可以进一个小院，那里还有一座小楼，是外地教师的宿舍。一进大门，两边各有几间平房，是办公室。此外还有几间房供离集较远的学生住宿。学生绝大多数是集上的商人家孩子，少数是地主家庭的，没有农民子弟。当然只收男孩，那时没有女孩能上学，在家里读书的也没有。一共有一百来个学生。校外有个颇大的操场，四周满植柳树，夏秋依树种的牵牛花盛开。附近没有人家，只有精耕细作的土地，显得很开阔。在一个小镇，这个小学也算规模不小了。

小学的第一任校长台介人，是台一谷的父亲，为人耿直，严肃，学生都很怕他。他终日抽水烟袋不离手，一上来学生颇为惊异，小的甚至围观，他往往两眼一瞪，他们就连忙跑开了。有一件令人钦佩的事，就是他不准体罚学生，也不准责骂，所以一般学风很好，学生很有礼貌。在"十年动乱"中，我常常想到这情形而叹息。但心平气和的说教却常有，往往也是有的放矢，效果比较好。这是校长很值得我们感念的地方。他笑容较少，略有傲态，同教师学生的关系不甚亲密，但也友好。我记得办公室门外有一副对联：十年树木，百年树人。从他对我们就此而发的讲话看，他是了解树人的重要意义的。我以为他也很好地尽了他的责任。他为一谷的死很伤心，而且"知子莫如父"，他坚决相信他不是坏人。等我看过一谷就义而死的新闻报道时，我多么愿意告诉他老人家啊，但可惜他早已去世了。

我的塾师董卓堂也到了小学做国文教师，继续讲《孟子》，精彩一如往日，我至今念念不忘。他可能因为患病，有点跛，很引人同情。我很记得在私塾时，一天下午突然飞过蝗虫，天空都被遮暗了。塾师放下正讲的书，站起来说，我要回去看看，你们自习不要散，便匆匆走了。他的跛更引起同情了。他家里种几亩园地，是一家生活的主要来源，所以他十分焦心。父亲一见那样多蝗虫，既为姥家，也为塾师家焦虑。姥家较远，只有等待来人。父亲便到私塾里等待，等塾师回来，知道蝗虫没有降落，很高兴。稍迟知道姥家也未受害，叶家集乡间无损，更一片欢笑。自然也很有人相信是烧香求天的结果，但我的小小脑子里别有一种想法：蝗虫在史河那边固始的土地上吃饱了，所以从故乡一飞而过，庄稼未受损害。后来知道果然如此，父亲和塾师还夸奖我几句呢。如果说这位塾师有什么缺点的话，就是教训人比较琐碎频繁，效果不很显著，到学校后尤其如此。在私塾他对被父母姑息宠爱的学生特别严厉，甚至凶狠，我很难说他是出于恨恶，还是出于爱护。到学校后，这一点自然也就改变了。

教我们国文和地理课的是何棣伍老师，他是进士，旧学的底子确实不错，讲的虽然不如塾师灵活，却很深透。古文讲完后，要求朗读背诵，现在我认为也很好。他自学地理，熟极了，眼睛很近视，我们试问他一个地名，他总用指头一按，说声"在这"！向来没有错过，我们十分佩服。我们班上没有一个人能做到这样地步。

教手工和唱歌的老师朱一斋，像是一个女教师，柔和细心，声音也不像一般男子。我喜欢切纸穿织手工，但总做不很好。我每每一忙整晚，毫不厌倦，因为父亲这时总在旁陪着我，面现微笑，我一再失败，他绝不泼冷水。终于成功，他同我一样高兴。这位朱老师很以能看八字算命自豪，一次为我算命，大惊喜，说我命好，批语我记得有这样句子："他日云路高飞，幸勿忘明强故事。"我虽未高飞，总算做到了"勿忘"，我想也将就可以对得过仙游去的老师了。我还记得，他算出素园在某某年将"走桃花运"，我们不懂这是什么意思，问老师，他只笑而不答。过些年，素园在安庆遇到他初恋的女子，我们谈起来不禁一笑。

教我们历史的老师是韦凤章，素园的大哥。他在外乡大城市做过教育工作，经验较多，知识面较广，对学校发挥了多方面的作用。提倡相信科学，破除迷信，他出力最多。这使我想起一件有趣的事。张目寒是相当活泼调皮的，有一晚，他偷偷上了楼，我们听到教室里桌椅乱响，不知道是怎么一回事，但又不敢上去看个究竟，便在楼下喊话。沉静一时，桌椅又响起来，还有脚步声、呻吟声，我们更害怕了。这时韦老师端起煤油灯上楼，我们几人跟在后面。上楼的脚步声引起教室内更大的闹声，但是领头的人只能进，不能退，我们也只好跟着走。等到走进教室，空无所有，桌椅还是整整齐齐。以后目寒私自告诉我，他听到有人上楼，便连忙抱着一根柱子爬下来了，高兴没有被人看到。学校闹鬼的话很快传遍全校，也传到镇上了。韦老师讲演辟谣，弄得舌敝唇焦，看起来有一部分学生信服了。

接着不久明强小学发生了一件震动全市的大事件：全校神龛里的泥塑神像，绝大部分被打砸坏了。镇上的铁匠是信奉火神的，听到这个消息自然很气愤。一位十分泼辣的老妇人，信佛信道，当然也信火神、雷神，信一大串菩萨神仙。天旱时，她常常头顶烧热的香炉，两三步跪下叩一个头，沿街行走求雨。她领头，带一群善男（并无信女）高声喊叫着向学校跑。学生家长们早知消息，已经把孩子们接走，教师们各自找地方藏躲。这些人把学校桌椅等都砸毁了，但未伤人，因为已经无人可打了。他们胜利而去，学校关闭些天，县政府派人将老妇人拘留一段时间，对群众未加追究，以后也就相安无事了。

这次全武行声势浩大，但只有一方面动手。我们的同学虽然在校都文质彬彬，出校却有些"蛮性的遗留"，几乎散学后每天要"打仗"。学校附近有一条小溪，平常只是一条干沟，这就好像棋盘上的"黄河为界"。同学分为集北头和集南头两派，北头人少，只有韦氏兄弟、安氏兄弟和李氏兄弟，人少却是一支劲旅，南头人多，总有几十个，但原谅我不客气，只能称之为乌合之众。若是还有在世的同学提出抗议，我可以谈谈每次的战果：北头百战百胜。我们所使用的"武器"是土块或碎石片。这"武器"可不能轻视，我就在额头受伤流过两三次血。但我们总打过沟去，把南头人打得落花流水，狼狈奔跑。我们高唱着凯歌回家。我下面要说到的那位老同学未必参战过，但我相信他是忠实的历史家，记性好，一定会替我作证人。

我的母校也不是尽发生暴力事件，也还有些风雅轶闻。我又想到我的老学友张目寒。我们读国文时，知道"重九登高，孟嘉落帽"的故事。我们也读过王维的《九月九日忆山东兄弟》：

　　独在异乡为异客，

　　每逢佳节倍思亲。

　　遥知兄弟登高处，

　　遍插茱萸少一人。

所以对于重阳佳节很感兴趣。镇东约三里有个小小灌山，听说有个石洞，中有石刻佛像。关于这个山，还有狐仙的传说，我们久已心向往之了。因此我们很想佳节去游山。目寒代表学生向校长请求全校重九到那里旅行，校长没有答应。目寒觉得这太煞风景，便同素园、静农和我商量，我们不请假去玩，作为一种抗议。我们同意了，去痛痛快快玩了一天。第二天校长并没有训斥我们，只温和地说下次不要这样了。

　　也许是这次"轨外行动"引起了学校一次创举：全校"远足"——就是列队郊游。那时有一个外来教师教我们体育，他说自己能够镶牙、制药，似乎很有点本事，但体育课打宽分也只能勉强及格。"远足"是他带来的外来词，当时我们听起来很新鲜。我们全校上午出发，穿过全街，前面有两个鼓咚咚敲着，步伐整齐，好不威武！玩到近晚才排队回来，大家觉得累了，要求走捷径，到家的人就离队回家，老师不准，一定要穿过全街，到学校才解散，因为要街上人家看到有始有终，才合规矩。这在故乡也真是一件大新闻，外来教师的威信在学校也大大提高了。

　　前年我意外接到一封信，拆开一看，是一位比我还大一岁的小学同学所写。他介绍自己名叫陈振声，不幸中年失明，只靠说书为生。他记得许多明强往事，其中一件我还记得很清楚，就是一年房上生出一株鸡冠花，大家叹为奇观，老师们为此确曾写过一些诗，当时少数还可背诵，以后统统忘光了，不知道可埋没了什么名作。素园可能也吟过诗，但我记不确切了，至于陈君所记的一首绝句，恐怕是他自己的创作，年久记不清楚了。我感谢陈君怀旧的盛情，给他写了一封口信，简述别后几十年的生活工作情况。现在小学同学在世的除陈君外，我只知还有几十年未能晤面的台静农了。"死别已吞声，生别常恻恻"，遥想陈君也有同感吧。

　　关于明强小学，在我的记忆中还留下印象的有两件婚丧大事。创办蚕桑学校的那位孟姓地主在明强小学创建后不久去世了。他家里大摆丧宴，约明强的学生去。去前我们就听说准备的是鱼翅席，十分名贵。我们那时都很小，一听这样局面都有点怯场，但不得不随着带队的老师前去。我们原以为是"鱼刺"席，奇怪刺怎么个吃法。以后听大人说明，鱼翅是珍贵的海味，味道如何如何，像粉丝似的条条，可惜稍稍明白后，已经记不清味道形状，也说不清究竟是否吃到了。

那时早婚是惯例，我们有个王姓同学比我们大好几岁，家庭是地主，决定为他早结婚，大家并不奇怪，感到惊奇的是要大摆宴席。去前我们就听说，场面十分隆重，还请了乐队。我们想听听锣鼓，看看热闹也有趣，倒并不十分怯场了。哪知宴席一摆好，大家都目瞪口呆不知所措了。原来要奏乐，来宾按乐声逐一方步入席，一哄围坐固然不行，简单让让也不体面，只好由大人牵着手一一领到座位。菜一个一个地端上来，奏一段乐才能动筷，好在有大人带头，略有耐心就可以不至太出格。

故乡风俗，有"红白喜事"，小康人家都要准备宴席，让客人不仅饭饱，还要酒醉。但我们这些参加过盛典的人，对此能应付自如，所以也就不在话下了。

1983 年 9 月 15 日

同青年朋友谈谈我的青年时期

　　我年轻的时候读过一篇文章《假如我再做大学一年级学生》，大意是说他想要怎样安排自己的生活和学习，以获得最大的益处和成就。这篇文章对我有些帮助，就是我因此想了想如何安排自己的生活和学习。但是帮助不大，因为他的理想同我大不相同，我的生活和学习多半靠客观环境决定，而环境是很不利的。我想，我首先要靠主观努力，才可以争取到生活和学习的条件，这在那时候要比现在艰苦多了。

　　我的家庭人口众多，几乎只靠父亲一人经营小商业维持，真是家无隔夜粮，地无半寸土。我勉强从八岁开始，在一处私塾寄读，小学成立时转入小学。连读本都是由父亲抄写，没有什么学费，所以读毕业了。

　　我的家乡霍邱县，同其他七个县，属于阜阳，那里有个第三师范学校是公费，管伙食住宿。这是我惟一可以入得起的学校，连川资每学期三五元钱就可以了。父亲让我进这个学校，第一次就考取了。我想成绩所以较好，与私塾小学的语文教学很有关系。教师讲得十分生动清楚，听的人自然很有兴趣，学的积极性自然很高。那时读的都是文言文，讲清楚后，一要求朗读，用一种颇为特殊的声调，我觉得比现在一般朗诵好听多了。二要求背诵。我认为朗读和背诵都是很好的。还有一点最有益处，就是从塾师起，鼓励我们课外自己阅读小说。塾师教我从《三国演义》开始，一读就兴趣很浓，真是废寝忘食。读完《西游记》、《水浒》、《今古奇观》等之后，就读《红楼梦》《西厢记》。乡间书少，幸而门前有个卖书租书的老头，对我很客气，很愿借书给我看，什么《七侠五义》、《济公传》等等，读起来也津津有味，不肯释手。这些课外的自由阅读，对我很有好处，特别是养成了爱读书的习惯。

五四运动是在 1919 年 5 月发生的，我 9 月到阜阳第三师范时，那里已经受到影响了。文学革命开始还要早些，所以一开学，学生就有文言和白话两派，但对立还不很显著。李何林和韦丛芜比我迟去一年，比我早一年的有陈素白，我们志同道合，赞成白话，拥护新文化、新文学。那时阜阳很落后，完全没有卖新杂志和报纸的地方，我们几个人凑点钱去订购，记得有《新青年》《少年中国》，有副刊《学灯》的《时事新报》，有副刊《觉悟》的《民国日报》。新书凭广告去邮购，有时很上当。教师几乎全反对白话文，所以我们求新知识的活动完全是自发自觉的。

我觉得"自觉"对青年很重要，但也不要排除适当的指导，有机会时也不要放过。我有一些小学同学在武昌读书，从通信知道，他们有一位很好的热心教导青年的教师——在中华大学附中教书的恽代英先生。我写信向他讨教一些问题，他很快复了一封长信，主要教导我们要了解中国历史，特别是中国思想发展史；读书的范围要广泛些，不要只限于文艺，社会科学和自然科学的书都应该读。为解决我们买书的困难，他说可以向他们所办的利群书社去购买，不仅可以八折，不合适的书还可以退换。这封信给了我们很大的鼓舞，可惜信早在兵灾中丢失了。

我上三师第三年，陈素白和韦丛芜都病了，住进疗养室，这是正常的规定，我一人护理他们，常常不能上课，更不用说别的活动了。学期快结束时，他们总算好了，这时有些同乡常来看看，当然不免欢笑。有一天晚饭后，突然钟声大作，有人通知我去开会，原来是对我声讨，说我们"霸占疗养室，阴谋要将洪水猛兽引进三师"。那时所谓"洪水猛兽"就是"共产共妻的共产主义"的代词。这倒是太恭维我们了，我们对此连一知半解还谈不上。发言的只有一个刘某，无人响应。多年后我们曾在北平相遇，听别人说，他已经做了国民党的特务，但我无法也无兴趣去核实。韦丛芜和我愤然退了学。我们当时不是，以后也不是参加实际革命斗争的战士。我当时的兴趣与志愿是小学教育。

对我那样处境的青年说，失学是一大不幸；但我一点也不悲观失望，真正处之泰然。我的父亲丝毫没有责难我。那时我们从要去苏俄的韦素园得到一些共产主义宣传品，连我父亲读过也不觉得有什么不好。这对于我是很大的鼓励与安慰。但是眼前有一个实际要解决的读书问题，父亲为此很费思索，有点感到苦恼。但是他为我讲解了《孟子》里的几句话，使我受到很大的启发：

> 天将降大任于斯人也，必先苦其心志，劳其筋骨，饿其体肤，空乏其身，行拂乱其所为，所以动心忍性，增益其所不能……

我为这样教诲，很感谢我的父亲。

三师的生活很艰苦，伙食费还要被剥削。学生每周打一次"牙祭"，一人可以吃到一片薄薄的米粉肉，一碗黄豆芽汤煮面，我多年不忘它们的鲜美味道。我想这就是青春的魅力吧——它将生活诗化了，美化了，留下些甜美愉快的回忆。这并不是伪化捏造，这是大自然惠赠给人的礼物，不知珍惜，对过去一些艰苦或不如意的事情还在记忆中怨天尤人，顾影自怜，那就免不了笨伯之讥了。

我父亲的教诲和我自己的这点体会，似乎还可以供青年同志们参考。

我的身体很瘦弱，引起不少人的关怀。体育老师王益恭技术极好，也是个和蔼可亲的人，受他的影响，我积极参加体育锻炼，打八段锦拳，做柔软操，也玩球类。我在不同的时期总坚持不同形式的体育锻炼，就是这时候打下的基础。我离开三师后就和这位老师失去了联系，我至今觉得是一大憾事。

我从三师带回一本简写的《天方夜谭》，一本简单的英汉字典。我查字典硬读，居然看懂故事的梗概，真是别开一个天地，比《三国演义》等还引我入迷。我决心自学英文，读文学书，从这里开始，虽然我对小学教育还并未淡漠。

当然，学外国语能有很好的教师，有多听的条件，自自然然循序渐进学习最好；但是我那时并没有这样条件，我觉得自学达到畅利阅读并非难事，只要肯切实用一年功，多数人都可以办到。

韦丛芜的大哥在安庆做教育工作。我1922年春天到安庆，师范学校公费，学生有地区限制，转不成，中学自费，入不起。那时到处军阀专横，兵即是匪，即举二事，就够令人寒心。学生为教育无经费和平请愿，军阀开枪打伤些人，打死一人，虽然抬着血衣游行，也只是叫几声，空走一趟。紧靠城外，一个女校被军队强奸，自杀的人很多，社会默然无声。在这样环境中，个人失学也就算不了什么大事了。韦丛芜和我受五四运动和文学革命影响，虽然对反帝还不甚了解，对反封建倒很热心，我们为此办了一个周刊《微光》，主要写些反封建的文字，我也写过些首小诗。我们悲观，但不绝望，我们努力探求人生的意义与价值，但并未参加实际革命斗争。当然，那时共产党成立不久，我们也无法接触，得不到组织领导。我们只纸上谈兵，读些能得到的宣传文字。

韦丛芜的大哥组织了一个商品陈列所，商务印书馆在那里设了一个售书处，我做义务的小店伙替他们卖书，因此颇有机会读到些新书刊。我想，一个青年处境无论怎样不好，若是自觉努力，总可以找到时间和机会自学点什么。时间越少，机会越难得，就越有价值，利用好了，就越有收获。

我在安庆练习冷水浴，一直到水面结了碎小的冰屑，我也没有停止。可惜以后到北方没有坚持。

1923年春，因为韦素园苦劝，我和他同阵到北京读书。川资是从故乡的亲戚借的，还有一个小学同学倾囊相助。春季没有什么学校可入，便借助字典自学英文，秋季才入了崇实中学。自学期间和入学费用全靠自己想法了。外文还很半瓶醋，可用的只有一支笔，我便编译点短文投寄报纸，居然被刊登了，每千字得五角钱。一上来学校功课很吃力，稿费也不是总来得很顺利。记得有一次春节后，实在山穷水尽了，对于北方的天气也不了解，一时觉得还暖，便把惟一可当的大衣当了几元钱。这以后三个月出不了门。我们以后只作为谈笑的资料，并不以为苦。我想这也是青春的魅力发生作用吧。

我虽然还坚持体操锻炼，身体依然瘦弱，有大夫预言我活不到四十岁。但是另一方面又有传言，说韦丛芜和我是出席过全国网球赛的选手。体育教师不相信我们的解释，我们表演一番出出丑，传言才平息了。

1924年暑假前，我得到一本《往星中》的英译本，读了很喜欢，便想将它试译出来，素园有这本书的原文，他也鼓励我一试。我利用暑假译完，很想向鲁迅先生请教。我的小学同学张目寒是先生的学生，由他将译稿送去。先生很快就看了，并因此建议成立未名社，印行青年人的译著。我得到先生的鼓励与教导，是我一生最大的幸福。

1925 年在崇实毕业后，我上了燕京大学，和韦丛芜同住一屋。他患肺结核，那时迷信新鲜空气，严冬也开窗睡觉，终夜寒风拂面，我倒也并未感冒过，可见严格锻炼很有用处。二年后我就休学边办未名社，边在孔德学校教书，因为韦素园已经病倒了。从这时起，除教书外，兼从事译著，一直如此。1928 年因为出版我译的一本书，未名社被查封，我被捕关了五十天。燕大不准我复学，我也不想再上，不能再上，因为只有我可以接办未名社了。教书几乎拿不到工资，在未名社是尽义务，几年就债台高筑了。韦丛芜又开始走入歧途，时时闹些无聊纠纷，我看未名社是没有什么希望的了。这时我到孔德学院教书，一边译《被侮辱与损害的》，得稿酬一千六百元，一半给大家庭维持生活，一半作为存社版税，代素园还了从未名社的借款。我的心里轻松多了。

经李何林和朱肇洛介绍，我 1930 年秋到天津河北女子师范学院任英语系主任。我自觉很难胜任，基础功太差，只有拼命努力，边教边学。第一二年无暇译作，以后经鲁迅先生督促，利用部分时间和寒暑假期译书。现在回顾起来，我用于切切实实打好基础，系统学点专门学问的时间，被译书占去的太多，结果两方面都没有做到好处。一有机会。我就劝勉青年莫学我的办法，就是为这个缘故。

我的身体仍然瘦弱，工作也比较繁重，但是我能坚持劳逸结合，坚持体育锻炼，在女师院时及在以后，每天必午睡后散步，也喜欢划船。即使在严冬，每晚工作后，我必在户外快走二十分钟，直到全身凉透，然后洗脸漱口才睡觉。我几十年中几乎没有生过病，与这种生活习惯很有关系。

1937 年抗日战争开始，我的青年时期也就结束了。

我在文章开始时提到一篇文章，那是"事后诸葛亮"，自然也可供参考，但总不如当代人所写的青年时期的回忆亲切，作为借鉴更有用处。因此，我也滥竽充数，写一篇这样的文字。

1983 年 5 月 23 日

"五四"风雷在阜阳第三师范学校

　　1919 年"五四运动"发生时，我还在安徽霍邱一个小市镇叶家集上小学，离运动中心北京很远，年岁也还轻，较多知道运动的实际情况，是很以后的事情了。但是这个运动"声势之浩大，威力之猛烈，简直是所向无敌的。其动员之广大，超过中国任何历史时代"。(《新民主主义论》)因为我在青年初期，容易受新事物的激动。1919 年秋，我考进了阜阳第三师范学校，有了广泛阅读当时的报纸期刊的机会。"五四运动"对我的影响就逐渐增大起来，可以说它决定了我一生的道路。

　　第三师范是个公费学校，一年大约有十元钱就可以应付，我还上得起。它在阜阳郊外颍河岸上三里湾，很清幽僻静，在樱桃花盛开的季节，是个风景颇为秀丽的地方。学校的生活当然很艰苦，但那种简单朴素的风味也自有它的可爱之处。早饭总有一盘当地特产腌香椿，主食是米粥馒头。一周有一次四川话所谓"打牙祭"，可以吃到一两片米粉肉，黄豆芽煮汤下的面条，我觉得味道鲜美极了。抗战期间，大概为话旧引起"灵感"，我请妻煮一次黄芽菜面条吃。我不肯说"索然无味"来辜负她的一片好心，但我不禁惋惜那幻美的味觉却永远成为泡影了。

　　在第三师范附近有一个第六中学，是富家子弟所入的学校。我也有些同乡在那里上学。偶然同他们谈起来两个学校的性质和风气，觉得他们颇有优越感，认为中学是培养优秀人才的地方，师范不过训练小学师资。我虽不免哑然失笑，却丝毫没有自卑感，因为我当时及在以后不少年中，都极乐意终生做个小学教师。

回忆第三师范的生活，我很怀念我的许多老师。教体育的王益恭老师几乎对各种体操和球类游戏都有特长，技术熟练，姿势优美。他在双杠上拿大顶俨然是一座艺术性很高的雕像，至今犹历历在目。他对人体贴周到，态度温文尔雅，声音委婉柔和。教植物学的江老师，讲课既有条理，也富有风趣，特别他能一只手拿三种颜色的粉笔，需要画图的时候，他侧身边讲边画，马上黑板上就出现很美的花朵。我上大学时必修一种自然科学，我选修了生物学，是同这位老师给我的教益有关系的。我虽然学得很不好，却得到很多的乐趣。有两位老师是同学们很不欢喜的，因为比较严厉，同学们还给他们起了很不雅的外号。但是我很喜欢他们，各有不同的原因。许老师教我们《说文解字》，本来是很容易枯燥无味的，但是他讲起来却使人听着津津有味。把这种课讲得那样引人入胜，我至今还觉得很钦佩。教写字的张海观老师自己写得一手很好的苏体字，同学们对他的专长是佩服的，但他还兼任监学，极为严厉，不轻易给假让同学外出，偶然回来迟了，更要受到严格批评。平常他的长长的脸上也很少有笑容。但是我向他请假外出，总得到允许。偶然迟点回校，他不仅不批评，还对我微笑，这使我感到惊异和感谢。在"五四"时期有一种风气，认为练毛笔字是落后，或许为了这个原因，我的小学同学在进入中等学校后，除了韦素园和台静农，都不练习毛笔字。但是师范学校毕业是要教书的，必须注意板书，我记得当时总说"字无百日功"，张老师也劝过我，我就以百日为期，每天练写一页大字，手冻了也不停止。可惜成绩不佳，以后我也用那时的风气做借口，没有再下工夫，我至今认为是一大憾事。还有一位会计，虽然五十多岁了，还很欢笑活泼，很喜欢同青年人说说笑笑。他身材比较瘦小，但从脸色和眼睛看极为健康。他常爱张开两手捽耳朵，向前随跳随叫："Horse, horse!"因为他姓马。他常常引同学们欢笑不止。他在周围所创造的欢快气氛，是对全校同学的一大恩惠，或者还有人感念吧。我自己有特别感谢他的地方，就是他对我极为信任，在我必须买点笔墨纸张，而手边没有分文的时候，向他张口借钱，他总笑嘻嘻的如数借给我。我不论过多少天还他，他绝不索要。有一次，我同一位同学进城回校晚了，没有晚饭吃，两个人又都没有钱。我想只好找马先生去吧。他一见我就笑着叫道："你发财了！"原来我父亲给我寄了三元钱来。当他知道我要点钱去吃晚饭时，立刻把汇票换成三元钱交给我。我和那位同学到颍河岸上的一个小饭馆去吃了一次水饺。我感到人生的欢乐与温暖，事隔六十年，我也没有忘却。

第三师范学校虽然地处僻静的城郊，校内的空气一般很宁静，但是"五四运动"的狂风暴雨也吹打到这里了。我是1919年秋考进第三师范学校的，在我前两年考进的有叶集人陈素白，在我后一年考进的有韦丛芜和霍邱城内人李何林。我们是意气相投的好朋友，当然不仅是为地域关系，更重要的是因为有共同的思想倾向。那时阜阳是一个很闭塞的县城，只有一个商务印书馆代售店，只卖商务的教科书和文具，新文化的书报一样也没有。我们几个人凑钱去订报刊并买书。我们订的有《新青年》《少年中国》《时事新报》（有副刊《学灯》）、《民国日报》（有副刊《觉悟》）等。书凭报纸上的广告去选购。这些报刊书籍一寄到，我们如饥似渴，从头到尾阅读，也借给愿意借读的同学。这些书刊里的文章所表现的思想内容当然是很庞杂的，我们虽然不能细致地分析，去粗取菁，但也不是囫囵吞枣，兼容并收。我在小学时期读的书更庞杂了，除了几部古典小说外，什么《济公传》《七侠五义》《包公案》等等，只要弄到手就看。此外还看《孟姜女哭长城》《梁山伯与祝英台》等等小唱本。我觉得倒也没有受到什么很坏的影响。反之，经过时间的陶冶，倒留下一些可以称之为精华的东西。因此，我以为"四人帮"所搞的禁看这，禁看那的文化专制主义真是荒谬绝伦。对青少年的判断力缺乏信心，设置这样那样的禁区，而不敢真正放手培养他们独立思考的能力，其结果往往也是很可悲的。要解放思想，这里有许多值得思考的问题。用禁锢主义对待周围的事物，思想一定要僵化，这个教训我们一定要牢牢记住。

鲁迅先生的《狂人日记》是1918年4月写成，1918年5月在《新青年》上发表的，离"五四运动"整一年。就思想内容说，它表现了彻底的反封建战斗精神，这也就是"五四运动"的革命目标之一。就艺术形式说，它破除了旧文学的框框，为新文学开辟了一个新的天地。我们常听人说，诗人是时代的先知，因为时代的精神在成为明显的潮流或运动之前，往往由诗人的口喊出来，或由诗人的笔写出来。就这种意义说，鲁迅先生是"五四运动"的先知。就文学革命说，鲁迅先生是新文学伟大的前驱和奠基人。《狂人日记》是"五四运动"霹雳前的闪电，它预告着洗涤旧中国的暴风雨即将到来。

我读《狂人日记》是到第三师范学校以后，它以"吃人"两个字概括了两千多年的封建社会，是以万钧之力击中了要害，我读时引起许多具体的联想。这些联想可能缩小了作品的深广的意义，但是使我所得的印象却极为深刻、生动、亲切。我的故乡虽然只是一个小市镇，在镇外北端却有好几座高大的石牌坊，是为所谓节妇烈女树立的。在童年，这些常常引起我很大的惊异和好奇。稍大时听大人们说明，每座牌坊都有一段凄惨故事，听后多日怏怏不快，迷惑不解。这时我恍然了：她们就是被封建礼教所吃掉的不幸者！对于我来说，她们是陌生的人，时间的间隔也较远了，所以引起来的感情是哀怜，而还不是悲痛。

还有一件惨事，我至今还清清楚楚地记得，读作品时所引起的激动当然还要强烈百倍。我有一个表姐，经过父母之命，媒妁之言，嫁到一个门当户对的人家。这个表姐既能劳动，也爱劳动，又很贤惠，我想作为贤妻良母，她的生活应当是可以幸福的。有一天我从小学回家，看到舅父从乡间到集上来了，正在同父亲谈话。有客人时，父亲一向喜欢让我们在旁陪着，所以我也就留下听他们闲话桑麻。我十分惊异地听到他们所谈的却是有关那位表姐的事。原来她的婆婆是个极为残暴的人，时常无缘无故痛打她，打得她遍体鳞伤，有时甚至吊起她来，打得她气息奄奄，还不肯罢手。她被逼得走投无路，才回到娘家向父母诉苦。我的舅父因此来和父亲商量怎么办。离婚吗？那时是舅父想也不敢想的事。娘家出面干预吗？又怕火上加油，使表姐吃更大的苦头。去打婆婆一通作为报复吗？可能气愤太大，闹出人命。父亲建议：先请几个亲友去委婉劝解，要求婆婆高抬贵手，不要太认真与儿媳计较，教导表姐听天由命，"嫁鸡随鸡，嫁狗随狗"，熬过苦日子，等婆婆寿终正寝。不能合理解决，表姐可以回娘家自食其力。大概不到一年之后，听说表姐悬梁自尽了。这样自我解脱，是当时许多妇女在多种情况下可以选择的惟一道路。这件事使我久久感到悲痛。

《狂人日记》使我深深激动，留下极深的印象，并引起很多思索，除了作品的艺术感染力之外，我的生活经验也很有关系。鲁迅先生在《新青年》上发表的随感录，也是我很爱读的文章。

在"五四运动"初期，我对运动的理解是很浅薄的，片面的。就反封建方面说，对于封建主义的政治和经济并没有什么深刻的认识和了解。对于作为封建主义政治经济反映的封建文化，特别有反感的是封建的道德，尤其是它的恋爱观和婚姻制度，因为这是青年最切身的问题。我为这个问题感到极大的苦恼，和我类似的青年也是很多很多的，用不着多举实例。这是"五四运动"能够动员广大，造成浩大声势的原因之一。

在"五四运动"的反帝方面，我的理解是通过几个渠道逐渐加深的。这首先是因为当时书刊对马克思主义有些介绍和宣传。我的小学同学韦素园，1921 年初到上海，作为中国共青团团员代表，准备到莫斯科去开一个国际会议。他行前给我们寄了些马克思主义宣传品，其中有《共产党宣言》。这些书刊给我们送来了一些前所未闻的新思想，引起我们很大的激动。我有几个同学在武昌师范大学附属中学读书，有一位同学给我写信，详细谈到他的老师恽代英如何诚恳负责，指导他们阅读新书刊，启发他们接受新思想。我们当时多么希望有这样一位老师啊！我已经说过第三师范学校有些老师使我们得到很大教益，但是在"五四运动"所传播的新思想方面，他们并没有对我们有什么启发和教导。当面受教没有可能，我就写信向恽代英老师请教。因为我读过他写的文章，我是把他作为老师看待的。我也顺便向他说到，我们只能通过邮购才能买到新书刊，而买到的有些新书往往使我们失望。很快我就接到一封用整齐的行书写的长信，他教导我们除文学书外，读些社会科学的书，借以了解世界思潮的趋势。尤其使我注意的，他特别强调要了解中国思想发展史而不忽略现实。他说他可以为我们介绍一些书，并可以向他们所办的新文化书店购买，八折还可以不收邮费。可惜这封信早已丢失了，但他的教导我一直没有忘记。很久以后，听到他被国民党杀害的消息，我痛恨反动统治，怅惜自己失去一位良师，中国失去一位革命战士。1957 年我去南京雨花台烈士墓地凭吊，我的心里还涌起无限哀思，因为更在以后，我才知道这里是恽代英先烈就义的场所。

我在武昌师范大学附中读书的同学，来信向我们第三师范学校的几个同学倡议：合办一个刊物，宣传反帝反封建的新思潮，反对旧文化，拥护白话文。刊物可以在武昌出版，因为阜阳没有印刷条件。我们完全赞同。

名为《新淮潮》的 24 开的小刊物，在 1921 年印出来了，一共只出了两期。我所写的第一篇短文是在这个小刊物上印出来的。他们也常为我们寄些宣传新文化的印刷品来，我们看后就在学校里张贴，看的同学还不少。

与此同时，学校里也常常贴出反对新文化，反对白话文的印刷品，咒骂马克思主义是宣传"共产共妻"的"洪水猛兽"。以后我们知道，寄来这些印刷品的是第三师范学校毕业的"优秀生"（姓苏），当时已在武昌师范大学读书，而张贴的人我们不甚清楚，也没有调查。李何林我们几个人并没有组成一个小组，但是我们读些什么，借些什么给同学们阅读，我们也常在一处谈谈笑笑，倒是有目共睹，并没有什么秘密。对立已经显然，但远没有到有组织的进行斗争的程度。我们所听到的也不过一些流言蜚语，说什么我们是校长的耳目，教师对我们偏私，等等，因为校长是叶家集人。我们对此当然只是一笑置之。

1921 年秋季一开学，陈素白和韦丛芜都先后病了，不能上课。他们按照学校的规定，住进了疗养室。这里的设备一点也并不比宿舍好，饮食上也没有任何特殊照顾，主要是为了避免传染。我为护理他们，几乎全不能上课了。陈素白天天总发低烧，似乎是结核病，但因为没有较好的医生诊断，我们也没有医学知识，只听很关心的教体育课的王老师说，大概是这种病吧。好在他能自理，我们也不知道结核病的严重性，与他在疗养室做伴，倒可以减少寂寞。韦丛芜害的不知道是什么病，但却一天天重起来，渐渐到半昏睡不能自理状态，这时我就觉得很吃力了。阜阳当时的医药情况是很落后的，学校连一个半瓶醋的医生也没有。费很大力气，托人请来一位"名中医"，吃了十多剂汤药，病也毫无起色，最后这位"名中医"说，他可"敬谢不敏"，要我们"另请高明"了。别无办法，我只好去向王老师请教，因为他是很关心的人。他说，城西关有个西医院，何不请西医来诊治一下呢？我听从了他的建议，跑到西关，找到一个规模很小，设备很简陋的医院。但医生的态度很好，答应马上随我到学校，我虽然不敢存什么大希望，却觉得很高兴。他拿出体温表给病人试温度，我们感到很惊异，以为那就是对病人进行治疗，因为此前我们就没有见到过体温表。病人也毫无经验，不知怎的把体温表弄折了。我记得赔偿了二元钱，对我们来说，那时算是很大的负担了。医生给了三天剂量的白药片，说明了服法，但既没有说明是什么药，也没有说明是什么病。王老师解除了我的顾虑，我给病人服了药。大约三个小时之后，我扶病人下床大便，他却瞪眼挺直了身体，慢慢倒下去了。这一惊可非同小可，我以为病人垂危无救了。旁边没有一个可以助一手的人。幸而他躺下后渐渐安静，微睡一会儿后要水喝，喝水后又入了睡，我这才安了心，轻松地叹了一口气。三天药服到快完了，他居然能进点稀粥面汤，显然慢慢好起来。我们喜出望外。同乡同学常常有几个人来看望，几个月来寂静凄凉的疗养室，这时可以听到欢快的谈笑声了。我心里轻松不少，也不觉得身体有支持不住的疲累了，便步行进城去理发洗澡。看到一个小小照相馆，我顺便进去照张像，因为母亲很想念，看看照片也是一个安慰。几天后取出一看，我惊讶地看到满脸皱纹，自己竟变成一个小老人了。我随即把我第一次照的像片撕碎扔掉了。

在韦丛芜病好大约一个星期之后，一天上晚自习之前，学校的钟声异样紧迫地响起来了，同时有人到疗养室找我到饭厅或礼堂去开会。我当时是学生会主席，我以为发生了什么紧急事件，就连忙去了。人乱声杂，我进去后，慢慢静下来，一个比我高两年级的同学刘某宣布开会，接着就开门见山指责我们"盘踞学校疗养室，用养病为掩护搞阴谋"。接着他用威吓的口气说，学校张贴的"反动印刷品"，是要把"洪水猛兽"引进学校。不用明说，显然我是祸首了。

这时听众并不显得激昂，发言响应的人一个也没有。我看紧紧靠着我右边站着的，是教体育的王老师，他的脸色极为严肃，显然在静观事态发展，在必要时对我加以保护。他在学校是很有威望、很得人心的人，这次会没有向动脚动拳的局面发展，我想他是起了一定作用的。不管怎样，我至今还对他怀着感谢之情。我比较镇静地对刘略加置辩，也并没有人再反驳我，会也就结束了。会后我哭了一场，但并不是因为胆怯畏惧，而是因为我感觉到人情冷酷。又过了若干时日，我才认为这是两种对立的思想倾向发展到了顶点。后来读到易卜生的《国民公敌》，斯铎曼医生的形象给了我很深的印象，我觉得我的觉悟不如他高，我的斗争性不如他强。韦丛芜和我决定从第三师范学校退了学。

和我同班的同学孙为生，怀远人，因为教《说文解字》的许先生的推荐，考进了第三师范学校。他的每种功课在班上都是名列第一，数学特好。教体育的王老师用五线谱而不用简谱教音乐，教几遍全班还没有人能单独唱得好，因为认不好谱，但是孙为生只听一遍，就可以带领全班唱。全班公认他是全校最优秀的学生。但因为怀远不属于阜阳区的八县，而师范学校是公费，只应招收八县的学生，所以他算占了一个公费名额，因此他常常受到别人的冷嘲热讽，甚至说他是在三师讨饭吃。他为人十分诚恳耿直，同我是很好的朋友。他的思想倾向完全是站在我们这一边的，因此他对质问我的大会十分愤慨。这两种情况使他在我们之后也愤然退了学。以后我们只通过一两次信就断绝联系了。一直到1928年，李何林到北京，我才从他那儿听说，孙为生进了东南大学中文系，埋头研究中国古典文学，大概在二年级时突然投江自杀了。重要的原因是封建式的旧婚姻给了他太大的痛苦。这是封建主义欠下的又一笔血债。在我离开三师的前夕，有几个同班同学流泪对我表示依依惜别。

在回忆五四时期的往事时，我有这么一点体会：我当时若不从第三师范学校退学，能把和我们表同情的同学组织起来，旗帜鲜明地拥护新文化，拥护白话文，拥护共产主义，那点反动势力是完全可以被击溃的。这样，孙为生这类的知识分子不仅可以不死，我们也许经过锻炼，一同走上革命斗争的道路吧。没有组织领导的散兵战总是不会有什么结果的。个性解放和个人奋斗的思想在反封建的斗争中有其进步的意义，但在革命逐渐深入的过程中，却就成为许多人前进道路上的绊脚石了。其结果，不仅个性得不到真解放，有些人终生无所作为，有些人走上堕落毁灭的道路。

退学后我回到家里，父亲知道事情的经过后，并没有责备我。他倒很愿意看看我们所看的新书刊。看了些马克思主义和共产主义的简单宣传品之后，他微笑着对我说：我看这也没有什么不好嘛，你并没有走入歪门邪道。这对我是很大的安慰和鼓舞。看了几篇翻译的短篇小说之后，他说这些小说怎么无头无尾：似乎中国的小说比较好。我对他做了一些解释，但是他以后就没有再多看了。他很喜欢《孔乙己》，我还很记得他笑着重复书中的话："不多不多！多乎哉？不多也。"他不喜欢语体诗，他说看不很懂。他所读的古典诗虽然不多，他在写春联时所选的古诗对偶句，我很喜爱，有些至今记忆犹新。我以后喜欢读点古典诗，这也是诱因之一。

第三师范学校当时最高年级所读的英文课本，是商务印书馆出版的简写本《天方夜谭》，据同学们说，读起来相当吃力。我买了一本，准备回去自修阅读，此外也没有什么可读的书。稍稍平静下来之后，我就靠翻字典阅读《天方夜谭》。似乎有个小精灵暗中帮助我，把"开门，芝麻"这个秘诀教给我了：我可以看懂故事的梗概。真是说不出怎样高兴！一抹擦神灯，就可以出现一个能满足你任何需要的妖魔；一坐上神毯，你就可以天马行空到任何你要去的地方！我发现了一个新的天地！什么迫害，失学，将来何去何从等等一大堆问题，都不在话下了。我决心学英文。怎么学，到什么地方学？家贫如洗，经济问题如何解决？……冷酷的现实提出一大堆问题来。我没有神灯可以抹擦，没有神毯可以乘坐，"开门，芝麻"也不会替我打开什么宝库。

但是支持我的是青年的乐观精神，我有"五四运动"所给我的启发和教育，我坚决相信，只要走就会有道路，没有道路，也可以自己开辟。这样，我在瑞雪纷飞的炮竹声中，在家里欢度了春节。

1979 年 3 月 12 日

流落安庆一年琐记

 1921 年冬天，阜阳第三师范学校因为同学间有新旧思想的对立，一部分人拥护新文化，拥护白话文，拥护马克思主义，一部分人把新文化、白话文、马克思主义看作"洪水猛兽"，激烈加以反对，发生了一次风潮。李何林、韦丛芜和我是站在前一方面的。当时韦丛芜患病住在疗养室，我为护理他也住在那里，另一派学生便以"盘踞疗养室，进行阴谋活动"为借口，召开大会，对我猛烈攻击。韦丛芜和我愤然退学，离开了第三师范学校。我们在家里一直过了春节，这才一同起身到安庆去。因为他的大哥在那里做教育工作。我们到安庆去的目的是要转学，我因为只能转公费的师范学校，而公费的学校有地区的限制，没有转成。韦丛芜的大哥当时办一种报纸，我便帮着选一些可以从外地报纸转载的材料。以后他又开办商品陈列所，找一些商店在一所楼房里开铺营业。还从上海买几只动物来，想借此招引些顾客。但结果不佳，只有一个小古董商开了一个小店，商务印书馆拿来一部分书设了一个代售处，此外再没有什么商店了。我为这个代售处当小伙计，我记得不曾卖出过一本书，所以无账可记可结，清闲无事，可以整天看书。我认为这是我一生中最美的差事，虽然并没有工资。古董商店的老板是一个五十多岁矮胖的人，每天总喝点酒，偶然同我谈几句话，大体只是问我天天看书，不外出玩玩，也没个朋友，是否寂寞。我说"书中自有颜如玉"嘛，他便哈哈笑了。我所以答他这句话，因为他每天总朗诵几次："葡萄美酒夜光杯，欲饮琵琶马上催。醉卧沙场君莫笑，古来征战几人回。"我猜想他并没有从军的经验，他所欣赏的恐怕只是

"葡萄美酒"吧。

但是我在安庆的一年中，并不是没有一个朋友的。工业学校有两个学生是五四运动以后产生的新人，他们常在报纸副刊上发表点文章，同我很谈得来。我离开安庆后同他们就失去了联系，所以现在只记得一位姓詹，一位姓查，想不起全名来了。一位女的小同乡，在安庆女子师范学校毕业后，又读完北京女子师范大学，1922 年又回到母校服务。她同韦丛芜的大哥很熟，两个人常有旧体诗唱和，但我并没有看过这些诗，不知道内容和艺术性如何。韦素园从苏联回国后，夏冬都回安庆探亲，我们都觉得她是开风气之先的人，曾多次同访她谈天。这年夏天，曹靖华到安庆，韦素园介绍我同他结识了，以后一同参加了未名社。韦素园的堂兄韦佩弦这时也在安庆，他能诗会画，有时我们同去菱湖畅游，有时去登江边的高塔，纵赏长江和两岸的景物。他有一个堂弟韦崇昭对我感情特好，在我要去北京读书时倾囊相助。韦丛芜虽转到岳阳中学去读书，寒暑假还回到安庆来晤面。现在多半人已经作古，其余的人也差不多都断了联系。"人有悲欢离合，月有阴晴圆缺，此事古难全！"

但在那时候最使我悲哀的，却是封建的婚姻制度所造的残酷现实，而五四运动所传播的反封建思潮，使这种悲哀变成几乎无法忍受的了。大约在 1918 年，我满十四岁以后，开始了我的所谓春情发动期，我以火热的初恋感情，爱上了一个女子。她不识字，当然无法用书信通款曲。众目睽睽，在封建主义社会中，我们当然不可能私自谈情说爱。但是爱情有一种自己特有的无声语言，通过它，两个情人完全可以彼此理解内心的隐秘。可惜有两重不可逾越的障碍：我有"指腹为婚"的婚约，她也通过父母之命，媒妁之言，字人待嫁了。要破除这两重难关，在六十年前，尽管在五四运动已经发生之后，也是大逆不道，几乎是不敢想象的。

我到第三师范学校读书时，这两重苦恼使我终日郁郁不欢。"五四运动"提出反封建思想在我心里引起极大的反应，好像在一桶炸药上安了一根引火线。我记得为此写了平生第一首诗：

> 不眠叹永夜，虫声唧唧哀。
>
> 思君君不至，月下独徘徊。

与君为近邻，两小无嫌猜。

衷曲无由诉，目语表情怀。

冥思睹君影，不觉笑颜开。

两愿结同心，奈何习俗乖！

无计破牢笼，何处觅蓬莱？

我有指腹约，君已待于归。

密约化泡影，连理梦成灰。

悠悠我心悲，衷肠诉于谁？

安庆当时有一种《评议报》，我们认识了它的编辑宋君，韦丛芜我们两人合编《微光周刊》在该报附出，稍后又在《皖报》上合编《微光副刊》。文章都是我们两个人写的，现在只记得内容都是宣传新文化的，记不起篇名了。有两篇我很记得，这就是他和我所写的要求解除封建婚约的两封公开信。我们丝毫不怕引起对于我们自己的攻击，但却担心这是不是会引起女方的不幸事件。我们的父亲和女方的父亲都是很好的朋友，我们也怕太伤了他们之间的感情。我把印的公开信另加说明寄一份给父亲，希望他劝母亲不要伤心，我愿听听他们的意见。当时家乡小学校长是台林逸先生，他辞去在山西担任的相当高的官职，从1918年起就回乡任这个职务。他在选聘小学教师时，细心征求我们的意见，态度谦虚诚恳，我对他有很好的印象。我也把公开信给他寄去一份。我父亲回信并未表示反对，也没有责备我，只说母亲一时还想不通，并不生气，但很伤心。台先生回信极力称赞我的信合情合理，对封建的婚姻制度也表示不赞成。这使我增加了信心。但是并没有实际解决问题的办法。我想这本来是一件前所未闻的创举，引起的反应还很使我乐观，只好冷静等待吧。1923年我去北京读书，几年没有回家，这件事也就一直搁起未提。1926年夏，我的母亲病重卧床不起了，父亲写信让我回家省亲。我天天坐在病危的母亲床旁，有时谈到不为我成亲，她死也不能瞑目。我了解母亲的一片慈心，但我只能婉言安慰她，无法使她的思想有所改变。还有好心的亲友，提出他们以为完善的办法：为母亲娶了正室尽孝，在外边再娶二三房侧室，不也是很容易的事情吗？不要以为这是荒谬的笑话，这在当时是很正统的意见。还有人硬要我结婚为母亲"冲喜"，就是迷信用喜一冲，母亲的病就可以好。母亲却反对这个意见，说她只是为了尽完责任，才希望为我成亲，并不是为了自己的病。总之，封建主义的渣滓这时都浮现出来，闹得人头昏眼花。

我们在报纸上附出的《微光》，请报馆代印百份，韦丛芜和我自己到街上去散发，只发给青年女学生。这自然会引起纷纷议论，但因为我们自问动机纯正，一直散发到刊物不再出版。绝大多数的人都接受，态度一般很大方，只有少数人拒绝接受，还给我们一点难看的脸色。这也很难怪她们。我特别记得一位幼儿园的女教师，她在接刊物时只微笑点头，蔼然可亲。以后我们有机会见了面，还去参观了她教儿童们做游戏，这图景还历历如在目前。我想她是受了五四运动影响出现的新型女性，感到很大的喜悦。

在我到安庆前几个月，发生了两件轰动全省的大事。那时安徽省像其他省一样，被反动军阀所统治。他们敲骨吸髓进行搜刮剥削，教育经费积欠多年。教师无法为生，学生示威游行，催发教育经费。军阀向游行队伍开枪，姜高琦被打死。学生不畏强暴，抬着姜的血衣游行，要求严惩凶犯。学生运动的声势是很浩大的，学生是"五四运动"的主力军。他们宣传发动群众，做出了很大的贡献。学生运动的内容包括反帝反封建的许多方面，当然不限于姜案。我到安庆之后，姜案并未结束，我记得至少还有一次示威游行。我们在《微光》上对学生运动表示过支援。

那时候军阀统辖的军队毫无纪律，差不多同土匪一样常使人民遭殃。安庆有一所女子蚕桑学校设在城外不远的地方，有几百学生。一夜竟遭到军队抢掠，死了许多被强奸的女子。虽然引起了社会上极大的义愤，但除发一通电报之外，别的毫无办法。当时中国就是这样的国家，这样的社会。

五四运动是在这样历史条件下发生的一场伟大革命。它是从反对帝国主义爆发的，同时也对封建主义发动了多方面的进攻。我在小学读书时，因为第一次世界大战，稍稍了解点什么是帝国主义。但是封建主义同帝国主义之间的联系，一上来的认识是很模糊的，因为缺乏感性知识。我记得在小学读书时，有一个外国传教士和美孚石油公司的外国人到过我的故乡叶家集，我的伯父也曾对我讲过点关于帝国主义的事，但还谈不清两者之间的联系。1921 年在安庆遇到的一件事，对我倒是很有启发的。有一个美国传教士李佳白要在安庆讲演，报纸上大肆宣传，韦丛芜去听了，我并没有去，讲演的内容是他转告我的。五四运动正在大力反对封建主义旧文化，李佳白却大唱反调，极力为它鼓吹，还引经据典呢。我们又笑又气，给了他一点力所能及的反击。李佳白之流在五四运动高潮中向中国人民大力宣扬封建主义的糟粕，显然有其反动的政治目的，帝国主义和封建主义勾结，从此也可以看出一点蛛丝马迹。

那时候有人翻译介绍日本的短诗，字数少，像中国的绝句，虽然韵味远不如，也自有一种隽永的趣味。《微光》有点小空白，我曾写过些首小诗填补，一首诗只二三行。现在我还能记起的有这样的一首：

> 清晨玫瑰蓓蕾上的露珠，
> 是昨夜的笑痕，
> 今朝的眼泪。

几年以后，我读到科列里几（S. T. Coleridge）的《青春与老年》，其中有这样两行诗：

> 露珠是清晨的宝石，
> 却是悲伤前夕的眼泪。

或者因此引起联想，使我能够记住这几行诗吧。在那样"花朵是可爱的！爱情好像是花朵"的青春初期，我怎么会有这样"天鹅绒似的悲哀"（这是"五四"时期已经变为陈词滥调的话）呢？这就是封建主义婚姻制度的创伤所留下的疤痕！

1979 年 3 月 15 日

滚滚长江水送我到北京

在安庆流落一年之后，1923年春天，韦素园同我一起到北京读书。我们先坐轮船到南京，游览了玄武湖、鸡鸣寺等处，就坐津浦车北上。到了北京火车站下车后，他说要雇一辆"马车"。未看到时，我怕太讲究费钱，但并没有劝阻他。车到跟前一看，原来是一辆一匹马拉着的很土气的车子，以后听说通称为"骡车"或"大车"，主要是用来运货的。我们把简单的行李放上之后，从左右两边上了车。车一摇一晃地慢慢向前走，好处就是经过的地方都可以看得一清二楚，对我来说，增长了不少见识。最引我注意的是满洲装束的高发髻妇女，几年之后，在北京就不再能见到了。大约走了一个多小时之后，我们到了台静农的住处。他在前一年到北京，那时已经在北京大学国文系旁听。他是我的小学同学，是一个镇上的人，相见自然都很高兴。不久他就介绍我结识了到北京后的第一个朋友常维钧。

维钧是我们都很喜欢的人，对于我们有多方面的帮助。记得有一天逛过东安市场之后，他请我们到东来顺吃饭。我一看几盘鲜红的生羊肉放在桌上就有点惊讶，再看到在滚水的火锅里稍涮就吃，很难下决心动箸。维钧并没有笑我乡土气，只为我调了味让我尝一尝，以后我也就大嚼起来了。这好意自然很可感，但他用以说服我的逻辑，我至今还未能佩服，往往还作为同家人笑谈的资料。他说，吃吧，没有羊肉味！我说，既然没有羊肉味，何必吃羊肉呢？吃羊肉就不能怕膻嘛！我进而说，我的故乡是吃山羊肉的，风干后吃火锅，膻味是难免还有一点的，但我们春节时还是喜欢吃。我们并没有因此引起口角，只相视笑了笑。

在这以后若干年，冬天下着大雪，维钧突然来访静农和我，约我们到后门外大盖帽儿胡同吃烤羊肉。据说这家姓季的烤肉店已经有三百年历史了。这个店是一座小楼，我们到楼上就座，玻璃窗面临什刹海后海，大雪还在纷纷飘飞。我们在这风景如画的环境中，度过多么愉快的一个下午啊！

但是我初到北京的头两三年，生活是比较艰苦的，吃涮羊肉是年节的盛宴，平时，只能"过屠门而大嚼"。偶尔到东安市场，只用两角钱左右喝一碗稀粥，吃一盘褡裢火烧，就觉得很好了。家里供给不起生活和上学的用度。1923年上半年，我没有学校可上，补习学校也上不起，只住在学生公寓里，自学英文。那时我对小学教育感兴趣，我买了一本杜威著的《明日的学校》（*Schools of Tomorrow*），翻字典查字硬读，希望能够"无师自通"。一上来一面书要查二三十个生字，吃力得很，但一两月后渐渐好了，十句大概可以懂八九句了。我除写点短文章之外，也凭这点英文编译点文字，投寄给报纸换取稿费，维持自己的生活。

1923年秋季，我转入美国长老会办的崇实中学，主要目的是想学英文。当时我们以为教会学校是学英文较好的地方，其实至少在这个学校并不如此。倒是读了两厚册英文世界史，课外自读几本书，较有收获。我还继续写译些文字投寄给报纸，换取自己的生活费。有一月在一个报纸上发表了我较多的文字，我估计可以有点钱买一两本外文书了，不料报馆突然倒闭，我连一文稿费也没有得到。在1923年严冬刚过，天气稍为转暖的时候，我两袖清风，交不上饭费了。我不了解北方的天气，以为像在故乡一样，一过春节就暖下去了，便把大衣送进当铺当了几块钱补急。不料天气又冷起来，我至少有两个月出不了门，因为除了一身呢制服之外，我再没有什么衣服了。

在这"乍暖还寒时候"，虽然当去大衣，不免有点"冷冷清清"，却还不至于"凄凄惨惨戚戚"。在青春时期总是天不怕，地不怕，何况在困境中有时还有意外的喜事到来呢！有一个时期，韦素园、赵赤坪、韦丛芜和我同住在沙滩小楼一间小屋里，自己做饭吃，助餐的总是一味清煮大白菜。我们却吃得津津有味。但是时近春节，我们就连这样的饭菜眼看也要断炊。我们倒是谁也不着急，因为那时候我们都是乐观主义者：赵赤坪当时在做党的地下工作，随时有被捕杀头的危险。我们和他同吃同住，并不介意，饿两天又有什么了不起！但在春节前一两天，我意外收到三十元稿费，我们还是非常高兴的，欢欢喜喜过了一个春节。我记得这是商务印书馆《妇女杂志》寄来的，所登的一篇短篇小说是我译的屠格涅夫的《胜利的恋歌》。

崇实中学既然是个教会学校，它的主要目的自然在传教。每星期日上午要用两个钟头做礼拜，读几段《圣经》，唱几首赞美诗，再由一个外国传教士用不甚通的中国话讲一通道。真是"言者谆谆，听者渺渺"。参加的人动机各异，不少人在礼拜堂做礼拜，因为这是男女同学见面的唯一场合和机会。就我们那一班的同学说，插班上这个学校的目的，是要作为阶梯进燕京大学，因为崇实是被承认的附属中学，进大学可以免入学考试。除了少数教会培养的人之外，同学多数是不信教的。这主要是因为受了"五四运动"反帝反宗教宣传的影响。有一个荷兰传教士在班上传教时，对同学们估计太低，以为我们所反对的是一个吹胡子瞪眼的凶汉似的上帝，而不知道我们对反宗教有更深的认识，所以他常常遭到我们的反驳和讥笑。一个美国传教士就更为庸俗了，很被同学们所轻视。那时我们已经颇知道帝国主义对中国进行文化侵略和经济剥削了，所以对于他利用贫苦同学的廉价劳动力，使他们在又低又暗的阁楼上织地毯，运到美国去出卖发财致富，我们觉得很憎恶。他常常对同学们夸耀他们的生活是如何讲究。连水果都要到西山果园去选购。我们多数同学对他嗤之以鼻。

也就是这个美国传教士，看到"五四运动"以后，反帝反封建的势头越来越广泛，越深入，他有一次在课堂上大声疾呼：中国要 evolution（演进改良），不能要 revolution（革命），革命就是自取灭亡！我们有些同学对他怒目而视，我起立拍桌对他痛加驳斥。他也并没有敢对我们怎么样，却不声不响下课了。

当时崇实中学的教务主任仿佛是个走江湖的人，大概见到我们这班的插班学生很难应付，想从外面找一个学者来压一压，便请来一个哲学家，每周给我们在晚间讲一次哲学课。我当时就怀疑，现在还说不清，他的神志是否清醒。我们知道哲学是难懂的，但如讲得清楚，高中学生是可以基本了解的。我们却完全不知道他讲些什么，但仍然静听，只怪自己水平低，并不对他捣乱。他大概也觉得无甚趣味，讲几次后就不再来了。我们班多数人同念一声"阿弥陀佛"！

因为在三师我很敬爱体育老师王益恭，对体育老师我比一般人更有好感。但在崇实，我却感到十分失望，因为教我们体育的人实在太粗暴了。当然，我不会因为他，对王老师的感念有什么改变。我惊讶人的教养能有这样大的差异！

但是在崇实，也有使我很喜欢的教师。我进校第一年，代理的方校长兼西洋史和英语教师是美国人，名 Henry Fern，在中国出世长大，说一口非常漂亮的北京话。他用的西洋史课本，是两厚册英文书，要求预习，上堂先问学生问题，错或不完全就改正补充，态度温和，耐心认真。最后自己用简明英语将本堂内容讲解一遍。开始预习十至十五面，逐渐增加到二十至三十面。我一上来十分吃力，但一二月后就慢慢好了。在崇实，历史课使我受益最多。我至今仍觉得他的教法很好。英语使用的是周越然所编的《模范英语读本》，方老师常指出其中错误，并说取材不好，我只喜欢其中一首雪莱的短诗（*A Lament*），背熟了，诗中情调对中学生并不合适，但却引起了我的强烈共鸣，因为我正为青春的烦恼所苦。

那时候印度诗人泰戈尔来华访问，也许雪莱的诗引起了我对英诗的兴趣，我阅读了泰戈尔的英文诗集，有些地方不甚明白，便向方老师请教。他知道我课外还读书，很高兴，便问我是否读过李白的诗，我说读过，但不多。他进一步问我李白的诗有什么特色，这可把我问住了，便老实说不知道。他读了两句杜甫的诗："李白斗酒诗百篇，长安市上酒家眠"，对我笑了笑。他同中国得过功名的老师学中文，大概是从老师学来的吧。他让我把雪莱的诗译出来，向全班朗读，因为他知道我在学翻译。这无形间给了我很大鼓舞。

但是，换读《英语正阶》也不更好。倒是一本讲中国学生写英语常犯的错误和中国式英语的小书，我觉得颇有用处。那两本西洋史我一直细心保藏着，连同这本小书，不知道在什么时候丢失了。前几年我看到一本五千字的汉英字典，著者为 Henry Fern，我想或者是方老师的著作，但一直无法核实。

前些年我在报纸上看到夏仁德来我国访问的消息，从这名字我知道他是美国人 Sailon，后来证实对了，他是因为对中美人民友好做了很多工作而被邀请的。他不是崇实的正式教师，初来中国还无工作，便自动到崇实，对我们进行课外的讲演和辅导。他很朴素诚恳，很像一个中国农民，同学们对他很敬重。他一点不像那个吃西山红果的传教士自视高中国人一等。以后他到燕京大学去教心理学。

还有一位令我怀念的是教化学和物理的刘老师。他因为我们在三师成绩尚好，准我们免修这两门功课，以便有更多时间读我们喜爱的文学作品。他经常鼓励我们班的同学好好学习，他说学校成绩不好，燕京大学已经警告，我们这一班再不好，就要取消被承认中学的资格，以后毕业生不能不经考试就入燕大了。我记得我们班的成绩为崇实保住了这个资格。一次家里为我寄了些六安茶叶，我因为他对我们很关心，便和韦丛芜去他家里问候，送他点茶叶，说明是故乡的土产。他很感谢，详细问了问我们家庭的情况。他说他的家境清贫，原也读不起书，是美国教会培养他受教育，但使我们特别喜欢的是他绝无民族自卑感，对外国人虽有礼貌，但不卑不亢。毕业后我曾经去崇实访问他，不料他已经逝世了。

这个学校的规矩要学生毕业前都入教，否则不准毕业。我们这班同学提出抗议，这个规矩取消了。我想所以能够这样，并不是我们少数人的力量，而是主要因为无产阶级登上了政治舞台，共产党领导下的新民主主义革命形势，迫使他们不敢不如此。

我们当时常听说，传教士是帝国主义的走狗，是为帝国主义打头阵的。他们固然顽强反对中国革命，也同样宣扬封建主义的一切，与反封建的潮流相对抗。中国封建主义两性道德观，与欧美清教徒的观点有很大的相同点，传教士奉为至宝，那倒是没有什么可以奇怪的。办理崇实中学的教会，同时也办一个崇慈女校，两校门对门，中间只隔一条胡同。校章规定：两校学生不准接触，违犯轻的则记过，重的开除。我下一班的一个男同学给女校一个同学写信，被检查出扣留了，引起一场不小的风波。这个男同学被斥责后记了一过，风波才平息了。我用这件事做素材写了一篇短篇小说《回信》，《妇女杂志》给发表了，并寄来十五元稿费。同学们争相传阅那篇小说，大概因为要看看里面是否有真实的情书吧，那就不免要大大失望了。学校当局采取了只当不知道有这回事的态度。

1925年从崇实毕业后，我进了燕京大学。这时未名社已经成立，为多点自己可以支配的时间，我选了课程较松闲的国文系。有时逃学不上课。燕大那时规定，学文科的也必须学一门自然科学。在三师我对植物学很感兴趣，因此我读生物学概论，有讲演也有实验。女教师是美国人，严格认真，而态度和蔼可亲。她要求预习，上课先问学生，然后讲课本的主要内容。虽然话如连珠，却清清楚楚。我解剖青蛙，并不胆怯，似乎是一进步，用显微镜观察细胞及生物组织，为我开辟了一片新的天地，高兴极了。可惜我不善画图，但我还珍惜那一厚本实验笔记，以后借给一个学生，她忘记还我了。

说起这个笔记本，引起一段愉快的回忆。班上一个女同学画得十分精美，常常被教师称赞。我对她颇有好感，但只偶然相视微笑一下，没有谈过话。我虽然没有明确意识到，也许有点脉脉含情的意思吧。教师不知是否有意，几次拿她的笔记本给我参考。这一比较，使我徒增惭愧，但是我觉得似乎"脉脉含情"，逐渐变成实在"含情脉脉"了。我没有任何表示，一年同班学习终止，我们也就分离，再没有见过面了。三十年后，我们又相遇了，彼此都还认识。一次她问我是否还记得一件小事，只提一句，我就想起来了，恍如昨日。一次教师让我们在一个小容器里用手轻摸一下，下周看看是否有细菌发生。我每天洗多次手，怕无结果，用几个指头在细菌培养基上重按了几次。下周一看，我大吃一惊，上面满满生了一层菌。教师和那位同学相视一笑，我想除笑我不洁之外，怕还有点另外的意思吧。我觉得脸红涨涨的，无地容身。这以后我似乎就更趋于默默了。作为回答，我手掌向上，向她伸出手去，她紧紧握了一会儿，在她更为丰满的脸上现出往昔的微笑。

教我英文的只有布赖斯（Brise）最好，主要还是因为他的态度。我因为没有时间预习，下课后也不再看，成绩并不好，他知道我课外喜欢看别的书，还在试学译作，所以对我很宽容，不像对其他学生。有一次他出了一道题，谈谈自己课外所读的书，我写了一篇介绍陀斯妥耶夫斯基的文章。那时素园在燕大附近养病，我护理他，几乎很少上课，在发还作文时我未到，他以为我或许退了学，表示非常惋惜，并说我那篇作文是"An excellent piece of work"。我的崇实中学同班同学把这事告诉了我，我一方面高兴，一方面觉得惭愧，因为我实际上并没有认真好好读书。

一次他请几个同学到他家里晚餐，我也在内，他的夫人和一个十来岁的儿子也在座。第一使我觉得有兴趣的，是主妇夸奖某一种菜很好，请多吃一些。而在中国，主人总说烹调不佳。第二觉得有兴趣的是他们家里小孩少，一般只有一个。同他谈到这个有些微妙的问题，他的答话很简单自然：对孩子要负教养的责任，多了无力把孩子教育好。我这时已经觉得家里人太多是个严重问题，对于人口论已经稍有思索，山额夫人似乎已经到中国做过节制生育的宣传了，所以对他的答话很能理解。

以后我又到他家访问过一次。他已经从别人听说，我参加了鲁迅先生领导的未名社，在翻译外国文学作品，他表示很高兴。他说，中国有悠久的文化传统，丰富的文学遗产，但依然重视翻译工作，很好。不过他说，我给你一个忠告："Do something original。"我说我没有创作的才能，他笑笑说："那翻译工作也做不好！认真努力试试嘛！"我谢谢他的好意，并说一定不辜负。现在布赖斯先生恐已不在人世，但他的忠告仍然留在我的记忆中，虽然成绩只足以使自己脸红罢了。

1926年暑假前，父亲来信说母亲病重，希望我回去看看。那时军阀常打内战，津浦铁路不通，我坐海轮去上海转路回去。到家先听说，传说我久未到，因为错上了去东北的火车。母亲不相信我果真回到家里了，因为几次希望都落了空。我一坐在母亲床边，她便哭了，我见母亲病确已很重，心里十分难过。过一会儿安静下来，母亲谈到，我几年不回去，自己又病得那样，恐怕未必能见面了，便有人劝她用鞋叩床，一边呼叫我的乳名，我便会心慌意乱，非回家不可。母亲说她绝不忍心那样做，宁可自己吃苦。她说有时做梦，见我总是几岁时的样子，醒来心如刀绞，早知如此，就不会让我外出读书了。

按照那时的习惯，儿女的婚事凭父母之命，媒妁之言早早就定好，我自然也不能例外。受"五四运动"的影响，我对封建的婚姻制度十分反感，在安庆时曾写公开信提出解除婚约，母亲一时想不通，一直没有正式解决。这也是我不肯回家的原因之一。父亲并不反对解约，但说要不伤两家感情，对女孩要采取保护措施。母亲终于同意了，一因为她很爱我，不愿使我在婚姻上受痛苦，在事业上受损失，二因为有些客观事实使她知道旧式婚姻会造成怎样不幸。我有一个表姐，因为不堪婆婆无理虐待，自杀了。另一个女子，母亲并不知道我对她有初恋的热情，但知道我们一同长大，过从很密，相处得极好。她被父母许配了别人，她丈夫结核病已经很重，为"冲喜"结了婚，不久就死去了。她母亲管束她极严，不准她外出与任何人接触，天天关在屋里拜佛念经。她终于神经失常，母亲谈起来十分惋惜。以后她基本上恢复正常了，一天她同她母亲突然来访，我母亲不能不想到我们童年的情谊。事后母亲谈了许多，我借这个机会说说旧式婚姻不好，男女在婚前结识，彼此了解后再结婚有什么好处。母亲觉得这倒也合情合理，不同意亲友们纳妾的建议。伟大的母亲去掉了我心头的沉重负担。暑假将完，母亲的病很痛苦，无医无药，求死不得。母亲了解我精神上的痛苦，终于对我说："我的病还可以好，你去继续上学毕业，常来信就可以了。"分离对母亲和我都是极为痛苦的，但我们终于分离，我知道没有再见到母亲的机会了。近春节时接到母亲去世的信，我并未流泪，因为死亡已经是一种解脱了。回顾那时的病情及逝世前约一年难以忍受的痛苦，我想母亲患的是癌症。

　　1926年真是我的灾难之年，母亲是无望恢复健康的了，素园冬季大咯血一病不起，先请一个德国大夫诊治，他说病已经到了绝望的地步了。后经一个法国大夫诊治，又在医院住了几月，略有好转，可以到郊区疗养了。他愿住在燕京大学附近，我们总算使他安住下来了。这时韦丛芜已咯血，只有我一人可以护理他。他不久就发烧，渐渐咳嗽，最后痰里又有血丝。我们焦虑不安，束手无策，最后请燕大校医诊视，他倒很好，并认真负责，带来显微镜检查痰，他也让我看看，看时大吃一惊：玻璃片上几乎满是结核病菌，他还发着高烧。大夫对我说，这样下去，病人最多活两星期。幸而他将他送到协和医院，治疗并静卧休息，烧下去了，胃口开了。医院的伙食之好，出人意外：可以一餐自点几样菜，不合口还可以更换，牛奶黄油给的量也很多。这样住了几月，病情大有好转，我们就将他送到西山疗养院，虽然一直卧床，却安静地生活了好几年，于1932年去世。这首先要感谢鲁迅先生创建了未名社，他慨然答应养病费用从未名社借支。

　　韦丛芜的病也是肺结核，虽然痰内常有血，还可以继续上学，只有我愿和他同住一屋。那时很迷信新鲜空气，这自然也不错，但是他坚持在严冬开窗睡觉，大风也不关窗。说也奇怪，冬夜寒风从脸上吹过，收拾屋子的工友开门惊呼一声，怕冷不敢进门，而我们全没有感冒。大夫警告我注意，说我的脸色比他们更坏，我告诉他惟一的改进就是夜里也开窗睡觉。他摇摇头说，太冒险了，没有感冒引起肺炎，真是万幸。那时肺炎是致命的病。他劝我增加营养。我笑着说，只吸得起不要钱的新鲜空气。这并不是笑话，他只现出严肃的关心神气。我选读一门世界史，但往往不告假就缺席，教师态度慈祥，从不批评我偷懒，总很关心地问我健康如何，劝我不要过累。我对他们十分感谢。

我那时候毕竟很年轻，虽然外表瘦弱引人关怀，母亲和朋友的病对我的健康不无损害，我的心情依然是开畅的，对于未来满怀希望。对于未名社我觉得有应尽的责任，对于朋友我应尽也愿尽微力。但是说一句老实话，我开始觉得我关怀丛芜，更多是为了素园。我至今感到歉疚的是我未全力耐心地对他尽规劝之责。

我于 1927 年秋季从燕京大学休学，以后未再回去。

1979 年 3 月初稿，
1983 年 9 月修改增补

孔德学校和孔德学院

1926 年冬，素园吐血病倒，丛芜带病勉强继续上学，静农已开始工作维持家庭生活，未名社正要开展工作，只好由我来续办了。我因此于 1927 年秋从燕京大学休学，进城与静农同住西老胡同未名社新址。但我也要自己谋生，经人介绍，我到孔德学校教英文。这个学校的主要课程由几位北京大学教授担任，因为他们的子女都在这里上学。我初出茅庐，很怕难以胜任。这个学校主张学生自由发展，没有一般学校的清规戒律，听说上课可以随便脸向外坐在窗台上，课外可以上房乱跑，有时闹得教师流泪而毫无办法。我想一进学校教室就会遭到冷笑，弄不好就会被撵出来吧。不料上课时学生很有规矩礼貌，使我安心不少。

这是我第一次教书，自己又知道外文的基础功并不好，只有兢兢业业备课，衣着言语都力求规规矩矩。也许因此显得有点严肃，学生也只好敬而远之了。但不久就熟起来，课上课外常常自由谈笑了。

我记得这一班只有八个人，一个后来同一位朋友结了婚，成为典型的贤妻良母，在敌陷的北平和蒋管区白沙，我们都常见，保持着良好的友谊关系。两个去法国留学深造，都有了不同的成就，在大学做教师。一个后来思想进步，早就加入了共产党，长期做地下工作，我们意外在重庆见了面，从他我知道另一孔德学院学生在白沙的消息。另一个是著名中医之子，在我次年被捕时，他父亲帮了很大的忙，可惜他于去法留学时，飞机失事，不到二十岁就夭亡了。

这时候，初恋的遗恨已经轻淡，旧的婚约已经解除，我的感情得到了解脱。新的感情渐渐萌芽了。在"五四"时期，我初步接触了马克思主义，这时候我读了些苏联作品，并已开始译《文学与革命》，我的思想得到了解放，视野也稍稍开阔了。感情和思想时时发生矛盾，不免引起彷徨，有时引起不安和痛苦。我的家庭人口众多，生活越来越艰苦，全副重担都压在我父亲一人肩上，我很为他难过。这是一个很难解决的问题，使我感到很大的苦恼。我的父亲也很关心我的生活。那时白色恐怖虽然已露苗头，还不足引起他的忧虑，即使在第二年我被捕的时候，他因为不甚了解这类事情的危险性，也还能处之泰然。但在父亲看来，我的婚姻问题倒是头等重要的大事，在家信中常常提到。这对我的新萌芽的感情或者起了催化作用吧，我只用译英国爱情抒情诗稍加表现，起始只有自己心知。然而纸里包不住火，不久这也就成为公开的秘密了。

1928年4月7日，因为《文学与革命》的出版，静农、丛芜和我同时被捕，未名社也被查封。幸而常维钧等朋友奔走营救，丛芜一周即因病被释，我们两人被"优待"五十天，也终于放出来了。这一事件使我更为了解我所处的社会和时代，更为认识自己软弱无能，尽管我们被捕前一二天，两位北来做地下工作的共产党员住在我处，我和被捕时一样并未感到畏惧。

至于那一场美丽的轻梦，自然也就烟消云散了。我回到冷冰冰的现实。

大约三十年后，我意外接到一封信，问我手边是否还存有多年前所译的抒情诗。我微笑着低吟雪莱的诗句：

> 轻柔的声音化为乌有，
> 音乐还在记忆中颤抖。
> 甜蜜的紫罗兰不再发香，
> 感官中存留着它的芬芳。

我被放出时已经将近暑假，所以就未再去孔德学校上课了。我们决定把未名社办下去，不久李何林和王青士逃避安徽的通缉到了北平，我们就在景山东街开办了门市部。

1929 年秋，由人介绍我到孔德学院教英文。以后听说，原来的教师被学生撵走了，我若早知道，也许就谢绝不去了。一上来有七八个学生，不久就剩下两个女生，我原以为那些学生罢了我的课，想告退，以后知道他们去日本留学去了，就继续教两个人。她们倒很认真学习，但不像在孔德学校那样，师生课外常自由谈笑，在校园偶然相遇，微微点点头罢了。我生活上经过一点风波，情绪不佳，不愿多同人接触。我为清偿债务，正在赶译《被侮辱与损害的》，很珍惜时间，也是一个原因。我从青士知道，我隔壁住的一位教员是地下党员，但他深居简出，很像一个隐士，我想他为做秘密工作，有此必要，所以也不去打扰他。这样孤寂的生活对于我十分合适，回想起来觉得愉快多于苦恼。何林那时已去天津女师院教书，记得他到孔德学院看望我一次，空谷足音使我感到极大的快慰。

孔德学院在阜成门外，那时十分幽静，庭院种植多种花木，一片片地轮流开花，多半年中都万紫千红。我的惟一消遣就是在庭院闲步，虽然稍稍阅读田园诗人的诗篇，却毫无写诗的兴趣。还有一件令人念念不忘的事，就是学校这时陆续购置很多精装的外国文学书，其中《一千零一夜》尤其为我所喜爱，鲁迅先生在给我的信中曾提到，因为我不自量力，曾有意长期翻译这套书。青年的美梦那时已经破灭不少，但还保留着读书译书的喜好。

《被侮辱与损害的》译完了，我掩卷长叹一声，这叹声中有悲有喜。但是我并不消沉，更不颓废。鲁迅先生所译的《出了象牙之塔》，使我略略领会了英国诗人白朗宁 bert 的乐观主义精神，给我很大的鼓舞：

Be our joys three-parts pain!
Strive, and hold cheap the strain
（让我们的快乐四分之三是痛苦，
努力吧，费劲也毫不在乎。）

大概在 6 月，我接到何林的来信，他和另一个朋友朱肇洛推荐我到天津河北女子师范学院英语系任教，我很迟疑，复信说我恐怕胜任不了这个工作。他们鼓励我边教边学，我考虑有个工作督促比较容易在一种专门学问上下点工夫。课余还可以从事翻译写作，便答应了。我自勉做不摇的半瓶醋，为自己要担任的功课选教材，做准备。

别了，美丽的庭院，清幽的环境，精美的图书，埋头工作的邻人，勤学天真的学生！

1983 年 10 月 7 日

在天津河北女子师范学院

设立在天津的河北女子师范学院的历史较长，学生人数比较多的，地址在河北天纬路。这个学校还有中学部，学生要缴纳学膳杂费，课程也稍有不同，学生人数要少得多了。1928年起增设学院部，我的第三师范学校同学李何林，在中文系教课。经他和也在中文系教课的燕京大学同学朱肇洛推荐，我到1930年秋招生的英语系任教，还兼主任。那时我才二十六岁，大学并未毕业，心里未免惶惶不安。但他们劝我边学边教，我也只好硬着头皮答应了。我原来想，自己努力译作，以办未名社作为终身事业，可惜这个理想成为泡影，我也不得不找工作谋生了。同时我所译的《被侮辱与损害的》经许季茀先生托蔡孑民先生卖给商务印书馆，得稿费一千六百元，清还了自己和朋友的欠债，身心都觉得轻松愉快，有朋友开玩笑说，你交了好运了。

但是我心里还有一个未解开的疙瘩：关于未名社的真实情况，我有许多说不出的苦衷，不想给鲁迅先生写信细说，使他徒增不快；我也不愿告诉卧病的素园，使他白生苦恼。这些情况，我在别处稍有记述，在这里就不再多说了。

我除系行政工作外，还教两门课：西洋名著选读和英美短篇小说。我只能从我读过并觉得较好的书中选材。名著选的是霭理斯的《新精神》（Havelock Ellis：*The New Spirit*）。这是一本评论狄德罗（Diderot）、海涅（Heine）、惠特曼（Whitman）、易卜生（lbsen）和托尔斯泰（Tolstoi）的书，比较难读。我当时以为，初学要较快通过阅读关，最好选用较难文字，精讲细读。后来看，似乎也不算太不对头。文章涉及的知识面较广，文字比较艰深，不能要求初学的人预习，课外还往往需要辅导。

短篇小说从牛津大学出版社世界文学名著丛书的三本英美短篇小说选取材，文字较易，要求学生预习，养成学生独立阅读习惯，我觉得预习是很有必要的。这几本书里所选的短篇小说比较精，风格也很不同，我觉得用作教材倒很合适。

第二学年我教英国长篇小说，仍然以读作品为主，选用的是简·奥斯汀的《骄傲与偏见》（Jane Austen：*Pride And Prejudice*）和夏洛特·勃朗蒂的《简·爱》（Charlotte Bronte：*Jane Eyre*）。课外要求一学期读二至四本长篇小说，写出读书报告，一般学生都可以做到。程度较好，可以自愿看看雷利（Walter Raleigh）的《英国小说史》和克罗斯（Cross）的《英国小说发展史》。这两本比塞恩慈伯里（G. Sainsbury）的《英国小说史》简明易读。

当时有人向我，为什么只选读了英国女作家的作品，是否因为是女校？我并没有这样考虑，只是凭了自己的喜好罢了。课外阅读的书目包括代表性的作品较多，我想也就可以不至太偏了。

三年级有英诗选读课，是由一个美国人教的，学生很不满意，常常向我诉苦。当时请胜任的教师确是很困难的，虽然为培训师资，设有语音学、语言学、英语教学法等课程，教师都是不理想的，甚至基础课也是如此。在课程设置方面，过于侧重文学，而又忽略了现代和当代，语言基础训练重视不够，现在回想起来，我认为都是很大的缺点。

英诗选读所用的是帕尔葛拉夫的《金库》（F. T. Palgrave：*The Golden Treasury*），任课教师为学生所不满，惟一补救的办法，就是由我进行辅导，我的负担就比较重了。

因此在头二年，我就没有时间和精力顾到译作了，而翻译和写作都是我很愿学习的。大概在1933年秋，我考虑并准备翻译《简·爱》。在开始翻译后，我接到冯雪峰的来信，转达了鲁迅先生的谈话，说未名社既已结束，我做了教授，就不再努力翻书了。我感到十分惭愧不安，因为我很久没有给鲁迅先生写信了。我赶紧写信告诉他我正在翻译一部长篇小说。以后译完寄给他看，他很高兴，送给郑振铎先生做《世界文库》单行本印行。看到茅盾先生的评论文章，我才知道鲁迅先生也将译稿给他看过了。

那时候寒暑假有三个月时间，除看看书外，还有点时间翻译。《我的家庭》就是 1935 年利用一个暑假翻完的。鲁迅先生 1936 年 10 月日记："4 日　星期。晴。李霁野寄赠其所译《我的家庭》一本。"知道先生病后，我只偶然去信问候起居，但请他不用复信，说明我可以从别人知道情况。我的最后一封信是恳切劝他休息，我只间接从告诉我情况的孔另境（若君）知道，他绝不肯休息，并在赶紧工作，仿佛已经意识到来日不多了。

孔另境原在女师院编辑校刊《朝华》，思想是进步的，我们还可谈谈心。他常常嘱我写点文章，并为他选点学生翻译较好的作品，加以校改给他发表，我选了几篇。我记得写了介绍英国诗人戴维斯（W. H. Davies）的短文和一篇散文《父亲》。在散文中，我写到父亲很通情达理，妥善为我解除了童年所订的婚约。中文系的董鲁安教授对我说，他读了很受感动，劝我多写点这类体裁的文字。但也有人讥讽说，我在登求婚广告了。我觉得好笑，以后就没有为校刊写别的文字了。和《父亲》一同发表的，还有一篇《生活的 Twilight》，原已忘却，以后被别人抄寄给我了。

但是"窈窕淑女，寤寐求之；……窈窕淑女，琴瑟友之"；既为古代诗人所称道，又得到至圣先师的首肯，我觉得恶意讥讽的人可笑，似乎可以算是"有诗为证"，有"经"可凭了。实际上，我倒是圣人之徒，很听孔夫子的话，已经同一个女朋友在通信了。在一段时间之后，我们似乎彼此有些了解，从友谊又前进了一步，所以在她要去别处一游时，在信中写道："When l am away I leave my heart behind in your tender keeping."（我离开时，留下我的心被你温存保留。）这是很有诗意的，所以在复信中我也引了一句诗："将你心换我心，始知相忆深。"我想我们两方面都是很诚实的，并没有夸张。我们彼此也是坦率的，并不隐瞒什么。她说她爱滑冰跳舞，不是读书的种子；我说我爱幽静的书斋生活，书是我的良师益友。她厌恶大家庭，我为了父亲，决心对大家庭尽我应尽的义务。我虽然不参加实际革命斗争，但绝不愿脱离现实，疏远献身革命的朋友。在这一点上，我们的距离就很远很远了。

Since there's no help, come let us kiss and part.

（既然没有办法了，来，让我们亲吻别离）

在女师院的时期，我应章靳以之约，为他所编的刊物写了《谈渔猎》、《木瓜》、《病》、《忆素园》、《忆鲁迅先生》几篇文章。鲁迅先生逝世后，上海几个朋友为纪念他，出版不定期的小册子，我在《收获》的一册里，发表了《一夕谈》；在《二三事》一册里发表了《听雁》。这以后，我有约二十年没有写这种体裁的文章，又是章靳以在解放后督促我重新试写的。

孔另境因为被猜疑是共产党突然被捕了，当时形势很严重，我们多方想法营救无效，以后听说解到北平了。我们知道营救只有两种方法可靠：用钱赎买，这我们办不到；找大政客说情。鲁迅先生同汤尔和相识，我们是知道的，因此托他一试，先生为此写信给许寿裳先生：

> ……兹有恳者，缘弟有旧学生孔若君，湖州人，向在天津之河北省立女子师范学校办事，近来家中久不得来信，因设法探问，知已被捕，现押绥靖公署军法处，原因不明……此人无党无系，又不激烈，而遂久被缧绁，殊莫明其妙，但因青年，或语言文字有失检点，因而得祸，亦未可知。尔和先生住址，兄如知道，可否寄书托其予以救援，俾早得出押，实为大幸，或函中并列弟名亦可……
>
> 弟树 顿首 1932 年 8 月 17 日

我知道鲁迅先生愿帮忙后，曾去找汤尔和，但都碰了壁，先生知道后，又于 10 月 25 日写信给许寿裳先生：

> 孔若君在津，不问亦不释，霁野（以他自己名义）曾去见尔和，五次不得见，孔家甚希望兄给霁野一绍介信，或能见面，未知可否？倘可，希直寄霁野……

最后，我接到若君来信，若有平津两地各一位有社会地位的人作保，他可被释放。因为以后发生的事件，我记得他出来的日子是 1932 年 12 月

12 日，他就住在北平保他的那位朋友家里。晚饭后，他到范文澜家里谈天，过了中夜回去，看到军警将寓所围住，知道出事了。第二天清早，他才给我打通了电话，韦丛芜和我到北平车站时，他就告诉我们那位朋友被捕了。我们立即找一位在警察局工作的燕京同学，他告诉我们说情形严重，因为查出了"新式炸弹"和大量"共产党宣传品"，而且已经去人到天津逮捕韦丛芜和我了。得到他的协助，弄清所谓"炸弹"，只是一个小的化学试验仪器，"宣传品"是未名社结束后剩余的书刊，那位朋友在关了约一星期之后就被释放了。

鲁迅先生救了在女师学校工作的孔若君，他又间接救了未名社的三个成员，其中有两个是女师院的教师，所以先生对女师是很有恩情的。我们知道，鲁迅夫人许广平是女师的学生，虽然他们的结合别有机缘促成，女师也算是恩将恩报了。

鲁迅先生在给我的信中还提到女师院刘文贞的译稿（《鲁迅书信集》第九八七、一〇一〇、一〇二〇信），为去职的教师谋工作（第一〇一〇、一〇二〇信）。1934 年夏天，有人想约我到北平任教，托静农代征求我的意见，我复信不想就。他大概给先生写信时提到此事，先生托他转信给我："……北平学界，似乎是'是非蜂起'之乡，倘去津而至平，得乎失乎，我不知其中详情，不能可否，尚希细思为望。"

我到女师院前，学校曾同我约定，五年后可以休假一年到英国或美国参观学习，薪资照付，川资自筹。经鲁迅先生介绍，发表了《简·爱》，得稿酬八百元，川资够了，我决定到英国去看看。先生在 7 月 15 日给我的信中说："到英国去看看，也是好的。"以后有一个被辞退的教员捣乱，先生知道后，在 8 月 3 日给我的信中说："赴英的事，还有人在作怪吗？这真是讨厌透了。"但是我已经把功课安排好了，主要课程由曹禺接手，学生对他当然是很欢迎的，学校当局也就无话可说了。我是 1935 年 9 月成行的。

"9·18"事变以后，日本帝国主义一直蠢蠢欲动，要发动全面侵略战争，国民党反动派坚持"攘外必先安内"的反动不抵抗政策，华北，尤其是天津，一直动荡不安。日寇组织便衣队，常在夜间骚扰，有时学校被迫停课。一天半夜，大胡同突然起了火，火焰中仿佛夹着阵阵枪声，全校震惊，不知道是怎么一回事。大家面面相觑，以为日寇指挥的便衣队进攻河北区了。第二天才知道是中华书局失了火，起火的原因不明。更令人切齿痛恨的是以下两件事。

日寇在海光寺驻军的地方建筑秘密工事，防止工人外露情况，工事完一段落，便把一批工人杀害，海河时时漂出死尸。这件事中国当局绝对不敢过问。日寇驻军有时坐着大卡车不仅在街上横冲直撞，还沿街毫不知耻地小便，有一次还直对着河北省政府这样做。天津人民切齿痛恨，而我国驻军奉国民党之命，只好忍气吞声，足不出户。在可耻的塘沽协定签订后，军队按照日寇的无理要求撤走了。我在国外，生活靠月薪维持，当然很难安心。看报纸，知平津交通有时都中断，所以我决定提前回来，顺便游览了法国和意大利，4 月 21 日到上海。鲁迅先生 1936 年 4 月的日记记载："22 日……李霁野自英伦来，赠复印欧洲古木刻三帖，假以泉百五十。"我在意大利被扒手偷窃，上船时袋里已经空空如也了。这是我和先生最后一次晤会，他虽然大病初愈，精神却显得很好，留我午餐并畅谈至晚。不料不到半年，先生就与世长辞了。

回到女师院后，原定由我做一次讲演，谈谈在英国的见闻。那时有一件轰动世界的新闻：英国国王因为婚姻问题自愿或被迫退让。我定的讲题是：从英国国王退让谈起，其实我知道这个学校有些清规戒律，只打算谈谈英国政治、社会、风俗、习惯一点常识性的东西。不料这个题目却使学校当局害怕了，不知道我要发什么奇谈怪论，于是想了一个形巧实拙的计策，说有一位燕京大学教授临时来校讲演，时间冲突，我的讲演另定时间举行。我对此不禁一笑。

不过，说句公平话，女师还算一个比较开明的学校，也有很光荣的传统。邓颖超同志是女师学生，五四时代很活跃。周恩来同志那时在南开中学学习，他们共同战斗，起了很大作用，早就传为佳话。我们讲课不受什么干涉，选材也有自由。顾羡季、李何林的国文课主要讲鲁迅的作品，使学生受到启蒙教育。地下党所领导的读书会，使一些学生受到马列主义影响，使部分学生加入了共产党。

当然，国民党统治时期，比北洋军阀时期，罗网布得更为严密。孔若君的被捕只是一例。我的弟弟星野在扶轮中学读书，他的同学突然通知我，他被捕了，后因病危，准许我保释他外出就医，据特务说，他是党支部书记，我不知确否。就医时遇到蛮横的庸医，几乎送了命，幸而遇到一位好心的护士关素安，另找一个大夫为他换药治疗，挽救了他的性命。但不幸在抗战期间，为护理一个病友传染上回归热，在无医无药的情况下病故了。事隔近四十年，想到他我还觉得很难过。

我并未参加党组织，但同有些地下共产党员有交往。赵赤坪同志在天津活动过一段时间。有一次我们一同步行，准备到官银号上电车，他嘱咐同他离开两步，我当时不明白他的意思。在离电车站不远的地方，他伸手在后面摆了摆，我亲眼见到一个人走到他跟前，用肘碰碰他，把他带走了。关了几个月之后，因为无凭无证，让我把他保出来了。"十年动乱"末期，工人宣传队一个人告诉我，在市公安局查出了我保赤坪的信，他还对我伸了伸大拇指。

我对政治既无高度觉悟，也不知警惕，只凭一点正义感，随便骂骂官府，发点牢骚。记得西安事变消息发表的那天早晨，住在邻室，平时并无来往的李某敲门进来了，开口就说蒋介石在西安被东北军扣押了，我高兴地说，这东西该活不了啦！他走后，我才找《大公报》看了看，心想抗日战争该可以开始了。以后的发展大大出我意料，虽然我的政治觉悟很低，内情当时也不大清楚，我却也觉得处理事件的人眼光远，手腕高，是了不起的政治家。

鲁迅纪念委员会募集基金，准备印行《鲁迅全集》，我在女师院向人募捐，也就找了上言的李某。他板着脸，摇摇头，说他不能捐款，这是一个原则问题。我自然心里有点明白了，但在1967年后我到重庆，才听人明确告诉我，李某是国民党特务。

解放以后，我才知道女师院的美术教师苏吉亨是被捕镇压的国民党特务，小学部主任马某也是，这时我更痛恨国民党白色恐怖专政和日本帝国主义肆无忌惮横行的旧时代，更热爱共产党为中国人民开辟的新纪元。

我说"更"，因为在女师院的几年中，中国反动派的白色恐怖和日本帝国主义的暴行，或者亲身经历，或者亲眼目睹，已经是很够憎恨的了。我虽然没有参加实际革命斗争，对于共产党领导的中国革命和全国结成统一战线一致抗日的主张，我是了解也赞成拥护的。我虽然没有为此丧生，却也吃了一些苦头。

1934年暑假，我到颐和园一个疗养院住，想专心译书。女师院宴请帮忙招生的人，邀我作陪，我进城住在一个朋友家，第二天国民党特务捕他，把我也带去关了一周。我身边有学校招生试卷，学校又去信作保，我才被释放了。那位朋友和另外两个受牵连的人，解到南京，半年后才释放。我扔一封信到邻院，托送给李何林，他通知了亲友不要到那位朋友家里去。

我们被关押在残酷恶名昭著的国民党宪兵三团，和我同屋的是一个自称被误捕的开滦矿工。那位朋友和其他二人住在另外一屋，但入厕放风时，可以偷谈几句话，宪兵滥用酷刑，横捕无辜，我们亲眼目睹，证明以前传闻都是事实。

何林专程去天津，为我检点住室，清除一切可以涉嫌的书物。我在给他的信中附一致刘文贞的短简。他当面交给她并谈了情况，嘱她安心。

我第二次扔到邻院的信被宪兵队抓住了，他们放我时对我说，带我去是为了这个缘故。

1936年起，日寇在天津捣乱活动变本加厉，人心惶惶不安，有风雨欲来的形势。我这时候还在续译托尔斯泰的《战争与和平》。我以为共产党倡议的团结抗日，得到人民的热烈拥护，终于会实现，而战争一起，学校势必停办，我不如译书等局势发展。这本书的中心内容是写拿破仑进攻俄罗斯，俄国奋起抗战，不惜焚毁莫斯科，迫使法军败退，我想译出来还是很有意义的吧。在形势紧张时，学校疏散住校学生，教师有可能的也纷纷避入租界。外籍教师也都迁住领事馆。我仍留校，学校停课时，我就去北平住在静农家，译书的事并未中断。

我的生活一向比较简单规律，到女师院尤其如此。我将一天分为三段，上午上课，备课，办行政事务，有闲暇就读与教课有关的书。午饭后一定午睡一小时，时间几乎一分钟都不差。起床后洗洗脸，外出散步一小时，一般到北宁公园，绕一圈回来正好。有时划划船，时间就要长一些了。师生关系很好，有时候有几个同学与我同去，自由谈笑，无拘无束。下午三点到六点，一般我用来译书写作，寒假暑假也是如此。晚饭后七点到十点，除非与备课有关的书读不完，我总读点与上课无大关系的书，我现在认为遗憾的是没有系统，没有计划，杂而不专，不博不约。晚间按时就寝，睡前散步洗漱，约二十分钟。这习惯我多年保持，北京冬季天气无论怎样冷，我都只穿一身呢学生服在户外走，全身凉透，才回屋洗漱。我虽然表面显得瘦弱。却一直不生病，大概是这种生活习惯的好处。

女师院有一条清规戒律，教师如同学生恋爱，就得离职。文贞同我已经订了婚，所以我要做离校的准备。我想译书是比较合适的工作，又与文化教育基金委员会定了约，至少短期内生活是不会有什么困难的了。

1937 年"七·七芦沟桥事变"的炮声，揭开了战争的序幕，在隆隆炮声中，我们于 20 日在北平结了婚。婚后我到天津拜望岳家，看英文报，知日寇已向我方送了最后通牒，我们在英租界租一间房暂时住下来。我们亲耳听到日寇炮击北火车站，亲眼见到日寇炸焚南开大学。神圣的卫国抗日战争，在中国共产党领导下开始了。

静农等许多老友和我的两个弟弟从天津坐船南下，我仍留津续译《战争与和平》。

1982 年 5 月 5 日

滞留在沦陷的天津

1937年7月20日，在隆隆炮声中，怀着期待神圣抗日战争爆发的心情，在中山公园来今雨轩，我们举行了简单的结婚仪式。静农、何林、维钧、建功等夫妇参加了我们的婚礼，维钧为我们照了几张相，经过几番风雨，万幸还保存下来了。

我们想到天津岳家看看，但时局瞬息万变，使我们迟疑不决。我们找一个同军队有关系，职位很高的老乡打听消息，他说："去吧，保证没有事！明天起火车一分钟也不会误点。"他看我们有些不相信，就气愤地说："日本鬼子提的一切要求都一一叩头答应，那边（指南京）只准向鬼子讨好，绝不准有丝毫对抗，鬼子何必费军火！我们说不定哪天就滚蛋！"

我们那天所坐的火车，真是一分钟也没有误点。在这以前，京津交通常被日寇捣乱误点或暂断，大家已经习以为常了。我们想，那位老乡所说的话也许是可靠的吧。但是从天津的英文报纸上，我们看到了日本的最后通牒，可见日寇早已决定进行全面侵略战争，国民党无论怎样叩头也是无效的了。我们在英租界找了一间房住下。第二天天还未亮，我们听到隆隆的响声不绝，以为战争已经开始了，连忙起床看看究竟。街上并无什么异样，依然人来人往。原来天空乌云密布，隆隆的是雷声。我们穿过法租界、日租界，走到东门里岳家。我的书原来都存放在这里，我们劝家人去租界亲友家暂住，同时把书籍运到新的住处。

第二天一早，我们先听到飞机声，后听到炮声越来越密，亲闻日寇炮轰北车站及河北地区，亲见日寇用飞机大炮轰炸焚烧南开大学。报载天津除租界外一片废墟，在京亲友焦虑万分，电函我们都未收到，倒是几天后收到我们的信才放了心。敌人并非心慈，他们已经认为天津是天皇的国土，更多破坏有害无利了。日寇侵占了天津，一直在这里为非作歹，实行法西斯专政达八年之久。但是在党的统一抗战伟大英明的号召之下，全国人民团结起来，迫使蒋介石放弃不抵抗政策，也参加了神圣的抗日战争。抗战的烈火燃遍了全国。

我在前二年已经开始翻译《战争与和平》，为了不放弃这个工作，我们决定留在天津。我们租住公寓房间，生活简单安静，很有规律。上午我翻书，妻看书，午睡后我们同出散步一小时，回来稍事休息，我们仍译书看书。晚饭后我们同去小白楼买第二天的菜，也就是又散步一小时。晚间谈谈天，看看书，按时就寝。我们一点也不觉寂寞单调，妻任烹调也不厌恶，并很感兴趣。不过在女师院未学过家政，找两本书看看也未能登堂，更难言入室了。她有一次兴致勃勃，要照书本所说做糕点，烤出来后外形倒也满好。适逢妻弟前来，她便沏了一壶茶用糕点招待。二弟吃了一块，我看他皱眉头，大口喝茶，喝完又倒了一杯。我想糕点大概太甜了吧。我也切一片尝尝——哎呀，咸得难以下咽。原来她把精盐当白糖放进去了。我们笑得前仰后合，以后似乎也就没有再做过糕点了。

建功要去昆明参加西南联大的教学工作，路过天津，妻特做了狮头丸子和牛尾、牛舌。约他来吃晚饭话别。他派人送信来说，因为北大同学会多人约聚餐，有些事要谈，不能来了，我们只好用盛馔款待自己了。哪知又是海盐作怪，牛尾、牛舌很难进口，且不必说下咽了。狮头丸子连汤带菜，用不着高级烹调技术解决问题，只消加些开水，就成为瞒过得去的美肴了。我遵照"家丑不可外扬"的古训，这件事对谁也没有谈过。现在事隔四十多年，妻的烹调技术早已自成一家，像儿子自夸的毛笔字一样，恐怕也不介意我谈谈当年的英雄了。

在新婚的生活中，我们的心情比较复杂。有时轻松愉快，有时郁郁寡欢。我们一方面觉得"得道多助"，抗日战争可以胜利，一方面又觉得抗战势必持久，很难预料最终结果如何。不过我们都在做着庄严的工作，我终日译书，觉得《战争与和平》对我们有了特殊的意义，给了我们很大的精神鼓舞。不可一世的拿破仑进攻俄国时，俄罗斯的情况并不比我国好多少，法军前进势如破竹，俄军节节败退，但俄罗斯并未灰心丧气，却破釜沉舟，火焚莫斯科，给了敌人毁灭性打击，拿破仑从此以后就一蹶不振，最后死于荒岛。我们确曾笑谈过，东条英机的下场也许比拿破仑更糟糕。

我的书那时都还在身边，妻随意选读，也得到不少益处和乐趣。这些有时也是我们闲谈的材料。但我们并不是"两耳不闻窗外事，一心只读圣贤书"的隐士。日寇的暴行罄竹难书，我们虽然接触的人不多，也时有所闻。那时候中国人不能吃大米白面，有一次一个青年妇女，为了母亲病重想吃点米粥，私带的一点白米被日寇发现了，一刺刀将她刺死，还陈尸示众。见了站岗的日本兵不脱帽鞠躬，被刺死的人不在少数。比较公开传出的事，是耀华赵校长被刺杀，据说因为发表反日言论。被捕以后永无下落的人数就无法统计了。

不少亲友学生纷纷过津南去，我的住处倒成了方便的中转站。英租界除非在界内有亲友，保证只是过境而不停住，否则不准进入或通过。只有轮船可坐，非通过熟人买不到船票，幸而女师院有个学生的哥哥在英商太古轮船公司做事，他帮忙不小。我们的心情是凄怆的，但我们坚决相信，"国破山河在"，"还我河山"的豪语，以全民抗战为后盾，一定可以实现。

南去的人走向不同的地方，走上不同的岗位，承担不同的工作，我们仍然滞留在敌陷的天津。人各一方，心向一处——我们可爱的伟大祖国！

1983 年 9 月 20 日

在敌陷的北平

1938年秋，北平辅仁大学增设女生部，约我去任教。这个学校是美国和德国的天主教会合办的，美国当时并未参战，德国和日本是同盟国，所以日本帝国主义还不曾干扰。我经过考虑应聘了。

为找住房，我走访老朋友常维钧，他同徐旭生夫人和儿女合住一所大宅，有几间空房，欢迎我们去同住。地址是白米斜街三号，紧靠什刹海，步行到辅仁大学只要一刻钟。我早有午睡后散步的习惯，从家里到北海公园，登白塔绕园一周，回来整一小时。我快步疾走，冬季也出一身汗，回来洗洗，喝杯茶稍稍休息，大约从三点钟起，晚饭稍停，一口气可以工作到十点钟。即使在严冬，我也到院里散步二十分钟，全身凉透，回房洗漱睡觉。我多年从不感冒，也不生病，一定是这种生活方式给我的好处。

我教的功课是：翻译、英国维多利亚时代文学和欧洲文学史，最后一种比较吃力，因为要从头来起，编写简单的讲义。男女二部分开上课，一备二用，稍省力气，因此我还有时间精力，继续翻译《战争与和平》，终于共用四年半时间，把这部巨著译完了。可惜稿寄香港，后被日寇毁掉了。

北平虽被敌陷，日寇为敷衍国际舆论，表面上比在天津用便衣扰乱时还要稍稍"文明"。食品一上来控制得不太严，一般还可以维持饱暖。鲁迅先生的母亲和朱夫人还安住在西三条二十一号，景宋每月从上海寄五十元来，由我转送去，她们说生活并不感到困难。我从北平出走前两三个月，上海和北平的情况就起了很大变化了。景宋寄不来生活费了，粮食也渐渐不易买到，她托我写信请周作人设法，他倒按月送去米面和零用钱。周作人被刺，还亲自去西三条给母亲看看腹上一小片红痕。但平时他和孩子都是不去的。我走后太师母和师母先后逝世，听说安葬的事都是由周作人负责办理的。

我到辅仁大学不久，一天外文系主任来访，谈到辅仁有一个"文教委员会"，和学校一样，是秘密受国民党教育部领导的，主要的任务是替留平的文化教育界人士谋工作维持生活，不做汉奸；其次是输送学生到蒋管区；第三是对学生进行爱国思想教育。他请我加入这个委员会，我立刻答应了，因为我认为这是一个公民应尽的起码义务。他接着告诉我，北平有一个秘密的国民党市委会，辅仁三个教授任委员，他是其中之一。他们的政治立场是反对共产党。他请我加入任市委。我听了十分诧异，但因为他对我总算开诚布公，只问我是不是共产党员，所以我也老老实实告诉他，我是相信共产主义的，敬佩共产党，但我虽有共产党朋友，我自己还不配做共产党员。我进一步劝他，要认清国民党的本质，其中虽然也有些好人，就整个政党说，却是腐朽反动的，所谓"攘外必先安内"，尤其是祸国殃民的罪恶政策。我们倒没有不欢而散，相勉站在爱国主义的立场上，各人做点力所能及的工作。

我认为解决文化教育界人士的生活问题是十分重要的，我尤其注意周作人。我去看望他，了解一下情况，那时他还未就伪北大文学院长职。钱玄同适逢也在他家。从他们的谈话看来，反日的立场还是很明显的。但我已经听说，周作人家里有四个日本人，文化基金委员会撤到香港，不肯留下一人与所约译稿人联系，他的惟一收入来源也就断绝了。我将这情况告诉了文教委员会的负责人，并建议请周作人到辅仁大学中文系任教，由会给以经济补助，我认为这是完全可以办到的，但他不置可否，以后也再没有谈起来了。

这位负责人以后又对我说，周作人找他闲谈，没谈到任何正事，不知道有什么意思。我笑笑说，他是在做托钵僧化缘了吧。因为这时候胡适给周作人寄来一首打油诗，称周为居士，说梦到他正整装南下，未免太辛苦。周答诗一首，有一句说，将来有脸见胡的面。我不知道这是否是他的真情实感，不过至少他还在彷徨。这以后，这位负责人又向我说，周作人拿一把新写的折扇去找他闲谈，他说完全不知周是啥意思。果真不明白吗？那真是愚不可及了！不久周作人就做了伪北大文学院长，更进一步做了什么教育督办了。周作人在《知堂回想录》中给这位"老朋友"一个很不敬的称号，并谈到"劫收"，就不是偶然的了。

那时候，俞平伯、顾羡季、张谷若等人都还留在北平，也常有几个青年作家找我谈天，很希望能办一个文学刊物，至少可以鼓舞人心。我同文教委员会商量，他们赞成由我筹办。我约了几个人写稿，很快就收到一些篇。刊名想定为《北方文学》，封面也请人画好了。这时我想到鲁迅先生的日记，便写信给景宋，请她随时抄写作为副本，在刊物上发表，增加保存的机会。日寇先还敷衍，并用一个社的名义请我吃饭，同时请的还有一位协和医院的大夫和一位数学教授，他们都还未与日寇合作。很容易看出，日寇的用意是拉我们下水。我们都只谈点一般应酬话。这消息很快就传开了，说我已经准备为日军办刊物。我们原想以"纯文艺"，"为艺术而艺术"为借口，争取把刊物出版；但日寇是十分狡猾的，先拖，最后说"目前不宜印行"。刊物自然就流产了。文教委员会托我为写稿的人送点稿费，杯水车薪而已。景宋在抄写日记时，日本宪兵去逮捕她，取走的日记损失了1922年的一本，是无法弥补的了。为这件事，我一直觉得很不安，比失去《战争与和平》译稿更为惋惜。

辅仁大学因为新增女生部，很缺教师，我介绍了三个人，他们都聘请了。文教委员会的存在，我虽然没有告诉他们，我却把它的意图向他们委婉说明了。两个人引起了不同性质的问题。一个人因为结婚生活不幸，给一个女生写了一封热情洋溢的情书，她向女校的主事修女揭发了，她自然向外语系主任谈了这个问题，请求处理。我知道这个人的家庭情况，了解他的品质不是很高尚的，并不愿为他辩护；但是我觉得对于遇到这类事情的学生，应当进行适宜的教育。我向外语系主任说，若是我的女儿接到这样一封情书，我会教导她不要大惊小怪，更用不着声张，不声不响退回，写几句婉谢的信自然更好。不料他竟同意我的意见，并答应转达女院修女，看她如何看法。更出我意料，修女完全赞成照我的意见办理，向学生说明一声，情书由我退还给本人。这场小小风波就平息了。

另一个人的问题却性质不同，很严重了。一个中级的日本军官不知怎么住到他的家里去了。我虽然知道他是受了别人欺骗，无意引狼入室，但既成的事实无论如何是不可原谅的。我建议立即将他解聘。这给我一个很大的教训。回顾我的一生，我觉得我还不是完全缺乏知人之明，对结交的人的品质，虽然有时不甚了然，但通过一些具体事实，大体还是心中有数。我知道自己也有很多缺点，所以对人并不求全责备。这类人，我还不认为是朋友，所以在事情或金钱上受些欺骗，一般不大介意，只在很必要的时候，对极少数人说说罢了。在我已经认为朋友的人，我十分珍惜他们的友谊，若有人信口胡说，信手胡写，意近诬蔑，或者闭目不看事实，似乎意在混淆是非，我便不免觉得伤心难过。但我遵循古训："君子绝交，不出恶声。"

文教委员会每月发给五十元活动费，用以在必要时接济实在困难的文化人，我领取过一百元。辅仁大学外文系一个男生，有一天向我说他因经济困难要退学，去上日本人办的公费新闻记者训练班。我劝阻他不要去，将一百元送给他了，他终于在辅仁毕了业。我出走后，他送还百元给妻做生活费。一个学生帮助妻卖书籍度日。一个学生一月借给几十元。他们都十分关怀，我万分感谢。但那个骗借我的钱近千元的人，不仅未还分文，连我家的门也不敢上了。我出走前夕去向他告别，写下故乡永久通信址，他翻开一本英文字典，在里面草草画了几笔。我不免为自己的愚蠢叹息。

文教委员会商量事情，一般采用在公园喝茶谈天的形式，原以为这样更为机密呢。1942年新历年终，常维钧突然被捕，我们找与警察局有关系的人去营救，得知文教委员会的情况，日本宪兵队已经清清楚楚了。在这以前，负责人已经逃出沦陷区，几天之后，另一主要成员被捕，会也就实际散摊了。就我来说，从我看来，都是一事无成。

1939年5月13日，我们的长子方平出世了，家庭的情况有了小小变化。对于育婴，我们几乎毫无所知，只好临时抱佛脚，找一本翻译的书来阅读，并按照书本的所说办法行事。这本书颇有可取之处，它特别强调：从婴儿出世第一天起，就要作为教育的第一步，养成良好的食睡习惯，尽量使婴儿在户外接受阳光和新鲜空气。我们也按期带他到协和医院儿科检查。这样做的结果很好，方平在几年中几乎没有生过病。

方仲是1940年7月14日出世的，我们虽然稍有经验了，却发生了两次使我们吃惊为难的意外。一次我们正吃午饭时，保姆突然惊叫一声："你们快看看，孩子不好了！"我们一看孩子出粗气，翻了白眼。幸而来了一个稍有经验的朋友，他说使孩子平卧床上，如抽疯，万不能动他的手脚，把上下齿间放上一把汤匙或一双筷子，防止咬嘴唇。同时我们请来急诊的医生，他说病不严重，可能是痢疾，要发高烧。他给孩子服了药，观察一会儿之后才走，临行还说不要紧，我们才放心了。他一两天后就下地跑着玩了。

为难的事，现在回想起来倒觉得有点好笑了。妻在为方仲哺乳期间突然发高烧，协和医院诊断是肺炎，这在当时是严重的病，势必住院治疗。哺乳怎么办？大夫建议用罐头奶，只好由我亲任保姆了。幸而方仲的睡食习惯好，总在该吃奶时一分钟不差醒来，我先使他准时小便，然后将奶瓶在他嘴里一放，他一口气喝完奶，将瓶子用手向外一推，马上就入睡。两个星期中，他未哭过一声，未尿湿过一次床。半个月后，妻从医院回到家里，叹为奇迹，笑说以后你做妈妈好了。这是真诚的谦虚，孩子有这样好的习惯，当然是她平常十分注意的结果。

在战争的艰苦岁月，我们能看着两个孩子比较健康地成长，我的教书译书工作还可以照常进行，妻虽找不到适当工作，家务也很够她忙碌，在这个小小的范围之内，我们总算是万幸的了。但在我们的心里隐藏着"长夜漫漫何时旦"的忧思，觉得头上悬着随时可以落下的利剑——日寇的迫害与宰割。

大约在1942年初冬，我接到潘应人的一封来信，说是有一个朋友来北平，托他为我带点土产来，希望接谈。我知道这里有文章，等待着。几天后，辅仁的两个不相识的女生来找我，约我同带土产来的人见面，我答应了，她们才说他是从冀东抗日根据地来的。我说我认识写信的人和他的哥哥潘漠华，信得过，不过最好在女校内院的客厅里见面，比在别处好。在约定的时候，我拿一本书，以给她们辅导做掩护，等待来访的人。等一个多小时人还不来，我并不担心发生意外，知道他不按时到，是经过考虑的。来的人是个青年农民装束，健康朴实。他说冀东很缺乏做文字宣传工作的人，潘应人不知道从哪里听说我在辅仁大学教书，所以特派他来约我前去。日寇虽然有封锁线，有人带领，容易通过。我向他说明，我已经是四口之家，两个孩子都小，妻子没有工作，只靠我维持生活。我无法安置他们，走开当然是很不放心的。还有一个更重要的原因，我从几个可靠的方面知道，日寇有特务暗中监视我，我的行动并不自由。我每天下午同妻用小车推两个孩子到北海玩耍，不同外人来往，除学校很少到别处去，都是为了应付这种局面。我说我虽身在沦陷区，难免有点小小危险，我并不畏惧。若冀东认为有必要，我的家可以做地下党的联络站，妻也不会有任何异议。党需要我做点什么事，我很乐意代办。谈后他就告辞走了，我继续为两个女生讲了一会儿书。当然我不便问她们姓名。以后女院有学生被捕，我毫不知道是否有她们。联络站未再有人来谈，或者与这种情况不无关系。

有一次我们带两个孩子到万牲国（现名动物园）去玩，在进门时遇到几个青年，其中一人认识我，因此同他们谈了几句话，就分手了。以后他们中有人被捕，在"审讯"时就追问这次同我开什么秘密会。他被释放后，不敢直接找我，托人转告了这一消息，要我注意特务尾随。辅仁大学教育学院一个学生被捕，日寇向他详细追问未名社的情况，并说他们认为该社是共产党组织的。这个学生也将情况托人转告我了。住在我家前院的常维钧，一天晚上来谈天，说他家原有一个男工友，以后当了警察，很机密地告诉他，日本特务很注意我的行动，一直有人尾随监视，希望我注意些。这情况我并不是毫无察觉。最认真的一次却是文教委员会的负责人告诉我的：一个孔德学校的学生陈君与一个日本宪兵有点认识，宪兵醉酒时对他说，最近要逮捕我，把我的名字说得很清楚。我听到这消息后并不惊异，但觉得一时不会有什么危险，日寇要保持一个线索，不会轻易动已经在他掌握中的人。

写到这里，我想到"十年动乱"时的一件满有趣味的事。一天来了一个外调的人，说有人交代，他在日寇侵占北平时，做日本特务，同其他几个人负责尾随监视我的行动。他说我几乎每天下午都同妻用小车推两个孩子到北海游玩，有时同几个人坐茶座闲谈，每天上午一定到辅仁大学去，每天不用观察就可以向日寇宪兵队汇报。我的突然出走，他是第三天才发现的，当然吃了苦头。这个人大概要向我证明：他对我并无损害。我当然并不知道他的姓名，也不知道他是个什么样的人，我只说我当时外面的生活情况实在就是他所说的那样。

1942 年除夕将到，为迎接元旦，我们带孩子去中山公园玩玩。天高气爽，是北平特好的天气。紧靠来今雨轩，有利用古柏残根做的桌椅，我为孩子们照了几张相，虽然这是我第一次试照，成绩却蛮好。几经变乱，这几张照片居然幸存下来，偶然翻阅时，我们特别觉得亲切。

傍晚回家，我们听维钧夫人说，维钧被日寇逮捕，先押在附近的警察局。她已经托人去打听消息，据说文教委员会的情况日寇宪兵已经摸清楚了。我找一个安徽同乡营救，他说维钧不是重要的人，没有什么要紧，不过不久情况可能有发展。不几天后，辅仁大学外文系主任被捕，我就不得不考虑自己如何应付了。同妻商定，4 日清晨坐车去天津，妻和孩子先住岳家，我只身回故乡，如果可住，再派人接他们去。此前有同乡贩卖中药材，从蒋管区到天津，他说一路可以通行无阻，所以我就顺他所说的路，先坐火车到徐州，以后转车经过商邱、亳县到界首，沦陷区的界线离亳州不远。

我到徐州时已是晚间了，到第二天才有车，我只好在那里住一夜。一方面怀念妻和孩子，饱尝了离别的凄苦滋味，一方面还为自己的安危担心，因为还未逃出敌人的罗网，这一夜的时光是很难度过的。晚饭后，我先默坐沉思，然后卧床休息，中夜枕上口占一绝，慢慢也就安静下来，蒙蒙眬眬入睡了：

孤灯榻畔别妻稚，
契阔死生全任之。
但使神州存片土，
岂容倭夷御雄师！

1983 年 11 月 7 日

逃出敌陷区

从徐州出发几个小时之后，看到铁路旁有被炸翻的十来辆空车厢，听常在这条铁路上来往的旅客说，这是前一天被抗日游击队炸毁的，而且这样事发生了不止一次。在几个车站上，我看到一些小土堆，上面放着日军的头盔，都是抗日游击队在车站上击毙的人。从这些目睹的事实，可以略窥抗日战争形势的一斑，使我的精神得到很大的安慰与鼓舞。

到商邱一个旅店住下后，我和陪送的人去看望袁太太，徐旭生夫人的姐姐。我们在北平见过面。我只略谈谈北平的情况，说明我路过这里回故乡，就告辞走了。我还有一件重要的事情要办理，我一个人出去了。

在文教委员会负责人出走之后，维钧告诉我，驻商邱的伪军头头与国民党有联系，可以找他协助出去，避免日军扣留。这个头头的小姨是河北女师院家政系的学生，如出走，也可以预防意外，找她帮忙，比出事不知下落好。我想一试也许有点益处，不至引出什么麻烦吧。她的住所前面是一个商店，我一提到她的名字，就被引进一个客厅，她也很快就出来见我。她十分客气热情，我就把来意告诉她了。她并没有表示为难，说进去同姐姐商量怎样办好。我等了半点钟不见她回来，等一个钟头也不见她回来打一声招呼，我觉得有点不妙。又等了一个多钟头，仍然不见她的踪影，我就走出去，想试试不辞而别了。门岗虽然并不粗暴，却劝阻我不要走，回客厅再等等。我想我一定是走不脱的了。我同他说，还有一个和我同住的人，久等我不回去，无法到友人处去赴宴，我可否写一便条烦送去，通知他不必久等我了呢？他很痛快地答应了，并给了纸张和铅笔。我连忙写便简通知陪送的人，说朋友要留饭，我饭后才能到友人处去找他，若当夜不见面，那就是友人留我暂住，他就不必等我了。我并不相信便简会被送出，只好回客厅呆坐，看看后事如何了。又过了一个多小时，那个学生才出现，微笑着，似乎并无凶兆。但我心里还是不安的，猜疑她故作镇静，等着来逮捕我的人了。我这样猜疑，并不是毫无根据，因为她并未道歉使我久候，却问我在北平有无居民证。我说有，她才慢吞吞告诉我，给亳县打长途电话十分困难，最后终于打通了。原来她姐姐是亳州中学挂名校长，她们打电话告诉那里，请我到学校去讲学，并说明我是辅仁大学教授李霁野，以备日寇扣留我时去调查。那时候，长途电话确实难打通，我相信她说的是实话，便谢谢她告辞走了。我一直到袁太太家约陪送我的人回住所。我和袁太太家约陪送我的人回到了住所。这场虚惊倒成为我们笑谈的好资料了。

第二天中午我们就到了亳州住下了，因为到界首要一天，中途没有客店可住。店主人说，出去不再有日本人检查，这条路进来的客商很多，是日军有意畅开，吸收物资的。枯坐无聊，我想入非非，要到亳州城里走走，希望能遇到多年前第三师范学校的同学。其实万一相遇，彼此也未必相识了，当时我可并没有想到这一点。离城门约百多步，我才看见城门外有荷枪带刺刀的日寇站岗，但退回已经是不可能的了，只好径直往前走。他只看了看居民证，就让我们进去了。我想空手出来，一定会遭到更严的盘查，便到一家文具店，买了些信纸信封和笔墨拿在手里，站岗的日寇细看看这些东西，便让我们走了。

走出亳州大约二十里，我看到路旁一个斜坡上，有一个穿中国军服的站岗士兵，我知道到了自由的国土了，我无法形容心里的激动，向前对站岗的士兵敬了礼，热泪盈眶，一时说不出什么话。他很有礼貌地答了礼，我紧紧握握他的手，说了几句安慰话，才重新向前走，傍晚到了界首。

界首原是一个小镇，这时却十分繁华热闹，一看就知道是一种反常现象。我原想从这里回故乡叶集，不料听客店主人说，叶集再度沦陷，日寇虽然一过而去，情况却是很混乱糟糕的。这使我感到痛心，对国民党的抗战不免有些怀疑了。客店的旅客中有人从金家寨、叶集、固始县逃出，他对我说，日寇只有百来个骑兵，几十辆卡车，是出来抢粮食的。金家寨驻军闻风逃走，并不通知居民，一任日寇奸杀。叶集消息较灵，房屋大部分被烧，人却逃避了。固始县的遭遇同金家寨一样惨，听说县长也被日寇掳去了。路上乱得很，日寇虽已抢了粮食退走，只身回去是很不安全的，不如住下等一时。

我从北平出走时，文教委员会还有一个人未被捕，我告诉他，我要回故乡，他劝我最好全家同走，因为乱世分易聚难。他还以个人的名义借给我三百元川资，我很感谢他的厚意。他知道我要经过界首，便告诉我如有困难，可以到一个药店找某某人。我去找他谈谈，他也劝我先不能回叶集，那里很不平静。他说文教委员会的负责人还在洛阳，不如到那里去，写信同家庭联系，然后再定办法。我想他的话很有道理，如能有安身之处，再想法接妻和孩子。

一个辅仁大学毕业的学生从药店知道我到了界首，便立刻到客店来看我。他谈了一些令人伤心的事情，有的我有目睹的证明：沿途独轮手推车络绎不断，都满载物资，不少是军用的，从蒋管区进入敌陷区。他说向敌输送物资的后台人物是国民党的高级军官。他又说，一个青年学生从敌陷区出来，携带的日用品较好较多，检查的人见财起意，不仅没收了他的东西，还加上罪名把他押送到洛阳去。这个辅仁毕业生的哥哥是个天主教的主教，费了很大力气才把被捕的青年保释出来。若不是亲自耳闻目见，这些事有谁能相信？

我决定先到洛阳去，行前发了一封家信，复信请界首的学生转，因为我想到洛阳就写信同他联系。至于天津的家，我只好暂置不问了，怕去信引出麻烦来。思家心情万分痛苦，开始深夜难以入睡。

从界首到洛阳可以坐长途汽车，道路还算平坦。不意走出几十里后，看到路旁翻了一辆汽车，听说四人死亡，多人重伤。旅客们把坐长途汽车视为畏事，看来似乎不是杞忧了。我坐的汽车总算没有出什么意外，不能不多念几声"阿弥陀佛"了。

1983 年 11 月 10 日

滞留洛阳五十天

我在洛阳滞留了五十天，过了一段地狱里的生活。我这样说，丝毫不夸张。我在逃亡途中，已经看到听到许多令人痛心的事，在这里的所见所闻，更令人瞠目结舌。

首先我听到文教委员会负责人和他的秘书说，他们去伤兵医院慰问看望，那情况真是触目惊心，病房又脏又乱，轻重伤的兵士卧床呻吟喊叫，简直无人过问，缺医缺药的现象一看就知道是很严重的。伙食更不用说了，他们劝我不要去，免得伤心。其实，稍有良心和责任感，情况是可以大大改善的。

他们听说有不少青年从敌陷区逃出，滞留在洛阳的收留所，也买些烧饼去看望他们。人人面黄肌瘦，说是奄奄待毙也不算过火。他们给青年人烧饼，虽然接过去，牙齿却啃不了。我一听，开始真有些不相信。以后还看到听到一些其他情况，才恍然这是集中营！"青年欲向延安去，先过鬼门第一关"，不是我的空想，是洛阳当时的现实。

有一个国民党中级军官和我同住在一个客店，他说他是国民党党员，到过中缅交界的地区作战。他边叹气边谈当时的情形，愤慨万分。他说国外支援的军火，在那个地区堆积如山，若是充分使用，至少很可以压压敌人的气焰，因为敌人在那个地区的人数开始并不多。可惜我们的军队指挥无人，士气低落，一听枪声，立即溃散，军火都落到敌人手里了。这条路在可通的时候，多被用来运进高级奢侈品赚钱。他说："这帮发国难财的高官贵人真是丧尽了天良，怎能指望他们抗战！"我只默默听着，不同他交谈。但是我看他是一个诚实人，也没有试探我的必要。有一天，他问我为什么住下不走，并警告我说，这里离敌只有七十里，驻军靠不住，敌人只要放几声枪，就会溃散变为土匪。他进一步说明，他有近八十岁的老母亲，在上海无人照料，已托好人把她送过来，他在这里等她，不知为什么还未到，希望不出什么意外，她一到，立刻就离开。我向他说，我在等我的弟弟前来见面，了解故乡再度沦陷后的情况，以便决定下一步怎么办。他叹口气说，那我们只好听天由命了。

除夕到了，也多少增加些感触，大家都早早睡觉。未到中夜人人都被惊醒，到院子里静听。那位军官低声向我说："不好，像是枪声！要防乱兵！"我以为他是打过仗的军人，有点相信他的话，但也还镇静，因为惊慌没有什么用处。第二天我们才知道敌人并没有什么动静，是官家强迫老百姓放鞭炮庆祝春节！

初到洛阳时，饭馆的牛肉多，价钱也便宜。以后知道河南连年大旱，农民迫不得已，把耕牛出卖了。过不多天，街上灾民较多，抢食物的事常常发生。一次我买了两个馒头拿在手里被人抢去，先吐上一口唾沫。再过几天，街上有很多卖小孩的，一个孩子约卖二百元。不到万不得已，做父母的谁能忍心？或者他们以为，这样孩子还可以活命。报纸上总说，官家就要放赈，过多时算兑现了：一人所得赈款可以买一个半烧饼，传说出了潼关，沿途都有粥站，便有许多灾民拼命挤上火车顶，据说过山洞时不少人落下摔死。

一个小阔人请客，我也沾了光，菜肴丰美，出我意料。有个比较诚实的客人，在大家欢饮大嚼时突然说道："这一餐是几个孩子的身价！"在猜拳行令的欢笑声中，自然没有人理睬他。

国破家亡的情况深深刺伤了我的心，在敌陷区还怀着一些梦想，这时都破灭了。我想，这里若是蒋管区的缩影，抗战的前途恐怕是很渺茫的了。因为国民党的严密封锁，我当时很难了解共产党领导的抗日根据地的实况。我终夜不眠，有时蒙蒙眬眬似乎入睡，不到一个小时就会大叫一声醒来，一直睁眼到天明。午睡也只闭闭眼躺一会儿。长期散步的习惯这时也中断了。一天我对镜一看，大吃一惊，头发几乎全白了。这时我想到伍子胥一夜须发全白，完全是可能的事。

北平当时不会有来信，情况一点不知道，焦念的心情是无法形容的。故乡倒有一封信来，急忙打开一看，我的四弟弟星野不幸病故了！他护理一个病友，受到感染，无医无药，病危时呼医索药，热爱人生，但终于被死亡夺去了年轻的生命。全镇许多人为他的死痛哭。写信的二弟耕野说，家中其他人幸均无恙，他即起身到洛阳来看我。

这次晤谈使我稍稍得到安慰，虽然就当时的情形看，妻和孩子暂时不宜回去，等到适宜的时候再派人去接他们。我回故乡也难谋生，不如先去重庆，如有可能，就直接接他们前去。父亲饱经沧桑，精神却很坚强，四弟的死当然使他很悲痛，他也很想见见我、妻和孙子，但目前既然不可能，他就耐心等待，等情况好转再说。我很了解父亲的性格，他虽然不知道什么是哲学，我觉得他很有希腊画廊派哲学家的思想和气派。他一生为一个大家庭操劳，但从未发过一句怨言。我到河北女师院教书后，在经济上对家庭有些帮助，减轻点他的负担，但是抗日战争一爆发，我只能同家里通通信，汇款不通，经济的帮助就中断了。但父亲写信总说家里无大困难，要我安心照顾北平的家，有照片寄回看看就好了。虽然见面不知何年何月，我怀着总能见面的希望以自慰。四弟星野却永无再见的机会了，我多年后偶然想到他还感到悲伤。前些天我接到一封信，是他的扶轮中学同班同学写来的，询问星野的地址。想同他通信，引起我无限悲思。

1983 年 11 月 12 日

入川行记略

从洛阳到宝鸡还通火车，不过首先要"闯关"。就是车过潼关时，日寇常常炮击，有时击中，旅客便不免有伤亡。我坐的那次火车倒是平平安安就闯过去了。

到宝鸡住了一夜，客店里老鼠很多，跳来跳去，大摇大摆，一点也不怕亮不怕人。这很可以算是一景。从窗子外望，看到一片地方电光特亮，问起来才知道是一个工厂。这使我多少得到些安慰：日寇尽管轰炸得很凶，生产还是不会完全停止。

川陕公路却只有长途汽车可坐了。对于汽车，大家都是谈虎色变，据说翻车的事常有，抛锚久停不能前进，那就不值得提起了。乘客超员，载货超重。司机彻夜赌牌，经常醉酒，都是车祸发生的原因。我倒并不很为这些担心害怕，并不是因为我特别勇敢，而是因为我有点赌徒心理：碰运气。

一进四川境，有几件事使我特别高兴。秦岭陡峻，但在人迹难到的地方，往往有一小片庄稼翠绿可爱。这时你不能不想到劳动人民艰苦勤劳，与大自然斗争的雄伟气魄。这样的民族性格是我们可以引以自豪的。这样的民族绝对不会为外来的暴力所征服。

公路两旁遍野菜花盛开，这时我才真正了解"锦绣河山"有怎样深刻的内涵，觉得这几个字不是诗人的幻想，画家的写意，而是我们伟大可爱的祖国的真实写照。这样瑰丽的大自然所孕育的人民，能够对人类文明做出独特的贡献，并非偶然。目前我们的祖国虽然被外敌侵略，处于生死存亡关头，占统治地位的国民党虽然腐败无能，反动透顶，祖国的人民是伟大的，坚强的，在正确的领导下，一定可以战胜强敌，取得最后胜利。祖国的前途是光明的。

一天傍晚汽车到了庙台子，听说中国旅行社在张良庙办了一个旅店，我去看了看，很幽静，房间也很整洁，我就住下了。晚间有月，我晚饭后出去散步，觉得这是一个很美好的地方，他日有机会重游，一定在这里多住几天。夜阑人静，卧听泉水松风，时时还有夜行车辆传来清脆轧轧轮声，虽然略有凄凉意味，却是很有诗情，引起往事的怀想。我想到与妻初结同心，草亭夜话，倚栏望月；携子到北海湖边，骑木马，打秋千的情况，不禁凄然泪下。

汽车虽然抛过几次锚，随即修好，我想此行总算很顺利了。不意一天车靠万丈悬崖前行，突然车头一歪，失了控制，前面一个车轮已经出了公路，悬在崖边。司机猛力刹车，总算停住了，车没有滚下去。司机满头满脸大汗，连声说："多亏车里有贵客命大，我也保住了性命，谢天谢地！"乘客当然受了惊，一上来都默默无言。稍过片刻，大家才想到安慰司机，免得他心慌意乱，再出事故。他把车细细检查一番，发现刹手不甚灵了，但还可使用，无处修理，只好减缓车速，勉强开到重庆无事。

以后听说，我所乘坐的车以前和以后，都有翻车事故，我前面那辆车里有一来自北平的熟人，他说全家几人都翻车落下一个山坡，幸而不高，只受了伤，一人略重，其他人很轻，到重庆略治就好了。

1983 年 11 月 13 日

在重庆和北碚

　　经过一段不甚平凡的旅程，我到达了重庆，在一个小旅店住下了。首先引起注意的，是比宝鸡更为肥大活跃的老鼠，能一跳二三尺远，以前是不曾见过的，算开了一点眼界。以后听人说，四川老鼠有时会咬掉婴儿的耳鼻，是一大祸害；但这时我还无知，倒想起辛弃疾的诗句："绕床饥鼠。"坐着很无聊赖，无书无报，就不免胡想起来："绕床饥鼠"既然可以入诗，跳梁肥鼠岂不是更有资格吗？可惜从窗外吹进一阵浓重的煤烟味来，久居此地，这可不像老鼠一样可以等闲视之，便打开门通通风，但烟味总是吹不尽的，一点"灵感"被吹得无影无踪了。

　　我知道重庆的政治情况比较复杂，消息也比较灵通，便决定看望几个可靠的朋友，摸摸底。王冶秋当时是冯玉祥的语文教师，早就是地下共产党员，在北京读中学时，我们就认识。我去看他，无意遇到我在孔德学校教过的学生，不过现在改名为王卓如了。他们对我并不隐讳，都在做着党的地下工作，也略略谈到一些活动。我一向的习惯，说就听着，不说不问，绝对不向另外人谈。他们觉得我住在他们的办事处不便，就把我送到很僻远的另一党员陈维稷的住处。他极为热情，第二天早晨陪我去一个广东饭店吃早点，桌上摆了几十样点心。

　　曹靖华那时在苏联驻华大使馆工作，常以公开的身份到红岩党的办公处，我一到重庆便同他取得了联系。他对我说，有一个人常向他问到我，说我是他的中学同学，姓刘，现在是一个国民党大官僚的秘书。我想起中学同学中有两个姓刘的，但似乎都没有进入官场的可能。他们的名字我还记得，但也许他改了名字。靖华问我是否约他一见，我想见见也好吧，就约定了见面的时间和地点——一个卖旧书的店铺。

从冶秋和靖华的谈话，我知道党已经建立了很多抗日根据地，武装力量已经相当强大，而且深入敌后，不仅牵制着日寇不少军队，还常常给日寇以沉重打击。回想起在北平时，党曾派人到辅仁与我联系，又亲眼见到过游击队炸毁的车辆，我觉得抗日战争的形势是很乐观的了。

但在另一方面，我已经亲眼看到过国民党腐败无能的现象，听到过国民党消极抗战、积极反共的事实，我不免为祖国的将来怀着隐忧。下面的事使我的隐忧加深加重了。

我按约定的时间，到那家旧书店同中学同学见面，他真正是我在崇实中学的同班，姓未变，名字改了。他自己也说他是一个大官僚的私人秘书，可以找他替我找工作。谈了些别后的情况之后，他约我到他家吃晚饭，住一夜。我婉谢再三，他说我有要紧事同你谈，看老同学的面上，请你一定去，对你很重要。我只好答应了，按时到了他家。略谈后，他拿出几本《莽原》半月刊和《未名》半月刊，他说里面有我的文章，已经保存了多年，现在送给我作纪念。吃饭时只有我们两个人，这时他低声告诉我，我到重庆后，有六七个人尾随我，怕会发生什么意外，不如预防为好，所以他以老同学的名义约我到他家里来，就可以对他们说明一声了。我自然明白他是干什么的了。回想在商邱发生的情况，我倒是比较镇静，觉得他没有设什么罗网的必要，也许他很了解我的过去，送一点顺手人情吧。我安睡一夜，清早起来就告别走了。以后我们还见过一两次面，我便离开重庆了。

稍后同冶秋散步时，对他谈到这件事，原来他早就知道刘是干什么的，并告诉我，那个旧书店是国民党特务联络站。路过一所楼房时，他说这里就是特务囚禁审讯政治犯的地方。刘说在上海时他见过鲁迅先生，现在又同靖华有来往，显然都是干监视的勾当。

一时找不到合适工作，靖华领我到瓷器口同乡前辈台林逸处暂住。他虽然名义上是山西省驻渝办事处的主任，实际上闲居并无工作。他的精神极为消沉，每天烧香拜佛，有时默坐沉思。他却很了解国民党官僚腐败堕落，丧权卖国的底细，对我谈过他们许多丑闻罪行。他是很开明爱国，富有正义感的人，绝对不是无中生有。

到重庆后，我所听到见到的情况虽然很有限，比在北平完全被蒙在鼓里却好多了。就国内说，共产党代表新生力量日益壮大，国民党代表陈腐力量日益没落，祖国虽然艰苦多难，前途还是很有希望的。就国际说，德意日法西斯联盟已经在走下坡路，苏联的卫国战争危机已过，已经转守为攻，所以就全局看，是很可乐观的了。

这时候，我得到十多篇写苏联卫国战争的英译短篇小说，一口气读完，很受鼓舞，觉得对我国的抗战也颇有意义，便用一个月的时间译出来，以其中一篇题名《死后》作书名印行。解放初期，改名为《卫国英雄故事集》重印过。

书译完后，无事可做，材料也比较难找。曹禺介绍我到复旦大学教书，我便应约到了北碚。住房问题不易解决，曹禺因不常来，他便让出他的一间房，他的功课由我代教。原来是一处做观象台用的小楼。有几位教师同住，小土山上种了些松树，可以看到不远的嘉陵江，风景蛮好。

我的生活比较平静了，但心情极为悲苦。妻同孩子毫无消息，我怕他们凶多吉少。我的记忆力几乎完全丧失，看过的书，放下就内容全忘，连书名有时都记不起来了。我悲叹自己成了废人。我到复旦后，用化名托一个商店转信，已写信告诉了妻，约一个月后接到复信，原来我逃出后，妻被日寇宪兵逮捕，关了三个星期释放了。妻说日寇威胁利诱，要她说出我的地址，无论在重庆或延安，他们都可以用电讯联系，劝我回去与家庭团聚，绝对不加危害。妻明白日寇妄想利用我对家庭的感情，劝诱我回去，用日寇的话说，加以"逆用"，用我们的话说，就是做汉奸。妻很气愤，但采用了敷衍的策略，说一得到地址就写信并告诉他们。也许因为这个关系，她倒并没有吃什么苦头。

有信固然稍安思家之苦，但夜间醒来，思子之念仍然难熬。"有弟皆分散，无家问死生；寄书常不达，况乃未休兵。"我只好低吟这几句诗聊以自慰。《东方杂志》的编辑约我写稿，我想到鲁迅先生所译的《与幼小者》，便写了一篇《给大儿》，控诉日寇侵略给我们和全国人民带来的痛苦和灾难。我当然只用了笔名。一个刚从敌陷区北平逃出的学生读了这篇文章，给我写信告知我离家后家庭情况。另一个学生读了文章后，从相当远的地方来看望我。

稍后在方平生日的前夕，我又接到妻的来信，附寄几张辅仁学生在我走后去我家为孩子照的相片，虽然他们稍稍显瘦，我看到还是欢喜若狂。我带着信连忙上山，想把相片给同住的几位看看，因为他们很关心，常常劝慰我。不料信还在，相片却在路上丢掉了。我再下山去遍地寻找，完全无影无踪了。我久久为此怅惘。同住的鲍正鹄为庆祝方平生日，照习惯为大家准备了汤面，这件小事我至今感念未忘。

一晚素园的侄儿德培突然来访，我十分惊喜，谈起来，知他从故乡出发，到乐山武汉大学去，在嘉陵江通航的地方坐了船，路过北碚住夜，所以来看我，因为他从我的家信中知道我在复旦。我从他比较详尽地了解了故乡和家庭的情况。

辅仁大学有几个学生转到复旦学习，常来看我谈天。同住的人说，北方学校师生的关系似乎比南方亲密。我想或者因为同在他乡的缘故。

有一天，又有一个意外的来访者：马宗融通知我说，冯雪峰在他家里等我去谈谈。我高兴极了，因为我只知道他被囚在上饶集中营，不知生死。现在老友重逢，该有多少话想谈啊！他以前是一个沉默寡言的人，现在却一见面就侃侃而谈。我们谈的当然以文艺为多，回顾过去，展望将来，他兴致勃勃，充满乐观主义精神，这给我以很大的安慰与鼓舞。我以后到作家书屋去看他，他的穷困证明了他的高尚节操，我更觉得高兴了。

两个复旦的学生来访我不遇，以后寄来一封信，问我可否借几本书给他们自修英文。这时我也常常接到因受战争影响蛰居乡间，而苦于无书可读的青年们来信。我无书可以借给他们。有一个出版社想出一套汉英对照的丛书供青年阅读，约我供稿，我计划编《嘉陵小丛书》若干本，第一本选的是散文（essay），印行了《忙里偷闲》。可惜小丛书的计划因为客观条件限制成了泡影。

但是工作和人生冷暖不仅使我没有堕入绝望深渊，我却精神振奋，努力恢复身体和心理宁静。我的住处离北温泉不远，我发现有一条沙土路很宜于散步，便于午睡后恢复了多年的习惯，往返快步走一个小时。不久我就觉得记忆有些进步，译书的效率也提高了一些。在洛阳，军政腐朽，青年被囚，物资供敌，民不聊生，世态炎凉，人情冷酷——这一切仿佛是一场噩梦，重压在我的心头。这时候噩梦虽然并没有烟消云散，却不至于使我终夜不能入睡了。

有一个杂志的编辑约稿，我已经开始译英国吉辛的《四季随笔》（George Gissing：*Private Papers of Henry Ryecroft*），便寄给他分期发表。首先用的是化名，因为妻和孩子还在天津，怕用真名给她引起麻烦。有一个辅仁学生倒因为看到译文写信给我，我才知道他因为平时同我来往较多，日寇宪兵去捕他，他适不在家，他姐姐送信给他，他才逃跑了。我并从他听说，另一辅仁学生因为去看妻并借给点生活费，被日寇宪兵捕去了，吃了苦头。我为此感到很不安。

同时我觉得妻和孩子的生活用费确也是个问题，但邮汇不通，只好设法找人能在京津付款给我家，我在这边先将款付他。这倒没有什么难处，因为从敌陷区出来的人很多，家里为他们寄款也很困难。有几笔款很顺利，妻来信说收到了。但我付过一个辅仁学生三笔款，很长时间妻都未来信提到，而这个人又向我提出要用相当大数目的款，我便迟疑不肯付他了。最后证明他是个骗子。"十年动乱"中有人来向我调查他的情况，我想他既然还肯提出我作证人，骗钱的事他大概已经忘怀了吧。还有一件事更令我伤心：一个原是朋友，后来经商致富的人，在经济上我曾对他们很有帮助，我想按当时兑汇率付款给他，他趁去敌陷区贩卖购买货物之便，为妻寄数目并不大的款。他很爽快，说他的钱是做买卖的呀。这些事情回想起来也很不愉快，就让它们随风飘散也罢。

我在辅仁大学时，常用片断的闲暇时间读点中国古典诗词，也读到过鲁迅先生的少数几首旧体诗。出走时，我开始将一时的感触写成绝句，到复旦后写得较多，并无意发表，只在妻和孩子于 1943 年春节前回到故乡时，抄附在家信里寄妻，使她略略知道我的生活情况和心情。

我是 4 月初到重庆，5 月到北碚的，生活和工作总算慢慢回到旧的轨道了。但是复旦当时有些情况使我很不愉快，我便决定离开，于 1944 年 3 月到了白沙女子师范学院。

1983 年 11 月 16 日

在白沙女子师范学院

到北碚后，我同静农就常常通信了，他约我去看梅花并过春节。我知道在白沙还有建功夫妇和琼英，也彼此都很想见见，便从重庆坐轮船去了。白沙是个很小的镇，但颇繁华，女师学院离镇还有二三里路。

从谈话知道，静农原在编译馆工作，家原住在约十里以外的黑山石，每周背点米回去，和南瓜同煮作主食，此外也就没有什么菜了。现在情况略好。建功夫人碧书，原住在北平未走，后来常传关于建功被炸伤之类的消息，极感不安，便决然入川，现在算家庭团聚了。琼英原在法国读哲学，因为不满意学校对一个同学的处理，退学回国了。我也谈谈我们别后的情况。

我们顺着女师院附近一条小溪旁的小径走了约十里，到黑石山观赏梅花，实在是一大胜景。几个学生来约我讲演，我因为毫无准备，颇感为难，但终于以《读书与生活》为题讲了一次话。她们似乎尚未厌听，希望我再讲一次，我说以后有机会再来吧。当时我也确有换换地方避免乌烟瘴气的意思。就白沙说，我以为具备了三个好条件：天时，地利，人和。我入川时，很厌恶天气不好，非雨即雾。这时我已经很习惯了，有诗的联想的"夜雨"，为大自然增辉的轻雾，是很富于诗情画意的了。四川的风景一般都很美丽，白沙也不例外。"山不在高，水不在深"，学校附近可算有山有水。长江在望，就不用说了。大地和山坡上总有十层深浅不同的绿色。人和嘛，有老朋友和新老学生。

2月我接到静农来信，女师院英语系走了一个教师，问我是否愿到白沙去。这时我很想接妻和孩子来川，所以复信说，只要有房子可住，我乐意去。结果我于 3 月 8 日到了白沙女子师范学院。住房紧靠静农家，所以就在他家吃饭，很方便。友谊使我的精神上得到很大的安慰。两个老朋友家庭和爱，自然增加了我思妻怀幼之情。我的生活比较平定了，便写信给妻做准备，等有伴时同阵来川。这时日寇窜扰西南，据传要进攻贵阳入川，重庆已经有官僚搬家逃走了。人心动荡不安。我试发一个电报阻妻前来，后来听说此电到时，妻已出发走了几十里，父亲派专人追赶，才把她们又接回去了。妻和孩子是 1943 年春节前回到故乡的，给父亲很大安慰，我们想，父亲年事已高，倒不如在故乡等战争结束了。妻为了生计，不得不两次离家到金家寨和晓天教书，但寒暑假都可以回去。

我教英诗选读、英国散文选读和翻译，还担任系行政工作。课余还有点读书译书的时间。北京图书馆相离不太远，但运出来的书都不开箱，只借出一部《全唐诗》可以看看。以后学校意外发现：附近一家地主收藏一套《四部备要》，五四以后出版的期刊杂志也很齐全，虽不外借，却欢迎我们到他家里去阅读，招待也很周到。后来他将《四部备要》全部借给学校图书馆，那就比较方便了。国外赠书分到白沙的不多，但我读了几本科普读物，觉得很有意思，涉及生物学、考古学、民俗学和天文学。文学书倒很少，只有几本流行的小说罢了。

我还继续写些绝句，抄了附在寄妻信内，因为我对绝句很感兴趣，便以五七言绝句试译菲兹杰拉德（Edword Fitzgerald）所译的《鲁拜集》（*The Rubaiyat*）。

我手边还有一本《行吟诗人的行迹》（*The Trails of the Troubadours*），书中有这样的介绍："行吟诗人在中世纪社会组织中是一个特殊的群体。在他们兴旺的二百年（1050~1250）中，他们创立并发展了一种写作和恋爱的传统，这被但丁和皮特拉克继承过来后，变成了以后许多代文学准则的一部分。这种传统影响了一切爱情诗作家的作品，即使现在音乐厅中流行歌曲的作者也受到影响。

他们的家在法国南部，那时的风雅中心。他们从这个宫廷流浪到那个宫廷，吟诗赞扬妇女……

"在那时的文雅社会中，上流男子写诗歌赞扬妇女的美超过其他一切事物，是蛮好的；但是上流男子应当明白：对一个上流妇女写情诗和娶她为妻，是截然不同的两回事……"这一点是诗人和歌咏对象心照不宣的。

"近朱者赤"，我也随意为女友写过一些以爱情为主题的语体诗和绝句，既不想发表，也不想"藏之名山"，而愿一任消失。不意经过些风风雨雨，却幸存下来了。

寄妻的诗曾结为《乡愁集》印成而未发表，我选些首给刊物发表，意外得到读者热情洋溢的来信。赠友的诗中有写给小学同学的老朋友几首还有存稿，其余连同他的答诗都早丢失了。另有两组诗是赠给两个女朋友的，写作和保存下来都出于偶然，回想起来也很有意味。一个朋友和我早就相识，但离开十多年，彼此毫不知道消息，在白沙才重新相遇，不仅不感到生疏，倒很有共同的兴趣。我们常常一同读点诗，谈谈诗，谈谈英法文人的轶事和两国文学的情况。我们谈到 11 世纪到 13 世纪法国南部的行吟诗人（Troubadour），他们和她们所写的爱情抒情诗。他们的诗被但丁和皮特拉克所模仿，以后的诗人又继承和模仿他们，所以对欧洲抒情诗的发展很有影响。我们的友情越来越深厚了。我偶然写几首抒情诗，但还不是以爱情为主题，当时也没有给她看过。行吟诗人不仅在抒情诗上给了我启发，在高尚的情操上也给了我教育。中世纪一位德国诗人渥尔泽（Walther, 1170? ~1230?）的抒情诗最能体现行吟诗人的最优精神，他的一句话使我永远铭记心头："得到一个优秀妇女爱情的人，对于任何恶行都会感到羞愧。"我在给学生的一次讲演中，引用丁尼逊（A. Tennyson）的几行诗，就讲得更透彻了：对于妇女的爱：

> 不仅将男子心内卑污的一切都抑制下去，
> 却也教给高尚的思想，可爱的言辞，礼貌，求名的欲望，
> 爱真理的心，和使人成为堂堂男子的一切。

这些讲演她也都是去听的，有时也交换意见，但我们从来不谈情说爱。我们有个默契的限度。

除《全唐诗》外，我还借到了《先秦汉魏晋南北朝诗》、《全宋词》，所以颇有点可以阅读的材料了。我想将诗词各选一册，娱妻课子。那时只

有竹纸，虽然极薄，却很结实好用，毛笔钢笔都可以书写。我将纸裁成很小的本子，抄录了我认为好的不少首抒情诗，订成几本，时时翻阅自遣。词较长，我只写了一份目录，书在手头，低吟背诵都很方便。一个学生时来谈天，她很喜欢读英国抒情诗，我将旧译的几十首诗借给她阅读，她说非常喜爱。她对中国古典诗词也极感兴趣。有时我们一同翻阅我所选抄的诗，颇能得到"奇文共欣赏"的乐趣。她说很想借抄，可惜因为准备毕业考试没有时间。我抄了一本送她作纪念，她高兴极了。考试完她就要离校省亲，我知道我们是不会再见的了，她也很有依依之情，我从班上读过的英诗中为她选取片语题写一个小小的纪念册；

> "What，were ye born to be
> An hour or half's delight，
> And so bid good-night?"
> "Say nay！　Say nay！　"
> "Sweetand-Twenty"

> "什么！难道你生来只为
> 一点钟或半点钟享乐，
> 于是说声晚安走脱？"
> "说不呀不，说不呀不！"
> "妙龄的女郎啊！"

三个诗人的片语只言，胜过我的千言万语，她的脉脉含情的微笑，我想完全可以同诗人的语言媲美了。离别时对她的祝愿："但愿人长久，千里共婵娟！"别后来信中她引了柳永这几句词："此去经年，应是良辰好景虚设。便纵有千种风情，待与何人说？"我答诗一首：

> 会合茫茫未可知，
> 倚装惜别意迟迟。
> 他年回味巴山梦，

记取清辉夜话时。

在通信时，我也随时将所写的诗抄寄给她，她也偶写几首和诗，颇可看出她诗的修养和素质。她写信通知我订婚后，我知道"循俗情知分应疏"，就中止了通信；她在不远的地方定居后，我们却就是"咫尺人千里"了。这些诗都在"十年浩劫"中被毁掉。我只从记忆中抄存了少数首。

我写两组赠友诗当然受到内心感情的激动，但也受到一些客观情况的影响。我们读过雪莱的几首抒情诗，我并且给她们看过我的译文，自然也谈到与诗有关的轶事。我们最喜欢的有两首诗，题目都只写《赠——》。一首是：

> 轻柔的声音化为乌有，
> 音乐还在记忆中颤抖，
> 甜蜜的紫罗兰不再发香，
> 感官中存留着它的芬芳。
>
> 玫瑰的叶子，当玫瑰变成了枯花，
> 可以堆起来做情人的卧榻；
> 等到你一朝不见，
> 在对你的怀念中爱情继续微眠。

这首诗大概是写给意大利女郎爱弥丽亚（Emilia Viviani）的。雪莱的诗集中还有写给她的另一片断。

另一首是写给雪莱的好友爱德渥德·威廉（Edward Williams）的妻子简（Jane Williams）的：

> 一个字太常被人玷污，
> 我不会把它玷污；
> 一种感情太常被错误地轻视，
> 你不会对它轻视；
> 一个希望太和绝望类似，

用不着小心谨慎把它闷死。
从你得来的怜惜，
比别人的爱更为亲密。

我不能给你别人所说的爱；
但是人心献给上天的崇拜，
上天还不把它拒之门外，
难道你就并不理睬？
不理睬飞蛾渴望星辰，
黑夜渴望黎明，
从我们悲哀的人境，
对远处事物所怀的忠诚？

这实际上是把"一种感情"诗化了，而这种诗化了的感情表现了诗人高尚的情操。

雪莱还写了《寄简——邀请》和《寄简——回忆》，我读诗觉得特别亲切。后一诗有这样一节：

离开人，离开城镇，
　　到草原和原始森林，
到沉默的旷野，
　　在这里心灵用不着熄灭.
它的音乐，怕得不到回音，
　　来自另一人的心灵，
大自然用艺术衔接，
　　会使人心同心和谐。

诗里也细致地描写了同游的印象和乐趣，对我所写的一组不无影响，但我并无意模仿，在艺术上当然无可比拟。读到：

虽然你永远美丽可亲，

森林也永远枝叶常青，

比起海洋风平波静，

雪莱的心里却更少和平。

我不禁哑然失笑，觉得与诗人有点心心相印了。

像我国一样，苏联是一个多民族的国家，有些民族有他们引以自豪的民族史诗。戈宝权想编印一套丛书加以介绍，他约我译了格鲁吉亚诗人卢斯达维里的《虎皮武士》。这部史诗是爱情与友谊的颂歌，在格鲁吉亚家喻户晓，许多日用品上都题写上其中的诗句。经叶以群介绍，译文在重庆印行，解放后又重印过。

女师院的学术文娱活动很少，学生陆续要求我讲演，我就青年所关心的问题随便谈谈，原想谈完就算了。学生们不仅催促我写出讲稿，还有人为我用蝇头小楷抄写，我很感谢她们。抗战结束后，我经上海去台北，将稿交给景宋看看，她选几篇给刊物发表了。以后全稿转到靳以手里，他交给文化生活出版社印行，这就是新中国成立前夕出版的《给少男少女》。最近这本小书由重庆出版社重印出来，我在赠送给一位朋友的这本小书上题了两首绝句：

一

祝愿少男少女心，

洁如皎月美如琼；

人人四化显身手，

探索人生高远深。

二

人生不畏浪滔滔，

壮志雄心逐浪高。

处境安乐防腐蚀，

身陷虎穴见情操。

听过这几次浅薄讲演的人，现在我只知道很少几位的消息了，想来不少人早已做了母亲，有的做了祖母或外婆了。她们若看到这本小书，或者会回忆起白沙一些往事，破颜一笑吧。

这时期，争取民主的斗争在昆明比较激烈。何林在那里编辑一个报纸副刊，向我索稿。我在白沙，脱离实际斗争，实在没有什么可写，先寄去一篇怀念母亲的散文《鸟的故事》，又寄去学生邹文媛翻译的散文《旅伴》。这个副刊多刊登有战斗性的文章，配合当地的形势，何林发表以上两篇散文，大概只是为了不使副刊太露锋芒，遭国民党的查封。

我给妻写了不少信，多半是炉边闲谈的性质，有时也谈谈诗文，谈谈所读的书。我也抄了几封信寄给何林，他也给发表了。

世事往往难以预料。我在一篇文章末尾说到，有位朋友为我编译著年表，我以开玩笑的口气对她说，我有几封寄妻书信在何林所编的一个报纸副刊上发表，不过副刊的名字恐怕连他也不记得了。我想要找到这几封信是海底捞针，不必为此费力。不意在云南石屏图书馆工作的强英良同志受陈漱渝同志之托，在昆明云南图书馆居然找到《云南日报》副刊《夜莺》，为我抄来七封书信，有一封还附有一首长诗。想起来在文化大革命中，有些"革命志士"用这样信和诗对我诬蔑陷害，不禁凄然一笑。这七封信将同还能找到的书信一同发表。

这时候我的健康和记忆力已经渐渐恢复，尽力把入川前后的痛苦经历忘却。有一时官家的报纸刊登一个教授突然失踪，某大学学生从同学的书信中发现政治阴谋，我也可以漠然视之，不觉怎样惊异了。听到复旦大学覆舟事件，有两个学生被淹身死，我一上来也只觉奇怪，因为我知道那段嘉陵江非常平静，绝无覆舟的可能。我的老朋友却与一些地下共产党员有联系，他告诉我，一个学生对他说，被淹死的两个人是负责输送学生到陕北去的地下党员，我听到他们的名字不禁愕然失色，原来就是访我未遇，给我写信的那两个青年！我保存着他们的信作为无言的纪念，"十年动乱"抄家时，这封信也被抄去弄得无影无踪了。

关于复旦覆舟事件，我以后听到一位复旦毕业的同学说，这件悲剧发生在1945年7月20日，是国民党特务陈禺德制造的。殉难的实际是三位同志：束衣人（石怀池）、王先民、顾中原。访我并给我写信的是前两位。

陈昙德在海南岛被镇压。

初到白沙时，我就恢复了散步的习惯，但坡坡路走起来很吃力，常常觉得腰酸腿软。只身过活，还可以增强一点营养，逐渐可以有兴致探胜寻幽了。静农和建功是不喜欢散步的，碧书忙于家务，经常能同我一起散步的只有琼英了。白苍山虽然只是一个土阜，登上去却可以瞭望长江，江岸组滩也是缓步或坐卧看云的好地方。李花谷离校约有二里，通过菜花盛开的小径，满有人在画中行走的意境。在那里有潺潺流水，唧啾鸟语，有时还会有高声鸟鸣使人大吃一惊。校前有一条小溪，溪水澄清，深处可以游泳，有的地方两岸芳菲，有的地方千竿翠竹，黄昏月夜都可以悦目爽心。万千流萤低空飞舞，更是奇妙的夜景。有一次我们信步前行，到了"远上寒山石径斜，白云深处有人家"的幽静境地，不同的是杜牧坐车，我们步行，他看到的是"枫叶红于二月花"，我们看到的是茂林修竹，闻到的是水仙花的幽香。我记得我曾写了一首绝句：

> 山回路转白云梯，
> 翠竹枝头一鸟啼；
> 羽映斜阳歌宛转，
> 清音似叹行人稀。

黑石山的梅花有三百株之多，花期自然是常去的地方，我在这里第一次见到绿萼梅。梅林间有一位江津诗人吴芳吉的墓，吴梅对他的诗评价很高，他的诗集《白屋诗选》已经在四川印行了。关于黑石山还有这样的民间传说：一个地方野兽为害，人民很受苦难，有仙人驱赶它们离开，走到这片原是荒野的山坡，仙人一挥鞭，野兽便变为黑石留在这里了。我们看了一些黑石，有的确像兽形，传说大概是无名诗人凭想象创造出来的。这些都增加了黑石山的魅力。附近还有小瀑布，确是消夏的好处所，可惜离校略远，不能常来。

附中以红豆树为地名，但并未看到这种树，或者因为曾经有过，现在已经绝迹了。校园里有两棵很高大的玉兰树，一红一白，千花相映，特别美观。因为树大，我们还可以折几枝插在瓶里在室内欣赏。

　　我在白沙两年，教诗读诗，与诗的接触较多，也随兴写了不少新旧体诗，有的寄妻，有的赠友。在"十年动乱"中，有些诗被消灭，有些诗我从记忆中重抄，有些诗我用同样素材重写，有些诗侥幸存留下来。这些诗只抒写了个人的生活和感情，本来无大意义，可以一任其泯灭；但横遭战争或暴力摧毁，我却不能听之任之了。我还想将残存下来的新旧体诗加以整编，印行奉献给并不一见抒情诗就头疼的读者。

　　抗战胜利和解放以后，旧习难改，我还陆续胡乱写了一些新旧体诗，题材稍稍广泛点，艺术仿佛有退无进。这些诗我曾编为《国瑞集》与《乡愁集》合印，也未与读者见面，除了一些零星发表的之外。

　　回想起来，在白沙二年的生活，同初逃出敌陷区的一段时期相比是平静而且幸福的。妻稚远离当然是一大痛苦，我也只能以写诗读诗自慰。当时我很喜欢多恩（John Donne）的一首诗："That time and absence proves ratter helps that hurts to loves."（时间离别助人相爱并无损伤），特别是这些行：

> For hearts of truest mettle
>
> Absence doth join and Time doth settle.
>
> By Absence this good means I gain,
>
> 　　That I can catch her
>
> 　　Where none can watch her
>
> In some close corner of my brain:
>
> 　　There I embrace and kiss her,
>
> 　　And so enjoy her and none miss her.

（对于素质最忠诚的心，

离别使之相联，时光使之安定。

凭离别我得到这个良方，

　　在我脑子的某个角落，

　　我可以把她擒捉，

在没有人看见她的现场，

　　我和她拥抱，和她亲吻，

　　饱享幸福，无人知情。）

1945 年 8 月 11 日，我们听到日寇投降的消息，虽然还有点半信半疑，全校却欢喜若狂。15 日日寇无条件投降被证实了，我们的感情却有些复杂了。我在一篇文章中写道："我和相处很愉快的旧友新交，不免都想到'人有悲欢离合，月有阴晴圆缺，此事古难全'；'人生不相见，动如参与商……明日隔山岳，世事两茫茫'，这些大家熟记的诗句。这并不是我的猜想，在话别的月光晚会之后，一个朋友愁眉紧蹙，寥寥数言，所表现的就是这几句诗的意思，一个朋友就用'但愿人长久，千里共婵娟'，安慰大家。以后这个朋友还在信中说，别后更觉杜甫上言几句诗亲切动人，希望能紧紧握住诗人的手。"

战争一结束，未毕业的同学就很关心学校前途如何了，便引起了迁校问题。先是向国民党教育部摸底请愿，得到的答复不是模棱两可，就是令人难以容忍的不负责任，因而激起学生的公愤，先举行罢课，后示威游行，散发传单，攻击国民党当局。我这时只关心回家与家人团聚的问题，对迁校问题并不感兴趣，所以并未介入。教育部有个二十多年前的熟人。我写信给他，问问复员交通可有什么官定办法。不意他却借此造谣诬蔑，说我向教育部表示，解决我个人走路问题，我就可以协助解决学潮问题了。这消息传到学校，引起我极大的愤怒，立即写了一封痛骂教育部的信，交学校当局发出。后来国民党采取了镇压措施：解散白沙女子师范学院，另成新校，愿继续教书上学的师生，可以进行登记，等候审查。静农、琼英和我不加理睬，静农有家室之累，一时走不开，但做好了短期停留的准备；琼英和我立刻离开白沙，如何出川，到重庆再说。

在我离开的前些天，学校当局召开一次座谈会，静农和我不知要谈什么，但参加了。那时国民党实际已经准备好了打内战，正在做舆论准备工作了，这个座谈会显然是奉命召开的。学校当局宣布：抗日战争胜利了，举国欢欣鼓舞，但是共产党违抗中央，散布内战阴云，实堪痛恨，因此他建议：用全学院教师的名义，上书中央，请求正式颁布讨伐令。沉默了一会，我简简单单发了言：国民党封锁消息，只说共产党的坏话，我们难明真相，贸然上书，偏于一方，很不恰当。我对国民党毫无信心，对共产党也不明真相，我们最多只能发出不能再打内战的呼吁。静农发言赞成我的意见。此外再没有什么人发言，又扯了一会儿闲话，会就结束了。

实际上，国民党在美国协助之下，已经调兵遣将，布好围攻共产党的局面了。内战的乌云已经布满天空，人人心上都被蒙上了悲伤的暗影。我写了一首绝句略抒自己的愤懑：

八载停烽火，
重操同室戈。
家园空入梦，
插翼渡天河！

1983 年 12 月 8 日

出川返里

我是 1946 年 3 月 8 日离开白沙的,在那里整整两年。琼英和我同船去重庆,她说可以搭乘一辆出版社的汽车,取道湖南先到苏州。我还不知道能怎么走,很想坐船从三峡出川,顺便欣赏那里的风光。但听人说,一时无船可坐,不知道要等到何年何月。川陕公路的滋味我是尝够了,一想便头疼。不一会儿有两个女孩前来同我们打招呼谈话,她们原来是女师学院的学生,也是计划如何出川的。她们是湖北人,打算坐木船航江,据说并没有什么危险。我一说不知道怎样走是好,哪一条路也无把握,她们说,如愿走川陕公路,她们有介绍信,找人买票极方便,不然要久等。她们把介绍信给我了,说她们决定坐木船,我接受了,想到重庆再看情况。到重庆后,我找了两三个朋友,他们都说只有用介绍信试买川陕公路汽车票,不然毫无办法。出版社的汽车改变了计划,有个熟人的朋友也正苦于难买汽车票,我们便决定用介绍信试一试,很容易就买到票了。我想川陕公路虽然有危险的悬崖和不配入诗的肥鼠,也有很可爱的地方,是祸是福,只好听天由命了。

记得汽车经过重庆南温泉,我原只知道北碚有个北温泉,去游玩过,觉得很好,很想看看它的配偶或姊妹,但汽车一闪而过,多年后才有畅游一次的机会,我还回想到这次的失望情绪。人大概都有这么一种脾气:作为旅游,吃点苦头也心甘情愿,甚至觉得增加兴趣,任务只在赶路,心情却就大大不同了。公路虽然坎坷不平,汽车像摇篮一样颠簸,第一天我并没觉到很不舒服,大概就是为了这个缘故。

　　第一天我们到一个小镇停下过夜，记得地名是新桥。我还记得这个地名，因为白沙女师学院所在地，我们有时也这样叫它。我写的诗中就有这样一句，"新桥夜宿忆新桥"，乍一离开，以后未必再有机会重游旧地，对于白沙我是很怀念的。

　　镇虽很小，却颇幽静整洁，又是月夜，所以留下的印象已经是很够好的了。旅店只是小小的茅舍。睡前在月下散散步，附近确有小桥流水。黎明前听到鸡鸣。温庭筠《商山早行》中的诗句："鸡声茅店月，人迹板桥霜。"突然涌上心头，吟出唇边，我觉得置身于诗人的意境，感到无限的愉快和幸福。

　　第三天旅途更为艰险，汽车有时紧靠嘉陵江边驰行，车身摇晃。仿佛要倒进江水一样。旅客中大有唉声叹气的人。我们倒坦然不当回事。我后来写了一首诗记这一段经历：

> 旅客哀声叹险途，
> 杞夏落水变龙鱼。
> 忘怀今古万千事，
> 笑看嘉陵波溅珠。

　　但"天有不测风云，人有旦夕祸福"。一天道路特别不平，司机不听旅客劝说，态度粗暴蛮横，仿佛醉酒未醒，车越开越快越野。我坐在汽车的最后一座，体重比较轻，坐不稳，常常被颠半站起来。一次突然坐下去，觉得腰椎骨疼痛难忍，不禁大叫一声。有些旅客叫司机停车，他置之不理，后有旅客怒叫伤了人，他才停了车，但并不向车内看一眼。旅客中有几个人把车中间几件行李移开，打开我的被卷，铺开来让我躺下，这就舒适多了，也没有再觉锐痛，我以为总算万事大吉了。晚上到了广元，也没有觉到大不好，不过很疲惫，需要停一停休息，行李也只好托人代取了。

　　晚饭后就睡下，睡得还算安稳，因此并未引起什么焦虑。不料早晨醒来，却坐不起身子来了。我不禁悲感丛生，怕从此要成为残疾人了。身在他乡，无医无药，累及友人，我很难克制悲观失望的情绪。我忽然想起，我决定从四川启程回乡的时候，父亲来信嘱咐我务必买些云南白药带回去，在乡间很有用处。我买了几十瓶带着。看说明，我有点半信半疑，但已经别无办法，我就一天服用一瓶。大概服了四瓶之后，又兼一直静卧休息，我侧身试起，略一扶助，我可以起身了。这真是喜出望外，我想大概不至于残废了。以后我半卧半坐，继续服药，虽然还不能弯腰洗脸，却可以缓缓散步，腰部坐时也不大感疼痛了。半个月之后，我觉得基本好了，这时我想到家乡有一种线织的很厚很宽的腰带，若能买一条系在腰间，很有好处，因为还要坐公路汽车，还不知道要遇上什么灾难呢。但是"踏破铁鞋无觅处"，也只好作罢了。

我抄录的一些诗词还带在身边，能坐时就翻读消遣，倒也很有意味。这时觉得，因病得闲，也算不了什么很大不幸的事情了。想到静农很关心旅途安全与否，便给他写了一封信，告诉他虽吃了点苦头，那已经属于过去了。不过我在信后附写了一首诗，以后听说还引起了很大的不安：

> 敞车度峻岭，
> 颠簸脊骨摧；
> 妖姬与巨贾，
> 飞去又飞回。

前些年我检查身体，腰椎有点不适之感，我怕是这次灾难遗留下来的后患，对大夫谈了。她很细心，说有结核的可能，要立刻照 X 光。我说我青年期虽然接近两个重症结核病人，1935 年肺部照相毫无感染。她说别部的情况可能不同，腰椎有感觉不会偶然，一定要照相，我只好听命了，但心里有点不以为然。结果一块脊椎骨确有结核楔形病变，不过早已钙化了。在川陕公路上它未造成大的危害固然是幸事，但更使我庆幸的是在那两个朋友病倒时，虽有大夫对我提出警告，这个病灶却没有在那时做怪，不然真是不堪设想了。

广元以后，公路也并不更平，司机却把车开得十分平稳，他为人也很和蔼，不像那个粗野山汉令人担心。经过服药休息，我的腰伤也好多了，心情也随着舒畅了。晚间到庙台子住宿，我很高兴，因为这个地方我住过，那时就很希望能重游，现在却无意得到满足。为了使腰部完全恢复，我决定在这里多住几天。当晚晴空皎月，晚饭后在旅店附近散散步，一片清水池塘，水面星光闪闪，岸边垂柳丝丝，风光是很够明媚的了。旅店是中国旅行社开办的，清静整洁，用的是张良庙旧建筑，比现代化的旅馆舒适多了。

第二天和以后几天，白日晴朗，夜晚月明如画，天公仿佛有意讨好，将此前旅途上的灾害和不快一扫光，只留下诗画音乐组成的印象，供他日回想和品尝。前几年我有一个强烈的愿望：沿川陕公路重游旧地，再看看庙台子等地方。因为种种原因，这愿望未能实现，现在看来恐怕已成幻想。不过经过了几十年，这些地方也许面目全非了，在昼梦中神游倒可以得到更大的安慰吧。

到宝鸡就要换乘火车了，听同行的旅客说，三等车十分拥挤，车票也很难买，他多花点钱买到了头等卧车票，还挑选了卧铺。"钱能通神，"我想只好学他的办法了。不料到卖票处一问，无票，头等卧车票更不用说。我说刚才有熟旅客告诉我，他用多少钱买到票，还挑了卧铺，只隔不到半个小时，我不相信没有头等卧车票。他毫不动声色，我想物价一天几涨，他一定是看风头提价，但我先不自动加钱，只说我在这里等到开车，他既能挑，一定还有空；我买不到，你也卖不出。他看僵着他得不到好处，便拿出一张表查看一下，说有人预定，他不来再卖给你吧。十分钟后，我一票另外多付他几元钱，票总算买到了。

西安是历史文化古城，我想不顺道看看，将来不知道什么时候才有机会，便下车了。在旅店未就寝之前，忽听街上有零乱的枪声，不多时以后，旅店的院内拥进很多人，气喘吁吁，脸色惊慌。听同店的旅客和店主人说，附近有个戏院，戏完观众外出时，守在外面的国民党军队抓壮丁，所以人群惊逃，拥进附近人家躲避。除此之外，社会秩序比较乱，店主人劝我们少外出，所以碑林和大小雁塔等处，我们就没有兴致去游览了。

但坐火车到五十里外的华清池却很平安方便，不去似乎可惜，便决定去了。这里是唐明皇和杨贵妃游乐之地，又是蒋介石被擒的处所，同中国历史有意义很不同的联想，看看自然也有兴趣。前些天报纸报道，最近发现了贵妃入浴的浴池，那时当然还在地下埋藏；捉蒋处在半山腰，我们只远远看了一眼。新的建筑和庭院自然不如唐代华丽，但泉水一定没有什么很大变化，在沐浴时想到处理西安事变所表现出来的共产党及其领导人之英明伟大，身心都感到爽快舒畅，对于祖国的前途也就增加了无限信心。抗日战争已经胜利，国民党还在大抓壮丁，就是积极准备内战的一证。

1981年因为参加鲁迅研究学术讨论会，我重游西安，古迹名胜都游览了，其中也有华清池。这里增设了招待外宾的新浴池，开辟了新的庭院，旧的庭院还可依稀辨认，但原在附近的一座幽静的三元观，是我很想看看并照相留念的地方，已经不复存在，青年导游的人连它的名字都没有听说过了。

路过洛阳，不免引起过去滞留时的一些悲惨回想，但过去留下履痕的地方已难寻觅，我也对之不感兴趣了。这次重来，新的生活经验留下永不磨灭的愉快印象。一两个我所憎恶的人不久就作为历史渣滓埋入黄土了。解放后我第三次到洛阳，见到焕然一新的景象，这同二度游洛阳的印象融成一幅画图，滞留洛阳的五十个不眠之夜，像噩梦一样成为过去，这幅新的画像却永远印在我的记忆中了。

徐州是我逃出敌陷北平后住过一夜的地方，自然不免引起一些回想，但那时还不了解蒋管区的腐败情况，幻灭的苦恼还未品尝到，只是想家使我吃了很大的苦头。到这里离故乡较近，回想往事当然就不如预想将来多了。意外遇到了在白沙认识的人，才知道她已经在这里担任一个女校的校长，被邀到学校住宿，我们只略谈谈白沙和徐州的情况，第二天一早便又上火车去南京。

在浦口江边有许多缴了械、等待遣送走的日本兵，有的在洗衣服，有的在岸上懒懒躺着，已经不是趾高气扬，而是垂头丧气了。这时我不知道南京的大屠杀，对这些日寇也并无深恨，只感到无限憎恶。

南京表面上没有什么大变化，中山陵还完整，玄武湖游人如织，战争只结束不到一年，"忘却"似乎已经在过去与现在之间拉下了幕布，我虽然不知道具体情形，却知道幕后在进行着激烈的斗争，而且幕布再开，决定中国前途的历史大事件就要展现在我们的眼前了。

白天看看莫愁湖，夜晚在秦淮河附近一个小旅店住宿，百感丛生，走笔写了一首绝句：

莫愁亭榭景凄凄，
似恨金陵践敌骑。
血染秦淮何足道，
朱门权贵恋乌衣。

我从南京返回蚌埠，坐淮河上的小火轮船去正阳关，再起旱回二百一十里外的故乡叶集。在正阳关登岸时，我失足落水，幸而水浅，被人拉起，两腿只湿到膝盖。

心绪如麻，我更深入地体会到下面两句诗的意味：

近乡情更怯，
不敢问来人。

1983 年 12 月 15 日

在故里五个月

在淮河的轮船上，我估计在方平的生日（5月13日）前一两天可以到家，全家都会欢欢喜喜，三代欢聚，父亲更会高兴。因此5月11日傍晚到家的情况，我至今还清清楚楚记得。父亲预料我会失望，一坐下便告诉我，文贞同两个孩子在晓天，放暑假才能回来，不过有信说她们平安，不必挂念。伯父母也在座，我看他们和父亲虽然都衰老了一些，却都很健康，便简单谈了谈旅途的情况，晚饭后就早早睡觉休息。我自然很难入睡，很想一两天后去晓天看看。

第二天亲友来得很多，因为我离家二十年没有回去过，年轻些的我都不认识了。这时我觉得文贞和孩子不在家固然很使人想念，星野已经不在人世，尤其使全家伤心难过。我不敢同父亲提起他来，倒是父亲先提到他。父亲说，抗战初期，有同学和他通信，提到他生活十分困难，家里一贫如洗，很悲观失望，星野写信去安慰鼓励他，并给他寄了二十元钱。他同其他青年不同，不赌博，不吸烟，不贪吃，存点钱总用来帮助别人，这只是一例。他的一个朋友病了，他不辞辛苦，日夜护理他，但在无医无药的情况下，朋友终于死了，他悲痛欲绝。他受到传染，不久就病倒了，他热爱人生，病危呼医索药，但终于无救，全镇很多人为他痛哭。不过父亲有点迷信，有时也请人算算命，在星野去世前，有一个算命的人说，四个儿子只有三个能送他的终。当时他想，我在外未必能回来，这样想当时也就安了心，命定论给了他安慰。

半月多后，文贞带孩子从晓天回到家里，三年半的离别生活告一结束，增加了我们为抗战胜利而得到的喜悦。别后的一切是谈不完的，这时就谈到书信中不肯提及的事。妻原在叶集临时九中教课，很受学生欢迎，但终于受到排挤离开，因为学校当权派都是国民党党棍。好不容易在离家九十里的金家寨谋得教书位置，也是乌烟瘴气，教不下去。天气不好，发了喘病，十分痛苦，工作特别吃力。我那时在川，工资外还可有些稿酬，寄点钱养家原还可以，但妻一直不把困难情形告诉我。最后费了许多周折，受了皖南舒城师范学校之聘，到那里才知校在晓天，又折回去。生活十分艰苦，喘病继续折磨，但知道我到家之后，她仍然坚持到学期结束才离校。她劝我不要前去，因为我远道回来，已够辛苦，再奔波恐怕吃不消，不如在家休息。

方平和方仲看来还健康活泼，我很感安慰。我逃出时，本来打算全家同走，先到故乡叶集，但情况不明，尤其怕小孩生病无医无药，那时北平还可暂住，所以我决定一人先走。我走之前，同妻到协和医院为孩子检查身体，并请大夫为我们开几种药做回乡准备。邓大夫告诉我们，有两种新到的疗效极高的药，治肺炎和痢疾，对儿童特别有用。

叶集的儿童出疹子的很多，有一批死亡率特别高，妻很焦虑，方平和方仲也都出疹，方仲较轻，方平不仅重，还患了痢疾，每半小时都要泻一次。父亲知道疹后痢是很严重的病，一般总逃脱不了死亡，但束手无策，只有暗自流泪。在很危急的关头，妻想起所带回的治痢药，即用半片一试。药有奇效：一小时后大便变为细条，逐渐停止了。全家欢喜，妻悉心护理，方平很快就痊愈了。多年后，我们在合肥遇到邓大夫，记起这事，还表示感谢。有一次给方仲在北平治病的也是这位邓大夫。前几年方仲的女孩患病，我们还建议去北京儿童医院请邓大夫治疗，这时才知道他已经去世了。我们很有人生无常之感。

抗日战争进行了八年之久，家破人亡的很多，夫妻离异的也时有所闻。就我们家来说，星野间接死于抗战，因为他所患的是回归热，在平时容易治好。昭野长期失学，虽已八年，清华仍然答应他复学，所以同我们一行到上海，从海道去北平。我们夫妻之间呢，莎士比亚的一首十四行诗基本可以表达我的心情：

哦，永远不要说我的心虚虚假假，

虽然离别似乎减轻了我的热情。

我的灵魂以你的胸脯为家，

脱离自身和脱离灵魂一样不成；

那胸脯是我的爱的家。假如我曾漫游，

我却像旅行的人一样，又回家来了，

我并没有随时光变化，回来又未误时候，

我所以带了水来把自己的污点洗掉。

虽然在我天生的性格之中

有人类各种各样的缺陷，

绝不要相信我是这样昏庸，

以至玷污性灵，抛弃你的全部优点；

广阔的宇宙对我只是缥缈虚无，

只有你，我的玫瑰，才是我的全部财富。

　　家里的生活十分艰苦，出我意料，同父亲谈起来，我很感歉疚。但父亲是达观的，并不以目前的生活为苦，只觉母亲去世太早，未能见到妻和孩子的情况，是一大憾事。我们去为母亲扫了墓，很想移葬，但苦于没有适当的地方。父亲希望移居到镇外不远的乡间，自己可以种菜养花，安度晚年。我们赞成父亲的想法，但那时我两袖清风，近镇的土地也是很难买到的，只谈谈罢了。不料有一家想出卖四五亩地，离镇不到二里，再合适不过了。地价三十万元法币，也很合理，有个亲戚愿意借钱先付，以后什么时候还付都可以。我想手边有部中篇小说可到上海售出，便借钱把几亩地买下了。二弟耕野负责盖几间茅草屋，我走后不到半年，伯父母和父亲、继母都搬去住下了，都很满意。母亲的遗骨移葬后园，我们也了却了一件心事。

　　国民党发动的内战实际上已经开始了。我很难找到适当的工作，便想在家住一两年，以文字谋生，父亲也会很高兴。这时有人想在叶集创办中学，便托台逸林先生同我商量，由我任校长做创办人。我知道他有在家乡创办女学的意思，并在借款给我们办未名社时就说，此款以后捐给创办的女校。他的热心是可嘉的，但是我坦率地说明了我的意见；我赞成办教育，但是在当时的情况下办一般中学，不想到毕业后如何适当安排他们参加生产劳动，多数人势必成为游手好闲的人，少数还会走上犯罪的道路。这是难怪他们的，我们事先必须想到。我说我愿尽义务，但我的考虑出自诚心，并不是借口。他同意我的想法，赞成我译书谋生。

这时我接到许寿裳先生从台北发来的电报，他一定从在台北的建功那里知道我已回叶集。台湾是新收复的祖国宝岛，许先生约我做的工作是译编西方文学名著，地方和工作都比较适宜，我便复信答应去。

我知道何林已经回到霍邱县城，琼英还在苏州，都还没有找到工作。我们走旱路先到霍邱，见到何林和振华，他们说台北若有机会，愿意去。然后我们到上海，准备从那里坐船去台北。见到景宋后，我们去拜谒鲁迅先生墓。景宋为我们饯行，同席的有郭沫若、茅盾、巴金诸位，我同茅盾初次见面。当时听说他要编一部进步文学丛书，我的译稿当然不合适，后由孔另境托他卖给开明书店，得稿酬三十万元，正好偿还了买地所借的债。开明书店改用电影的译名，将《杰克尔大夫和海德先生》用《化身博士》的书名出版。

我到苏州看望琼英，问她是否愿去台北。她有些迟疑，知道建功已在台北，静农已定全家前去，何林夫妇也愿前往，她便同意如有机会，也去台北。听说建功已约一些白沙女师学院毕业生去台北工作，许先生在给我的信中说，台北是个现代化城市，风景天气同四川差不多，我们想到那里工作是会很顺利愉快的吧。

我们在上海只住了三四天，还有两个小小的插曲。我们到街上去买些日用品，妻带方仲，我带方平，分坐两辆人力车回住所。中途我们的车被截开了，我和方平先到了改乘电车的车站，但久等妻和方仲不来。妻对上海的道路很不熟悉，也未必记得住所的街名和号数，社会情形又比较杂乱，我很担心她会迷失不知所措。我们等了一个多小时，方平急得流了泪，我想只好回住所去等吧。我们正要上电车，方平叫道："妈妈来了！"

那欢喜真等于久别重逢。

我们回到住处时，大门紧闭，摁电铃无回音。这本是友人介绍的被阔人先占的大公馆，现在只有先遣人员看守着，他们对于我们这些陌生人，本来就不欢迎，所以即使听到铃声也不想理睬。大铁门虽然颇高，我认为可以攀上去，自己开门，便试着攀登。这时过来一个警察，态度倒还客气，问明原因后，让我们等一等，他回派出所打电话，不然里面误会开枪，倒不好了。不一会儿果然来人开了门。

上海话我们听不懂，更说不好，雇车上船就很为难，幸而有个同乡窦君，文贞和她在叶集同教过一个学校，接到文贞的信来看过我们，约好来送我们上船，一切顺利。"他乡遇故知"可喜，这恐怕也是原因之一。

1983 年 12 月 18 日

在台北台湾省编译馆和台湾大学及出走

　　我们是 1946 年 10 月中旬到达台北的。在基隆登岸后，看到市面十分萧条，商店不是关着门窗，就是货架空空如也。后来听说，国民党军队一到时曾经抢劫过商店，商人还惊魂未定，不进商品或有商品也不陈列。坐汽车去台北，一路自然风景近似四川，气候也差不多，我似乎还习惯。妻在安徽曾患喘疾，不免稍有顾虑。

　　到台北后，听说我们到前一两天，台湾遭受了五十年没有过的台风灾害，但台北的房屋都是日本式建筑，木板搭成的墙，只有一层，所以风灾和地震都没有什么倒塌的危险。我们以后经过几次台风和地震，住房倒还完整。进门要脱鞋，因为地面铺的是"榻榻米"（席），房间用可开可合的纸榸门分开，有壁橱，白天可以将卧具收藏起来，有洗浴间，所以还算方便。但我们觉得坐卧很不习惯，容易感到疲劳，以后购置了桌椅。亚热带的天气比四川难受，稍动或不动即满身是汗，夜晚虽凉快，但蚊子极多，无法坐下来看书或写字，很令人苦恼。可以玩玩的地方如台中的日月潭，近郊的北投温泉，市内的动植物园，一处可以俯瞰全市的公园外的土山，我们虽曾游过，留下美好的印象，却因为交通极为不便，市内汽车一等就要一两个小时，我们并不能常去。好在聚赏昙花开谢，欣闻阵阵清香；对坐谈玄论诗，回味往昔，享乐目前：也都是赏心乐事。当然，生活中总常有不能尽如人意，甚至很令人苦恼的事情。不过我常想，生活有如嚼橄榄，涩苦之后总有清甜的余味，时光老人所能偷走的只是嚼后的残渣。

　　说到台风，我倒有两次实地经验。台湾大学通知开会，当天虽有台风警报，我因为离校不远，还是步行去了。离校门约有百码远时，台风狂卷一片分辨不开的暴雨，向我走的道路上扑来。寒气逼人，呼吸都感到短促。我急忙快步向前跑，幸而离校门很近有个小商店，我跑进去后，倾盆大雨就倾泻下来了。大约十分钟就水深过膝。我若在风雨中被卷走，被淹死是无疑了。据说这还不是最强烈的台风。

有一晚我到相隔百多米的一家去，因为有一个远道来的朋友在那里等我晤谈。夜已晚，外面只有台风的尾声了，我想离得近，巷道又不宽不远，打伞走了。虽在伞下，紧握伞柄缓走，也被下注的雨逼得几乎喘不过气。

地震多次倒都轻微，只有一次我带孩子跑到院中，看见屋子还在摆动，但他们只觉得好玩而已，不像别家孩子为怕地震，哭闹着要回内地。

我先在台湾省编译馆做编纂，编辑西洋文学名著丛书，但馆的主要工作是要编印台湾使用的教科书及宣传品。绝大多数的人是从内地约请去的，那时人数到的还不太多，工作还未大展开。几个月后，就发生了"二二八"起义，接任的魏道明到台湾后的第一道命令就是解散编译馆。

"二二八"起义的原因，我们只稍稍凭观察知道一点：在政治上，国民党实行法西斯专政，在经济上，国民党敲骨吸髓，工人因工厂关闭大批失业，农民因剥削歉收很难果腹，物价飞涨，民不聊生。在国民党接收台湾统治权之后，台湾人民普遍感到失望绝望。但我们身在现场，只在当天下午知道市面混乱，官方宣传台湾人民仇视内地人，打人闹事，入夜听到枪声四起，我们只有闭门不出而已。第二天编译馆通知，工作人员均安全无恙，家庭也未受干扰，才知道是官方造谣。我家对面住的是一个在天文台工作的台湾人，父子说的闽南话我们虽然听不懂，他们却都能写通顺的汉文，从笔谈我们知道，台湾人民对国民党失望不满，对祖国前途却十分关心。早在1947年1月9日，就有万名学生、工人及各界人民在台北市游行示威，抗议美军在北平的暴行，声援内地人民反美斗争。他们对我们亲如家人，请我们安心，也可以到他们家里暂时同住，我们觉得同台湾人民心连心，没什么隔膜。

以后我们才渐渐知道"二二八"起义的始末情形。1947年2月27日晚，台北武装缉私人员痛打香烟摊贩林江迈，因为国民党学日本的办法，香烟实行专卖，很容易找到借口，刁难卖香烟糊口的穷人。市民对缉私人员表示愤怒不满，他们竟开枪打死了一个市民。28日上午台北市民罢市、罢工、游行，并派代表请愿，要求惩凶、赔偿、撤销专卖局。下午游行群众再次请愿，国民党卫兵竟开枪打死打伤六人。台北市民因此夺取电台，号召全省人民起义，光荣的起义烈火很快就烧遍了全岛。3月1日晨，台北国民党军警开始血腥镇压，有许多学生，工人和市民被打死打伤或被捕。下午警察又用机关枪打死打伤包围铁路管理局的群众六七十人。这是在起义的烈火上加油。北起基隆，南至高雄，各地起义人民捣毁军政机关，缴收武器，向国民党军警展开英勇斗争，取得一些胜利。国民党当局利用"和平谈判，合理解决"作幌子，争取时间，3月8日援军一到，立刻在全岛开始大屠杀，听说仅高雄一地就枪杀了两千七百多人。我们亲眼见到死尸横卧台北街头。前后约半个月的时间，光荣的"二二八"起义就完全失败了。

但台湾人民同内地同胞还是心连心，热爱祖国，关心祖国的，他们所憎恨的只是反动的国民党统治阶级。我在上面讲到邻居的台湾人请我们到他们家里去暂住，在别处我谈到过二三事，也可以在这里再简单重述一下。

我们初到台北省编译馆时，举行过一次联欢会，会上一位台湾同胞杨君为我们朗诵的诗词，给我留下了很深的印象。他是跟他的祖父学习祖国诗词和朗诵的，我很惊讶声调同我在私塾所学的近似，所以觉得特别亲切。他朗诵的有杜甫的《春望》：

> 国破山河在，城春草木深。
> 感时花溅泪，恨别鸟惊心。

在日本侵占了台湾的时候，这几句诗当然就有了特殊的历史含意了。从此也可以看出台湾同胞对祖国的热爱何等深厚！

他朗读的另一首诗是陆游的《示儿》：

> 死去原知万事空，
> 但悲不见九州同。

那时候虽然在台湾，大家也知道国民党反动派发动的内战实际上已经开始，"不见九州同"当然也就有现实的历史含意。从此也可以看出台湾同胞对祖国的关怀何等真切。

事隔三十多年，台湾当局还为祖国统一大业设置种种障碍，甘做历史的罪人，为台湾同胞和内地人民所共同唾弃，真是"其愚不可及也"！

疾病也给我们的生活带来危害。妻在安徽即患喘疾，很感痛苦，我们原以为台湾天气暖，较为适宜，不料喘疾倒加重了。一夜病发，不但不能平卧，坐着也上气不接下气，我们十分焦急。附近有个诊疗所，我只好去敲门请大夫，他十分客气，马上就跟我到家里来，先给吸一种气体喷雾药，并留下几包粉红色药粉，嘱咐三四小时服一包，直到夜深，妻能平卧入睡了，他才离开。他无论怎样不肯收医疗费，第二天未请就又来家探视。从此我们就成为朋友了，时常谈谈天，他常听祖辈诉说亡国的悲哀，因而感到复归祖国的无限喜悦，把祖国内地人民视同家人。他也充分表达了对于祖国的热爱和关切。

次子方仲染了副伤寒病，我们也请这位张大夫来诊治，确诊了之后，他说国民党沿用日本的办法，要把这类病人送到市区外几十里的隔离医院，他作为医生，必须把病情向卫生当局如实报告，病人就得送走。他接着叹一口气说，隔离医院医药护理条件差得很，还远不如市区。市区医院的情况极糟，我们是知道的，因此极为忧虑。他看到这种情形，很同情，便向我们建议：去请卫生当局允许，在家里治疗，严格采取隔离消毒措施，由张大夫负完全责任指导、监督并医治。妻当晚即按大夫的意思去找卫生当局，他不在家，由他的妻子接谈，态度和善，但她不能做主，嘱妻第二天清早再去。第二天阴雨，妻很早就去了，我陪孩子在家里等候。在孩子的命运悬而未决的时候，我们的焦虑心情是不难想象的。

妻去一二小时之后，门外有汽车停下的声音，我的心忐忑跳动，进来两个人，说是来送病人到隔离医院的。我请他们坐下稍等，说明妻去找卫生当局商量，可否留病人在家治疗。一二小时后妻冒雨回来，拿出允许在家的信件，危机总算是过去了。

张大夫每天来家看视病情，细心指导我们如何护理，方仲慢慢好起来了，但半年之后走路才正常。我们衷心感谢他，也很了解他对我们的关怀出于热爱祖国的深情。可惜我们逃离台湾是匆匆夜行，未能同他告别，以后也就断绝联系了。多年来，他同编译馆的杨君，是我们极为怀念的台湾同胞。我们多么希望能有机会欢聚话旧啊！

妻和我是 10 月一同到编译馆工作的，到"二二八"起义不过四个多月。稍后到馆的有李何林和金琼英。魏建功先到台湾省国语推行委员会，台静农稍后到台湾大学中文系。老朋友欢聚一地，交往很亲密。白沙女师学院毕业生去的也有多人。新旧朋友时常聚会，所以生活倒并不寂寞。

我在编译馆是编辑名著译丛，因为我译的《四季随笔》已经在期刊上发表过，只要加些注就可印行，所以 1947 年 1 月就出版了，印两千册，外印赠送册五十本，是赠送内地各大学图书馆的。刘文贞译的《鸟与兽》是编译馆印行的第二本书，1947 年 6 月出版，也印了两千册。我用五、七言绝句译的《鲁拜集》，本已打好型要付印，因为编译馆被解散作罢，译稿已在"十年动乱"中丢失。多年后，还有些相识和不相识的朋友劝我们重印《四季随笔》和《鸟与兽》，我们感到很大的欣慰，觉得总算没有辜负许寿裳先生约我们去的好意。还有准备好预备付印的有李何林译的《我的学校生活》和金琼英译的《美的理想》，在合作中我们感到极大的喜悦。许寿裳先生为编译馆费去了大量的时间和精力，结果馆横遭解散；他转到台湾大学任教也认真负责，而在"二二八"起义将近周年的时候竟惨遭杀害。国民党如何对待知识分子和文化教育事业也就可见一斑了。我在别处曾记述过这些事，在这里就不再多说了。

编译馆解散后，许寿裳先生尽力为约去的人安排工作，推荐我到台湾大学外文系任教，他向我说，已经口头谈定了。以后拖拖拉拉不做最后决定，我们知道有人从中捣乱，由我向学校当局提出质询，捣乱的人知难而退，约我去谈定功课，并恭恭敬敬送我回家。我觉得很可笑，我并没有使许先生为难，因为我知道他很谦和、热诚，不会像我一样鲁莽对待坏人。

台湾大学外文系原来只有一个日本教授，一两个学生，因为谋生，绝大多数学生只学医或农。但西洋文学书却收藏丰富，英美现代作家都有精印的全集。《一千零一夜》有精装而不公开发售的全译本，而《鲁拜集》就有多种精印本，有很美的插图，我本打算在这里安安静静好好读几年书，争回一些白白浪费去的时光。不料事与愿违：一年多以后，大概在

1949 年 2 月、3 月，我的朋友告诉我，台大外文系一个助教向一个教授透露国民党特务机关要逮捕那位朋友和我，因为我们掩护到台北活动的共产党员某某两人。我们知道这里所说的事是虚构，推想这是一个阴谋，想把我们吓唬走，安插新去（离）台北的亲信。我们手里没有川资，虽有去台之意也办不到，所以对此不加理睬，一切照常。我还继续把长篇小说《在斯大林格勒战壕中》译完，寄到上海去印行。

有趣的是：就在听到这个消息之后不几天，我得到一位虽未见过面，却很熟悉的共产党员（楼适夷）通知，到一个地方去谈谈。我欣然前往晤谈，知道他只是路过台北，小住两三天，即去香港工作。更有趣的是：见面的地方是国民党特务机关政治犯拘留所，招待他的是所长！我以后想起这件事还不免微笑：国民党特务若在这里得到我的原属虚构的"罪证"，恐怕也要啼笑皆非吧。适夷给我留下了在香港的地址，对以后颇有用处。我若写小说，真可谓"无巧不成书"了。

我虽然没有直接参加什么有组织的实际斗争，白色恐怖下所发生的有些情况还有些亲见，有些耳闻。继"二二八"起义之后，就有轰轰烈烈的1949 年 4 月 6 日事件。国民党虽然尽力封锁人民解放战争的胜利消息，台湾人民，特别是大专院校的学生耳聪目明，与内地息息相通，他们争取民主，反对暴政的高潮与日俱增。他们办夜校，出刊物，组织歌咏队、剧团，宣传国内形势，这自然引起国民党特务军警的仇恨。一次有两名学生被警察无理殴打，引起台湾大学和师范学院同学的公愤，几百人去包围并捣毁了警察四分局，将分局长和总局长带到宿舍加以囚禁。第二天学生们早晨组织了示威游行，并散发了《告台湾同胞书》。警察局长被迫赔礼道歉。但这只是反动统治者以退为进的老手法。

4 月初，南京"四一"血案的消息传到了台湾，正在准备纪念"五四运动"的台湾大学和师范学院的学生便酝酿举行示威大游行，声讨国民党，支援内地学生，配合人民解放战争。主要的组织者是师范学院的学生会主席，他在 4 月 5 日傍晚被国民党特务绑架走了。路过台湾大学学生宿舍时，他跳下车子呼救，台大学生闻声出来，把他从特务手中救出，护送到师院。两校学生集会决议次日游行示威，抗议法西斯暴行。

国民党的特务军警当夜就包围了台湾大学，提名要逮捕学生自治会主席和十几名其他同学，宿舍外面有装甲车巡逻示威。同学们毫不畏惧，集体突围，军警开枪，特务趁机抓走二十多名同学，他们在囚车中仍然高声喊反法西斯的口号。

与此同时，师范学院的学生宿舍也被军警特务包围起来了。学生们在楼上用茶杯、饭碗、墨水瓶、椅凳等同军警搏斗了几个小时，终于两手空空，被军警特务冲进楼去，将三百多学生先打后捕带走了。这就是震动全台湾的"四六事件"。

两校师生罢教罢课，继续斗争，并成立了营救委员会，发散《告全国同胞书》。国民党慑于人民的威力，于4月11日解除了对两校的包围，释放了大部分学生。在学生被囚禁期间，师院体育教授谢似颜积极组织教师去慰问并送去大量慰问品，因此被解聘，全家多口，断绝了生计。

我在台湾大学教的学生中有一位黄猷，课后常边谈边走，一直送我到家。他在中学就读过未名社印行的书。所以对我略有所知，谈话比较明朗，政治上是进步的。我对他却所知甚少，一般不发什么议论，只偶然有点牢骚。一天他到我家门口站住说，我要向先生告别了。我请他进去坐坐，他说形势很紧，他已经买好了飞机票，第二天去香港，再从那里到天津、北京。他说这条路走起来方便，京津那时都已经解放了。我在孔德学校教过的一个学生因为不明真相，在北京要解放前她走这条路到台北，所以我知道他说的情况是确实的。我便将我受到警告的事告诉他了，并说我认为这是抢饭碗的把戏，并不理睬。他告诉我，台北以外各处已经逮捕了不少人，台北也就快要动手，所以他势在必走；但是我更不能迟疑，他愿让出飞机票，我先去香港。我说那次我逃出敌陷区，妻曾被捕，这次要吸取教训，不能单独先走了。他说我立刻托人为你们全家买好去香港的船票，他买好即会送来，估计一两天就可以走了，你们立即做好准备。

我们匆匆收拾，第二天晚八九时，欧阳百川就准备好一辆卡车，在夜雨中送我们去基隆登船。我们没有去码头，他雇了一只小船把我们送上轮船，躲过了检查。他买船票也直等到最后，所以船上没有经过什么盘问。我们很感谢他的细心周到。船一开到公海，我们的心也就踏实了。

我们离开之前几个月，建功因为国语推行委员会的工作进行困难，已经去北京大学工作了。何林因民盟地下小组一个人被捕，决然离开，临行告诉我们他要到解放区，约好到后写信告诉我们平安到家就可以了。琼英在台北没有适当工作，应朋友约到昆明云南大学任教。那时我们老朋友都不知道何年何月才能见面，颇有参商之感。人生的悲欢离合真是难以预料。现在有的死别，有的生离，橄榄的口味涩多于甜，但也更可珍惜了。

我们离开台北时，北京、天津都已经解放了，一到香港，却发生了一点小小波折。黄猷在岸上接我们，告诉我们党组织遭到破坏，只好临时找了一个住处落脚。他还有几个朋友到香港，也无法接组织关系，只好同去北京了。幸而找到适夷，为我们解决了北上的船票问题，同走没有什么困难。在船上我们遇到几个师范学院附中的学生，编译馆解散后文贞转到那里教过他们，一见彼此很高兴。他们说，文贞走后，离开台北的教师、学生和其他人不少，附中校长夫妇都被捕，要走的人就更多了，国民党采取登记批准后才能离开的办法。我们庆幸早一点走出来了。

在香港我们就知道解放战争的形势很好，船离上海不远时，我们从广播听到上海解放的消息，大家高兴极了，便在甲板上唱歌跳舞。天空万里无云，轮船破浪前进，掀起很高的白涛，孩子们凭栏瞭望，一点也没有来时的恐惧心理了。

我即兴写了一首诗：

> 阳光灿灿白鸥飞，
> 意在殷殷伴我归；
> 我向自由天地去，
> 从今似尔愿无违。

1984 年 1 月 12 日

入台出台及其前后

抗日战争胜利，台湾回归祖国怀抱，全国人民欢欣鼓舞。我很想一晤久别的朋友一样，去看看台湾同胞，并欣赏那里的美丽风光。回到故乡不久，突然接到许季茀先生的电报，约我去台湾省编译馆工作，随即接到一封长信，说明馆的任务主要是编台湾使用的教科书，同时请我编一套名著译丛，丰富台湾同胞的文化生活。季茀先生是鲁迅先生的老友，为人诚厚，我乐与相处，工作的性质对我也很合适，我便复信同意了。

刚收复的台湾需要大批文化教育方面的人去工作，我首先想到李何林夫妇，我便绕点道到霍邱，他们表示如有机会，愿意前去。然后到上海，看望许景宋，并拜谒鲁迅先生墓。景宋为我们饯行，约郭沫若和茅盾二位作陪，他们很高兴有不少人愿到台湾去工作，并希望大家一定要把工作做好，不被日本人耻笑。这些语重心长的话，表明祖国人民对台湾同胞的关怀。

金琼英那时住在苏州，我专程去征求她的意见，她也表示愿意去。她同何林都是我向季茀先生推荐的。

编译馆为我们预备的是一座日本式的住房，三大一小间，另有厨房和浴室。进门脱鞋，没有家具，坐卧都在"榻榻米"（席）上，却就是很不习惯的日本生活方式了。以后我们自买了一套桌椅，因为写信译书，离开它们是很不方便的了。但有一件事，我们至今还认为很好：每天有卖鲜花和卖切好的鱼肉车子到门前，可以自由选购，我们还从地摊上买到一个插花的铜器，古色古香很可爱，可惜我们出来时，不得不把它抛掉了。

在我们以前到台北的有魏建功，他主办国语推行委员会，会附设的有小学，教师都用普通话进行教学，总的说来，工作很有成绩。在打好基础之后，工作又有人接手，在我们走出之前，他回到北京大学任教去了。他是名文字学家钱玄同的及门弟子，钱先生逝世后，他去北大教音韵学。

在我们稍后到达台北的有李何林夫妇和金琼英。此后到达的有台静农和白沙女子师范学院中文系毕业的一批学生。何林夫人王振华到女子师范学校教中文，台静农到台湾大学中文系，同去的有女师院毕业的裴溥言和另一同学，其余同学或到国语推行委员会，或到其他学校任教。何林、琼英、我们夫妇也到编译馆开始工作了。

教科书编辑不是一蹴即就的，许先生知道我手边有《四季随笔》现成译稿，因为这本书充满了爱国主义热情，对莎士比亚有高度的赞颂，作者说，因为能用本国语读莎士比亚，是他乐于生长在英格兰的主要原因之一。他又说，各国人都应该因本国的伟大诗人而感到快乐，并为本国文化传统而产生民族自豪感。作者也极力赞扬英格兰的自然美，一次他听到一只云雀在高空歌唱，他想象它的歌声中有一半是对于英格兰的爱。我们想在台湾印行这本书是适宜的。许先生还特意嘱印五十本，题字赠送内地各大学图书馆，以纪念台湾又成为祖国的一部分。

刘文贞是天津河北女子师范学院英语系第一届毕业生，她同我于1937年7月20日在"芦沟桥事变"隆隆炮声中结的婚。在沦陷的北平，她不愿做不适当的工作，便翻译英国作家哈德生（Hadson）的散文。只译完六篇，我因不得不出走，便将哈德生全集还了北京图书馆。一年后，她回我的故乡谋生，译稿带回去了。到台北后，找不到原文，只以六篇（动物的友谊、红冠雀、邻人的鸟的故事、玛丽的小绵羊、知更雀巢里的布谷、在威尔斯的林鹬）结为一集，书名用《鸟与兽》，作为名著译丛第二种印行。因为我们都很喜欢哈德生的散文，回内地后，又选了十四篇，并由我加写介绍哈德生生平及作品长序，成为一本书，书名仍用《鸟与兽》，还未问世。

抗日战争中，我出走以后，有时有些感触，开始学写绝句记下，不久就成了习惯了。从北碚到白沙女子师范学院教书时，手边有菲茨杰拉德（Edward Fitzgerald）英译的俄默诗（Omar Khayyam：The Rubaiyat）。这种诗的形式，就是中国的绝句。我为练习这种体裁，译出七十五首，还向专家请教过，似无很大毛病。我想第三种可印这本书，因此将一百零一首全部译出了，又参照日本注释本加了一些注。为广泛征求意见，先打印一些份寄出。"2·28"事变后，编译馆被解散，这本小书未能印行。译稿在我手边放了多年，在文化大革命的动乱中丢失了。我译的《战争与和平》，一百二十万字的巨著，在香港被日寇毁掉了，我也并不痛心，区区百来首绝句译文，也就更不甚介意了。

世事常常有出乎意外的。在"文革"中遭受迫害的老友朱肇洛，失忆十三年之久之后逝世，他的夫人刘淑萱整理遗稿，竟发现了他手抄的一份我的译文！深情厚谊使我十分感动。我很想印行这本《俄默绝句集》作为对他的纪念，也算完成一件编译馆未完成的工作。

编译馆准备印行的第三本书是李何林译的《我的学校生活》。抗日战争爆发时，他先到四川，意欲译书，写信到北平托我买适当的书寄他。我译过俄罗斯作家阿克萨科夫回忆录的一部分（英译名 A *Russian Gentleman*），用书名《我的家庭》印行，我就将这作者回忆录另一英译 A *Russian Schoolboy* 寄给他了。此书译稿，何林带到台北去了，所以编进名著译丛，但未能付印，编译馆就解散了。

俗话说，祸不单行，这部译稿我也以为像俄默绝句一样，无影无踪了。不意半月前台北秦贤次先生来大陆探亲，静农特意请他到天津看看我，还带来了何林译的《我的学校生活》，我喜出望外，笑对文贞说，原来喜事也无独有偶！我想，大概在我急忙出来时，未将译稿从存放处取出，事后被静农发现，保存了几十年。为纪念这一事件，并完成编译馆另一项未完工作，我想将此稿校后印行。

名著译丛已准备好的另一译稿，是金琼英译的《美学的理想》，法国德司比尔的论文。琼英是我 1929—1930 年在北平孔德学院教过的学生。以后她去法国学哲学，美学是她喜爱的学科。1944 年 3 月，我到白沙女师学院教书时，我们才又见了面。这次贤次带来的，有琼英离台时存放在静农处的许多照片，其中有一大张是"台湾省编译馆全体同仁惜别"照。

这张照片引起我许多愉快的，也有可悲的回忆。那时欢聚在台北的有静农夫妇、何林夫妇、建功夫妇、我们夫妇和琼英。我们常有相见谈心的机会。愉快的回忆，我只举一个实例，作为"有诗为证"吧。一次傍晚，静农约我们去他家看昙花开放，事后多年，我收到静农一张近照，忽然想起这件往事，随即写了一首绝句：

> 闲坐小廊昙现花，
> 花开花谢速堪嗟。
> 笑谈一泻长江水，
> 户外忽惊南斗斜。

因为照片题名惜别，自然不能不想到可悲的"2·28"事变，和许季茀先生第二年的惨死。这些可悲的事件，我且不再多谈也罢。

名著译丛列的书名中，还有刘世模译的英国诗人丁尼生的长诗《伊诺克·亚敦》。世模当时说，译稿要自己再校一次后交出，但不久编译馆解散，我就没有看到他的译稿了。多年后，我们在天津见过面，但未谈到这件事。前年听说，他在上海谢世了。

提到编译馆同仁，我不能不想到杨云萍。一次在联欢会上，他朗诵杜甫的《春望》："国破山河在，城春草木深。感时花溅泪，恨别鸟惊心。烽火连三月，家书抵万金。白头搔更短，浑欲不胜簪。"我很惊讶，他对祖国诗竟怀着这样深情，而他朗读古诗的声调，同我在私塾所学的很相似，听起来十分亲切。同他交谈我才知道他的祖父精通中国文学，曾在他幼小时教过他，杜甫这首诗，在日本强占台湾后，他祖父读这首诗痛哭流泪的情形，在他还记忆犹新，在贤次来舍前约十天，有一位留日学习的台湾同胞黄英哲来访，谈起杨君，也说他还健在，彼此很熟，我托他代致候意，并将他为我照的相片送杨君两张，希望也得到他的照片。

还有一位编译馆同仁汪培元，一次请我们去听贝多芬的田园交响乐，留下了愉快之感，至今还未淡忘，特别是那清脆的鸟鸣声。以后我买了一套贝多芬交响乐录音带，但田园交响乐并不如以前听到的好。多年来，新年他总给我们寄一张贺年片，一年还在北京见了面，谈谈往事，并照了相。

照片上的何林身穿白色长衫，英姿俊发，可惜去世已经二周年。琼英、文贞和我，那时也还年轻，现在已经是苍颜白发的老妪老翁了。我想许先生家属和振华，大概同我一样，并没有这张照片了。贤次喜欢收集现当代文史资料，大概也愿得到这一张照片。我们决定复制几份分赠。愿在时光老人偷偷装进背囊之前，我们的记忆和这些小小的纪念品，继续散发出温暖人心的友爱清芬！

编译馆解散后，许季茀、何林到台湾大学中文系，我到外语系任教，因为台大没有哲学系，琼英的工作不好安排，她决定应聘到昆明云南大学去教逻辑，静农陪她去向许先生辞行时，他还专函为她介绍在昆明的知名学者，这种关怀她一直没有忘记。不到一年，何林也离开台北了。

文贞被介绍到师范学院附中教英文。这时期，祖国对新收复的台湾，在培养文教人才方面十分注意。措施之一就是选派中学毕业生，到内地著名大学进修。文贞班上的曾中朗就被派送到北京清华大学。毕业后，限于当时的形势，他就留在内地工作了。他与文贞有书信联系，还见过几次面。更使我们高兴的是1987年8月，十个台北师院附中的学生，集体来看望文贞，在我们家里欢聚了一天，然后又天南地北走上了自己的工作岗位。涂元晞还与人合编了《英语常见疑难选解》印行。马小弥因病在北京未能前来，以后来信说，她已经有译著出版了。

在日本侵占期间，台湾大学的学生多学医和农，读文科的人寥寥无几。我到外语系任教时，只有学生四五人，而台湾同学只有一个。可是大学的外国文学书籍却收藏得极为丰富。有许多英美古典和现代作家的精装全集。我译了俄默的绝句，因此对馆藏的好几种有精美插图的本子，特别感兴趣。在未名社时，我很想翻译《一千零一夜》，颇有初生牛犊不怕虎的劲头。鲁迅先生不仅不扫我兴，还告诉我，北京孔德学院收藏有一套全译的精装本，我只看了两本，就到天津教书去了。译本书的念头已早消失，因为自知学力万难应付，但系统读几年书的决心却是有的，很欣喜终于有了这样很好的机会。

文贞的《鸟与兽》付印时，计划为名著译丛再译一本英国中篇小说，便托静农从台湾大学图书馆借来英国康拉德（Joseph Conrad）的 *Freya of the Seven Isles*（《七岛的芙丽亚》），译完时编译馆已经解体，以后以《芙丽亚》之名在上海出版。她在离开北京前，曾动手翻译哈德生的长篇小说

《绿色的宅第》（*Green Mansion*），只译了约一半，这时想续译完，便从台湾大学图书馆借来原书。我所参考的日本注释本《四季随笔》英文本，也是从图书馆借来的。在我们匆匆出台时，这两本书来不及还去了，一直放在手边几十年，成为一桩心事。这次托贤次带回去归还了，我们很感谢他。我们为恢复了中断几十年的两岸文化交流，祖国统一的希望不久可以成为现实，感到无限的欣慰！

我在外语系教翻译和英国维多利亚时代文学，两种课我都教过几年，所以教课之外，还能照一向的习惯，抽点时间译书，译完了二十万字的长篇小说，苏联涅克拉索夫的《在斯大林格勒战壕中》，以后在上海印行。三分之一的时间还可以读书。

我们夫妇除教书外，两年多的时间中，只做了一点点这样的事。

在抗日战争期间，文贞在安徽因气候不惯，曾患喘疾。台北的天气，我们两人都觉得气压低、湿度大，终日汗津津的，浑身乏力，做事效率低。晚间凉快，但又多蚊。我们到前，有一次较大地震，以后经过几次，只有一次走到屋外，倒也不大介意。一次台风来时，我正在去台大开会途中，风雨之险有点惊心动魄，幸而及时躲进一家小商店，倒看了一次壮观的景色，还想到观潮的诗哩。我倒未患病，文贞一晚却喘疾大发作，旁观也很替她难受。幸而附近有位开业的医生，我便去求医。已是夜半了，我想一定要遭白眼拒绝，不料他和颜悦色，听后立即找出听诊器和药品，随我到家里去。先用喷雾剂，立即止了喘气，能够舒畅呼吸了。他等待观察一会儿，留下几包粉红色药粉，嘱咐三四小时服一包，晚上可以安睡了。第二天八九点钟时，他又来复诊，以后每天或早或晚必来一次，直到文贞康复。他知道我们收入不多，拒收诊费，以后米价飞涨，他还向我们说，粮食不必担心，他家里的收成足可以供应。因为我们只以张大夫相称，未记大名，原住台北古亭町，现在即使健在，我们也无法再见到他了。

次子方仲患副伤寒，也是请张大夫诊治的。他告诉我们，日本侵占时期，这类传染病人要送到郊外几十里的隔离医院，光复后还保持这个制度，所以他必须向卫生局报告，病人要被送走，那里医疗、护理和饮食都很差。我们听了十分焦急。他建议我们向卫生局提请在家治疗，他可以负责治病并采取措施，防止传染，并向我们细说家人应注意的事项。文贞当晚即外出，先见到卫生局局长夫人，她倒通情达理，答应协助。接送病人的汽车开走了，方仲在张大夫精心治疗下，终于康复，我们至今心怀感谢。虽然几十年无联系，我们还很怀念他。他的儿子在台湾大学医学院学医，一定能继承父业，我们希望万一他看到这段记事，忆起古亭町这件轶闻，能同我们取得联系！张大夫可能还健在，一定会因为这一事例，感到台湾与内地同胞的感情是水乳交融的吧！

回忆这些往事，我不免百感丛生。因"兄弟阋于墙，外御其侮"，想到抗日战争胜利，收复台湾，不能不归于国共合作，共同抗敌。祖国的伟大领袖孙中山所教导的"天下为公"，另一伟大领袖毛泽东所教导的"为人民服务"，应当是两岸当政者共同遵循的政治原则，为什么不能通过协商，携起手来，统一祖国呢！

因为气候不宜，我们夫妇决定离开台湾，在走前不久，陆续遇到几位朋友和学生，不免使我们有"人有悲欢离合，此事古难全"之感。我在北平辅仁大学教书时，英千里是秘书长兼外语系主任，他对我还信任，告诉我地下有个抗日小团体，主要为文教界人谋工作，使他们不下水做汉奸，对学生进行爱国主义教育，帮助学生走出沦陷区，参加抗日工作。他请我加入这个团体，我同意了。以后他和其他几人被捕，我才出走了。听说1971年他在台北逝世了。

叶嘉莹是辅仁大学中文系毕业生，由顾随介绍，1949年在台北同我见过一次面。她在台湾教过几年书之后，先到美国，后到加拿大、英国、哥伦比亚大学任终身教授。离别三十年之后，她突然寄我一信，谈到三十年前一晤，并表示要来中国尽点微力，也就是到大学讲讲宋词。我介绍她到南开大学讲学，受到极热烈的欢迎，有不少人从外地赶来听课。几处大学邀请她去讲学，还对各界人士举行了两次系统讲座，座无虚席。她还有著作在内地出版。

辅仁大学外语系毕业生张秀亚，我在离台前几天在路上遇到她，谈了几句话，使我略知她的情况。近年来听说她已经是很知名的作家，自然很高兴。一位与她在天津女师的同学张敬铭，还买了一本我译的《简·爱》，请我签名送了她，表示我们多年的怀念。贤次还带来她的一篇记我的文章，《我的一位老师》，读了使我想起不少往事。她读书的女校，恭王府，已经作为大观园的原型，整修好供人游览了，希望她旧地重游。

另一位外语系毕业生张在贤，在台北一晤，知他应聘到师范学院附中教英文，大概正好接文贞的课，因为我们不几天就离开了。多年前他突然来访，我才知道他早已在澳大利亚一所大学讲授汉语文课了。此后我们经常有联系。研究中国现代文学的，在澳大利亚也不乏人，同我接触的一个硕士研究生，写了《未名社研究》长篇论文，她的导师是静农的学生。还有一位外语系毕业生赵婉贞，旅居美国，几年前来时，送我一本装印很精的，她翻译成英文的李清照的词（*More Gracile Than Yellow Flowers*）。

郑因百是我中学和大学的同学，我们要走的前两天，他到台北了。我去向他告别，把我旧译的几本书存放在他那里，这次贤次也给带来了。听说他还健康，只是足不出户了。他是研究辛弃疾的专家，还在以新的研究成果，补充修改他早年印行的《辛弃疾年谱》。这种治学精神，使我联想到静农，他前几年出版了《龙坡杂文集》，这一次贤次又带来了《静农论文集》，五百页一巨册，他未辜负鲁迅先生早年对他的劝告。（先生 1933 年 12 月 27 日夜致静农信："兄蛰伏古城……大可以趁此时候，深研一种学问，古学可，新学亦可，既足自慰，将来亦仍有用也。"）

提到鲁迅先生，想到最后在台北晤面的齐香。她是我最初在孔德学校教过的学生，来台看望她的伯父齐寿山。寿山是鲁迅的好友，曾协助鲁迅翻译《小约翰》。她说在北京听说，鲁迅在青年时期有一段恋爱故事，只有她伯父知道详情，这次想请他谈谈，供写传记的人参考。我笑笑对她说，完成这个任务，她算不虚此行了。我们都读过一些外国文学家传记，原以为这是平平常常的事，写入传记是很好的。不料齐先生遵守的是中国知识分子的道德标准，绝口不谈朋友的这类事情。不久齐香回到北京大学任法语系教授去了。

回忆并写这些琐琐细细的事，也引起一些感想。我提到的一些朋友，有些是在祖国大陆接受教育，到台湾继续发展成熟，有的在当地，有的到国外，弘扬传播祖国文化，这证明祖国的文化是有继续性的，不可分割的。我同这些朋友都是生离多年的了，但我们的感情并未生疏，这充分证明：炎黄后代具有强烈的民族自豪感，祖国的传统文化有强大的凝聚力。

中华民族对世界文化做出过巨大贡献，祖国的文化是世界文化的一大光源。当然，我们也从别国文化获得许多有益的东西，特别在当代，我们向别国学习是十分重要的。

但是就我们自己说，应当携起手来，加强民族的凝聚力，完成祖国统一的大业，从而使祖国的光源发出更灿烂的光辉，不仅使自己的国家富强，而且对人类做出新的更大的贡献！

希望两岸当局不要"我心匪石，不可转也。我心匪席，不可卷也。"那两岸的锦绣河山，就会像李白的诗句所写："名工绎思挥彩笔，驱山走海置眼前"了。

1990 年 9 月 2 日

记两次逃亡

对于电视，我的兴趣不大，一般是不看的，只偶尔看看中国女排决赛，动物世界或根据名著改编的电影和电视剧。《四世同堂》因为次数太多，一上来我也无心收看，后来听说是近年电视剧佳品，又在吃午饭的时间播放，老舍同志又是我很怀念的朋友，我想绝不能放过收看的机会，幸而全部收看了，引起许多回忆和感触。

抗日战争第一年，我在天津，因为住在租界，得以苟安，日寇的暴行只偶尔听到。第二年我去北平辅仁大学任教，这个学校是美国和德国的天主教会合办的，所以前几年还没有受到日寇的直接干扰。但在太平洋战争爆发后，美国人做了战俘被集中，日寇的魔掌就伸进学校了。

辅仁大学有几个教授组织了一个秘密的文教委员会，受国民党的领导，目的是要为未走文教界人士安排工作，使他们不与日本人合作；输送学生到未沦陷区；对学生进行爱国教育。我虽然对国民党并无好感，觉得它总算与共产党合作抗日了，所以在断然拒绝参加国民党的同时，我参加了这个会，想略尽微力，做一点应该做的工作。

《四世同堂》中所描写的日寇暴行，有些耳闻，有些目睹，觉得很真实，有些人物的爱国热情和硬骨头精神是主流，反映了当时的实况；少数败类，那时候当然也有。捕人杀人的事日有所闻，我就有学生被捕过，也有相识和不相识的青年被日寇宪兵逮捕审讯。他们对我十分关心，总想方设法把日寇问到我、特务跟踪我的情形透露给我。我想，我是他们已经掌握的线索，是浮在上面的人，他们是不肯轻易动手的。我每天上午到学校，下午午睡后同妻用小车推两个孩子到很近的北海公园玩耍，其他时间几乎足不出户。文教委员会若开会，我建议几个人到公园坐茶座喝茶闲谈，即使有特务钉梢，他们只从口形怕也了解不到什么。我们的书生气十足，以为这样就很可以保守机密了。

1942年年终，天气晴朗，并不很冷。有个朋友送了我们一个旧照相机，妻同我带孩子去中山公园玩，想顺便为孩子们照几张相。这是我第一次试手，以后印出结果很好，我们很高兴。回家时却听到一个不祥的消息：常维钧夫人葛孚英告诉我们，维钧被日寇逮捕了，那时还关押在附近的警察局，日本宪兵设在北大红楼下面的拘留所或者已经人满。我们托人营救，他告诉我们，辅仁大学的情况日寇已经一清二楚，不久还要有多人被捕。文教委员会的主要负责人已经逃进国民党统治区，两个其他成员果然被日寇宪兵捕去了。对我虽还未动手，我想只是时间问题，不如采取上策了。

同妻商量的结果，全家先去天津，如被扣捕，就说是回岳家探亲。若无动静，我只身夜间从天津出走。我们于1月5日到天津，很顺利。妻的弟妇有个弟弟是共产党地下党员，她同他联系，原说几个小时就可以进入冀东游击区，但他因紧要任务牵身，在约定的时间没有来。不久前，有个同乡突然到北平找我，他说他是贩运中药材到天津出卖的。我从他知道，从徐州经商邱、亳州到界首这条路畅通无阻，因为日寇利用这条路吸收国民党统治区的物资。我原也想回故乡叶集，如能安居，设法接妻和孩子回去，界首离叶集不很远，所以我决定从这条路逃出沦陷区。不料到了界首，听说叶集再度沦陷，我只好改变主意先去洛阳。沿途果然见到小车络绎不绝，都是向敌陷区运送各种物资的。到洛阳听说，经商的后台都是国民党军官，也听说有集中营，关押的多是要去延安的青年。伤兵病院的情况真是不忍目睹。这种种情况，我在沦陷的北平是万想象不到的，我终夜失眠，记忆力衰退，一周内头发全变白了。无家可归，我只好到重庆去找生路了。我先到北碚复旦大学任教，一次集会，时时全体起来，我不明白是怎么回事，只觉得一个人坐着很无聊，后来才知道，提到"蒋总裁"或"蒋总司令"，都要这样肃然起敬。我的逃亡生活虽然告一段落，仍然"既伤国破群奸误，复叹家亡音信无"。过一段时间，我接到故乡和北平的家信，知道病故的四弟星野"一息微存尚恋人，呼医索药不堪闻"的惨状，心痛欲绝。妻的信告诉我，她在我走后被日寇捕去关了三周，因为敌寇妄想劝动她写信让我回去，被他们"逆用"（也就是做汉奸），倒没有给她吃什么苦头，就把她释放了。

读李何林同志的文章《回忆从台湾到华北解放区》，引起一些去台湾和从台湾逃出的回想。抗日战争胜利后，1946年5月我回到故乡，那时国民党发动的内战实际上已经开始了，找工作比较困难，我原想就在故乡住下译书，却接到许季茀先生的函电，约我去台湾省编译馆工作，我答应去，去时经过霍邱，问何林如有机会，是否也愿意去。我是1946年10月，他同振华是同年12月到达台北的，妻也和我同去编译馆工作。我为编译馆编印外国文学名著，印行了我译的《四季随笔》，妻译的《鸟与兽》，还有几本书并未印出。"二二八"起义后，编译馆五月就被解散了，何林同我转到台湾大学，妻转到师范学院附中教书，都是季茀先生推荐的。

何林比我更热心政治活动，我更愿比较系统地读读台湾大学馆藏的外国文学书。我知道他到后不久即组织民盟地下小组，但鉴于当时国民党特务猖极情况，只取个人联系的方式。但一个盟员终于被捕了，他的夫人告诉了何林，他就得考虑如何应付。何林有些地下工作经验，做事十分果决，便以母病回乡为借口，请假一个月省亲。我送他上船，亲眼见到他平安无事，对他算放心了。

振华在女子师范学校教书，家离学校很近，我们知道特务一定会去查究，便去看看究竟。特务对何林回乡半信半疑，时常去捣乱，我们以为一月后同样以回乡省亲为借口，一定走不脱，不如安安静静教到暑假，同时设法通知何林不要等她们。学校放假，离台的人较多，她走时倒没有什么麻烦。

何林是1948年4月逃出台北的，我逃出是在一年以后了。我本来没有什么政治活动，连民主党派的地下组织也没有参加，国民党仍然认为不够驯顺，大概因为我爱发牢骚，有时骂他们几句，有时还与一些"不法分子"有点接触。有一件事，现在想起来还不禁一笑。地下党员楼适夷同志过台北去香港工作，约我见面谈谈，会晤的地点在国民党政治犯拘留所，招待的主人是该所所长！这大概是国民党特务意料不到的。

　　但不久以后，台湾大学外文系一个助教托一位教授转告：他看到一份从新竹送到台北的公文，要逮捕我，因为我掩护两位当时颇知名的共产党员到台北进行活动。为证明他的消息确实，他说公文的号数他都记得。我想这真是活见鬼，他们既已知名，我如何掩护？我料想这不过是夺饭碗和住宅的阴谋，所以置之不理。理也无法理，手里没有分文，一家五口怎么逃走？何况既已有令，逃也逃不脱。教书读书食睡如常，不知不觉一个多月过去了，并无半夜鬼敲门的事。

　　一天我班上一个学生黄猷来告别，他本来常陪送我回家，我请他到屋里坐一坐，经过一番考虑，我把上言的情况告诉他了。他说一点不能迟疑，并愿把已经买好的到香港的飞机票给我第二天走。我因为那次逃亡使妻受到牵累，表示不走，他说那就托人买船票送来，全家人同走，我同意了。

　　隔天中夜，欧阳百川坐大卡车送船票来，我们在微雨中急驶到基隆，在海岸换乘小船，躲过检查岗，上了去香港的英国轮船，不到两小时就开行了。

　　行前我只向两个友人告别，其中一位是住在我隔壁的谢似颜教授，他是在师范学院教体育的。他尊敬鲁迅先生，为人爽直，富于正义感，憎恶国民党反动统治。师范学院一次几百学生集体被捕，似颜直言抗议，并为学生送食物和慰问信。这自然遭到国民党反动派痛恨。我走时，就听到他要被解聘的传言，几月后听后出来的人说，暑假后他就没有接到聘书了。他一家七八口人，靠他一人维持，我想这如何是好，怕他们要流浪街头饿死。我出走后，多年听不到似颜的消息，但一直没有将他们忘记，前年意外从南大外文系一位教师处听说，似颜的一位亲弟弟在美国一所大学任地理系系主任，我喜出望外，给他一封信询问似颜的情况，他回信说，似颜已经逝世，夫人健在，还在台北，子女都已成人，各有工作，一位还在北京。我很觉欣慰。似颜的弟弟回国访问，我们晤谈甚为欢快。他说似颜渡过难关，全靠朋友的帮助，他自己留学是勤工俭学性质。

　　我们从香港坐船先到天津岳家，离别十多年，经过一场战争浩劫，还没有遭受太大的灾难，总算是很可庆幸的了。几天后，我们去北京，被安置在远东招待所，等待分配工作。在解放了的北京，同维钧、何林、建功等老朋友夫妇欢聚畅谈，真是人生一大乐事。参加第一届文代会及其他庆祝会，见到多年景仰的杰出的革命领导人，对现代革命史和解放区文艺活动和成绩补补课，感到欢欣鼓舞。

从北京的报纸略知，我从台北逃出后，引起一场小小的风波。特务叶青想到台湾大学做教授，台大校长傅斯年拒绝了，叶青便借我出走的事大肆攻击，说台湾大学是"共匪"的巢穴。据说傅对叶青说："我不是干你那一行勾当的。"一个学生写信告诉我，在当时未解放地区的报纸上，对我大肆诬蔑谩骂，说我"逃往匪区"。

1949 年秋，我到天津南开大学外文系教书，实际上是"跑龙套"。1980 年我申请退休，二年后被批准离休，还挂着外文系名誉系主任称号。离休后，除担任天津市文联主席外，整编自己的文集，估计再有二年就可以完工了。

1986 年 2 月 25 日

经天津到北京

我们到达天津塘沽是"五一节"前夕，一到时首先听到的是节日将有三十万人庆祝大会。这时天津解放才几个月，新到的人自然可以听到很多振奋人心的消息。同阵下船的有黄猷和他的几位朋友，师范学院附中的三个学生，我们夫妇孩子和外甥共五人，一齐坐人力车到东门里岳家。这多人突然到来，岳家喜出望外，纷纷忙着接待，却忘记了有一条恶狗未加管束，它在妻的腿肚上痛咬一口，作为欢迎的表示。那时有个俄罗斯人会看狗是否为狂犬，他断言不是，还为妻打了针，我们也就放心了。

第二天上午附中的学生去找学生联合会，可以安排工作或学习。我领黄猷等步行观光市容，一直走到旧特一区，现在的解放南路，看到解放战争对天津市并无很大破坏，据说是有意不用大炮轰击。以后我们去看国民党天津防卫司令陈长捷等就擒的地方，只见到旧中原公司，现百货公司，完整如旧，仅在斜对面落了一枚炮弹，房被炸毁。我们未去河北女师学院旧址，不过听说房屋并未受到损失。

从台北出发前，我知道何林任教的华北大学已经迁移到北京，昭野从清华转到那里学习，到津就给他们写信。几天后，我们就带着孩子去北京，住进远东招待所。首先引起我们注意的人物是高士其。我们渐渐知道他因为在美国学习，做实验时脑部受伤，虽未丧命，说话却不清楚了，一般人都听不惯。但是他还能思维，可以口述文章，由别人代写。我们惊为奇迹。几十年如一日，他这样生活着并勤于写作，实在令人敬佩。

还有一件小事，我至今没有忘记：同住的有一对夫妻，一个孩子不过四五岁，每次坐汽车出去，总要问他的父母，要蒙上眼睛吗？他的母亲总苦笑一下，摇摇头说，不用了。原来他和父母一同被国民党特务逮捕过，带走时连他的眼睛也被蒙上。

在北京看报，才知道我出走后，在台北还引起了一点小风波。那时候台湾大学的校长是傅斯年，据说叶青原想到台大做教授，被傅拒绝了，叶借机大肆攻击台大是窝藏共产党员的地方，傅回答说，他在台大干的不是叶的行当。在他们狗打架中，当然要对我进行造谣诬蔑罗列"罪状"，这些只见于当时还未解放地区的报纸，只由白沙女师学院的学生写信告诉我，具体内容她当然就略而不说了。前些时我收到一本在台北印行，我所旧译的《简·爱》，但并不印出译者的名字，可见同祖国大陆敌对的只是一小撮反动统治者罢了。

到北京后，我想起在四川时曾经后悔，居京多年竟没有去看过天坛，那时很难预料是否还有机会，因而写过一首《念北平》的长诗。记得第三四天，我们全家去天坛一游，孩子们对回音壁特别欣赏。那里的古柏建筑引起我们衷心的喜爱，一草一花，寸地片土都使我们感到亲切。

我们到中山公园玩了玩，也想起一些往事。我们的婚礼是在来今雨轩举行的。维钧为我们照了几张相，有一张文贞和我站在白色的紫藤花架下面。这个花架还很完好，我们看了十分高兴。此后几年，我们每去中山公园总在这里照相留念。紧靠来今雨轩有利用古柏残根枯干做的桌椅，在1942年我逃亡前的年终下午，我曾第一次为方平方仲在这里照几张相，几经风波，居然还未丢失。这也算是不幸中的一幸。当然，最大的幸福是重游赶走了敌寇、从反动统治下解放出来的故土！

北京是和平解放的，除被国民党窃走的文物之外，并没有遭到什么破坏和损失，全国人民为此感到庆幸，国民党对共产党多年来一直造谣诬蔑，在事实面前也就破产了。人民解放军的纪律严明更增加了党的威信。

在幸福欢快的气氛中，我参加了庆祝"七一"的露天大会。主席台上坐着许多党和国家领导人，毛主席一出现，全场起立，掌声雷动，庄严的大会开始了。不久上空雷鸣电闪，大雨倾盆，仿佛是为大会奏起雄伟的交响乐。暴雨不一会儿就过去了，阳光灿烂，出现了彩虹。这情景象征着中国革命的伟大壮美的前程。国庆十周年的时候，这次盛会记忆犹新，我写了这样一首诗：

欣逢七一庆生辰，

豪雨倾盆壮万心；

天际长虹放异彩，

党如红日照昆仑！

在台北时，国民党对于共产党的书刊和宣传品封锁得十分严密，许季茀先生偶然收到些印刷品，私下传给我们看看。有一个虽然接近国民党当局，我们知道还算可靠的人，有时将听到的共产党电台广播的消息告诉我们。所以关于时局政治情况，我们可以说是孤陋寡闻。到北京后，我们如饥似渴，找解放区的书刊阅读，耳目为之一新。给我们留下最深印象的是毛泽东主席的《在延安文艺座谈会上的讲话》和《论持久战》。

《讲话》把文艺上几个最基本、最重要的问题都简明、深刻、全面、生动地论述到了。我向来不很喜欢阅读文艺理论的文章，但为教学的需要不得不硬着头皮读一些。我这方面的知识十分浅薄，但记忆中，在指明方向，启发思想，谈问题本质等方面，没有什么名著能超过这本篇幅不长的《讲话》。

对于军事，我既无知识也无兴趣，但抗日战争是中国当代史上一件大事，身为中国人当然时时关怀，我拿起《论持久战》时，觉得这是应当阅读的重要历史文献，可以补充一些限于环境，我十分缺乏的知识。我一开始就被这一本书吸引住了，一口气把它读完。回想着抗日战争的情况，我频频点头微笑，比读一本文学书更感兴趣，比读一本哲学书见到更多真知灼见的闪光。

我参加了在怀仁堂召开的第一次文代会，首次见到多年敬爱的毛泽东主席。他登台只向代表们说了两句话：

因为人民需要你们，所以我们欢迎你们。

他的伟大的形象，他的和蔼诚恳的声音和容貌，在我的记忆中是永远不会磨灭的。

1984 年 1 月 22 日

回到第二故乡天津

　　我1930年9月到天津河北女子师范学院工作，抗日战争爆发后，我在天津住了一年，译托尔斯泰的《战争与和平》。妻是天津人，所以我认为天津是我的第二故乡。我1949年"五一"前夕回到天津，不几天后去北京，住了几个月，许多事都引起我极大兴趣，通过同人交谈和读书，仿佛学习了一次几十年的当代史。

　　1949年秋，我到南开大学外文系工作，先教点课，以后主要负行政责任。校外兼职慢慢多起来，主要是文化局和文联，课就无法教了。对于新的职务我又毫无经验，所以虽有热情，并无效果。天津的文代会首次在1950年召开，我被选为副主席，断断续续一直到1982年1月召开第二次文代会，我又被选为主席。除了动乱十年外，有二十多年时间，我所做的实际工作很有限，我觉得十分惭愧。文化局的工作时间较短，最初就说明只是挂名职务，只做点送往迎来、陪客吃饭、看戏、听音乐之类的事。要说这应该是很轻松恰意的了，但对我却很不适宜。限于时间和经济，我从青年期就不喜欢看电影看戏听音乐，一次一个同乡为我买好了梅兰芳演《黛玉葬花》或《贵妃醉酒》的票，我也谢绝了没有去。若是陪同贵宾看影剧听音乐的人是内行专家，谈谈并听听人家的意见，效果一定好得多。我一向不喜欢参加宴会，每天有散步的习惯，会多宴会多，我的生活势必要随着改变，对中年人来说是不容易适应的。可以勉强自慰的是我并无反感和抱怨情绪，总愿尽力将党交给我的工作做好。

　　南开大学外文系是先天不足，后天失调，这话我是公开说过的。我也一再说过，我的学力和能力都不足胜任，以后兼职多了，精力也不够。我首先建议约请南大旧外文系主任柳无忌和旧教授刘荣恩回国，但他们都未能应约前来。中间经过一次调整停办，多少又丧了一点元气。第二次院校调整，增加了一些人力，结果也不够理想，还闹过一次"外文系事件"，实际是流氓性的对我突然袭击，在这里用不着多说。我引咎自责，多次请求引退，但一直未获批准。我倒不是持当一天和尚撞一天钟的态度，还多方设法，几提建议，希望（一）加强提高师资队伍，自力更生，培养新生力量；（二）旧有外国文学语言藏书还算可以，但抗日战争、解放战争、外敌封锁、自己闭关，使半个世纪的国外书刊成为空白，必须加紧有计划的补充；（三）电化教学设备落后，必须抓紧赶上；（四）党政关系必须调整摆好；（五）教师进修必须形成制度，时加考核；（六）改进后勤工作。可惜是说起来容易，做起来难，原因是多方面的，主要是因为我的学力、能力和精力都很欠缺。

但南大外文系经全体师生的努力，成绩也是应该肯定的。在教学方面很注意切切实实的语文基础训练，毕业后工作起初难免困难，因为缺乏某一业务专门知识，但语文基础较好，经过一段专业知识学习，工作倒可以胜任。目前系的教学工作，主要由系的毕业生承担。在科研方面因为指导思想不对头，"名利思想"的大棒曾经打击一些人的积极性，扭转后，近年有些成果已经问世了。我以上所说的建议，校党委还是比较重视的，逐步会加以实现，虽然我个人有失败之处，但却绝不是失败主义者，我相信在体制适当改革之后，南大外文系是会有长足进步的。

1984 年 6 月 6 日

我和图书馆

虽然我对图书馆学毫无所知，我对图书馆的感情却是深厚的，这并不出于偶然。

1923年，我初到北京读书的时候，从北京大学图书馆借到一本诗人威廉·夏泊（W. Sharp）选编的《爱尔兰歌谣集》（*Irish Minstrelsy*）使我对外国抒情诗入了迷，初生牛犊不怕虎，我试译了十来首，其中一篇《他年的梦》还发表了。这些早年译诗久已无影无踪，那本歌谣集以后也杳无踪影了，我寻遍了伦敦和巴黎的旧书摊，没有找到。托日本丸善书店多处购买，也终于失望了。前些天一位朋友到舍间谈天，谈及此事，他说女婿在美国国会图书馆工作，那里可能有此书，若有，可以托他复印一本。我很感谢他愿为寻找一位青年时期好友的盛情。

鲁迅先生生前多次向我谈到被西班牙殖民主义者杀害的菲律宾民族英雄、诗人厘沙路（Lizal），希望我介绍他的生平，并重译他的《绝命诗》。我向国内许多图书馆寻找，都没有一本关于他的书。事隔三十多年，一位朋友的夫人到菲律宾探亲，我托她向那里的图书馆打听，她从市间为我买到诗人的传记和诗集英译本，我得以略介绍他的生平，并译出《绝命诗》和其他几首诗，但只能奉献到鲁迅先生的灵前了。

几年前，我想校改《简·爱》和《四季随笔》，并各写一篇长序，国内图书馆关于两位作者的书是缺乏的。我从华东师范大学图书馆借得一本关于勃朗蒂家世的书。对于了解《简·爱》，尤其对于了解作者的妹妹爱米丽的《呼啸山庄》，很有帮助。《四季随笔》的作者吉辛自己的著作和关于他的书，几乎都是绝版的。澳大利亚大学一位研究生，以未名社为题写硕士论文，我在资料方面给了她一些帮助。她知道我要写关于吉辛的论文，对我说，澳大利亚大学图书馆收藏着一些他的著作和关于他的书，我请她为我复印了几本书，其中一本是评论他的文集。我从一篇文章中引用了几句话。一位法国研究吉辛的专家，从浙江大学一位研究吉辛的教师那里得知我译印了《四季随笔》，托他向我要一本，我寄赠他了。他虽不懂中文，见到书中一注提到他的名字，他很好奇，写信来问我是怎么回事，我才知道，我那本复印的绝版论文集原来是他几十年前编印的，他万想不到中国竟有这本绝版书，我又引了他的话。他说，这真是"一件令人愉快的罗曼司"（A Delightpul romance）。我写信给他说，我将写一文记述这段罗曼司，他很高兴，寄赠我一本他用法文译的《四季随笔》英法对照本。

吉辛论狄更司（C. Dickens）的文章是很著名的，但这本论文集也早绝版了。在加拿大一大学任教的叶嘉莹教授为我在美国图书馆找到一本，并复印寄赠我了。我在《四季随笔》的序中略谈了谈吉辛对狄更司的主要论点。

我于1946年10月到台湾省编译馆工作时，为给《四季随笔》加注，从台湾大学图书馆借了日文文学研究会的注释本。为妻校阅译稿，借了一本《绿第》（Green Mansions）。1949年4月，我不得不深夜离开台北，书不便托人代还，我只好带着放在手边了。经过了四十二年时光，我才有机会，见到受老友静农之托，专程来天津看望我的秦贤次先生，托他把两本书带还给台湾大学图书馆了。秦先生又在台北发了一条新闻，报导了这件小事。内地报纸也纷纷传为佳话，我看了徒增惭愧。

秦贤次先生还带来静农保存多年的两本书：《忙里偷闲》、台湾省编译馆印行的《四季随笔》。前者是抗日战争时期在重庆用土产纸印行的，我们认为可以纪念抗日时期的艰苦岁月，和国共合作取得的抗战伟大胜利。后者是台湾回到祖国怀抱后，在台湾印行的第一本书，内容表现了作者爱祖国的热情，因祖国的伟大诗人莎士比亚而感到的民族自豪感。用以纪念收复祖国不可分割的神圣领土台湾，是十分适宜的。两本书还蕴藏着老友的深厚情谊。

最近我同意印行了《四季随笔》台湾版，一为加强两岸文化交流，对统一祖国的大业尽点微力，一为纪念在台北惨死的许季茀先生，他对新收复的台湾有不容磨灭的功绩。

以上三本书都有纪念意义，我十分珍惜。天津市建立了新的图书馆，为表示我对图书馆的深厚感情，作为千里鹅毛，我赠送给新图书馆收藏。

《我的生活历程》序

1936年4月，我最后一次会晤鲁迅先生，他虽然大病初愈，却精神饱满并健谈。这时我回想到先生离平之前，同他谈话的情形，很后悔当时没有做详细的记录。我也想到阅读博斯韦尔（James Boswell）所写的《约翰逊传》（*Life of Johnson*）而感到的愉快，而这部传记记录的谈话是很生动传神的。《朝花夕拾》是回忆散文的杰作，鲁迅先生的生活经验丰富，一定还有很多值得写出的文章。因此回到天津之后，我写信向先生建议他写一部自传，或协助景宋写一部传记。先生在回我的信中说：

> 我是不写自传也不热心于别人给我作传的，因为一生太平凡，倘使这样的也可作传，那么，中国一下子可以有四万万部传记，真将塞破图书馆。我有许多小小的想头和言语，时时随风而逝，固然似乎可惜，但其实，亦不过小事情而已。

先生的言词虽然夸张，意思确很诚恳，绝不是故作谦虚。但我觉得先生的"许多小小的想头和言语，时时随风而逝"，一失而不可复得，实在非常可惜。

我很爱读《约翰逊传》，西洋文学中的自传和传记也不乏佳作，但我并不愿广泛阅读这类作品。至于写自传，我做梦也不曾想到过，因为我的生活是十分贫乏的。鲁迅先生是有那样伟大成绩的人，还说"一生太平凡"，我这样庸庸碌碌活了几十年的人，有什么可写可说呢？但报刊的编辑们不甚了解，又因为我常常写译一点文章，便在重要的节日将临前，约我写纪念文字。例如"五四运动"六十周年，有人从年岁猜测，以为我或是亲身参加或所知甚多的人，便约我写文章。其实运动发生时，我还在乡间小学刚要毕业，只略知有这一回事而已。当年秋我入了阜阳第三师范学校，就很受了"五四运动"的影响，我想文章还可以沾点边，就写了《"五四"风雷在阜阳第三师范学校》，可能因为雷声不大，雨点更小，稿被编辑退回了。以后又有一位文史资料的编辑约此类稿，我说明这是几张废纸，交给他，竟刊用了。与第三师范有关系的几位师友倒很感兴趣，还有一位熟悉情况的朋友，虽然我们并不相识，却写信告诉我在文中姑隐其名的苏某和刘某的名字。阜阳师范学院也许认为三师与他们有历史联系，有的朋友约我去重游旧地，还经常为我寄来院刊。我感到很欣慰。

另一刊物的编辑或许也误认为我是"五四运动"中的人物，派人来约写纪念的文章，我实话实说，写不出。他说刊物很为难，因为把惟一的希望寄托在我身上。我认真想了想，觉得在安庆的一年生活多少同"五四"有些关系，便写了《流落安庆一年琐记》勉强交了差。

在这以前，有人劝我写点关于未名社的资料，我觉得义不容辞，便在"十年动乱"稍定的时候动笔写。《轰动一时的"最新式炸弹"案》和另一篇既不能发表，也不能外传，所以并未收入《鲁迅先生与未名社》。最近想，这两件五十年前的旧事，在鲁迅先生的文章、日记和书信中都早明确提到过，有不少人口头或写信询问真相，我得略答几句，在两三次会上也应同志们要求口头谈过，我又是两案中的一人，便将这两篇收入回忆录中了。

近年来常有不相识的朋友来信说，要为我编写生活和译著年表，有人甚至把已写的初稿寄来，我感到十分惭愧，总劝他们罢手，用时间和精力做点更有益的事。但天津文学研究所的张素琴同志突然送来译著年表让我审阅，我手边毫无材料，有些篇名我早已忘记，连书籍出版的年月我也无法核对。我为应几种报刊要求，写过一篇《生活历程纪要》，并非一稿数投骗取稿费，只能说明以同稿应命。不料此稿在几处易名发表了。这是简单的自传，我送了她一份做参考，应付她所承担的任务。

还有出版社和报刊，为了自己的需要，约我写童年和青年时期的生活，希望对青少年可以有点教益。这类文章我是乐于遵命写的，就写了两篇。

安徽师范大学的蔡传桂同志先来信，后来访，说明他承担了一项学术机关的任务，编写一本关于我的资料，作为一种丛书之一。这使我既吃惊，又为难。他详细谈了对我的要求和他要编写的项目：生活译著年表，由他写的传记，我的译著的序和后记等等。年表可以参考张君的打印稿做补充，序和后记可以抄写或复印，但我正在病院，口谈供他写传记的事略，当然不可能。有我以上所说的一些文章做基础，我正在七拼八凑写回忆录，便答应给他各篇的复稿。

因为回忆录之类的文字已因上言的需要写了几篇，又被好意的朋友们督促，我便决定了完成这项工作。我一向不写日记，书信等等又多丢失，只能凭记忆略立几个纲目分段试写了。在写的过程中，我发现解放以前的事情记得比较清楚，解放以后的比较模糊，据说这是自然现象。我想客观的原因是头绪繁多。好在较大的事情还有点材料可以查考。我力求真实简单，书名题为《我的生活历程》。

1984 年 2 月 6 日

回忆鲁迅先生

在北京时的鲁迅先生

　　1924年冬天的一个下午，小学同学张目寒领我到北京阜成门内西三条二十一号。这就是鲁迅先生的住处。在门外可以看到高耸的白塔，走不远并可看到古老的城垣，使人觉得这地方特别清幽。一叩门，我们便被让进去，因为来访是事先约定的。不大的四合院里种着几棵小小的树，一点声音没有，静寂得有如古寺。上边居中的一间屋分成两段，外间生着炉火，我们走进靠里的一间小屋。一位留着短短的胡须，上身穿着灰色毛线衣，裤脚仿佛还扎着腿带的人从书桌跟前站起来。不用介绍，从额角和那炯炯有光的眼，我便知道这就是我所景仰的鲁迅先生了。

　　我们所进的那一间以后被叫作"老虎尾巴"的小屋，真可以说是"斗室"。后墙上部全是玻璃窗。既可看到大片碧蓝的天空，又可以射进充足的阳光。房间虽小，并不给人闷促的感觉。窗外是一个小小的院落，有一口井和几棵稀疏的小树。窗下是一张木板床，虽然不宽，却几乎占去了屋里四分之一的地方。很朴素的布被。我就被让坐在这张床上。右手是一张茶几，两把木椅。左手便是先生著作的书桌，先生就转过藤椅，在书桌跟前坐下来。

　　我在阜阳第三师范学校读书的时候，从《新青年》最初读到鲁迅先生的文章。我记得每月我们都十分殷切的期待着《新青年》寄到，先生的文章是主要的吸引力。从这时起，我就有想见先生的念头，可是我觉得这个希望是很渺茫的。1923年我到北京读书时，鲁迅先生的文学活动正蓬蓬勃勃，我更愿瞻仰先生的丰采，这是很自然的。鲁迅先生的文章表现着鲜明的人格，读时使人觉得亲切得很，仿佛作者不仅是一个可以教导自己的良师，也可以成为推诚相见的益友。

不过我是从闭塞的乡间初来的人，深怕一种叫"架子"的怪物，听说城里人多半都有这样一条守门狗，我想鲁迅先生大概也不例外。因而我想见先生的心倒逐渐冷却一些了。

鲁迅先生这时期除在教育部工作外，还教一点书。我的一个小学同学张目寒就是他在世界语专科学校所教的一个学生。他说，鲁迅先生并不是一个凛然可畏的人物，却颇喜欢和青年人谈天说笑。他在课堂上谈笑风生，很受青年学生们的欢迎。他常向我那位同学说到太少见青年人的译作。

受到素园的鼓励和帮助，我在1924年7月译完了俄国安特列耶夫的《往星中》。目寒要把译稿送给鲁迅先生看看，我很高兴。因为我很欢喜鲁迅先生所译的安特列耶夫的短篇小说，特别是《黯淡的烟霭里》，很乐意得到他的指教。我也很踌躇，因为拿这样不成熟的译稿去浪费鲁迅先生的宝贵时间，不免太冒昧。可是目寒说，鲁迅先生会高兴看到青年人译作的，我也就让他拿去了。我想这译稿不进纸篓，也得放在那里吃一两年尘土吧。鲁迅先生对青年的热忱，我只间接地听到一些，并没有亲身的体会。

过不久，目寒便告诉我说，鲁迅先生不仅把译稿看过，并且记出一些有待商酌的地方，等有机会和我面谈一下了。这真是意外的喜悦！这就是我首次往访鲁迅先生的缘由。

先生的卧室兼工作室的陈设，先生所盖的被和所穿的衣服，都有一种农村的朴素风味，都异常整洁。这里有亲切的家常气氛，我一点不觉得拘束。谈话毫无虚套，不一会儿我就觉得和我对谈的是个直直爽爽、诚诚恳恳的人，绝不是有丝毫架子的作家。从他的脸上可以看出他所经历的人生经验是何等丰富深刻，从他谈话时的两眼可以看出他的观察是何等周密和锐敏。听到不以为然的事情时，他的眉头一皱，从这你不难看出他能感到怎样的悲愤。笑话是常有的，但却不是令人笑笑开心的笑话，那里面总隐藏着严肃和讽刺。他的谈锋和笔锋一样，随时有一针见血的地方，使听者觉得这是痛快不过的谈吐。而最重要的是，无论在什么场合，你都时时刻刻可以感觉到一颗赤热的心。这是鲁迅先生所给我的最初的印象，在以后的接谈中，除了他有时偏于悒郁，有时偏于愉快外，我觉得没有什么大改变。

鲁迅先生是不断吸烟的．所以小屋里早就充满了浓馥的烟了。看出我是怕烟的，他便笑着说，这不免太受委屈，随即就要去开窗子。我说不怕的，也就趁谈话告一段落，起来告辞，因为怕久坐耽搁他的工作。他说，既不怕，那就无妨再坐一时了。所以第一次的访问经过的时间颇长久，送我们走时他还叮嘱常去谈天。

和他谈天是一种愉快的经验，我们看着他的心和机智自然的活动，比读文章更多一种亲切感；所以这以后，我们两三个熟朋友总隔几天就去访他一次。先生是健谈的，往往一谈几点钟毫无倦容，我们也不到夜深不愿走。我们知道他的写作都在夜晚，有时我们稍谈些时便勉强要告辞，但是他说他惟一的休息和消遣便是谈谈天，我们若有闲暇，在他是并无妨碍的。我们自然乐于再坐下去。先生是爱吃糖食和小花生的，也常用这些来款客。有一回随吃随添了多次，他的谈兴还正浓，我料想两种所存的不多，便笑着说，吃完就走。他说，好的，便随手拿出一个没有打开的大糖盒。这以后，有一回打开盛小花生的铁盒时，里面适逢空无所有，他笑着说，这次只好权当演一回空城计了。

多次往访的谈话内容，现在自然无从一一记起了。谈话的范围是很广泛的，涉及人生、社会、文学、艺术、当时的人物事件和我们的学习和工作。因为我们几个朋友当时是喜爱文学的青年学生，他曾谆谆地教导我们，读书的范围要比较广，不应该只限于文艺作品，哲学、心理学、社会科学的书籍也要选读，使自己有比较丰富的常识。我对他说，我在中学喜欢过植物学，在大学一年级觉得生物学给我开辟了一片新的天地。鲁迅先生赞成学习自然科学，以为可以培养观察力。他以为学医学对于他有益无损。

鲁迅先生多次谈到过读书问题。他很强调地说，多读文学大师的作品，是每个作家必备的修养条件。他说，这可以使作家眼界开阔，在选材、塑造人物、文学形式等等方面得到有益的启发。但是，创作往往容易受到所读作品过多的影响和局限，这在青年作家是尤其应当注意的。就我所写的少数短篇小说,尤其是《微笑的脸面》,他就曾指出,安特列耶夫对我的影响有好的一面,也有坏的一面。他说这会钻进牛角尖,最危险不过。他对素园抱着很大的希望,因此很惋惜他受了梭罗古勃的太大的不良影响。

鲁迅先生在他的生活和思想的发展过程中,虽然也不是没有过彷徨和绝望的短暂时期,但他的精神是始终蓬勃充沛,斗争的意志是始终坚定不移的。他始终憎恶读后使人意志消沉的作品。这样意思的话,他向我们说过多次。他很早就劝我们读高尔基的作品,在我最后一次见他时,他还说到他的作品未能好好译出来是很可惜的事。他说他自己从亲身的经验,觉得读中国古典作品,容易心情消沉,因此劝我们先少读中国旧书,或竟全不读。他在文章中也说过这样的话。

鲁迅先生是不是以虚无主义的态度,轻视并否定祖国的文学遗产呢?当然不是。他是最能欣赏珍惜祖国优秀传统的人,他不仅在小说方面做过独到的研究,在其他许多方面也都有非常渊博的知识。他用很大的功力校勘《嵇康集》,晚年听说有一种未曾见过的刊本,他还设法借来校阅。在对待祖国文化遗产上,鲁迅先生是我们应该学习的楷模。

鲁迅先生劝我们和其他青年少读或竟不读中国书,和他珍爱祖国文化遗产的精神是一致的,和他爱护青年的苦心是分不开的。他的劝告是针对着当时的具体情况提出来的,了解这些情况,我们就可以更好地体会他的苦心孤诣。

胡适别有用心,挂出整理"国故"的幌子之后,有不少青年知识分子钻进故纸堆里去。胡适的反动政治活动又把不少青年知识分子引入了歧途。鲁迅先生在谈话中表示过很大的悲愤。《呐喊》初版是新潮社文艺丛书之一,鲁迅先生对新潮社是怀过希望的。可是新潮社的成员康白情、罗家伦、傅斯年等都很快地走上了堕落反动的道路。有的成员,在鲁迅先生看来,也走进"国故"的死角。鲁迅先生向青年们提出劝告的心情和用意,我们是不难想象的。

鲁迅先生是意志刚强、热情蓬勃的人,在旧社会里他不可能不受到许多精神的创伤,不经历许多精神的痛苦。他在《呐喊》自序中所叙述的钞古碑时的悲苦寂寞心情,是我们可以了解的。在1927年以前,他虽然还没有将这种心情好好分析，但遇到有这种类似特征的青年，他的感觉就特别锐敏，他的关怀也就特别亲切。他在纪念素园的文章中说，未名社的几个人笑影少。这是真实的情形。沉钟社的杨晦、冯至、陈翔鹤、陈炜谟，他都常提到，很欢喜他们对文学的切实认真的态度。不过他也觉得他们被悒郁沉闷的气氛所笼罩。鲁迅先生对我们的劝告，和这些情况有密切的关系。

鲁迅先生也多方面积极地鼓励我们，不使我们陷入消沉悲观的陷阱。他的百炼成钢的性格就是教育我们的很好榜样。他从亲身体会并根据具体情况，对中国古籍中的消极因素加以彻底的批判，是完全正确的。他苦口婆心劝我们少读或竟不读古籍，因为他不只一次说过，他自己读时就常有沉下去，沉下去的感觉。他重复说"沉下去"的神气，我还未完全忘却。那对我们毫无素养的青年来说，岂不是更危险吗？我从自己的经验肯定：对于青年读者和研究介绍文化遗产的人，鲁迅先生的劝告都是很有益处的。

我们现在的工作条件，比当时（1924~1926年）有利得多了。我们有毛泽东文艺思想作指导，有学习马克思列宁主义文艺理论的便利，可以很好地进行研究介绍文化遗产的工作。可是在当时，马克思主义著作流传得很少，在一般进步文化工作者当中，也很难说有谁是真正懂得马克思主义的。因而出现一些庸俗社会学的解释，公式化的作品分析，实际上是"沉下去"的一种表现形式。不过犯的人没有像鲁迅先生那样感觉出来，或没有那样勇气说出来就是了。鲁迅先生知道这项工作是艰巨的，不能草率从事，所以他是真正珍爱祖国文化遗产的。他在当时还未明确认识到需要用什么武器来做这个工作，尤其为青年担心，现在看来绝不是杞忧。从他自己以后所念念不忘的中国文学史工作，和他对两个研究中国文学的朋友的指导和鼓励，我们知道他绝不是要人因噎废食。正相反，在他学习并掌握了马克思列宁主义之后，他在1929年和1932年回到北京的时候，他都谈到要试用新的观点和方法来完成中国文学史的工作。只是因为更紧急的战斗任务，他没有实现他的志愿。

我们谈到过写作问题，他说过他作小说的经验，和他以后在文章里所写的差不多。他说，偶然有一点想头，遇到或想到可写的人物特性时，不急于写，先在心里慢慢融化，觉得人物有了生命，这才将段片的东西凑成整篇的东西。全篇写就以后，才细看什么地方要增删。最后还注意字句的自然韵调，有读起来觉得不合适的字眼，再加以更换。他又说，他的文章里找不出两样东西，一是恋爱，一是自然。在要用一点自然的时候，他不欢喜大段的描写，总是拖出月亮来用一用罢了。

鲁迅先生有时也谈到别人对他的批评。他不欢喜不中肯的赞誉，也不重视不相干的指责。真能了解他的作品的文章，使他感到喜悦，仿佛是遇到了知己。误解了他的精神的评语，往往使他叹息。我记得他说孙福熙关于《示众》的短文，写得是中肯的。张定璜说他的特色"第一个是冷静，第二个是冷静，第三个还是冷静"，他提起来就摇头。素园对《阿Q正传》推崇备至，常常给我们朗诵，说它融化了果戈理的精神，而具有特殊的风格。鲁迅先生去西山疗养院访他时，素园曾谈到《呐喊》和《彷徨》，认为后者在艺术上更为成熟，而不如《呐喊》受人欢迎，或者是因为更为严肃、更多忧郁成分的缘故。鲁迅先生是同意他的意见的。

对于"正人君子"之流的论敌，他是毫不妥协的。记得他常说，一见虚伪、卑污和其他令人作呕的世态时，心里的义愤便觉得非吐不快。有些个人代表或一种世态，骂他并不出于私怨，只是借此批一批社会的嘴巴罢了。社会是冥顽的，先生常叹息着说。从这样谈话中可以亲切地觉到一颗赤热的心。而有些论客偏偏说他刻薄冷酷，鲁迅先生觉得这是对他最大的歪曲。

1926年陈源在《晨报副刊》上发表一封公开信《致志摩》，除捏造事实攻击鲁迅先生外，并说他的"《中国小说史略》，却就是根据日本人盐谷温的《支那文学概论讲话》里面的'小说'一部分"。在这以前，陈源也在《闲话》里暗暗影射这本书是"整大本的剽窃"。当时许多读者不明真相，都急于要看鲁迅先生对于陈源加给他的罪状怎样辩解。我们几个朋友去访问鲁迅先生。他的精神非常轻松愉快，将答辩文章的主要内容随谈随笑告诉我们了。他说原想将盐谷温这部分书翻译出来，让读者去客观地明了真相，可是觉得不值当费这样多精力，作罢了。他说陈源冒充学贯中西的教授，而先在《闲话》里关于西班牙作家塞万提斯闹了笑话，又对《四书》合成的时代信口胡说，是禁不起一击的论敌。鲁迅先生笔战向无敌手，我们也问过他是怎样进行战斗的。他说要掘好防卫的战壕，经过周密的思考，击中敌人的要害。这篇驳斥的文章题为《不是信》，在《语丝》上发表。《语丝》未到时发售处就挤满了人，《语丝》一到就被购完了。

　　每次和先生谈话，我都觉得爽快，仿佛被清晨的凉风吹拂了一样。深夜走出先生的住处时，那偏僻的小巷里早就没有人声人影了，他总望我们走远了才进去。北京的冬夜有时是极可爱的，在那静寂的街道上步行着，先生的声音和容貌还萦绕在脑际，这珍贵的记忆是永远不会磨灭的！

1956 年 3 月改写

鲁迅先生两次回北京

鲁迅先生是 1926 年 8 月离开北京的，当时我在安徽的故乡，只从朋友的信知道。他 1929 年 5 月和 1932 年 11 月两次回北京，都是为了母亲的缘故。

1929 年鲁迅先生回北京，在青年学生中引起了极热烈的反应，他不得不答应他们的要求，先后到燕京大学和北京大学等处去讲演。5 月 29 日下午，他到未名社谈天，对于素园的一病不起，觉得深深的惋惜。他极愿见见素园，我们便约定第二天到西山疗养院去。因为晚间就要在北京大学二院讲演，未名社离得近，我们就约他去森隆吃晚饭。我们都知道他不喜赴宴会，更不愿做一般的周旋，但和几个熟人随随便便喝茶吃饭，他一点也不推卸。

席上鲁迅先生谈到在南方各地讲演，最苦的是语言不通，要通过翻译。但是尽管有这种困难，各处青年对他的热烈欢迎并不稍减，这使先生在精神上感到很大的快慰。先生只有三五杯黄酒的量，脸也容易发红，我恐怕影响讲演，婉言劝他少喝。先生笑说我吝啬，非多喝几杯不可。这样随笑谈随喝，先生的脸确实很红了。但他说不会醉酒，我们就陪他去北大讲演。

到北大第三院的时候，我们看到很多的学生往里面进，还有很多警察"维持秩序"，我想大概与鲁迅先生讲演有关，一打听，原来因为听讲的人太多，第二院礼堂容不下，改到第三院礼堂了。可是连这里也挤得水泄不通，鲁迅先生绕到后台才走上讲坛。台上也差不多挤满了人，我和另外一位朋友常惠是站在幕布后面听的。先生讲完后出来，听众还层层围住他，不肯走散。我们谈到这种热烈欢迎的情形，鲁迅先生告诉我们，南方的青年比北方的更热情，常常把他抬起来，抛上去，有时使他头昏目眩才罢手。他说，北方的青年较为沉静，不过现在似乎也更为活泼了。各处青年对他的热爱，不仅使他精神上感到快慰，也使他在斗争中得到鼓舞。毫无疑问，他在这些情形中不止看到他个人的光荣和影响，却也看到了祖国的希望和前途。

第二天我们一同到西山疗养院去看素园。先生知道他只是一个普通的青年，可是对事情很认真负责，对人很老实直率，俄文基础虽还不算很好，尚肯切实钻研，所以对他非常惜爱。

鲁迅先生本来是不断吸烟的人，在病室里却一直没有吸烟，素园注意到了，再三说明吸烟对自己毫无妨碍，先生才走出室外，急急忙忙地吸完了一支烟。我们向先生说过，素园的病情是严重的，医生说痊愈的希望不太大，但先生在几点钟的谈话中总保持着极欢快的态度，一面鼓励素园只看些不太吃力的书，手痒时才少译点轻松的文章，一面敦劝他好好休养，把恢复健康看为最重要的事情。先生注意到了陀思妥耶夫斯基的画像，我们说这是素园特意要来，挂在室内的，他就没有再说什么话。他连对我们也没有流露出他心里潜藏着的悲哀。

鲁迅先生这时候已经很鲜明地站在共产主义者的立场上了，有一次我们问他是否已经参加了组织。他说并没有，不过他觉得马克思主义是最明快的哲学，许多以前认为很纠缠不清的问题，用马克思主义的观点一看，就明白了；为了共产主义的事业，他也没有什么保留的地方。不过鲁迅先生是最讨厌空嚷嚷的，他多次说到，要建设真正的革命文学，必须先有实践的生活，必须脚踏实地地介绍些可供参考的文艺理论和作品。他自己也就这样做了。

这个时期，鲁迅先生受到的无的放矢的攻击是很多的，他都给以有力的回击和讽刺。现在无须多说，我们都认识到了这些攻击的幼稚和错误。在谈到这些的时候，鲁迅先生曾说过，某些攻击者做出革命家的姿态，哗众取宠，决不能代表革命集体的意见。他们挂出"革命只此一家，此外并无分号"的幌子，先生只觉得好笑罢了。从先生的谈话完全可以看出，他是重视组织关系、重视党的意见的。

鲁迅先生 6 月 3 日南返，我们到车站去送他。替他定卧铺的朋友为了安全，给他用了一个化名。他说，好意可感，不过要认识他的人依然会认出他。他说这点小事也会被人拾取来对他大加奚落，但是他不想从这些人博得勇士的荣衔。在另一个时候，我在上海见到他。他说，有些人拿愚蠢的冒险当勇敢，总怂恿人赤膊上阵，我总疑心他们属于敌人那一面；自然，其中也有老实人，但总是轻者遭殃，重者送命。他说，生物界有保护色，在残酷的斗争中怎么就不可以学习呢？在白色恐怖弥漫全国的当时，他的话有更重要的意义。

鲁迅先生第二次回北京是在 1932 年 11 月。他是在第一天夜里得到"母病速归"的电报，第二天买车票，第三天就成行的。我们去看他时，问起老夫人的病况，鲁迅先生回答得很有意思。他说，我知道这是"母亲的病"，虽然我只不过替大夫做点翻译工作，对于治疗还是有些帮助的。

也就是在这一次先生回来的时候，谈起先生的亡弟。先生的书房兼卧室的外间一角，有一张方桌，是先生用饭的地方。那里挂着一幅儿童的画像，我们原是早就见到过的，但不知道究竟是怎么回事。这次问起来，先生说，他原有一个弟弟，母亲极为钟爱，不幸六岁时害病死了，母亲伤心难过，久久不能忘怀。绍兴有画像的风气，常常一张画上既画死者，也画还活着的人，不过将活人的脸遮起来。因此就为死去的弟弟画了这样一张像，母亲聊以自慰，一直很珍爱这张画。先生的心里这时一定充满了童年的回忆。

说着鲁迅先生走进内间，取出海婴的照片来给我们看。我们不禁叫了一声："像极了！"先生笑出声音来说了一句笑话。我们说从侧面最能看出相像的地方，先生把照片拿远些又看了一番。我们说海婴看来很健康，先生笑着说："那他们一时咒不死他了！"

以后读到鲁迅先生的诗《答客诮》：

无情未必真豪杰，
怜子如何不丈夫。
知否兴风狂啸者，
回眸时看小於菟！

我还能忆起先生给我们看海婴照片时的声音和容貌。

1956 年 8 月 25 日

关于鲁迅先生的日记和手迹

　　鲁迅先生的日记自 1912 年起，到 1936 年逝世止，前后共二十五年。印行出来，中间缺少 1922 年的。我对这个损失要负一点责任，现在想起来还觉得无限地惋惜与抱歉。

　　北京沦陷后第一年，许景宋先生也还留在上海。鲁迅先生寄我的书信，未名社印行的鲁迅先生几种书的原稿，我早就送给她保存了。在抗日战争发生后，我从她的信中知道，这些珍贵的手迹都送到在当时比较安全的地方了。但是我知道鲁迅先生写了多年的日记，其中有许多珍贵的材料，是万不可遗失的。收藏的地方信上也不便详说，我总担心万一会出什么差错，特别在太平洋战事发生了以后。

　　当时留在沦陷区的文艺工作者是寥寥可数的，但从许多爱国青年的谈话中，知道有许多青年希望能有一个文艺刊物，至少可以给他们一些精神的鼓励。这是我当时所能做的一点具体工作，虽然困难，总想试一试。适逢有一个可以利用的机会，我就负责筹备出版一个刊名定为《北方文学》，封面画也请人画好了。我想起鲁迅先生的日记，就写信请景宋先生抄写一份寄来，一面可以准备万一的损失，一面借此给青年们有力的精神感召。这会成为黑暗中的火炬。但敌人的管制是严酷的，刊物编好了，却根本印不出来。

　　在景宋先生抄写的时候，敌人的宪兵去逮捕她，将鲁迅先生的日记拿走了。她九死一生出狱后，失去的一年日记再也找不回来了。这就是 1922 年的一本。直到 1946 年 9 月我去台湾经过上海时，她才把这件事告诉我。

为增加保存的机会，倒反而遭受了损失，我的心里久久不安。现在看来，这个损失恐怕是永远无法弥补的了。

我在把鲁迅先生寄给我的书信及几种原稿送给景宋先生保存的时候，我向她说明，留下先生最后的一封信和《朝花夕拾·后记》复稿作为纪念。我将这些纪念品珍重地收藏在一个有锁的小铁匣内，和素园的一点遗物放在一起。1943 年 1 月我匆匆从北京出走，这些纪念品和其他的东西辗转寄存在几个地方，抗战胜利的时候还依然无恙。因为寄存的地方比较潮湿，王冶秋将这些东西移到他那里去了，并取出鲁迅先生的遗函和《朝花夕拾·后记》手稿。国民党的特务去逮捕冶秋，他从后门溜逃，只有爱人被捕走了。屋里照例被搜查得乱七八糟。待到他的爱人出来后，鲁迅先生的手迹已经失踪了。冶秋料想，这两件手迹应当是还存的。现在北京鲁迅博物馆已经建成，我们希望它们终于会回到人民的手里。

鲁迅先生寄给我的书信，遗失是比较少的，但还仍然有些遗失。这些书信多半是牵涉到别人的，有时转给有关的人看过没有及时收回，以后就找不到了。有的人因为当时的政治情况，不保留任何书信，在未名社工作的王青士就是如此。鲁迅先生对未名社有时因传言发生误会，我除答信解释外，一般总将来信转到有关的方面，这样就很难保证没有遗失。自然，在这方面我也应负疏忽的责任。但是，去年在南开大学破坏批判《红楼梦》研究座谈会的新"流言家"，当众扬言我有意销毁鲁迅先生的书信，却是恶意的歪曲事实。

鲁迅先生为青年们校改了许多稿子，未名社出的书，原稿几乎都有他改字的地方。这些稿件原也存留过一个时期，但因为有一次国民党特务几乎借题发挥捕杀了未名社的几个人，我不仅焚烧了我所存留的十几年的信件，也将这些原稿交给各人去自行处理。我保存了素园的《外套》译稿，我的《往星中》和《黑假面人》译稿，三种都有鲁迅先生改正的地方。冶秋逃亡后，这些稿件又移置在别的地方，《往星中》的译稿又遭了虫鼠的破坏，损失了。幸而《外套》和《黑假面人》译稿在解放后检视尚完整，还可以从此稍见鲁迅先生的苦心。这些对我来说，是非常亲切的纪念物，特别是素园的《外套》。为了更好地保存它们，我给送到北京鲁迅博物馆里去了。

我再重述一件与鲁迅先生手迹有关的轶事。鲁迅先生 1929 年 5 月回北京省亲，他在日记中写记，曾三次到未名社，25 日"往未名社谈至晚"。当时有个朝鲜人，因为不满意日本人的措施，脱离了日本人所办的大学来到北京，一时没有办法，就住在未名社。鲁迅先生和他谈了很多话，主要是了解朝鲜的情况。这个人早慕先生的名，很想得到先生的笔迹，便拿出一把很精致的扇面请先生题写。鲁迅先生谦让地说，自己的字写得很不好，一向没有下过功夫，怕给扇面糟蹋了。我们知道鲁迅先生向不摆架子，他实在爱惜物力。有两个在座的朋友便各自先题写几行，我也题写了易卜生的名句"非完全则宁无"，先生看了后笑了笑，才在扇面上写了一首诗。现在只记得不是先生自己的作品，却记不起究竟是谁的诗作了。经过几十年的沧桑，这墨迹不知还存在人间否？

鲁迅先生的一篇讲演稿——《娜拉走后怎样？》，被一个朋友裱成长卷珍藏着。卷后有鲁迅先生的老友马幼渔、许寿裳诸先生的题跋。马先生久已作古，许先生也早被国民党特务杀害了，这幅手迹因此就更有可以纪念的价值了。因为友人非要我写几个字不可，我记得在卷后题了这样一首诗：

　　　毛锥粒粒散珠玑，
　　　奠定文坛万载基。
　　　墨泽犹新言在耳，
　　　怆然把卷徒嘘唏。

转瞬这又是将近十年前的旧事了。什么时候我们才可以把卷话旧，并且将这幅宝贵的遗墨送到纪念先生的博物馆珍藏起来呢？

1956 年 8 月

附记：

1957 年 4 月，我回故乡叶集一次。无意间我从静农的弟弟得到两篇手稿，一篇是静农的小说，一篇是素园的散文，上面都有鲁迅先生毛笔改字。这是我们非常珍惜的纪念物，一直精心保存在手边多年。我想，即使时光老人怎样无情，一时还不会把它收进他的背囊吧。不料，"天有不测风云"，现在这个珍贵的纪念物已经是"踏破铁鞋无觅处"了。

1973 年 1 月 18 日

再记：

上面这个含糊其词的附记印出后，好几个好意的朋友担心会惹祸，劝我设法把它去掉，可见"四人帮"所搞的法西斯文化专制主义造成了怎样的恐怖局面。作为内部刊物印行这本小书的出版社，不敢公开发行这本书，因为他们听说"四人帮"已经把它列入要批判的黑名单。现在不消明说，谁都知道这指的是"四人帮"所犯的打砸抢罪行。

1979 年 11 月 7 日

鲁迅先生与《莽原》

　　河南作家协会来信说，要出版《莽原》丛刊，希望我写几句话，谈谈在鲁迅先生领导下，我们办《莽原》的情形。这是五十多年前的往事了，现在许多读者未必了解了吧，谈一谈也是颇为愉快的事。

　　《莽原》开始是一种周刊，在《京报》上附印。1925 年 4 月 21 日，该报刊登了鲁迅先生拟的广告："本报原有之《图画周刊》（第五种），现在团体解散，不能继续出版，故另刊一种，是为《莽原》。闻其内容大概是思想及文艺之类，文字则或撰述，或翻译，或稗贩，或窃取，来日之事，无从预知。但总期率性而言，凭心立论，忠于现世，望彼将来云。由鲁迅先生编辑，于本星期五出版。"

　　鲁迅先生办这个周刊的意思，是要"批评社会，批评文明"，并借此培养新的作者。他自己的文章确是做到了"率性而言，凭心立论，忠于现世，望彼将来"。但是他不久就慨然说："中国现今文坛（？）的状况，实在不佳，但究竟作诗及小说者尚有人。最缺少的是'文明批评'和'社会批评'，我之以《莽原》起哄，大半也就为了想由此引起些新的这一种批评者来，虽在割去敝舌之后，也还有人说话，继续撕去旧社会的假面。可惜所收的至今为止的稿子，也还是小说多。"（《两地书》第十七信）

　　未名社的成员只有两人以个人的名义给《莽原》周刊投寄过很少几篇文章，题目现在也记不起来了。但我们知道，幼稚得很。以后读到鲁迅先生在《两地书》中说："《莽原》实在有些穿棉花鞋了，但没有泼辣文章，真也无法。"我们不禁哑然失笑，认为自己送去的不过是一点败絮。

成立了未名社之后，《莽原》改为半月刊印行，纸张改为当时最好的洋宣纸。鲁迅先生仍然主张"批评文明，批评社会"；"忠于现世，望彼将来"。他在第一期发表了《论"费厄泼赖"应当缓行》，针对林语堂的谬论，提出了痛打落水狗的主张。他以后批评几个未名社成员"小心有余，泼辣不足"，这时恐怕已经有些了解我们了，所以并不勉强我们写批评的文章。我写了一篇不像样的小说，《微笑的脸面》，原是寄给他给《莽原》周刊补白的，不料他说，有点可惜，留给即将付印的半月刊使用吧。因为几个固定要写稿的人都是青年，没有什么论战斗争的经验和才能，所以半月刊无法以这样文章为重点，倒以发表散文、诗歌、小说为主。鲁迅先生的十篇回忆文，就是先在《莽原》半月刊上发表，以后结集为《朝花夕拾》印行的。韦丛芜的诗集《君山》，也先在《莽原》半月刊上分期发表，先生也赞成加些插图，是我们特请司徒乔画的。素园鼓励静农写短篇小说。他写了一些篇在《莽原》半月刊上发表，以后结集为《地之子》。鲁迅先生说，这几本书，"在那时候，也都还算是相当可看的作品。"

鲁迅先生做编辑工作是严肃认真的，绝不大笔一挥，乱删乱改别人的作品，在重要的须加修改的地方，一定同作者商量。他也不吹毛求疵，对虽有点毛病，但大体可取的作品，主张尽量采用。在他离京之后，我们曾向他请教，是否发表一篇较长的论文和几首诗。他审阅后，复信说，论文可以发表，诗只选了一首，我们是尊重鲁迅先生意见的，就这样做了。

鲁迅先生特别注意发现新人。对有些编辑只拉名人写稿，忽视新人作品，十分不满。未名社几个人也都是初出茅庐的新手，先生对于我们的试做，从不采取全盘否定的态度，总实事求是地指出缺点；但给我们锻炼改进的机会。他也绝不过誉，往往只说某一篇作品比较好，记得他说到魏金枝所写的《留下镇上的黄昏》就是如此，作者当时也还是一个新人。《莽原》半月刊也初次发表过少数作者的处女作，但以后都似乎默默无闻了。所以我们虽然十分重视鲁迅先生的意见，在培养新人上，《莽原》半月刊并没有做出什么贡献，是一件很大的憾事。

但是鲁迅先生对于新的作者也自有取舍的标准。他赞成泼辣，但厌恶喧嚣空嚷；他欣赏幽默，但讨厌油腔滑调，小丑打诨。他不嫌作品幼稚，但不喜欢言之无物，装腔作势。他善于识别微妙的讽刺和卑劣的私人攻击及诽谤。他所弃置不用的文字，都或多或少有这些毛病。

对于在思想倾向截然不同的刊物上发表文字的人，鲁迅先生是保持警惕的，因此有人说他气度狭小。我们看这倒是先生的一个长处。先生自己说过，他是党同伐异的，所以对于立场对立的论敌，他绝不采取调和的态度。他主张旗帜鲜明。他不主张采用上言一些人的文字，我想大概因为怕在读者心目中引起误会吧。但这同学术争论是截然不同的事，鲁迅先生是尊重这种争论自由的。对于文学的流派，作家的题材和风格，先生也是极力主张多样化的。当然，鲁迅先生除外，我们在《莽原》半月刊上发表的文字，还远远谈不上什么流派和风格，刊物上也没有发表过什么争论的文字，但先生的意见在言谈和实践上都表现得很清楚。

鲁迅先生离京后，起初《莽原》半月刊的编辑工作主要由韦素园承担。我们仍然尊重先生的意见，但知他太忙，只在有疑问时才去请教他。他向不以自己的意见强加于我们，在京时和离京后都是如此。在筹备《莽原》半月刊和刊物出版以后，先生都未同我们谈到过在周刊上常发表文字的长虹等人，也未向我们介绍过他们的任何文字。所以我们认为周刊同半月刊是截然两回事，更谈不上什么社团关系了。以后接到他们两篇文字，我们倒是从文字本身考虑的，决定不予发表。我们相信并没有什么宗派成见。长虹给鲁迅先生写信，要求他出面说话，先生没有理睬，因为他知道并相信素园是一个认真负责的人，不会草率从事。长虹就公开攻击素园和鲁迅，先生建议将《莽原》改为《未名》，因为"《莽原》开初，和长虹辈有关系，现在也犯不上再用。长虹辈此地有许多人尚称他们为'莽原小鬼'，所以《莽原》之名也不甚有趣"。(《鲁迅书信集》上卷，第一百七十页。致李霁野信)

我写出这个小小插曲，并不是不赞成河南作协用"莽原"命名丛刊，因为鲁迅先生编辑《莽原》周刊和半月刊那种严肃负责，注意新人，立场坚定，旗帜鲜明，尊重作者，提倡争鸣，等等，都是我们很好的榜样。这个插曲似乎可以提醒我们：作者与编辑之间的关系是微妙的，要处理好，需要两方面努力。两方面有原则地为一个共同目的团结合作，产生"相当可看的作品"是可以预期的。

1980 年 12 月 16 日

鲁迅先生的母亲

我是 1924 年秋认识鲁迅先生的，1925 年未名社成立，往访先生的次数就越来越多了。时间常在晚饭后，只偶然在下午，所以先生在京期间，见到太师母的时候比较少。只有几次见到她，总是在"老虎尾巴"前半间左侧一张藤躺椅上偃卧或坐着，戴着眼镜看书或看报。我一般问问安，她微笑打个招呼，没有说过话。

1932 年，传言先生在上海"1·28"战役中遇难，我到西三条去打听消息，恐怕太师母她们生活困难，将鲁迅先生早借给我的百元奉还了。这时我第一次同太师母谈话。她身体健康，精神饱满，两眼炯炯发光，心胸开朗，一看就使人觉得她是一个坚强的女性。她说鲁迅先生也还没有家信，但谣言常有，未必可靠，已经去信打听，估计几天就可以得到回信了吧。她知道我在天津女师学院教书，是专程前来的，表示十分感谢。她说鲁迅遇事不惊慌，很稳重，也很敏捷，料想不至有什么意外。我看她十分镇静，也就安心了。

这次我得知太师母生活十分有规律，很少生病，写信与一般事情由鲁迅先生一个学生代为办理，并无困难。以后我听说这个学生是宋紫佩先生，我未见过。生活费每月百元，由鲁迅先生按时寄来，家信也常有，都是先生亲笔写的。

由于我的疏忽，我托转给先生的信并无地址，师母通知先生还钱的信自然也不会写明，因为我没有告诉她一年多我未给先生写信。几个月后，先生无意间得到静农的住址，他立即写信给他，并附信转给我：

前接舍间来函，并兄笺，知见还百元，甚感……早拟奉复，而不知信从何寄，今日始得一转信法，遂急奉复。

这就是鲁迅先生对事待人的态度。最近我把这件事同太师母一次会晤联想起来，觉得先生颇有受母亲影响的地方。

鲁迅先生逝世后，我去拜望太师母致慰问之意，并想了解一下生活情况。她说大先生（总这样称鲁迅）一生生活俭朴，虽然没有积蓄，从过去情况看，他不会不想到自己，让她受饿的。果然，生活费由景宋按月寄来，没有感到任何困难。她体谅到上海生活也一定艰苦些，嘱少寄点钱，因为长期工作的女工已经去世了，不想再请用人了。真是明达体贴，无微不至！

这一次也谈到，鲁迅先生逝世后，许季茀先生约同二先生（总这样称周作人，有时称八道湾，周作人的住宅）去慰问太师母。许先生的意思是想要周作人承担太师母赡养费用，至少承担一部分。太师母绘声绘色叙述了当时的情况。许先生三次在谈话中委婉地说，此后二先生要增加负担了，但周作人一声不响，仿佛没有听到一样。太师母谈话的口气神态我无法形容，我只能说，很使我想到鲁迅先生文章的风格和谈话的容貌。但太师母为人是十分宽厚的，她说，八道湾生活一向大手大脚，钱总不够用，这时再增加负担自然很有困难，不吭气是有苦衷的，何况他还未必能做主。这就是慈母的心！鲁迅先生也是十分宽厚待人的，很有先激起先生盛怒，以后又成为很好朋友的人。

1938 年秋起，我到北平辅仁大学教书，向太师母问安的次数就比较多些了。我结婚后有了孩子，她常常亲切地问到我的家庭情况。我当时毫不知道周作人粗暴驱逐鲁迅搬出八道湾的事，只稍稍听说因为思想异趣，引起不和。我有一次问，八道湾是不是常有人来看望她，她微笑摇摇头说，二先生又教书，又写文章，哪来工夫。她并无责难的意思。

周作人被刺微伤以后，怕太师母看报忧虑，亲自去看太师母一次。她说二先生穿被手枪子弹射穿的棉袍，掀起给她看看。腹部有一块微红未破的皮肤。他并向太师母略说了被刺的经过，据说刺客自称是鲁迅先生的学生请见，进客厅之后，一人对他开枪，一人对一个在座的客人开枪，这个人倒受伤较重，吐了血。这以后，八道湾就门禁森严了。太师母也就没再见到过周作人。

太师母为人很慷慨，乐于助人，所以上海每月的寄款，有时就不够用了。景宋一上来还能勉强凑寄，逐渐困难，就写信给我商量，可否寄一笔钱存我处，每月分送五十元去，钱未到时由我先垫付。我觉得这办法很好，但怕太师母不乐意，对她不信任，受限制。不料我去一谈，她非常满意，并说自己不善管家，往往求助的人也不一定真正困难。而且这样子，也就免使上海为难了。她还请我写信告诉景宋，自己对海婴没有丝毫照顾，很感不安，应当首先保证孩子的健康。

后来景宋实在无法了，她写信给我，问我可否商之八道湾设法，我写了信，并未得复。不过我到应该送款的时候，去问太师母，她说八道湾送钱了，也约合每月五十元，有时有米面，那时除特殊人物，是很难买到的。

1942 年 1 月我不得不逃出敌陷区北平，妻在我出走时同去津，回平后去报告太师母，她非常关怀，但说苦于爱莫能助。妻说陪送我的人已经回来，一路平安无事，目前生活没有什么困难，还存点米面，过些时平静些，带孩子回我的未沦陷的故乡，她才安了心，并嘱咐准备快走，越早越好。

妻在我走后，到天津娘家居住，被日本宪兵捕去关了三周，出来后去北平，并将这件事告诉太师母。她时常让朱师母来看看妻和孩子，时常送点食物。妻因为有孩子和家务，不能常去问安，但朱师母偶来，所以彼此的情况还是了解的。

我走后不到一年，太师母就去世了，安葬的事当然八道湾料理，详细的情况我就无从知道了。约一年之后，妻带了两个孩子回到故里叶集，朱师母去世的情况也就不了解了。1946 年 5 月我从四川回到故乡，妻曾告诉我说太师母去世后，朱师母将她穿过的袜子改作两双，送给我们的孩子穿，据说绍兴的风俗如此，这可以使孩子长寿。妻非常感谢，给孩子穿了一时，以后又收藏起来。可惜她在回乡途中丢失了一只箱子，袜子正好珍藏在里面。

1949 年我们从台北回到北京，以后鲁迅故居开放了，我们全家去瞻仰凭吊，我还为孩子们说了说这段往事。

1981 年 6 月端午节

鲁迅先生与"安徽帮"

前些天，安徽一位同志远道来访，我本应当觉得"有朋自远方来，不亦乐乎"！以符合圣人之道才是，不意我所感觉到的"不亦乐乎"却另是一种滋味。但我是很重视乡情的人，前些年家乡报纸的一位编辑同志约我写点有关故乡的文字，我写了几首诗应命，记得其中有一首是这样的：

> 诗人恳恳问寒梅，
> 眷眷乡情未可非。
> 建设频频传喜讯，
> 欣欣大地耀春辉。

这首诗所联想到的当然是王维的一首《杂诗》。除此之外，我还有更为亲切的联想。在我的故乡霍邱县叶集，有几间茅屋，是多年前我父亲居住的地方。他很喜爱花木，但种植不起奇花异木，只在住房后种了十来株杜鹃花，这是从附近的山间移来，在小小的前院，有几丛玫瑰和一株红梅，却是一位以养花为业的园丁所赠送，父亲同他有很深厚的友谊。一株洋槐，是从北京带回的种子培植的，父亲十分珍惜。

因为这种关系，我原就很喜爱的王维的一首《杂诗》，读起来我觉得特别亲切。虽然这首诗已为不少读者所熟知，我仍然遵照诗人"奇文共欣赏"的教导，把它抄录在这里：

君自故乡来，

应知故乡事。

来日绮窗前，

寒梅着花未？

这位同志来自故乡，不免使我回想起这些往事，但我总不能同他谈什么寒梅杜鹃，躲开我心会来意的话题。我便同他谈谈安徽的农村形势。听说情形在全国是比较好的。他心会我是"王顾左右而言他"，把谈话慢慢引到未名社。我开门见山说道，要写关于未名社的文字，那真是"山穷水尽"，无话可说了。我不知道他心里是否想到了"山重水复疑无路，柳暗花明又一村"这两句诗，但他说，鲁迅先生是否同安徽有什么关系呢，能否从这方面写点文章？我说，没有什么关系嘛。这并不是敷衍，当时确认为是一句实话。

我们沉默了片刻，我想客人大概要告辞了吧。但是他丝毫没有要走的样子。我这时心里记起很久以前听人说过的一件趣事。我不懂历史，不搞考据，不知道是真是假，现在也只当是一件趣闻说说罢了。而且预先声明，即使能够做到，我也不会实行，因为封建残余是早应扫进垃圾堆的时候了。

据说清代有一种官场习惯，爱走衙门的人都必须知道并遵守，不然要讨没趣的。在拜访达官贵人的时候，无论话是否谈完，事是否说清，一听到仆人高喊"请茶"，就要立刻起身告辞。希望这位同志或其他来访的客人不要见怪，我心里有时是不免有这样一点意思的。但我并不是达官贵人，又进入了"讲礼貌"的时代，所以我们似乎彼此心会，相视一笑，仍然谈下去。

我不知道是否确有灵感这类东西，但从偶然的经验看来，似乎不能否认它的存在。我们常说"灵机一动"，把这"灵机"与"灵感"等同看待，我看也未尝不可。无论怎样，姑且说我突然有了一点灵感吧，我高兴地说："有了，鲁迅先生同安徽很有关系，或者更准确地说，要写文章，可以题为《鲁迅先生与"安徽帮"》。"

这位同志笑了。我说，你不要以为不虚此行，高兴得太早了。我怕他以为我只想一个空题目敷衍，所以肯定对他说，短文一定写，并把安徽帮的来源和经过说了说。至于不必太早高兴，却是根据我自己的经验谈的：我的文章往往达不到编辑先生们的标准，客气一点的，退回；粗暴一点的，删改得面目全非，格律诗改得毫无格律，散文往往患严重的喘息症，上气不接下气；有的干脆石沉大海。但是有人找，我答应写，就一定写一点，所以他可以放心，结果怎样都毫无关系。

在我的故乡叶集，最初设立的小学是明强小学，张目寒、韦素园、台静农、韦丛芜和我都在第一班。1922 年，素园从苏俄回国后，入北京俄文专修学校继续学俄文，静农到北京大学中文系旁听，目寒稍后入世界语专科学校学习。我 1923 年春随素园到北京，自修英文半年，转入崇实中学，丛芜也从岳阳转入这个中学和我同班。1924 年我利用假期试译了俄国安特列耶夫的《往星中》，目寒是鲁迅先生的学生，由他拿译稿去请先生指教。从《鲁迅日记》知道，送稿是 9 月 20 日，第二天先生便看了。他约我去谈一谈，目寒领我去阜成门内西三条二十一号先生的住处，首次同先生接谈，觉得他"绝无傲态，和蔼若朋友然"，像他说章太炎一样。

鲁迅先生编辑一种《莽原周刊》，在《京报》附出。因为对外联系，势必有个通讯处，这就是莽原社。我们几个人中，只有二人向周刊以私人名义给鲁迅先生寄过少数篇文稿，与高长虹等并无关系，更未成莽原社的成员。我们对于他们自有看法，但从未与先生谈过，先生也未谈到过他们。1925 年，成立了未名社，社员只有六人：鲁迅、韦素园、台静农、曹靖华、李霁野、韦丛芜，这完全是另外一回事。未名社成员各筹过印刷费，在六七年中印行过二十几种书和两种期刊，是作为一个文学团体而存在的。鲁迅先生既未同我们谈到过高长虹等人，也未推荐过他们的任何文稿给未名社新办的《莽原》半月刊。在先生离京前，半月刊是他亲自编辑，也未刊登过他们的文字。先生离京后，半月刊由素园接手编辑，有时也征求先生和我们的意见。期刊出版前，我们就决定刊登稿件以本社成员为主，另外约请少数我们认为适当的人，丝毫未想到约高长虹等人撰稿。当然，我们也欢迎新的不知名的作者，因为这是鲁迅先生一贯的主张。

高歌寄来一篇文章，素园看后认为不好，但并非有什么成见，他还给我们传阅，我们同意他的意见，这才退回了。期刊篇幅有限，稿件即使可用，也不能随到随发；但除了有时要寄给鲁迅先生决定用否之外，不会压得很久，向培良的稿子也不例外。我记不清究竟压了多少天，但 1926 年 10 月第二期《狂飙》上，高长虹就发表了《给鲁迅先生》，兴师问罪了。他说："接培良来信，说他同韦素园先生大起冲突，原因是为韦先生退还高歌的《刺刀》，又压下他的《冬天》……现在编辑《莽原》者，且其至执行编辑之权威者，为韦素园先生也。……你如愿意说话时，我也想听一听你的意见。"

鲁迅先生没有理睬他，主要因为先生知道素园编辑《民报》副刊十分认真负责；对于社的刊物更会如此。高长虹因此对鲁迅先生大肆攻击，并叫嚣未名社几个成员是"安徽帮"。我们都知道"帮"的含意，这样一个称号是十分恶毒的。但我们对此只是一笑置之，谈也不曾谈过。

长虹在 1926 年 8 月号的《新女性》上刊登狂飙社的广告说：

> ……去年春天本社同人与思想界先驱者鲁迅及少数最进步的青年文学家合办《莽原》……兹为大规模地进行我们的工作起见，于北京出版之《乌合》《未名》《莽原》《弦上》四种出版物外特在上海筹办《狂飙丛书》及一篇幅较大之刊物……

鲁迅先生为此写了《所谓"思想界先驱者"鲁迅启事》在 1926 年《莽原》半月刊二十三期上发表，并在《语丝》《北新》《新女性》上刊登。（后收在《华盖集续编》内）先生在启事中说："我在北京编辑《莽原》《乌合丛书》《未名丛刊》三种出版物，所用稿件，皆系以个人名义送来；对于狂飙运动，向不知是怎么一回事；如何运动，运动什么……"未名社几个安徽成员认为这个启事已够说明一切，被誉为"最进步的青年文学家"或被骂为"安徽帮"，都是不值一笑的了。

先生在 1931 年 10 月 27 日夜给曹靖华的信中说："未名社开创不易，现在送给别人，实在可惜……他们几位……功成身退，当然留不住……经济也一塌糊涂，据丛芜函说，社中所欠是我三千余元，兄千余元，霁野八百余元……"先生当时不了解真实情况，他料想社中欠他的款是不会偿还的了。素园病后，实际由我负责未名社事务，先生是知道的，但在未了解情况之前，他在私人通信中也未指责我一句，更无公开的谴责，可见先生对人是郑重的。他知道韦丛芜的真实情况，及未名社因他而解体之后，也只在1933年6月28日给静农的信中说："立人先生大作，曾以一册见惠，读之既哀其梦梦，又觉其凄凄。昔之诗人，本为梦者，今谈世事，遂如狂醒，诗人原宜热中，然神驰宦海，则溺矣，立人已无可救，意者素园若在，或不至于此，然亦难言也。"（立人就是韦丛芜。）

先生深知素园，说素园是"好意的朋友"。先生说："台静农为了素园的奖励"，写了两本小说《地之子》和《建塔者》。"在争写着恋爱的悲欢，都会的明暗的那时候，能将乡间的死生，泥土的气息，移在纸上的，也没有更多，更勤于这作者的了。"

鲁迅先生于1929年5月回北京省母，曾三访未名社，我们并陪他到西山疗养院看望素园。先生在给景宋的信中，详细叙述了这次会晤的情形。当晚静农和建功又去访先生，"同吃晚饭，谈得很为畅快，和上午之纵谈于西山，都是近来快事"。

先生于1932年11月再次回北京省母，素园逝世已百日。先生在复我们的信中说："……春末曾想一归北平，还想到仍坐汽车到西山去，而现在是完了。"静农和我访先生几次，谈得十分融洽畅快，所以先生于11月20日夜写信给景宋说："我到此后……静农，寄野……皆待我甚好，这种老朋友的态度，在上海势利之邦那是看不见的。"

1936年4月22日，我最后一次会晤鲁迅先生，畅谈终日。先生说，未名社虽然早已解体，还颇有些人对它怀着好感，怀念它的存在。这对我也就是最大的安慰了。

1981 年 7 月 1 日

鲁迅先生的读者

1941 年，我和储皖峰先生在北京辅仁大学同事。他常写一点古体诗，对于鲁迅先生也是非常崇敬的。有一天，我们同坐电车，到西城去看一个朋友，车上他给我看他的几首近作。他的一位朋友有个女儿在高中快毕业时死去了，这几首诗是挽她的。其中有一首叙到她生前爱读鲁迅先生的著作。在她病危时，她要求她的父母，把她平常爱读的一些书放到她的棺木中。我默伤这个少女的早夭，而且设想鲁迅先生若还活着，他会怎样感动啊。可是鲁迅先生逝世，那时已经将近五年了。皖峰不久也就与世长辞了。这件小事在我的心里留下至今未灭的印象。

鲁迅先生向不重视不中肯的赞誉，但是青年读者们读了他的著作所自然流露出来的喜悦，他却极为珍视。以前有个初中的女生爱读先生的著作，并且写了一篇印象记，那天真活泼的文字很使鲁迅先生欢喜，以后先生每有新著总要赠送她一册，直到她出嫁了为止。

1951 年我到四川参加土地改革，到了广汉县，住在县政府。几个青年干部和我很要好，常在一块儿谈谈天。他们早知道我和鲁迅先生认识，大概这是他们和我亲近的主要原因。他们都是爱读鲁迅先生著作的，因此就要求我为他们讲一讲鲁迅先生的生活。我对他们谈了一两个钟头，显然还不能满足他们的渴望。说起来很有些惭愧。我教了二十多年书，还很少遇到过这样专心注意听讲的学生。

我还能记起在土改时认识的青年李唯嘉，重庆人，三十三岁，却已经有十四年的党龄，入党前自然还受过多年的革命锻炼。他一直在川西那一带活动，所以很熟悉当地的情形，告诉我许多惊心动魄的故事。他对我说，是鲁迅先生的文章使他初步认识到中国社会急需变革，使他毅然决然走上了革命的道路，是鲁迅先生的人格鼓舞着他，在任何艰苦的环境中还坚持着斗争。

领导我们那一个土改工作团的安法孝同志，我也还很记得他。他几次和我谈起鲁迅先生来，详细问到他的生活和工作的情况。他说多年从事革命的实际工作，早就很少读文学作品了；但是在中学读书的时候，他是"鲁迅迷"，完全是受了他的影响，他才走上了革命的道路。我们愉快地谈了几点钟鲁迅先生的文章风格，生活和工作的作风。

一同参加土改，并和我生活在一起的，有陈翔鹤同志。他是沉钟社的一员，1925 年前后我们就认识了。沉钟社的朋友都崇敬鲁迅先生的为人，并爱读鲁迅先生的文章。我们常谈到先生。鲁迅先生对他们期望也很殷切，和我们多次谈到过。解放后和翔鹤在天津匆匆一见，谈话不多。这一次朝夕相处，愉快地谈到许多往事。我们常常设想，鲁迅先生若不被多年的苦斗摧毁了身体的健康，还活着，他该会多么高兴啊。我们回想当年鲁迅先生在北京几乎只身作战的情形，仿佛还能体会到他有时谈到和写到的寂寞。但是在他逝世后的十五年中，特别在解放后，我们总觉得他还在我们中间生活着，而且是越来越起着巨大作用的力量。他的遗著所教育鼓舞的青年，一天一天的越来越多了。

这次在四川遇到这样多热爱鲁迅先生的著作，并受到深刻影响的读者，使我很受感动。《川西日报副刊》的记者来找我写篇短文纪念鲁迅先生逝世十五周年的时候，我觉得义不容辞。可是当天下午我就要乘飞机北返，时间来不及了，觉得很怅然。飞机已经起飞了，不料一只鹰碰破了机翼右侧的灯玻璃，为慎重计，第二天修理好了再飞行。于是我在灯下为鲁迅先生在四川的读者记述他对我的期望、培养和督促。我愿他的青年读者和我共勉：像先生一样，不在任何工作上偷懒取巧，不在任何事情上苟且敷衍。

在鲁迅先生的读者中，我不能不提一提亡友韦素园。先生的有些作品，我不是用眼睛看的，却是用耳朵听的。素园很善于朗诵。有时夏夜乘凉，有时冬夜围炉，他常为我们几个朋友朗诵鲁迅先生的作品。素园逝世已经二十四年了，但是他朗诵《阿 Q 正传》的声调，还清清楚楚留在我的记忆中。

1956 年 8 月

鲁迅先生和青年

　　我第一次见到鲁迅先生之后，就觉得他是一个诚恳、爽直、严肃而使人不觉疏远、可敬而且相当可亲的人。我说"相当可亲"，因为我们几个朋友都热爱先生的文章，年岁又比他小得多，很自然地拿他当尊敬的师长看待。虽然我读他的文章时，觉得他不仅可以作为良师，并且可以成为益友，但实际上不容易做到和同辈相处一样。鲁迅先生说章太炎"对于弟子，向来也绝无傲态，和蔼若朋友然"。我觉得，他一开始就给我这样一个印象。但是，在这蔼然可亲的态度之外，还有一点什么。我最初虽然有些觉得，可是并不了解。

　　经过多次接谈，我才逐渐领会：在这似乎疏冷的外表下面，蕴藏着深厚的爱。鲁迅先生自己的信最能说明这一点：

　　　　我这里的客并不多，我喜欢寂寞，又憎恶寂寞，所以有青年肯来访问我，很使我喜欢。但我说一句真话吧，这大约你不曾觉得的，就是这人如果以我为是，我便发生一种悲哀，怕他要陷入我一类的命运……

　　　　其实我何尝坦白？我已经能够细嚼黄连而不皱眉了……我自己总觉得我的灵魂里有毒气和鬼气，我极憎恶他，想除去他，而不能。我虽然竭力遮蔽着，总还恐怕传染给别人，我之所以对于和我往来较多的人有时不免觉到悲哀者以此。（1924年9月24日夜致李秉中，《鲁迅书信集》上卷六十页）

但是鲁迅先生绝不是以悲观消极的态度来对待人生的人，他不仅喜欢青年的访问，也费尽苦心来鼓励他们，培养他们。他看改我的译稿那种诚恳认真的态度，使我很受感动，所以以后偶有写作也寄给他去，我知道他是不会笑青年人幼稚的。在收到我的一篇题作《生活》的小说时，他立即回信道：

> ……我略改了几个字，都是无关紧要的。可是结末一句说：这喊声里似乎有着双关的意义。我以为这"双关"二字，将全篇的意义说得太清楚了，所有蕴蓄，有被其打破之虑。我想将它改作"含着别样"或"含着几样"，后一个比较得好，但也总不觉得恰好。这一点关系较大些，所以要问问你的意思，以为怎样？

1925 年 5 月 17 日

先生对一个初学写作的人竟这样周到，实在令人感愧。以后送去自己和别人的写作时，常常觉得唐突，也诚实地说出自己的所感，但先生总说，哪有一生下来就完全成长好了的人呢？说到我们译文的生硬，先生总比喻说，能有不先涩苦的果实吗？遇有实在费解的地方，他总用小纸条注记，夹在译稿里面，等见到时商酌。《黑假面人》的人物译名，几乎全给先生改正了，他笑着解释说，以中国的名姓译外国人的名字，也许在懒惰的读者看着很顺眼，但在译者是绝对不可以的。但是译名是可以随意写上几个字的吗？这里却也需要一点斟酌：长体和扁体的字要间杂起来，一律长体或扁体不好看。

因为要换取自己的学费，我想将所译的《黑假面人》卖出去。素园在给先生的信中顺便提了一下，先生于是回信说："《黑假面人》费了如许工夫，我想卖掉也不合算……未名社的立脚点，一在出版多，二在出版的书可靠。倘出版物少，亦觉无聊。所以此书仍不如自己印。霁野寒假后不知需款若干，可通知我，我当于 1 月 10 日以前将此款寄出. 20 日左右便可到北京，作为借给他的；俟《黑假面人》印成，卖去，除掉付印之本钱后，然后再以收来的钱还我就好了。"（1926 年 12 月 5 日）

几经还付，先生总不肯，因为那本书的印成既迟，卖去又慢，收回印刷的成本更是渺茫无期。这可见先生言出必信。1932年"1·28"战役时，有先生受难的流言传到北方来，我到北京的寓所探询消息时，才将这百元还付了。这是先生的复信：

> 前接舍间来函，并兄笺，知见还百元，甚感。此次战事，我恰在火线之下，但当剧烈时，已避开。屋中四炮，均不穿，故损失殊少。在北京时也每年要听炮声，故并不为奇，但都不如这回之近耳。
>
> 早拟奉复，而不知信从何寄，今日始得一转信法，遂急奉闻。
>
> 1932 年 4 月 23 日夜

在这寥寥数语中，跳动着一颗勇敢的心，火热的心。从《鲁迅书简》再读他同日致静农信，我的疏忽虽然别有原因，仍然使我难过。他在信中说："久未问候，因先前之未名社中人，我已无一个知道住址了。社址大约已取消，无法可转。今日始在无意中得知兄之住址，甚喜。有致霁野兄一笺，乞转寄为感。"

鲁迅先生对青年期望很殷，培养很勤，但是他既不虚夸，也不姑息。他对青年的要求很严格，无论在言行方面，还是在工作方面。我拿自己的译作请他改正，他从不虚言恭维，却诚恳地指出缺点所在。他毫不讳言，就我所写的少数篇东西看，我是受了什么作家的束缚，这样下去，是难有大出路的。1925 年前后，写文章的青年比较少，所以但肯动笔的，他总尽力鼓励；但他绝不轻口不负责任地赞誉谁是天才。有些以天才自命、而以庸人收场的青年，并不是像有些人爱说的样子，是鲁迅先生"惯坏"的。

鲁迅先生在北京和南去的最初一两年中。我虽然忙些未名社的事情，总还经常翻译些作品请先生改正。1930 年秋我到天津河北女子师范学院教书，第一、二年因为准备功课忙，又兼忙一点系行政工作，只能译点很短的东西。但到第三年稍有闲暇时，我即开始译四十万字的长篇《简·爱》。我知道先生向来有信必复，他在上海又忙得很，所以有意不给他写信，他因此不知道我教书以外，还在译书。那时冯雪峰经常和鲁迅先生见面，先生知道他在京和我很熟，就向他表示了惋惜的意思。雪峰转告了我。我很自责不曾体会到鲁迅先生的关心和期望，立刻把我正译一个长篇的事告诉他了。我自己知道我译书的水准很差，也知道鲁迅先生的评价是公平的，绝不认为完美，也不虚言过誉；但他知道我还肯就学力所能及的范围，认真从事，所以他总是期待殷切。从我告诉他正译一个长篇后，先生又经常将他的译著寄给我，我因此知道他很感快慰。我总自勉在译书上不偷闲躲懒，在做事上不苟且敷衍，就因为在我的心目中永远存在着鲁迅先生这样一个典范。

鲁迅先生不仅自己尽力培养青年，他有时也找他的朋友来帮忙。1925年夏天，也是为了换取学费，我想将所译的《上古的人》卖给上海一家书店出版。我恐怕有几处误解了原文的意义，想请人指教，将我的译文校改校改，鲁迅先生便说："我去绑季茀的票！"因为那时正是炎夏，校稿确是一件苦差事。

许季弗先生和鲁迅先生的友谊是深厚的，鲁迅先生多次说过："季茀是好人，不过容易吃别人的亏。"1930年前后，是国民党白色恐怖弥漫全国的时候，好些人都不大敢提起鲁迅先生的名字。1931年1月，柔石、胡也频、李伟森、白莽等人被捕，不久即被杀害。各处盛传鲁迅先生被捕被害的消息，很难得到确讯，北京寓所也说不清是真是假，所以我便写信向季弗先生打听究竟。当时对于这类事件大家都保持死样的沉默，因为稍有不慎，就会天外祸飞来的。可是季茀先生很快就回信说，鲁迅先生已经"转地疗养"，并且有信给他了。这当然就是《亡友鲁迅印象记》中所刊署名令斐的短简。

抗战后，季茀先生在台湾工作时，常写些纪念鲁迅先生的文字。"2·28"起义后，国民党杀人如麻，日益加紧法西斯的恐怖统治。有人劝季茀先生暂不写，他只笑笑说，我想这不应该有什么。离"2·28"起义周年只有十天的夜晚，季茀先生被杀害了——无疑的是杀一儆百的政治杀害。"好人……容易吃别人的亏"，我当时常常想到鲁迅先生的话。季茀先生在识人上不如鲁迅先生机警，在斗争上不如鲁迅先生老练；但是他像鲁迅先生一样忠于友谊，很可以做我们的榜样。

鲁迅先生对青年期望殷，要求严，但是他绝不脱离实际，绝不苛求。

我们都知道鲁迅先生对敌人做斗争很坚强，可是他对疾病做斗争的情况。我们却几乎全不知道。1936年7月，他在给母亲的信中略叙病状之后，接着说："到7月初，乃用透物电光照视肺部，始知男盖从少年时即有肺病，至少曾发病两次，又曾生重症肋膜炎一次，现肋膜变厚，至于不通电光，但当时竟并不医治，且不自知其重病而自然痊愈者，盖身体底子极好之故也。"又在9月3日的信上说："男所生的病，报上虽说是神经衰弱，其实不是，而是肺病，且已经生了二三十年，被八道湾赶出后的一回，和章士钊闹后的一回，躺倒过的，就都是这病……男自己也不喜欢多讲，令人担心，所以很少人知道。初到上海后，也发过一回，今年是第四回……"鲁迅先生学过医，当然知道肺病的严重性。但是他坚持着一直工作到死。素园害的也是肺病，鲁迅先生始终很关心，不仅劝他"好好地保养"，并且写信说："……你所译的卢氏《论托尔斯泰》那篇，是译起来很费力的硬性文字……我想你要首先使身体好起来，倘若技痒，要写字了，至多也只好译译《黄花集》上所载那样的短文。"（1929年3月22日夜）

　　鲁迅先生对人的关怀是多方面的，体贴入微的。他在《忆韦素园君》中说："我到广州，是第二年——1927年的秋初，仍旧陆续地接到他几封信，是在西山病院里，伏在枕头上写就的，因为医生不允许他起坐。他措辞更明显，思想也更清楚，更广大了，但也更使我担心他的病。有一天，我忽然接到一本书，是布面装订的素园翻译的《外套》。我一看明白，就打了一个寒噤：这明明是他送给我的一个纪念品，莫非他已经自觉了生命的期限了吗？"他注意到了他的病况、文字、思想和感情，他的猜想也完全对了，因为我知道素园怀着怎样的心情，嘱咐我代题几个字，把《外套》分送给几个师友。鲁迅先生逝世后，整理遗物时.发现在素园所赠的《外套》上，先生题了下面几句话："此素园病重时特装相赠者。岂自以为将去此世耶，悲夫！越二年发箧见此，追记之。32年4月30日。迅"

　　鲁迅先生在《忆韦素园君》一文里又写道："1929年5月末，我最以为侥幸的是自己到西山病院去，和素园谈了天。"是的。先生的访问使素园感到很大的快慰。我记得，在畅谈了几点钟之后，素园才想起来几次让请先生吸烟，他都摇头说不吸了，是因为避免使病室里有烟味，不是真的戒绝。素园再三说了对自己无碍，先生才走出病室，站得远远地急忙吸完了一支纸烟。

1930 年 1 月素园病再发，鲁迅先生虽然自己已很窘急，却从北京寓所的用度中挤出百元来，借给我们为他治病。

鲁迅先生很不愿意托人情，特别对于无深交的人不愿开口。1925 年 7 月，素园还未病以前，我们听说《民报》要出版，在物色一个编副刊的人。我去找鲁迅先生，也说明报纸的政治背景不清楚，只微闻偏于进步，问他是否愿意介绍素园去。他立刻就写了介绍信，并说有一个阵地很要紧，社会太乌烟瘴气，不能沉默。他又说，自己办不了报，一般报纸不可能干干净净，我们只利用它的一角，说自己的话，不作原则性的迁就就好了。这个副刊一创刊，鲁迅先生就大力支持，立刻就轰动一时，报馆写定报单的人简直忙不过来了。报又出了不到一月，就给张作霖封了门。

鲁迅先生说，素园"并非天才，也非豪杰，当然更不是高楼的尖顶，或名园的美花，然而他是楼下的一块石材，园中的一撮泥土，在中国第一要他多。他不入于观赏者的眼中，只有建筑者和栽植者，决不会将他置之度外。"鲁迅先生对广大青年都是以这样实事求是的态度加以爱护培植的。对于未名社的几个人。他常提出明快中肯的批评，有时说我们"稍嫌疏懒"，有时说我们"小心有余，泼辣不足"。素园早夭，先生凄伤，丛芜堕落，先生悲叹；我们也远远没出满足先生的期望。

鲁迅先生所培养的青年很多，他也感到多种多样的悲伤和失望。他在 1933 年 6 月给曹聚仁的信上说：

> 十余年来，我所遇见的文学青年真也不少了，而稀奇古怪的居多。最大的通病，是以为因为自己是青年，所以最可贵，最不错的，待到被人驳得无话可说的时候，他就说是因为青年，当然不免有错误，该当原谅的了。而变化也真来得快，三四年中，三翻四覆的，你看有多少……

> 今之青年，似乎比我们青年时代的青年精明。而有些也更重目前之益，为了一点小利，而反噬构陷，真有大出于意料之外者。历来所身受之事，真是一言难尽，但我是总如野兽一样，受了伤，就回头钻入草莽，舐掉血迹，至多也不过呻吟几声的。

　　最后几句话是多么沉痛！可是那时常有人责难先生助长了有些青年人的狂妄，恶毒的如陈源之流甚至骂先生收买青年作喽啰。先生对长虹是费过很多宝贵时间和精力的。记得有一次我去访问先生时，见他的神色很不好，问起来，他并不介意地答道：昨夜校长虹的稿子，吐了血。我的心立刻沉下去，几乎流了泪。以后长虹走上了招摇撞骗的道路，先生才痛斥他一番。然而先生还继续爱护青年人，为他们卖别人所不肯出的苦力，直到逝世的前夕为止。这就是鲁迅先生的崇高人格的一个方面。

1956 年 3 月

鲁迅先生与少年儿童

甘肃《少年文史报》来信嘱我写稿，虽然我觉得为难，却是很愿意写几句话的。幸而编辑同志说，为了纪念鲁迅先生百年诞辰，可以对少年儿童们谈谈先生的事情。我想这倒是可以应命的。就选定了现在的题目。

鲁迅先生在1918年4月，写了《狂人日记》，用"吃人"两个字概括了长期封建制度的罪恶，在结尾发出一声绝叫："救救孩子！"但这是一篇小说，不能发怎样救救孩子的议论。鲁迅先生是关心这个问题的，所以在同一年，他又写了《随感录》二十五、四十、四十九，都谈的是少年儿童问题。当时发表这些短文的《新青年》，有《随感录》一栏，无题目，只有号数。在《随感录·二十五》中，先生悲叹当时儿童的命运："穷人的孩子蓬头垢面的在街上转，阔人的孩子妖形妖势娇声娇气的在家里转。转得大了，都昏天黑地的在社会上转，同他们的父亲一样，或者还不如。"

解放后，中国少年儿童的情况有了很大的改善，这是得之不易的可喜进步，我们应当珍惜这种幸福，努力在德智体方面都得到完美的发展。这样我们才能对得起关心少年儿童的鲁迅先生。

在《随感录·四十》中，鲁迅先生说他接到一个少年寄给他一首诗，其中有一句："爱情！可怜我不知道你是什么！"先生说："这是血的蒸气，醒过来的人的真声音。"他要求"完全解放了我们的孩子！"解放之道，先生在这里没有充分具体说明，在1919年所写的《我们现在怎样做父亲》中，有些话可供参考。先生在这篇文章中说："……依据生物界的现象，一，要保存生命。二，要延续这生命。三，要发展这生命……"为了保存生命，人要满足食欲。为了延续生命，人要有两性关系；这同食欲一样，"并非罪恶，并非不净"。夫妇的关系只应当以爱情为基础，这是《随感录·四十》的主要思想，与此文可以互相补充。为要发展生命，先生认为："开宗第一，便是理解。"这就是"孩子的世界，与成人截然不同……所以一切设施，都应该以孩子为本位……第二，便是指导……须用全副精神，专为他们自己，养成他们有耐劳作的体力，纯洁高尚的道德，广博自由能容纳新潮流的精神，也就是能在世界新潮流中游泳，不被淹没的力量"。这种父母子女的关系，是"天性的爱，更加扩张，更加醇化"的结果。"第三，便是解放"……这就是，让子女"全部为他们自己所有，成一个独立的人"。

这些都是六十年前的话了，但现在还很有意义。现在做父母的已经有很大进步，少年儿童的觉悟也大大提高了。鲁迅先生的遗教应当可以普遍指导我们的行为了吧。但目睹现实，我们还不能过分乐观，过分低估传统习惯的势力。所以长辈应当用鲁迅先生的话检查自己，提醒自己："……先从觉醒的人开手，各自解放了自己的孩子。自己背着因袭的重担，肩住了黑暗的闸门，放他们到宽阔光明的地方去；此后幸福的度日，合理的做人。"少年儿童也应当在长辈指导之下，达到鲁迅先生上言的标准。

鲁迅先生在《从孩子的照相说起》中说："中国一般的趋势，却只在向驯良之类——'静'的一方面发展，低眉顺眼，唯唯诺诺，才算个好孩子，名之曰'有趣'。活泼，健康，顽强，挺胸仰面……凡是属于'动'的，那就未免有人摇头了……"就在目前，这恐怕仍然是"一般的趋势"。为了少年儿童的全面健康发展，这是一个很值得重视的问题。

鲁迅先生在这篇文章中，提到海婴小时的情况，我看很有意思，略可窥见先生在实际生活中，对待儿童是怎样态度："他有时对于我很不满，有一回，当面对我说：'我做起爸爸来，还要好……'甚而至于颇近于'反动'，曾经给我一个严厉的批评道：'这种爸爸，什么爸爸?!'……其实是爱他的。所以他健康，活泼，顽皮，毫没有被压迫得瘟头瘟脑。如果真的是一个'什么爸爸'，他还敢当面发这样反动的宣言吗？"

这使我想起有关鲁迅先生与海婴的两件小事，我分别在别处写到过，现在就转抄在这里：

我记得有一次在上海访他，当时有人将他比作中国的高亦基，谈话时海婴顽皮地指着鲁迅先生说，"中国的高尔基呀！"鲁迅先生用手轻轻拍拍海婴的前额说："莫听他们胡说，我哪里配！"那态度是极为慈爱，天真，诚实的。当时桌上有一盘糖，鲁迅先生给了海婴几块，笑着对我说，"他的目的在这里！"

1933 年 11 月，鲁迅先生回京省母，一个朋友和我同去访他，谈得很畅快。"说着，鲁迅先生走进内间，取出海婴的照片来给我们看。我们不禁叫了一声：'像极了！'先生笑出声音来说了一句笑话。我们从侧面最能看出相像的地方，先生把照片拿远些又看了一番。我们说海婴看来很健康，先生笑着说：'那他们一时咒不死他了！'"

以后读到鲁迅先生的诗《答客诮》：

> 无情未必真豪杰，
> 怜子如何不丈夫。
> 知否兴风狂啸者，
> 回眸时看小於菟！

我还能忆起先生给我们看海婴照片时的声音容貌。

鲁迅先生也很注意少年儿童的画本、读物和玩具，并为他们译了《小约翰》《表》《俄罗斯的童话》等书，可谓对少年儿童关怀备至。他关心儿童，既有言教，也有身教。在党号召全国人民做好少年儿童教育工作的今天，在纪念鲁迅先生百年诞辰之际，学习并实践这些珍贵的遗教，对建设社会主义精神文明有很大意义。

1981 年 8 月 14 日

在鲁迅家吃炸酱面

　　1924 年我翻译《往星中》一书时，曾得到鲁迅先生的帮助，从而也就结识了鲁迅先生。稍后，有一段时间，韦素园、台静农和我几乎每周都要去拜访鲁迅先生一次，希望多得到一些教诲。我们每次去，鲁迅先生都显得很高兴，他谈兴很浓，往往到深夜还不肯让我们离去。

　　有一次，他送我们出门时对我们说："明天你们三人来我家吃晚饭。"当时我们疑惑不解，第二天我们按时赴约了。鲁迅先生说："今天是我的生日，邀你们来家热闹热闹，我妻子特意做了家乡口味的酥鸡，让你们尝尝。"从此我们就知道鲁迅先生的生日是哪一天了。

　　第二年即 1923 年的 9 月 25 日，我们三人又相偕为鲁迅先生拜寿了。这次是吃炸酱面，先生平日里也喜欢这类饭菜。静农还带去了两瓶山西杏花村酒店出售的汾酒，因我们知道先生偶尔也喝一两杯。

　　鲁迅先生比我们年长二十岁，我们在北京和他相处的日子里，他的谈吐举止和青年人没什么两样，从不摆架子。遗憾的是当时他与我们的谈话内容都没有文字记录，时间长了，很多事情都淡忘了，但鲁迅先生的人格、人品，他对我们的教育将永存于我的心底（素园、静农已逝）。今年 9 月 25 日是鲁迅先生诞辰一百一十二周年纪念日，作此文以纪念之。

1993 年 9 月

我和鲁迅先生最后一次会晤

1935 年 9 月，河北女子师范学院让我休假一年，我利用这个机会到英国去看看，了解一点社会情况，并稍稍浏览在国内看不到的绝版书和旧杂志。去时经过苏联，只停留了一天，在莫斯科走马看花转一转。1936 年 4 月，走海路回来，22 日到上海就去访问鲁迅先生。这是我和先生最后一次会晤，畅谈竟日，留下愉快难忘的印象。

鲁迅先生那时已经是立场坚定，旗帜鲜明的共产主义战士了，自然十分向往苏联。先生谈到苏联曾邀请他去访问，并建议他在苏联休养一个时期。但是国内的战斗任务使他不愿离开祖国，国民党反动派所设置的重重障碍和监视，使他也无法离开。他觉得这是一大遗憾。先生详细询问我的见闻，可惜我的见闻实在很有限。我只能告诉先生，在西伯利亚沿途和莫斯科，到处可以看到正在建筑高楼大厦，可见社会主义建设正在蓬勃发展，一日千里。以后我到过一些资本主义国家的首都和城市，景象和苏联成为鲜明的对照。我们觉得，俄罗斯原是一个比较落后的国家，能够如此迅速地改观，当然是由于社会主义制度的优越。在谈话中，先生对这一点的信念表现得鲜明而坚定，他说，只有走苏联十月革命的道路，中国才能有光明的前途，国民党反动派媚日反苏，是自取灭亡。

鲁迅先生读过很多俄罗斯文学作品，很知道在沙皇统治下，俄国是少数民族的监狱。关于苏联的民族政策，我们从文献中知道一些，认为社会主义很好地解决了历史上一个非常严重的大问题。居主要地位的民族，压迫剥削国内的少数民族，是社会主义革命前，世界上普遍的历史现象。早在日本留学时期，鲁迅先生就同情弱小民族，希望他们通过斗争，获得解放，并开风气之先，介绍他们的文学给中国读者。先生坚信了共产主义之后，对民族问题自然十分关心，所以也问到这方面的情况。我觉得我所遇到的"一件小事"很有意义，就同先生谈了，虽非全豹，也可略见一斑。

我对先生说，我在莫斯科电车上遇到一个老妇人，抱着一个约有两三岁，非常活泼健康的小孩。我看这个孩子极可爱，不禁伸出手指，想摸摸他的面颊，逗他笑。老妇人举起孩子，不仅让我吻他的面颊，还让我抱他。这使我十分感动和高兴，因为我以为这事虽小，似乎可以作为社会主义民族政策的一个具体表现：没有种族歧视。以后在英国和其他地方看到种族歧视的恶劣现象，这件小事尤其使我念念不忘。在日本帝国主义得寸进尺向中国侵略，中华民族生死存亡的关头。民族问题特别引起我们的关怀，是十分自然的。先生认为日本帝国主义就要发动全面侵华战争，还会进攻苏联，对国民党反动派的"攘外必先安内"的反动口号，极为愤恨。

但是1935年10月，中国共产党的史无前例的壮举——二万五千里长征，已经胜利完成，到1936年又在积极准备建立抗日民族统一战线了。鲁迅先生早在1932年的《二心集·序言》中，就旗帜鲜明地宣布："……原先是憎恶这熟识的本阶级，毫不可惜它的溃灭，后来又由于事实的教训，以为惟新兴的无产者才有将来。"在1934年《答国际文学社问》中，鲁迅先生说："待到十月革命后，我才知道这'新的'社会的创造者是无产阶级……现在苏联的存在和成功，使我确切地相信无阶级社会一定要出现。"毛泽东同志领导工农红军长征，胜利到达陕北时，鲁迅先生在给毛泽东同志和党中央的贺电中说："在你们身上，寄托着人类和中国的将来。"

鲁迅先生在谈话时，当然没有具体谈到这些，但是在谈论苏联，谈论民族问题和民族危机时，先生的心里一定有这些联想吧，因为先生对于中国无产阶级的政党有无限信心。对于这个政党所领导的民族解放运动怀无限希望，所以革命乐观主义精神溢于言表，感人至深。

不幸在这次晤谈以后半年多，鲁迅先生就与世长辞了，未能看到在中国共产党领导下，中国人民取得了抗日战争和解放战争的辉煌胜利，未能看到中国社会主义革命和建设的伟大成就。

鲁迅先生逝世二十多年后，苏联的情况有了变化，这当然是和先生最后晤谈时，我们完全没有料到的。但是先生谈到苏联抗击帝国主义武装干涉的艰苦岁月，也谈到消灭托洛茨基派的斗争，他对托洛茨基反对列宁、斯大林的阴谋和罪恶活动深恶痛绝，更不齿中国托洛茨基分子的所作所为。他很了解他自己所总结出来的一条历史规律："敌人是不足惧的，最可怕的是自己营垒里的蛀虫，许多事都败在他们手里。"（1934年12月6日致萧军、萧红信）

鲁迅先生说过：在革命行进时，"也时时有人退伍，有人落荒，有人颓唐，有人叛变，然而只要无碍于进行，则愈到后来，这队伍也就愈成为纯粹，精锐的队伍了。"（《二心集·非革命的急进革命论者》）

所以，即使鲁迅先生亲眼见到苏联情况起了变化，他既不会吃惊，也不会有悲观失望情绪。正如先生所说："黑暗只能附丽于渐就灭亡的事物……它不永久。然而将来是永远要有的……而且一定是光明的将来。"（《华盖集续编·记谈话》）

在同鲁迅先生的最后一次会晤中，先生也向我问到英国的情况。我向先生谈了中国留学生所称颂的，英国资产阶级民主的橱窗——海德公园的一角（Hyde Park Corner）。在这里，各种各样政治见解，形形色色宗教信仰的人，都可以各抒己见，发表讲演，旁边只有一个懒洋洋的警察，并不干预。听的人自由走动，听谁或听多长时间，都毫无约束。我先后听了一排三个演说家：一个宣传共产主义，称赞苏联；一个把苏联说成人间地狱，为资本主义大唱赞歌；一个却宣扬无政府主义。这就是资产阶级所标榜的"言论自由"。我记起鲁迅先生关于"王道"的精辟独到的议论，便对先生说，这似乎是英国统治阶级愚弄人民的"英国牌王道"。先生说，"王道"确实有各色各样的牌号，但都是骗术，实质都一样。我们也谈到英国统治阶级豢养一批工人贵族，先生认为这是运用"王道"骗术，巩固反动统治的一个实例。

鲁迅先生关于"王道"的卓越言论，是运用马克思列宁主义，对历史做科学分析，从现象看到本质，概括了无数事实而做出的总结，是我们在阶级斗争中，应该学习使用的锐利的思想武器。

苏联所喧嚷的什么"社会主义大家庭"，"天然盟友"，什么"缓和"，"国际主义的分工合作"，不就是在"王道"这块遮羞布下所掩盖的地地道道的"霸道"吗？四十多年之前，鲁迅先生就运用马克思列宁主义，得出结论说："在中国的王道，看去虽然好像是和霸道对立的东西，其实却是兄弟。"（《且介亭杂文·关于中国的两三件事》）就反动派来说，这是推之四海而皆准的规律。这一点很可见鲁迅先生之伟大。在反霸斗争中，鲁迅先生关于王道的言论会提高我们认识事物本质的能力，增强我们的信心和勇气。

在谈到英国的时候，我知道先生是关心木刻的，就对先生说，英国当时的木刻只表现自然风景，我未见到过反映阶级斗争内容的木刻。我送给先生三套英国古代木刻的复制画片，是关于农业耕作的，英国博物馆倒是作为古董保存了不少这类东西。但是我没有听说有人像鲁迅先生那样热心选印，给学习的人借鉴，使他们不仅在形式上推陈出新，并且在内容上创造出为无产阶级革命事业服务的作品。

我对鲁迅先生谈到英国出版商每年开一次展览会，会上邀一些作家讲演，买书时若遇到作家，还可以请他们在书上签名。解放前曾经访问我国的罗素和萧伯纳都到展览会去过，罗素讲演并为购书人签名，萧伯纳对要求签名的人毫不理睬，只在会场上绕了一圈就走了。或者因此引起鲁迅先生谈了谈上海作家和出版界被国民党反动派压迫和文坛斗争的情况，并叹息两线作战特别吃力，但先生"鞠躬尽瘁，死而后已"的精神，在大病初愈之后尤其显得突出。先生也对我说到未名社虽然早已解体，还颇有人怀念它的存在。事隔三十多年，回想起来我还感到无限的欣慰。

1976 年 6 月 15 日写

1977 年 8 月 15 日修改

谒鲁迅墓并访故居

一

垂柳和风绽玉兰，江南正值艳阳天。

长眠端坐皆潇洒，故国青春万万年。

二

奋战生平世所钦，当年教诲意谆谆。

刀丛斗智显真勇，俯首为牛见大仁。

三

竟日长谈万事非，目光炯炯映斜晖。

毛锥横扫千钧力，离乱声中尚横眉。

四

廿载重来万象新，绕梁犹记旧时音。

桌前稚子回眸顾，慈爱拳拳一片心。

1959 年 3 月 21 日

访鲁迅故乡

一

百草园中百草新，短垣犹留旧时春。

遥思搔首仰天态，蟋蟀原双从未闻。

二

小园未改梅花在，白雪归来自在开。

坛上难寻旧履迹，梅期霖雨长青苔。

（小园在三味书屋后，先生幼时曾登台折梅。）

三

两岸菜花黄似绫，乌篷破水水声轻。

玲珑包殿亭亭立，遥望稽山欲滴青。

（包公殿是先生幼时看社戏的地方。）

四

当年社戏寂无声，留得名文四海称。

为道先生少小事，儿童额首喜盈盈。

五

皇甫安桥万事新，亩产争取一千斤。

红旗高举迎风舞，无愧两村好外孙。

六

鉴湖寄迹少风波，绝笔放翁哀感多；

爱国诗人今豪兴，前来共我舞婆娑！

1959 年 4 月 4~6 日

谒鲁迅先生墓并访绍兴

　　1959 年是新中国成立十周年，又是"五四运动"四十周年纪念，不免有报刊找我写点文章，我却感到有点词穷了。鲁迅先生移葬及建成纪念馆后，我还未到上海去过，也还未去看过绍兴故居，因此我决定到上海和绍兴去，中间自然要经过杭州。在上海谒先生墓并参观了纪念馆和故居，应纪念馆之请我写了回忆过去的几首诗。纪念馆里展览的有先生给我的一封信，为改动一篇小说中的几个字，还谦虚地写信征求我的意见，先生诲人不倦的精神使我深受感动，这时和当年一样。

　　在杭州参观了图书馆，因为听说那里的善本书很多，他们拿出一些本给我翻翻。我对善本完全是外行，因为在国外见到他们保管的方法很仔细，我想了解一下我们是怎样保管的。听说最大的危害是虫蛀和潮湿，这里似乎还有些方法应付。在瑞士和法国，都很有人关心我们的古籍，解放后我们才稍稍注意了。我记得在文化局工作时，海关查获要外运的一批旧小说和戏曲，他们请文化局协助审查，发现了不少的善本甚至孤本，这部分书被我们扣留下来。以后听说收藏这批书的是一个法国神父，是研究中国小说戏曲的专家，解放后他已经回国了。这同贩运的商人有所不同，我们答应他若做研究需要，可以为他复印。

　　图书馆一进门一株很大的樱花盛开，给我留下很美的印象，馆里人也说不清是什么时候怎样栽种在这里的。我也在杭州第一次见到春季"红于二月花"的枫叶。据说这是从日本移植过来的，不知道同移植的樱花有什么关系没有。

在杭州我遇到两位先后任过天津市长的同志，他们在党中央委员会开会之后到各地游览。他们很有感慨地对我说，看看各地的情况之后，觉得天津城市的建设太落后了，尤其在绿化和园林建设方面。他们对我开玩笑说，这与文化局有关系呀！我也同样开玩笑说，文化局要负一部分责任，但该打手心的恐怕不是我一个人，经费不足，总是在文化方面砍头呀。他们说，这倒是真的。我说，关于天津文化建设，我倒是有点馊主意，谈过，可是没有人理会。他们认真地听我谈，可是上任也罢，下任也罢，三把火的时机已经过去，也只是空谈谈而已。事隔三十多年，我还未忘记这点主意，可见我很够顽固。《天津日报》文艺部约我写一篇纪念天津解放三十五周年的文章，我写了《元旦试笔——痴人说梦》，梦就是这点浅薄的主意。天津在解放后利用以前烧砖瓦挖出的大臭水坑，建设了水上公园，已经初具规模。原来有英国商人搞的跑马场，是一片荒芜的大空地。有从水上公园到海光寺建个文化教育专区的意思。南开大学原在八里台，七里台到六里台已经新建起天津大学。在这一带地区并无高楼大厦，只有些容易拆除的破旧矮屋。我想若从海光寺到李七庄划为建设文化新区的地带，是很理想的。天津的艺术博物馆、自然博物馆、图书馆旧的藏品比较丰富，历史博物馆容易补充内容，杨柳青年画和泥人张的泥人雕塑都很有特色，群众早就希望建立国画院和音乐厅，若将这些在旧马场道建起有民族特色的建筑群分布在中国式的园林中，用一条林阴大道通到水上公园，从李七庄到海光寺辟一条宽广的林阴大道，两边建起园林化的大专院校和住宅区——这就可以使天津大放异彩，成为全国甚至国际的美丽城市之一。经费当然要考虑，但是做好规划，分年建设，并没有多大的困难。城市建设是专门的科学，园林营造是很高的艺术，我对这些毫无所知，所以我认为这只是痴人说梦。

白居易和苏轼都做过杭州的州官，苏轼写杭州的诗篇尤多，所以这地方很富于文学的联想。我在小学时就读过他的这首诗：

　　水光潋滟晴方好，
　　山色空濛雨亦奇。
　　欲把西湖比西子，

淡妆浓抹总相宜。

我写的几首诗中有这样两句，"浓妆新植花千树，淡抹清观水底云"，识者恐怕要笑这是东施效颦吧。

正值月光如水的良宵，在西湖泛舟夜游，至今回想起来，还觉得是一大赏心乐事。

断桥残雪也引起愉快的童年回忆。在我上小学读书的时候，母亲和嫂嫂们很爱听当时流行的唱片，其中有《梁山伯和祝英台》、《许仙和白蛇娘子》，是她们最爱听的，真是百听不厌，有些词句她们都记得了，但还喜欢听我读。这在我也是一大乐趣，多年后我还无意间突然哼几句。我在苏堤散步时，这些情景历历如在眼前。

坐汽车到绍兴约要两个小时，所以我在新建的鲁迅纪念馆招待所住了一晚，一共不满两天的时间，当天只能匆匆一看故居，三味书屋，和故居周围的街市。这适逢是我五十五岁生辰，我在招待所庭院里照一张相留念，并照了三味书屋的大门和屋后的梅树。在"十年动乱"中，我的存放《鲁迅全集》及有关著作的书柜未被搜查，这几张照片也幸存下来了。我若有先见之明，听了有抄家厄运警告之后，将书信和诗文稿藏在书柜之内，也许可以托先生的福不至损失。我赴朝慰问时写的几篇随笔，也许记录本面很破旧没有引人注目，这次无意发现还在，对我很有用处。一本印成的格律诗样本送给友人，她又还了我，成为孤本还在手头。抗战期间所写并未发表的一些诗稿，不知怎样漏了网，也许有一天还可见天日。能记起来的格律诗我重写一过，用同样素材将语体诗重新写出几首。总之，这点苦果没有完全化为灰烬，我觉得也就很可庆幸了。

第二天我坐乌篷船去安桥头，两岸常有油菜花盛开，风光明媚。闭目默想，仿佛先生所写的采罗汉豆等情景就在眼前。这个小村人家很少，先生外婆家所住茅屋，据说还是原来的旧房。演社戏的包公殿，我们倒是在岸上看的，这时有一群儿童好奇地围上来，虽然年岁很小，已经知道先生是他们故乡引以自豪的人物，因为来访的还有外国朋友。时光老人已经使"当年社戏寂无声"了，但他永远不能磨灭的是那描写社戏的纸上声。

镜湖是富于文学联想的，亲眼见到"镜水无风也自波"，也是一个大幸福。想到放翁的《示儿》诗，我写了这样一首绝句：

鉴湖寄迹少风波，
绝笔放翁哀感多；
爱国诗人今豪兴，
前来共我舞婆娑！

1984 年 3 月 16 日

鲁迅先生颂

一

异国求知一少年，誓将热血荐轩辕。

斯民酣睡期惊醒，域外诗文宇内传。

二

《狂人日记》一篇出，击破铁门振臂呼。

封建游魂惊未散，殷殷呼吁救妇孺。

三

将倾大厦乱如麻，爱国青年溅血花。

痛斥文妖混黑白，笔诛国贼救中华。

四

情亲棠棣礼时贤，秋白守常战并肩。

携手锄奸同染翰，艺林佳话世争传。

五

豪情谁谓尽消磨？不畏杀机吟挽歌。

更有檄文惊海外，高风峻节震山河。

六

无产阶级济时艰，百战身经志愈坚。

八十诞辰思往事，颂歌声上九重天。

1960 年 9 月 11 日

鲁迅先生八十诞辰纪念

一

心伤一卒独彷徨，慨叹平安旧战场。
不负当年苦战意，今朝文苑百花香。

二

销骨依然抗世情，阴云不敢掩长庚。
当年权贵归黄土，万载留芳纸上声。

三

白发皤皤八十翁，宛闻谈笑忆音容；
声盈六合欢无尽，雨过天晴现彩虹。

1961 年 9 月 9 日

"3·18" 惨案前后

　　鲁迅先生在《记念刘和珍君》一文中说："这是我知道的，凡我所编辑的期刊，大概是因为往往有始无终之故吧，销行一向就甚为寥落，然而在这样的生活艰难中，毅然预定了《莽原》全年的就有她。"

　　刘和珍不仅预定了《莽原》半月刊，而且是第一个购买《出了象牙之塔》的人。她亲自到未名社，"微笑着，态度很温和"，确像鲁迅先生所描写的样子。她说她最爱读鲁迅先生的文章，从她所写的地址，我知道她是女子师范大学的学生。看了看素园的那间小屋，她低声问道："这就是未名社吗？"我说是的。她拿起书来，仿佛还要找寻什么似的看了看书架。我信口问她：

　　"还要什么吗？"

　　"还有什么呢？"她紧接着问我。

　　"现在没有什么了。"我答时不禁笑了。

　　她也微笑着告辞走了。

　　我知道她是一个衷心崇敬鲁迅先生的读者，和先生谈话时便叙述了这段经过。先生也很高兴，因为未名社开始不久，就有这样热心支持的读者。大概不会很快就垮台。

　　这以后不过一二月，就发生了"3·18"惨案。鲁迅先生在他的文章里说："在18日早晨，才知道上午有群众向执政府请愿的事，下午便得到噩耗，说卫队居然开枪，死伤至数百人，而刘和珍君即在遇害者之列。"

　　事后见到先生时，他的悲愤是不难想象的。他说，我们对这件事不能保持沉默。他陆续写了四五篇文章，斥责当局者段祺瑞辈的凶残，揭露流言家陈源之流的下劣，赞扬中国女子临难不屈的勇毅。流言家说群众领袖利用青年，自己却逍遥事外，鲁迅先生非常愤慨，因为他知道事实并不是这样。

鲁迅先生不仅表现了极大的悲痛和愤恨，也表现了坚定的英勇气概和信心。他在文章中说："这不是一件事的结束，是一件事的开头……""苟活者在淡红的血色中，会依稀看见微茫的希望；真的猛士，将更奋然而前行。""这回死者的遗给后来的功德，是在……教给继续战斗者以别种方法的战斗。"

中国革命的发展和鲁迅先生当时和以后的行动，都可以印证这些话。

执政府前青年们所流的鲜血，还不能满足凶残的统治者及其帮凶们的杀人欲望，通缉李大钊等人的命令公布之后，又传出要逮捕五十多人的黑名单。这单上自然也有鲁迅先生的名字。在朋友们的敦劝之下，鲁迅先生开始过逃亡的生活，而陈源之流的论客却借此大说风凉话。其实他那样的逃亡，只是安安家人朋友的心罢了。他并没有认真地潜藏起来，还是东跑西跑的，只在病了的时候才躺下休息休息。他也没有停止工作，《朝花夕拾》里的几篇回忆文仍然按时写出，交给《莽原》半月刊发表。他的生活习惯一向俭朴，但他有一次说，苦于没有桌子，不得不在木匠房里将就写东西。就是这样，他也负了债，记得他曾说到没有钱的苦处，并说要做继续战斗的准备，就要先解决经济问题。

"3·18"惨案之前，女子师范大学的风潮使鲁迅先生了解到官僚政客的阴险腐败，资产阶级学者名流的卑鄙无耻，他给了他们无情的揭露和打击。这些战斗都针对着现实的具体事件，已经很够有声有色，在群众中留下很深的印象和影响。但是范围毕竟是小的，鲁迅先生和我们谈起时，常常用轻松的口吻，半庄半谐地讽刺敌人的恶行和丑态。

"3·18"惨案给予先生的震动是极巨大，极深刻的。我从未见到先生那样悲痛，那样愤激过。他再三提到刘和珍死难时的惨状，并且说非有彻底巨大的变革，中华民族是没有出路的。他恨透了残酷反动的军阀统治，他知道那样的社会不是枝枝节节可以改好的。同时，他的信心也比以前任何时候都表现得更坚定。在女师大的事件中，他看到中国女子的才干而感到欣慰。在"3·18"惨案中，他看到中国女子的勇毅而赞为伟大。鲁迅先生对于社会本质的认识，因为"3·18"惨案而加深了，加广了。他一方面又切近地看到了吞没一切的黑暗，一方面也更切近地看到了要冲破黑暗的光明。青年的鲜血仿佛给鲁迅先生施行了革命的洗礼。他要"以别种方法的战斗"，为中华民族打出一条生路。他要参加更多的社会实践，更多的实际斗争。他怀着这样的思想和感情，决然离开了北京。

厦门是一个死海，他不能久住在那里是很自然的。

在广州，血腥的事实使他从希望转到失望，他知道国民党反动派在"革命"的幌子下遮掩着什么货色。和"3·18"惨案的经验相呼应，他虽然自己说"吓得目瞪口呆"，他却并未因此而退却。"真的猛士，将更奋然而前行。"鲁迅先生就是这样一个奋然前行的猛士。他终于走上了惟一正确的道路，成为共产主义的英勇战士。放射着永远不灭的光辉。

"3·18"惨案发生后的实际斗争经验，是引鲁迅先生向这个方向前进的一个主要力量。

1956年8月

《民报副刊》及其他

在"五四"以后，除了新出的期刊之外，吸引着广大读者的是报纸的副刊。孙伏园是善于索稿的《晨报副刊》的编辑，鲁迅先生因此常有文章在这个副刊上发表。我们是爱看这个副刊的，也能辨别出先生用别的笔名发表的文字。我们在未认识先生之前，在争辩事理的文章中，已经完全赞同了先生的正义主张，并为他文章中所表现的真情所感动。读先生以后所痛斥的"正人君子"们的文章，我们虽然和他们也并无一面之缘，却常常有很深的反感。所以我们当时凭文章判定的是非，并没有什么个人的成见掺杂在里面。我想和我们有同样情形的同时代人，为数是很多的。但也有一些人，偏要在先生论战的文章中寻找私怨的根源，使先生觉得又好气，又好笑。记得他说，他和陈源只在纪念泰戈尔的会上一握手，至于徐志摩，连面孔也还不知道是什么样。他斥责的是典型而不是私人。

《晨报》原就是个反动的报纸，副刊上的文字不为老板所喜是当然的，但它能吸引很多的读者，所以依然能够存在。但"正人君子"已经把它看成眼中钉，非拔除它不可。鲁迅用"某生者"的笔名寄去一篇《我的失恋》，是讽刺当时流行的无聊情诗的，孙伏园知道是先生所写，已经发排了。不料未得孙伏园同意，这篇稿子被抽掉了。孙因此愤而辞职，先办《语丝》，后编《京报副刊》，鲁迅先生既愤《晨报》社的行为，又对孙觉得有些歉意，所以对两种刊物都极力作文支持。《晨报》读者锐减，受了很大的打击。

但是鲁迅先生对于孙伏园也有不满的地方，就是他只注意拉有名作家的稿件，不肯登载无名青年的作品。先生一再说到这一点，并说《京报副刊》越来越没有生气了。

1925 年 7 月，我们听说要出版一种《民报》，并且也有副刊，正在物色一个编辑人。我们想素园若去做这个工作，可能会得到鲁迅先生的支持，因此就去问先生的意见。我们说，我们并不清楚这个报纸的政治背景，也只听说有出副刊的拟议，不知他是否赞成进行。他说得很简单明确，报纸没有一家没有背景，我们可以不问，因为我们自己绝办不了报纸，只能利用它的版面，发表我们的意见和思想。不受到限制、干涉，就可以办下去；没有自由，再放弃这块园地。总之，应当利用一切机会，打破包围着我们的黑暗和沉默。我们托他写介绍信，他毫不迟疑地答应了。他在 7 月 13 日的日记中所写的："夜霁野……来，属作一信致徐旭生，托其介绍韦素园于《民报》。"就是指的这件事。

徐先生和《民报》馆都很重视鲁迅先生的信，就请了素园担任副刊的编辑。鲁迅先生知道素园是一个认真负责的人，马上就告诉他一定尽力供给稿子。他说必须多注意培养新生力量，不能蹈《京报副刊》的覆辙。他也说，最好多登些具有现实意义的、富于战斗性的杂文，把副刊办得活泼一些；这样自然不免多树敌，但这是无可避免，也不应避免的。他因为忙些，先只能译点东西，但若有所感，还是要写些短文。

副刊出版了，因为有鲁迅先生的支持，立刻就轰动一时。《民报》馆增加好几个临时工作人员写订报单，订报的读者还是拥挤不堪，排成长蛇阵。鲁迅先生虽然极不乐意报馆称他为"思想界的权威"，实际上他确已成为思想界的领导人。

我所译的《上古的人》也在这个副刊上分章发表，原书的插画也复制印入了。鲁迅先生以为描画的艺术应当提倡，可惜当时出版的书刊在这方面太显得贫乏了。以后他编印《译文》时，记得他首先就问到我对描画的意见，可见他对这方面的关心。

素园对来稿一一细看，尽力照鲁迅先生的指示，注意发现新的作者，不用的稿件不仅退回，并给作者去信。鲁迅先生对这一点也是很满意的。他关心素园的疾病，惋惜素园的死亡，因为他知道我们所丧失的虽然不是一个奇才，却是一个踏实的工作者。

可惜《民报副刊》只出了半个月，《民报》的编辑就逃亡，报纸也就被封停刊了。据说因为刊载了一则张作霖病故的不实消息，张大帅一怒给查封的。鲁迅先生知道素园未被波及，就笑了笑说，军阀们的斗争是花样很多的，说不清他们的内幕，这一次没有殃及池鱼也就算侥幸了。

他知道《上古的人》只登了一部分，就劝我校一校交给书店另出版。我说怕有错误，最好能请人校一校。他立刻就说道："我去绑季茀的票！"那时正是热天，校稿确是一件苦事，我说最好先问问许季茀先生。他笑了笑说："绑票还有先征求同意的吗？"结果他请许先生校了校，我才将译稿卖给上海一家书店，连同《民报副刊》的稿费，凑起了上大学的费用。

除这几个副刊都得到先生的支持，在当时发生了相当作用外，鲁迅先生还和人轮流着编过一种《国民新报副刊》。我当时很奇怪他为什么要费去这样多的时间，来编这样一个刊物，并在轮到别人编辑时，不厌烦琐将存稿连自己的意见细细交代清楚。从无意的谈话，我知道了他的苦心。有许多青年寄稿子给他，希望他改正并代为发表。他可以用自己的时间和精力代为改正，但是他认为可以发表的青年人写作，往往被其他编辑人压下去，或干脆丢失了，查不出下落。这既违背他培养青年的苦心，他的责任感也引起他心里极大的不安。他有时也受到不知真相的青年人的责难，落一个哑巴吃黄连。支持或自编一种刊物，他的目的都在于培养新生的力量。

1950 年 8 月

春节随感

我已经是年过八十的人了，虽然还不服老，能用来阅读报刊的时间和精力，究竟是很有限的了。只从别人的信和文章知道有个《杂文报》，上面发表了李不识的《何必言必称鲁迅》，竟用轻薄的口吻，称鲁迅先生的文学遗产为"鲁货"。有人给我寄来《青海湖》，里面有邢孔荣的《论鲁迅的创作生涯》。以丹纳做权威的依据，把鲁迅的文学创作分为三个时期：准备、创造、衰退。据邢孔荣说："准备时期的文学活动是失败的。"创造时期只有四五篇短篇小说可取。在衰退时期，"《故事新编》是鲁迅先生晚年惟一称得上创作的文学作品，但是艺术价值不高"。"杂文如此浩繁，……首先是为了吃饭……把杂文喻为'匕首'、'投枪'，不过是自我安慰而已。"

这些谬论使我想起一些文坛旧事；记起鲁迅先生有些文章有预言的妙用，"言必称鲁迅"地加以介绍，对于当代青年或者还有点益处。

鲁迅先生在《"题未定"草（五）》中说："M君寄给我一封剪下来的报章。这是近十来年常有的事情，有时是杂志。……其中大概有一点和我有关的文章，……至于寄报的人呢，大约有两类：一是朋友，……二，可就难说了，猜想起来，也许正是作者或编者，'你看，咱们在骂你了！'用的是《三国志演义》上的'三气周瑜'或'骂死王朗'的法子。不过后一种近来少一些了，因为我的战术是暂时搁起，并不给以反应，使他们诸公的刊物很少有因我而蓬蓬勃勃之望，到后来却也许会去拨一拨谁的下巴：这于他们诸公是很不利的。"（《鲁迅全集》第6卷，386页，人民文

学出版社版）

我的文章向来读者寥寥，所以不必考虑"使他们诸公的刊物……有……蓬蓬勃勃之望"，姑且还是"言必称鲁迅"，拨一拨那些贬损鲁迅的人的下巴吧。

邢文说，鲁迅先生"准备时期的文学活动是失败的。……这个时期的作品（包括翻译）并无多大文学价值，特别是鲁迅先生还在使用文言文这行将死亡的书面语言写作，更是一个无法弥补的大错"。他在注中又补充说："当鲁迅先生成为文学家以后说过：那时候的作品是'生涩'和'生凑'（《坟题记》）。不能设想，'生凑'和'生涩'的作品，能够期望成功？……像《摩罗诗力说》之类的早期作品，它们的文学价值不一样是很难说的吗？"难道邢孔荣就没有看到《写在〈坟〉后面》中的这句话吗："倘若硬要说明出好处来，那么，其中所介绍的几个诗人的事，或者还不妨一看；最末的论'费厄泼赖'这一篇，也许可供参考吧，因为这虽然不是我的血所写，却是见了我的同辈和比我年幼的青年的血而写的？"何况就在《题记》中，鲁迅先生还有这样几句话："其中所说的几个诗人，至今没有人再提起，也是使我不忍抛弃旧稿的小原因。他们的名，先前是怎样地使我激昂啊，民国告成以后，我便将他们忘却了，而不料现在他们竟又时时在我的眼前出现。"邢孔荣对这些文字视而不见，并不是有眼无珠，而是使用了一种卑鄙手法。他在文中再三引用鲁迅先生自我批评的谦逊话，支持自己的谬论，而对先生公正肯定的话只字不提。要知道，鲁迅先生严格解剖自己的伟大精神，不是用这样卑鄙手段所能抹杀的，文章的文学价值也是如此。

谈到《摩罗诗力说》，我仍然想到文坛的旧事。1935年5月20日，林语堂在《人间世》第二十八期上，发表了《今文八弊（中）》，鲁迅先生在《"题未定"草（三）》中引了其中的这段话：

> ……其在文学，今日绍介波兰诗人，明日绍介捷克文豪，而对于已经闻名之英美法德文人，反厌为陈腐，不欲深察，求一究竟。此与妇女新装求入时一样，总是媚之一字不是，自叹女儿身，事人以颜色，其苦不堪言……

然后他接着写道:"但是,这种'新装'的开始,想起来却长久了,'绍介波兰诗人',还在三十年前,始于我的《摩罗诗力说》。那时满清宰华,汉民受制,中国境遇,颇类波兰,读其诗歌,即易于心心相印,不但无事大之意,也不存献媚之心。……但生长于民国的幸福的青年,是不知道的,至于附势奴才,拜金崽子,当然更不会知道。"

鲁迅先生还剖析了林语堂的"西崽相":"这'相',是觉得洋人势力,高于群华人,自己懂洋话,近洋人,所以也高于群华人;但自己又系出黄帝,有古文明,深通华情,胜洋鬼子,所以也胜于势力高于群华人的洋人,因此也更胜于还在洋人之下的群华人。"

邢孔荣抬出丹纳做权威,拾已入外籍的华人的牙慧把鲁迅踏在脚下,藐视几十年来鲁迅研究者群,发出那样的高论,亮出的是什么"相"呢?邢孔荣既然崇拜丹纳,为什么丹纳谈时代对作家的影响的话视而不见,鲁迅先生说明《摩罗诗力说》产生于什么样时代的话,就听而不闻呢?抛开文章的时代背景不谈,而抓住文章是用行将死亡的文言写的,因而也将死亡。真是奇妙的逻辑!这样的逻辑还有呢。"在肯定鲁迅先生早年的文学准备时期具有积极意义的同时,并不能回避这样一个事实:实际上,这个时期的活动是失败的。"那么,"积极意义"就是证明"失败"啦?因为在邢文中找不到一句肯定积极意义的话。

然而这个准备时期却是很有积极意义的:第一,就拿《摩罗诗力说》来讲,鲁迅先生既说几个诗人的名字使他激昂过,又说他们时时在他的眼前出现。这篇文章既完成了时代的任务,激动了当时的人心,又启迪后人诵读或翻译几位诗人的作品,有人还将此文译为白话,以便现代青年人阅读。第二,邢孔荣所鄙视的先生这时期的翻译,对不少青年发生过启蒙作用,并且使重视弱小民族文学成为风气。第三,这个准备时期的修养,对于鲁迅先生的成长是十分必要的,因而也是有积极意义的。否认这一点,而以"失败"两个字概括之,将邢孔荣讥讽别人的话用在他自己身上,倒是恰当的:"仿佛鲁迅先生一生下来就是鲁迅先生,无老无少,他俨然超越于时间、空间之外。"

邢孔荣说:"《狂人日记》的致命弱点在于模仿。而不创新——模仿了果戈理的同名小说。模仿之作,当然不能成为杰作。"陈漱渝同志在《不要恣意贬损鲁迅》中所说的以鲁迅为"抄袭者的陪绑"的文章我没有看过，似乎有人委婉地将"剽窃"或"抄袭"的罪状，加到鲁迅先生身上了。这也使我想起文坛的旧事，首先翻看一下《〈中国新文学大系〉小说二集序》，先生在文中明明写着："1834 年顷，俄国的果戈理（N. Gogol）就已经写了《狂人日记》；1833 年顷，尼采（Fr. Nietzsche）也早借了苏鲁支（Zarathustra）的嘴，说过'你们已经走了从虫豸到人的路，在你们里面还有许多份是虫豸。你们做过猴子，到了现在，人还尤其猴子，无论比那一个猴子'的。……但后起的《狂人日记》意在暴露家族制度和礼教的弊害，却比果戈理的忧愤深广，也不如尼采的超人的渺茫。"（《鲁迅全集》第 6 卷，238～239 页，人民文学出版社版）这样光明磊落、严肃认真的写作态度，竟被影射为"剽窃"！

鲁迅先生被指责为"剽窃"，是几十年前就有的了，年岁大点的人或已忘却，年岁轻的人也许并未读过，所以可请翻阅一下《不是信》（《鲁迅全集》第 3 卷，229 页，人民文学出版社版）。先生先引了陈源的话："……他自己的《中国小说史略》，却就是根据日本人盐谷温的《支那文学概论讲话》里面的'小说'一部分。其实拿人家的著述做你自己的蓝本，本可以原谅，只要你在书中有那样的声明，可是鲁迅先生就没有那样的声明。……"然后写道："这'流言'早听到过了；后来见于《闲话》，说是'整大本的剽窃'，但不直指我，而同时有些人的口头上，却相传是指我的《中国小说史略》。"先生以事实真相反驳陈源之后，接着写道："自然，大致是不能不同的，例如他说汉后有唐，唐后有宋，我也这样说，因为都以中国史实为'蓝本'。我无法'捏造得新奇'，虽然塞文狄斯的事实和"四书"合成的时代也不妨创造。但我的意思，却以为似乎不可，因为历史和诗歌小说是两样的。"这里先生指出陈源在塞文狄斯的事实和"四书"合成时代上闹了笑话，在陈源的脸上打了一记响亮的耳光，使人至今还感到痛快，因为这一耳光扫荡了那时文坛上不少乌烟瘴气。若是这一耳光能使当今一些论客脸上发烧，鲁迅先生可谓功德无量了。

鲁迅先生的《不是信》是 1926 年 2 月 1 日写、2 月 8 日在《语丝》上发表的，在邢孔荣所谓的"衰退时期"约一年之后了。在这个所谓"衰退时期"，鲁迅先生写了大量的杂文，邢孔荣说：这"是鲁迅先生创造力衰退的又一例证"。关于这些杂文产生的原因，邢孔荣说，"首先是为了吃饭，其次是唯理倾向日益严重，再其次是论战的需要"。产生的原因，倒是可以这样说的，因为鲁迅先生的晚年的生活确靠一点版税维持，他也自己说过，有时写文章是为了换取一点稿费。所以为吃饭而写作并没有什么不光荣。上文谈到的塞文狄斯若不是为穷得受饿或许就不会写出《唐吉诃德》。问题是在写出的是什么作品。鲁迅先生的杂文，虽然不能说是"篇篇精品，字字珠玑"，但很多篇针对时弊，有为而发，文字精练，有自己独创的风格，放射奇光异彩，都是散文的上乘。

唯理倾向可以损害文学作品是人人都承认的常识，但思想性可以增加义学作品的价值，却也是我们应当承认的真理。鲁迅先生说过，一切文艺都是宣传，但并非一切宣传都能成为文艺。思想性强，是鲁迅先生杂文的一大特色。先生自己所重视的《论"费厄泼赖"应该缓行》，和我们上面提到的《不是信》，因为思想性强而成为掷地有声的名文。就连邢孔荣并不完全否定的"为数不多的几篇悼念性散文"（大概是指《记念刘和珍君》和《为了忘却的记念》吧），虽然至情感人肺腑，但若忽略了文章的大无畏的精神和思想性，无视文章写作时的时代背景，那它们的文学价值也会大大贬低。

谈到"论战的需要"，就更应该重视时代的背景了。《记念刘和珍君》和那时一系列论战文章，是在段祺瑞反动统治的刀光剑影下，名字被列入黑名单，反动文人的鼓噪声中写的。写《为了忘却的记念》及其他一些论战文章时，日本军国主义的侵略魔爪已经伸入东北、华北，即将发动全面侵略战争，国民党反动派坚持"攘外必先安内"的反动政策，白色恐怖和杂色"围剿"使先生身陷重围，时时有丧生的危险。然而先生表现了硬骨头和大无畏的精神，奋力战斗，置生死于不顾。这自然会使我们想起鲁迅先生的一篇杂文《中国人失掉自信力了吗？》（《鲁迅全集》第6卷，117页，人民文学出版社版），使我们对古代和现代的"中国的脊梁"，无限崇敬，高声歌颂。鲁迅先生正是这样的"中国的脊梁"，他的杂文无限提高了中国人民的民族自豪感，他的杂文是中国文学的瑰宝。《朝花夕拾》是外国称之为 Essay 的文章，是新文学的一大宝贵收获，在这里就不想多谈了。

　　鲁迅先生在《写在〈坟〉后面》中说，他所以印行这本书，"愿使偏爱我的文字的主顾得到一点喜欢；憎恶我的文字的东西得到一点呕吐，——我自己知道，我并不大度，那些东西因我的文字而呕吐，我也很高兴的"。有些人因为憎恶鲁迅先生的文字而呕吐，是很自然的，我们并无意医治他们的呕吐。不过他们呕吐物中难免有病菌和病毒，为保护无辜的青年不受传染，为使环境不被污染，似乎清除这些呕吐物也很有必要。

　　最后，我还要附带说明一件小事。南开大学外文系一个毕业生，前几年曾为《青海湖》向我约去几首诗发表；去年夏他又来约稿。我给了他一篇散文。当时我们都不知道《青海湖》发表邢孔荣的文字，等我知道时，我立刻打电报并写航空信给他，不准该刊发表我的文章。他回信说，他与孔文无关，只负对外约稿的责任，至于我的文章已经印出装好了。

　　　　　　　　　　　　　　　　　　　　　　　　　1986 年 2 月 23 日

回忆未名社

别具风格的未名社售书处

　　未名社 1928 年 4 月 7 日被查封，五十天后，我同另外一个朋友被释放。虽然有一个大学教授说，未名社再不结束，那就是太"不知趣"，我们却有不同的看法，认为社不仅要存在下去，还要使它在可能范围内发展。鲁迅先生同意我们的意见。并于 7 月将准备再版的《坟》校改本及素园的《黄花集》译稿寄未名社。

　　正在这时，安徽的通缉令使王青士和李何林逃避到北京来了。我和青士初见，和何林是阜阳第三师范学校同学，他们都是霍邱县城内人。我同何林叙旧得知：他 1926 年到武汉参加北伐军，在一个师政治部做宣传工作；第二年随军北伐河南奉军，凯旋武汉后，随军顺江东下讨蒋。他参加了"八一"南昌起义，失败后，回到霍邱，因为参加暴动，被通缉，只好出走了。

　　当时谋生不易，对于政治上进步的人，各处都不敢使用。因此我们决定 10 月在景山东街四十号开设未名社出版部售书处。青士和何林参加了未名社的工作。

　　出版部有三间房屋做售书处。为给读者阅读方便，售书处放置了桌椅；那时候有些书是不切边的，阅读很不方便，售书处把书页一一裁开。这实际上成了一个小型阅览室。售书处也代卖别家出版的书刊，尤其在不显痕迹中推荐的书刊是进步的，所以很受欢迎，大有"门庭若市"的气象。

　　何林在未名社期间，选编了《中国文艺论战》和《鲁迅论》，那时社里还无力印行，就送到上海北新书局出版了，为他在十年后编写《近二十年中国文艺思潮论》打下了基础。青士除协助社的工作外，主要做党的地下工作，到未名社售书处同他联系的人是常有的。那时常到未名社找我谈天的有以后成为作家的王林，他同青士在地下党的会上见过，但彼此不知姓名、住址，解放后他和我谈起，引起很多感慨，因为青士早在 1931 年春，在上海龙华同柔石等人一起，被国民党杀害了。我留作纪念的青士所画的广告画，后被别人取走，现在不知还存在人间否。

　　未名社的事务工作，如校对和包寄书籍等等，以前都是我们自己动手做，这时事务比前繁重多了，不得不请一个人帮忙了。他就是常维钧为我们介绍的梅青。假如这以后未名社书刊错字较少，他的功劳最多。我对他是很怀念的，至今印象不灭。他很像素园所译《外套》中那位书记。假如《外套》是一个中国作家所写，我会毫不疑惑地认为，他取了梅青做模特儿。这件事使我常想到毛泽东同志的话："人民生活中本来存在着文学艺术原料的矿藏……它们是一切文学艺术的取之不尽、用之不竭的惟一的源泉。"（《在延安文艺座谈会上的讲话》）取其素材，创造出来的艺术品，有时巧夺天工，感染力极大，这就是艺术家的努力了。

　　作为文学团体，未名社没有参加过实际政治斗争。虽然青士在社时，曾约几个人来座谈过如何与当时政治事件发生联系，不久他就离开，专门做党的地下工作去了，这件事也就没有结果。配合互济会，未名社成立门市部后，有了做铺保的资格，可以做点事了。那时未名社成员中一人卧病，二人不在北京，一人还在上学读书，而"静农为了一个朋友，听说天天在查电码，忙不可当"。（见鲁迅 1929 年 5 月 17 日夜给许广平信）他们以后也不再过问未名社的事情，所以只好由我守寨，荣任"经理"了。那么保证"随传随到"的责任，自然也就落到我一个人的肩上了，与未名社其他成员完全无关。这倒没有什么发感慨的余地，因为未名社由我个人负责所保释的十来名共产党人或进步青年，并没有引起什么直接的麻烦。这些人中，我只还记得四个共产党员的名字，因为他们是同我关系较近的，可惜其中一人死于反动的地主武装之手，两个人先后病故了。

　　但是间接的影响或许是有的吧，自然主要是因为书刊的政治倾向：未名社受到反动统治者一次严重警告。那时北京已经是阎锡山的势力范围，警察局长同我的一个家乡前辈台林逸相熟，警告是他向我们透露的。这位前辈思想倒是比较开明的，钦佩鲁迅先生，对未名社的几个成员也颇了解，经过他的疏通，总算没有发生事故。

未名社初成立时，除鲁迅先生和曹靖华所筹的印书费外，韦素园我们四人所筹的二百元，就是这位同乡前辈借给我们的。他向我们表示，不收回这笔钱，更不想得什么利息，若能不亏损掉，以后就捐给家乡要开办的女学。可惜除成员们的版税基本上可以付清外，成本和盈余都流进代售商的私囊了。

抗日战争期间，我访这位同乡前辈，从他那里听到国民党反动派许多腐化堕落、营私卖国的情况。我曾写《访乡贤》略记一点印象，现在就抄录在这里，作为对他的纪念吧。

访乡贤

一

素交相携访乡贤，
果腹糟糠衣带宽。
国事日非言路绝，
相期枯坐只谈禅。

二

谈禅难禁发冲冠，
一泄心头恨万千。
笑谓不干身外事，
只开杀戒骂权奸。

这次警告之后，未名社也受了一次虚惊。一个朋友到未名社售书处来，见到大门外有一大卡车武装军警正在下车，她以为是来查封未名社的，但她仍然走进去了，意在警告能走的人赶快从后面一垛矮墙逃出去。当时售书处只有我一个人，她告诉我快走，她作为来买书的人，即使被捕去，也容易出来。我很感谢她的好意，但是我想，我是名义上的经理，即使暂时躲开，他们还是要追查的，未必逃得脱；再说，我没有政党组织关系，较易脱身，若是有组织关系的人被捕去，一定会引起更多的麻烦来。我劝她立即出去，看看动静，若是果真有事，立即通知有关的和常来的人。她勉强走了，看见那群军警站立在大门旁，似乎目的并不在未名社，便又走进来，告诉我安心。但她出去后，仍在不远处观望，一直到那些军警又上了卡车开走了。这件似乎细小的事给我留下很深的印象，至今不曾泯灭。

未名社售书处成立后，得到多方面热烈的支持，首先是人数众多，虽不买书，却常来看书的读者。有一部分大、中学教师，虽然我们赠送过他们书刊，还来购买已赠送过的书刊赠送亲友。朱自清先生就亲自来替清华大学图书馆买书刊，一次几十本。国外有些爱国华侨，直接汇款到未名社买书，见到有的书注明不重版，还来信表示惋惜。有些偏僻的省份如云南，军阀不准向外汇款，而读者渴望殷切，有的书店异想天开，寄来允许外寄的东西如云南火腿，来换取书刊。我们体会到他们的苦心，尽力给以便利。最值得一提的是：广州的读者如饥似渴地希望买到鲁迅先生的著作及未名社的其他书籍，先生不畏烦琐，写信给未名社嘱寄书去，收到后亲自交给广州代售店北新书屋。书款也亲自寄社。（《鲁迅日记》1927 年 7 月 2 日："上午寄霁野及静农信并北新书局卖书款百元。"）在离开广州时，本想将结算清楚的书款寄社，但因广州当时货币挤兑，邮局停止汇款，先生到上海后，才将余款寄平。（《鲁迅日记》1927 年 10 月 14 日："下午寄未名社信并书款八十元。"）国外华侨要求阅读鲁迅先生著作的热情尤高，先生曾亲自与上海一家文具店接洽，托他们外寄。

国民党的势力扩展到北京后，有几个北京大学教授想创办一个大型文艺月刊，希望未名社售书处以社的名义发行，印费完全不用我们管。从经济上说，这是很有利可图的，但是未名社售书处不是营利的商店，它的政治方向，在鲁迅先生领导下，是十分明确的，因而就拒绝了他们的要求。在蒋介石发动反革命政变后，国民党的反动性质已经清清楚楚，教授中有两个虽然未必是国民党党员，政治倾向却显然反动，而鲁迅先生旗帜鲜明地站在共产党方面，我们怎能同这些教授合作呢？

鲁迅先生 1929 年 5 月回北京省亲，曾三访未名社，一次"谈至晚"，我们曾对先生谈到他离开以后的种种情况。对于几个北京大学教授想创办而未实现的文学杂志，先生不抱任何希望，认为那些人不仅政治上保守甚至反动，在文学上也不会有什么建树，最多不过躲在象牙之塔里，弄点帮闲和帮凶的文学出来罢了。以后的事实说明先生的预见的正确。

那时有一个不满日本帝国主义统治，逃到北京的朝鲜人住在未名社。先生极为关心朝鲜的情况，同他谈了很久，并为他在扇面上题了一首诗。先生对于被压迫的弱小民族的同情和期望，早在日本留学的时候，就表现得很强烈，而且开风气之先，把弱小民族的文学绍介到中国。谈话时鲁迅先生以无产阶级国际主义的精神对待民族问题，一方面希望弱小民族通过斗争得到复兴，一方面极为憎恶大国沙文主义，所以对这个朝鲜人极为关怀并同情。

这件事使我想起我在别处记述过的一段故事。鲁迅先生在日本的声望很高，常常有日本人访问他。这些来访者中，也偶然有无聊的俗物或大国沙文主义的妄人。有一个在朝鲜住过多年的日本人访问鲁迅先生，先生因为很关怀朝鲜人民的情形，便向他询问民间的一切。那个日本人说，朝鲜大概是没有什么希望了，因为许多人爱养鸟，常常捧着鸟笼，在外面一坐半天或一整天，既无斗志，又很懒惰。先生听后很气愤，认为这个日本人是在诬蔑朝鲜人民，没有搭理他。

这个日本人又对鲁迅先生说，日本人的住房每天都要用水刷洗，所以整洁，比较起来，中国的住房是不干净的。鲁迅先生对祖国向不护短，别人的批评也是乐听的；但是这个日本人的态度是帝国主义大国沙文主义的，很使先生有反感。鲁迅先生回答他说：我们中国人把鸟笼刷洗得干干净净，住屋呢，取其明朗高大，屋角里偶有点蜘蛛网之类，是不放在眼里的。"鸟笼"暗示日本住房矮小，中国住房高大，并含有不应诬蔑朝鲜人只知玩鸟笼之意，我觉得是巧妙的反击。

鲁迅先生鼓励那个住在未名社的朝鲜人说，一个民族只要努力不懈，一定可以复兴！中国一定也会有大的变革。鲁迅先生有政治远见：中国人民站起来了，朝鲜民主主义人民共和国也巍然屹立在人间了。可惜的是，先生未能亲眼看见，与世长辞已经四十年了。

1929年5月29日，北京大学学生会邀请鲁迅先生讲演，先生下午就到未名社，我们请他到东安市场森隆饭店晚餐，饭后去讲演很方便。（因为听讲的人太多，讲演的地点，临时从北大二院改到三院。）在吃饭时，我们笑谈到云南一个书店用火腿来换未名社书刊的事，说，可惜现在不能用那样好的火腿款待先生了，因为早已转卖给这家森隆商店，不知消化在什么人的胃里了……

可惜像云南这样老实的商店不多，未名社的书刊寄出或托京津的书铺代销，能收回来的书款越来越少，印书也就越来越困难了。我自己很不善经营管理出版事务，青士和何林先后离开未名社，我又未能找到合适的替手，未名社的业务就渐渐走了下坡路。我自己也要谋生，1929 年秋，我除教书外，开始翻译《被侮辱与被损害的》，译稿售出，窘况略舒。但是未名社不仅收不回代售书店的欠款，开支渐大，也势难应付。我在 1930 年初，给鲁迅先生的信中，提到了经济困难情况，先生在 1 月 19 日的回信中说："未名社既然如此为难，据我想，还是停止的好。所有一切书籍和版权，可以卖给别人的。"但是主要的问题，我却避而未谈。同素园通信和谈话时，我们也只略略谈到社在经济上有困难。

其实，韦丛芜和我们在思想上已经发生严重分歧。他的生活方式为我们所不满，他的经济上的需要，未名社无力充分满足，因此常常发生一些不愉快的事。他要接手"整顿"未名社，我没有坚持原则加以拒绝；他不让我们写信给鲁迅先生和靖华，我错误地认为写信徒使他们伤心，不如不写；何林把实际情况略告素园，我本不知情，他却说我用危害病人生命的手段对付他。我只好默默离开。这是未名社解体的真正原因。1930 年 9 月，经何林和另外一个朋友介绍，我到天津河北女子师范学院教书，实际上脱离了未名社。我退让了，对未名社未尽完应尽的责任。

鲁迅先生在 1931 年 11 月 10 日给曹靖华的信中说："霁野久不通信，恐怕有一年多了。"《鲁迅日记》1930 年 8 月 14 日记："下午得霁野信。"一定是通知先生，我即去天津。1932 年，有先生在"1·28"战役中受难的流言，我到先生京寓打听确否，有一封信托转寄先生，4 月 23 日夜先生的复信到来。

前接舍间来函，并兄笺，知见还百元，甚感。此次战事，我恰在火线之下，但当剧烈时，已避开，屋中四炮，均未穿，故损失殊少。

在北京时也每年要听炮声，故并不为奇，但都不如这回之近耳。

早拟奉复，而不知信从何寄，今日始得一转信法，遂急奉闻。

这封信使我心里万分感动，万分难过！计算起来，与先生中断通信竟达一年又八个月之久！在这段期间发生的许多事情，真是不堪回首！

鲁迅先生在1931年10月27日夜给曹靖华的信中说：

> 未名社开创不易，现在送给别人，实在可惜……他们几位现在之做教授，就是由未名社而爬上去的，功成身退，当然留不住……经济也一塌胡涂，据丛芜函说，社中所欠是我三千余元；兄千余元，霁野八百余元……我向开明店取款，则丛芜已取八百元去，仅剩七百元，允给我，而尚未付；托友去取纸版，则三部中已有两部做了抵押品，取不来了。

> ……那时丛要留未名社之名，我因不愿在书店统治下，即声明退社，故我不在内。

> 出让的事情，素园是不知道的，怕他伤心，大家瞒着他，他现在还躺在病院里，以为未名社正在前进。

那时鲁迅先生在远方，靖华在苏联，他们在写和读这封信时，该是怎样的心情啊！何况又碍于卧病的素园，不能公开畅吐愤懑！我没有把包括自己的错误在内的真情实况报告他们，是我未尽对未名社的责任，应当受到信中的谴责。

鲁迅先生在1931年11月10日给曹靖华的信中又说："未名社似腐烂已久，去年我印Gladkov小说Zement之木刻十张，以四十部托其代售，今年因其停办，索回存书，不料寄回来的是整整齐齐的一包，连陈列也没有给我陈列，我实觉得非常可叹。"《鲁迅日记》1931年7月15日记："寄未名社信，索还《土敏土之图》"，但未记载图是什么时候寄社，那时未名社售书处即使没有关门大吉，也是门可罗雀了。若寄时在一二年前，则是因为未名社曾受到警告，有些书刊未陈列。

鲁迅先生早已旗帜鲜明地站在共产党方面了。未名社的政治倾向，在鲁迅先生领导下，也是十分明确的。看到韦丛芜以"整顿"未名社之名，别有企图，与此背道而驰，我于1931年3月，只以经济困难为借口，同素园商定了结束未名社的办法：以未名社的存底转让开明书店，至于各社员的译著，愿让开明续印者听便，不再用未名社名义。韦丛芜说，他去同鲁迅先生和靖华接洽。《鲁迅日记》发表后，我才知道先生于1931年5月1日下午"得韦丛芜信，即复，并声明退出未名社。"先生给靖华的信发表，我才知道先生曾于同年6月13夜的信中告诉他："上月丛芜来此，谓社事……将委托开明书店……代理……我答……我可以即刻退出的。"那时素园还在卧病，他们都未公开发表，这是值得感谢的。

我虽然离开了未名社，觉得有义务参加清理结束的工作。《鲁迅日记》1932年4月26日记："得李霁野信并未名社账目。"27日记："复李霁野信并还账簿。"信大概因为传观遗失了，账簿早已不复存在。这里的账簿显然是总账。至于简单的结束清单，由台静农、韦丛芜、李霁野签名盖章的，鲁迅先生却保留下来了，现存北京鲁迅博物馆。去年靖华整理鲁迅先生给他的书信印行，其中有一封说到："……据丛芜函说，社中所欠是我三千余元，兄千余元，霁野八百元"，这时我才注意到，早已发表的，先生1931年11月10日给靖华的信中曾写："未名社交与开明书店后，丛共取款千元去。"（根据结束清单所记，是九百五十元）这是很不应该的，因为结束时，鲁迅先生和靖华如约未支版税，素园因病支欠的版税，由静农和我以应得的版税还清，惟一大大超支的是韦丛芜。我们原说定，开明应付之款，首先还付鲁迅先生和靖华，不足之数，由韦丛芜超支之数还付，数字大体上相符。但是鲁迅先生的版税，拖延到1935年才"大致已清"。（见鲁迅先生1935年11月14日给章雪村的信）而付曹靖华的版税，有文字可查的，尚不足千元之数，韦丛芜还欠他几百元。我对韦丛芜未尽到督促之责，觉得是一大憾事。

未名社售书处虎头蛇尾，回想起来还有余悲。

1976年5月16日写

1978年3月24日修改

未名社出版的书籍和期刊

　　1925 年未名社成立后，我们就积极筹备出版的事。我们对于这方面的事务毫无所知，但是我们从头学起。首先要找比较好的印刷所，我们就向北京大学出版部主任请教，他又给我们介绍了管理印刷事务的负责人。我们看了看排字房，了解一下将稿子交去排字之前，要做哪些准备工作。鲁迅先生在这方面有些经验，在原稿上将题目、本文各用几号和什么体的字，何处应空几行，字间要用什么条隔开，都一一注明或交代清楚。校对时，用什么符号表示什么，先生也亲自指点我们。鲁迅先生对印书十分仔细认真，铅字稍旧而笔画不清楚的，一定要换掉。一行头上有无所属的标点，一定要改排好。译作的日期必与本文空一行，下边空四字格；虽都注明，往往错误，一定一再改正，到不错为止。先生离京前，译作除由我们校二次外，还亲校二次，所以错字绝少。纸张、墨色、装订、书面的颜色等等，先生都一一注意，一丝不苟。这些看来似乎是小事，但我以为很可以从此看出先生的认真精神。

　　《鲁迅日记》记载：1925 年 1 月 24 日 "晴。旧历元旦也，休假。自午至夜译《出了象牙之塔》两篇"。28 日 "夜译白村氏《出了象牙之塔》二篇。作《野草》一篇"。2 月 18 日，"译《出了象牙之塔》讫"。从这点简单的记事，我们可以看出先生如何勤于译作，旧历元旦也不休息。全书译成，只用了约二十天的时间，而二十天又不是全做这一件事，效率是很惊人的。《后记》是书快印完时，于 1925 年 12 月 3 日夜写成的。

　　《出了象牙之塔》是 1925 年 12 月未名社印行的第一本书。像《后记》

所说，在集印成书之前，有几篇曾在几种期刊上发表。这些立刻引起广泛的注意。未名社几个人同鲁迅先生围绕着这一本书的谈话是很多的，现在只能记起一些零星的断片罢了。

鲁迅先生所以选译《出了象牙之塔》，首先因为它符合先生所要求的"批评社会"、"批评文明"的精神和态度。鲁迅先生多次说到，我们需要这样的文章，作者所批评的日本的缺点，也正是中国人的短处；文章也生动活泼，比方巾气十足的说理文章有力量多了。在《后记》中，鲁迅先生把这些意思说得更为明确，更为透彻。先生说，"从这本书，尤其是最紧要的前三篇看来"，作者"确已现了战士身而出世，于本国的微温、中道、妥协、虚伪、小气、自大、保守等世态，——加以辛辣的攻击和无所假借的批评。就是从我们外国人的眼睛看，也往往觉得有'快刀斩乱麻'似的爽利，至于禁不住称快。"

鲁迅先生在《写在〈坟〉后面》中说："我的确时时解剖别人，然而更多的是更无情面地解剖我自己。"在这一点上，《出了象牙之塔》的作者，也引起先生的共鸣。他在《后记》中写道："当我旁观他鞭责自己时，仿佛痛楚到了我的身上了，后来却又霍然，宛如服了一帖凉药。生在陈腐的古国的人们……大抵总觉到一种肿痛，有如生着未破的疮……一割的创痛，比未割的肿痛要快活得多。这就是所谓'痛快'吧？我就是想借此先将那肿痛提醒，而后将这'痛快'分给同病的人们。"从这些话，我们可以看出先生翻译本书的苦心孤诣。

鲁迅先生说，未名社的人缺乏笑影，这是实情。那时候外有帝国主义欺凌侵略，内有军阀混战割据，社会政治漆黑一团，因而紧紧咬着青年们的心的，是苦闷和绝望，怎样也挣脱不了；投身实际革命斗争的青年，自然是例外。先生谈到缺陷之美，特别谈到英国诗人勃朗宁（Robert Browning）的健康乐观的人生观，再读文章，就觉得启发特别大。我觉得像雨后新晴一样，心里明朗爽快多了，精神为之一振。我决定不再版安特列耶夫的《黑假面人》，就是一个具体的表现。玛修·亚诺德（Mathew Arnold）所说的"凝视人生而看见了全圆"，我虽然那时候并不完全了解其意义，却认为应该是自己努力的目标。说这是我的人生观的一大改变，也未尝不可吧。

《出了象牙之塔》出版后，鲁迅先生对我们谈到有两种反对论者。一是从右边来的，他们原已憎恶先生批评中国文明和中国社会的文章，这时就恶意地说，鲁迅先生在借用日本人的巴掌，批中国人的嘴巴了，因此更可恶。另一种就是从"左"边来的反对论者，他们说《出了象牙之塔》充满毒素，千万不要读了受害。鲁迅先生说，这些人是用"左"的言词骗人的。但是，鲁迅先生并不完全同意厨川白村的意见。他在《〈思想·山水·人物〉题记》中说："我的译述和绍介，原不过想一部分读者知道或古或今有这样的事或这样的人，思想，言论；并非要大家拿来作言动的南针……全篇中虽间有大背我意之处，也不加删节了。""我先前译印厨川白村的《出了象牙之塔》时，办法也如此。"

我们也同鲁迅先生谈到过《出了象牙之塔》的文章风格。我们说先生写的《论"费厄泼赖"应该缓行》等杂文，甚至《狗·猫·鼠》这样别开生面的回忆文，似乎都受了一点本书的影响，但是思想意义的深度和广度，总结革命经验的科学性，坚持韧性斗争的激情，都不是《出了象牙之塔》所能比拟，先生倒是也不否认的。从此，我们也谈到了文学影响问题，先生在强调应该多读些好作品为借鉴的同时，也强调要有创造性，不受所读的东西局限，这就需要丰富的来自生活源泉的经验。

我们首先印行《出了象牙之塔》，因为我们希望较快地收回印费印行别的书籍。这本书第一版三千册，约一年多就卖完了。我们准备再版，鲁迅先生1927年4月9日夜给静农的信中说："《象牙之塔》出再版不妨迟，我是说过的，意思是在可以移本钱去印新稿。"可见先生是很注意印新人新稿的，这本是他创办未名社的目的。

未名社于1927年3月印行了鲁迅先生的论文集《坟》，1929年3月再版。《坟》的前四篇是1907年写的文言文，对于研究先生的思想发展，是重要的文献。其余是1918到1925年的文章。《坟》的稿子是先生离京前交给未名社的，这时他对我们提到景宋，说稿子是她代抄的，她能一天抄八千到一万字，毫不吃力，是工作的好助手。《题记》和《写在〈坟〉后面》是以后寄到未名社的。

鲁迅先生在《写在〈坟〉后面》中说："最末的论'费厄泼赖'这一篇，也许可供参考吧，因为这虽然不是我的血所写，却是见了我的同辈和比我年幼的青年们的血而写的。"这篇论文所总结出来的血的教训，应当为我们牢牢记取。惨绝人寰的"3·18"惨案，就在本文发表后几个月之内发生，又为先生的意义深远的总结，提供了新的印证。

围绕着《坟》的内容，鲁迅先生同我们的谈话也很多。《论"费厄泼赖"应该缓行》是周作人和林语堂为段祺瑞和陈源之流开脱的文字引起的，自然会谈到他们两个人。先生虽不满周作人所写的一些小品文，但只觉得无出息而已，还没有深恶痛绝。一到周作人政治上趋于反动，公然为段祺瑞等开脱罪责，认为不应再对段等进行攻击，鲁迅先生就对他极为鄙视了。林语堂的态度是骑墙派，有时站在《语丝》一边，有时又倒向《现代评论》，例如他写的论"费厄泼赖"的文章就是如此。鲁迅先生那时对他既有斗争，也有团结，我们觉得都恰如其分。《论"费厄泼赖"应该缓行》这篇文章发表后，林语堂画了一张鲁迅先生打落水狗的画，当时大家引为趣谈。

《论"费厄泼赖"应该缓行》还表现了另一重要思想，就是"党同伐异"。在发表同陈源做斗争的文章时，鲁迅先生就常说这样意思的话。从阶级分析的观点看，这实际是党性原则，我们觉得鲁迅先生的文章立场坚定，旗帜鲜明，爱憎分明，就是为了这个原因；但先生在谈话中，也常说如在《写在〈坟〉后面》所写的那样意思的话："我自然不想太欺骗人，但也未尝将心里的话照样说尽。"这样率直诚恳的话，我想只有先生肯说并能说得出来，一般写文章的人很难做到这一点。先生说自己"党同伐异"，并坦率说出，不"将心里的话照样说尽"，是很有理由引以自豪的："我时时觉得自己很渺小，但看他们的著作，竟没有一个如我，敢自说是戴着假面和承认'党同伐异'的……因此，我又觉得我或者并不渺小。现在拼命要蔑视我和骂倒我的人们的眼前，终于黑的恶鬼似的站着'鲁迅'这两个字者，恐怕就为此。"（1926年12月12日致许广平信）这话是在谈及《写在〈坟〉后面》一文时引起的，"他们"指已在《狂飙》上大骂鲁迅先生的高长虹之流。

鲁迅先生在《写在〈坟〉后面》中又说："其中所介绍的几个诗人的事，或者还不妨一看。"（指《摩罗诗力说》所介绍的八个诗人），可见先生不仅在青年时期对这几个富有反抗精神的诗人向往，在中年期也还是念念不忘。谈到中国介绍外国文学的贫乏状况，先生很有感慨，所以对于未名社成员的期望是很殷切的；但是先生富有实事求是的精神，知道韦丛芜和我虽然学点英文，学力还很差，只表示希望我们好好学习，提高外文水平，因为翻译不是轻而易举的事。但先生向我一再提到菲律宾的爱国文人厘沙路（Jose Rizal，1861—1896），说记得似乎北京大学图书馆有他的诗集英文译本，我没有查找到。我心里一直记着这件事，鲁迅先生在《杂忆》中又提到他。厘沙路被西班牙殖民者杀害已经八十年，鲁迅先生向我说到他也已五十年了。得到几个朋友的帮助，我才查到厘沙路的一点生平事略，还找到了他的《绝命诗》英译文，我现在可以了却这一个小小的心愿，以纪念先生逝世四十周年祭日了。

鲁迅先生在翻译《小约翰》之前，多次向我们谈到这本书，以及得到这本书的经过。听他谈这样愉快的往事，像读他的回忆文一样，觉得十分亲切，十分高兴。我1926年5月，因为母亲病回故乡，9月才回北京，那时鲁迅先生早已去厦门了，所以只从先生的日记得知他翻译《小约翰》的情况。先生1926年7月6日，开始同友人齐寿山在中山公园译《小约翰》，到8月13日译完。1927年5月26日把译文整理好，5月29日译完原书的序，5月30日写了引言，6月14日"全书俱成"，一个月后将译稿寄未名社，1928年1月出版——这些日期是颇有意义的：先生开始译《小约翰》时，离"3·18"惨案不到四个月，流离回寓只一个多月，政治迫害并未消失，经济情况亦颇困窘；整理译文，译序并写引言，先生身在广州，被白色恐怖所包围，但先生临危不惧，毅然决然，将自己喜爱的书译献给中国读者。

鲁迅先生同我们谈过，想翻译《小约翰》的念头起过多次，但觉得困难不少，迟迟没有动笔。翻译这本书，确实是一件攻坚的工作，先生在危境中，作为战斗中间的休息，借此恢复力量，锻炼意志，做进一步战斗的准备，我想先生的精神一定是很愉快的。这一点很值得我们深思，学习。先生在《动植物译名小记》中所表现的严谨认真的工作作风，也是我们学习的范例。

鲁迅先生在《〈小约翰〉引言》中说，看见"本书的第五章，却使我非常神往了"，这是初在《文学的反响》中看见译文标本的时候。先生早有翻译这本书的意思，因为"《小约翰》……是自己爱看，又愿意别人也看的书"，"是一本好书"。鲁迅先生 1927 年 9 月 25 日给静农的信中，有这样几句话："诺贝尔赏金，梁启超自然不配，我也不配，要拿这钱，还欠努力。世界上比我好的作家何限，他们得不到。你看我译的那本《小约翰》，我哪里做得出来，然而这作者就没有得到。"这一方面可以看到先生的谦虚，一方面也可以看到先生对《小约翰》作者的崇敬。直到 1936 年 2 月，先生在给夏传经的信中还说："我所译著的书……凡编译的，惟《引玉集》、《小约翰》、《死魂灵》三种尚佳，别的皆较旧，失了时效，或不足观，其实是不必看的。"可见先生喜爱《小约翰》的心情，始终没有改变。

鲁迅先生译的《小约翰》，未名社几个成员能先睹为快，未名社能首先印行，我们是很觉荣幸的。但当时的印刷条件很差，制版印相尤难精致。例如《小约翰》作者蔼覃的照相就印得很不美观，所以鲁迅先生在 1927 年 10 月 4 日给静农和我的信中说："蔼覃的照相，我以为做得很不好看。我记得原底子并不如此，还有许多阴影，且周围较为毛糙。望照原本重做一张，此张不要。"重做的虚光照相，比周围切削得光光的一张较好，但比原照相还不如，先生认为也只能如此了，并不苛求。

荷兰文学作品被介绍给中国读者，据我所知，《小约翰》恐怕是惟一的一部吧。这是"一篇'象征写实底童话诗'"，是"成人的童话"，主旨是表现要摆脱人间苦，与大自然融为一体，是可望而不可即的境界。

鲁迅先生的十篇回忆文，原来的总题目是《旧事重提》，分篇陆续在《莽原》半月刊上发表，以后集为一书，定名《朝花夕拾》，作为《未名新集》之一，由未名社于 1928 年 9 月印行。这十篇回忆文，"前两篇写于北京寓所的东壁下；中三篇是流离中所作，地方是医院和木匠房；后五篇却在厦门大学的图书馆楼上……"；集子的《小引》，却是写于"广州白云楼"了。由此可见鲁迅先生这时期的生活是很不安定的。但是先生既保持着写回忆文的诗趣盎然的心情，也不因回想往事而忘却现实的斗争，两相交织，天衣无缝，成为极有特色的，别开生面的清新文章，耐人寻味。

鲁迅先生很欣赏两个鬼魂：女吊和无常。他在《女吊》中写道："……一般的绍兴人，并不……憎恶报复……单就文艺而言，他们就在戏剧上创造了一个带复仇性的，比别的一切鬼魂更美、更强的鬼魂。这就是

'女吊'。我以为绍兴有两种特色的鬼，一种是表现对于死的无可奈何，而且随随便便的'无常'，我已经在《朝花夕拾》里得了绍介给全国读者的光荣了……"

鲁迅先生欣赏女吊，并写《女吊》一文，因为她"带复仇性"，因而"更美、更强"，而"只有明明暗暗，吸血吃肉的凶手或其帮闲们，这才赠人以'犯而勿校'或'勿念旧恶'的格言"。这和《死》中的几句话，精神完全一致；"损着别人的牙眼，却反对报复，主张宽容的人，万勿和他接近。"这和"打落水狗"的名论也一脉相通。

关于女吊，我丝毫没有发言权，但关于无常，同先生却是有话可谈的，因为我不仅觉得他"鬼而人，理而情，可怖而可爱"，而且记得一个关于无常的故事可作谈资。

我在儿时，常听到父亲和其他我很尊敬，因而也很相信的人说，在夜间，特别在阴雨的时候，总可以看到一个头戴高帽，肩背雨伞的无常，在后街一家附近站立着。因为他是善良的鬼魂，人们并不很怕他，所以连面目也可以依稀看到，除涂点白之外，和常人并没有什么不同。我多么渴望着亲眼看一看他啊！但是这希望一直没有实现的机会，一则因为年岁小，终于有些胆怯。二则大人怕因此引出一点什么灾难来，总要找出一点借口不让去。这遗憾在我心里存在了很久，直到我进了学校，相信了无鬼论，以为那些诚实的人所见到的无常，不过是化了装的梁上君子，这才恍然大悟，自以为见到真理的光芒了。但是对鬼的故事，那全神贯注，越怕越想听的童年心情，却永远丧失了。

在1926年所写的《无常》中，鲁迅先生说，"欣赏他脸上的哭或笑，口头的硬语与谐谈"，在1934年所写的《门外文谈》中，鲁迅先生对创造出无常这一角色的民间作者，给予很高的评价：

　　《朝花夕拾》所引《目连救母》里的无常鬼的自传，说是因为同情一个鬼魂，暂放还阳半日，不料被阎罗责罚，从此不再宽纵了——
　　"哪怕你铜墙铁壁！
　　哪怕你皇亲国戚！……"
　　何等有人情，又何等知过，何等守法，又何等果决，我们的文学家做得出来么?

可惜我的故乡没有这样的好戏,我只能从鲁迅先生的谈话、文章和绘画欣赏这位"鬼而人,理而情,可怖而可爱的无常"罢了。

但是谈到《五猖会》的情况,我却觉得比先生幸福了。先生因为在去看会之前,他父亲突然让他背诵《鉴略》,弄得兴会索然。我却从我的父亲听到许多我乡灯节玩灯的故事。其中有一个我特别记得清楚,先生听了也不禁微笑。我的父亲对我说,在灯节以前,预备出灯的人家,都费尽心思准备,并严格保密,希望一鸣惊人,压倒别家。有一家准备的是花灯,扎了每月的花枝,每枝上点着上百支蜡烛。另一家却扎了一架抬阁,阁上俨然端坐着花神,各月的花都在周围作点缀罢了。

半世纪的时光飞逝了,这些轻松愉快的谈话多么值得怀念啊!

鲁迅先生嘱咐我们,十篇回忆文要在《莽原》半月刊上于一年之内发表完,以使购买合订本的人不必再买《朝花夕拾》单行本;愿意要单行本的期刊订户,人数不多时就赠送。从这点小事,也可以看出先生对读者的关心。

未名社除印行鲁迅先生的四种译作外,其余的书,我只引用先生在《忆韦素园君》中所写的几句话,作为简明扼要的介绍:

> 未名社……自素园经营以来,绍介了果戈理(N. Gogol),陀思妥耶夫斯基(F. Dostoevsky),安特列耶夫(L. Andreev),绍介了望·蔼覃(F. van Eeden),绍介了爱伦堡(L. Ehrenburg)的《烟袋》和拉夫列涅夫(B. Lavrenev)的《四十一》。还印行了《未名新集》,其中有丛芜的《君山》,静农的《地之子》和《建塔者》,我的《朝花夕拾》,在那时候,也都还算是相当可看的作品。

未名社除书籍外,印行了期刊《莽原》半月刊和《未名》半月刊。在这以前,鲁迅先生曾编《莽原》周刊,附在《京报》上面。若说半月刊和周刊有点历史联系,倒也是可以的,因为"莽原"二字相同,又都是鲁迅先生编辑的。但这只是表面的联系,未名社的几个成员,和高长虹等并无社团关系，更与所谓狂飙运动无关，正如鲁迅先生1926年11月12日给素园的信所说："我到上海看见狂飙社广告后，便对人说：我编《莽原》、《未名》、《乌合》三种，俱与所谓什么狂飙运动无干，投稿者多互不相识，长虹做如此广告，未免过于利用别人了。"

未名社的几个成员确实同高长虹等"互不相识"，他们只有一二人向《莽原》周刊编者鲁迅先生投寄过少数几篇短稿，所以在决定出《莽原》半月刊时，我们根本没有计划把他们列入撰稿人之内；鲁迅先生既没有提出过他们的名字，也没有介绍过他们任何稿件。等到长虹故意混淆视听，妄加利用，鲁迅先生才想废弃"莽原"二字，但又觉得既已揭穿了长虹的欺诈，也没有废弃的必要了。1927年10月17夜，先生在给我的信中，又说起这个问题。"《莽原》这名称，先前因为赌气，没有改。据我的意思，从明年一月起，可以改称《未名》了，因为《狂飙》已销声匿迹。而且《莽原》开初，和长虹辈有关系，现在也犯不上再用。长虹辈此地有许多人尚称他们为'莽原小鬼'，所以《莽原》之名也不甚有趣。"我们根据先生的意见，停刊了《莽原》半月刊，于1928年1月起，印行了《未名》半月刊。

未名社的期刊值得纪念的，是在《莽原》半月刊上首先发表了鲁迅先生的战斗名文《论"费厄泼赖"应该缓行》。先生原是希望用这篇文章的精神，批评文明，批评社会，使刊物朝气蓬勃，发挥战斗作用。可惜我们无此能力，不但不能维持这种精神，并且使先生觉得"《莽原》的确少劲，是因为创作，批评少而译文多的缘故"。（见1927年11月3日给我的信）不过鲁迅先生后来集为《朝花夕拾》的十篇回忆文，是在这个期刊上陆续发表的，此外还陆续发表了以后印为《君山》的韦丛芜的抒情诗，以及"将乡间的死生，泥土的气息，移在纸上的"台静农的小说。对于在二十年代，将青春的生命献给共产主义事业的先驱战士，素园的诗和另一朋友的散文，在永寂中奉献了深沉真挚的哀悼，直对白色恐怖而毫无畏惧。鲁迅先生1929年7月8日夜给我的信中说："《未名》急停，似可惜。"在重温先生这一表示惋惜的遗言时，在百感丛生中，我感到很大的欣慰。

1976年5月23日

未名社几个安徽成员

在我的故乡安徽霍邱叶集，原来只有一二家私塾，直到 1915 年，才办了明强小学。韦素园、张目寒、台静农、韦丛芜和我，都是第一班的学生。那时候，阜阳区有八县，除霍邱外，有颖上、亳县、太和、凤阳等县。这八县共设一个第六中学，一个第三师范，地址都在阜阳。因为中学要收学杂费，家庭经济情况较好的，就上中学；师范是公费，贫苦家庭的孩子还勉强能上学就上师范。素园首先上了第三师范，未毕业即离开到别处上学，后去苏俄。目寒父亲早去世，寡母带着他寄养在伯父家里，所以既未上中学，也未上师范，凭自学读了点书。静农家境较好，到汉口去上了中学。我在素园后一年考上第三师范学校，当时他已离开。丛芜又在我后一年上了第三师范学校，因受"五四运动"影响，我们是拥护白话文和新文化的，受旧派学生排挤，离开了三师，1922 年转到了安庆，稍后丛芜去岳阳，转进一个教会学校，我辍学闲住了一年。素园那时已从苏俄回来到北京俄文专修学校继续学俄文，1922 年暑假到安庆省亲，我们又见了面。寒假他再回安庆，力劝我到北京读书，我凑借了川资，同他一起于1923 年春到了北京。这时静农已在北京大学中文系旁听，随后目寒也上了世界语专科学校学习。

我到北京后，无学校可入，自修英文半年，又没有教师可以请教，只靠查字典硬着头皮看书，往往一面书就要查几十个生字。家里无法供给，只好编译一点文字换取自己的生活费。约半年后，丛芜也从岳阳来到北京，秋季我们一同转入崇实中学高中二年级。这个教会学校英文并不怎样，教师也差劲，倒是一个教西洋史的美国教师用两厚册英文写的西洋史逼着我们先预习，后上课，先向学生提问，然后才给我们讲，使我的阅读能力有较快的提高。假期中，我从静农得到一本英文译的俄国安特列耶夫的剧本 To the Stars（《往星中》），看起来倒也不觉困难，便有了翻译出来的意思，只是想练练手而已，并没有更明确的大企图。译完后，素园用俄文给校了校。我们的外文程度都不高明，但我们却十分认真，一丝不苟。

素园和我都很爱读鲁迅先生译的文学作品，其中有安特列耶夫的短篇小说，特别是《黯淡的烟霭里》。我们想，若有机会向鲁迅先生请教，该多好啊！可是我们又觉得这是难以实现的妄想。目寒是鲁迅先生的学生，他知道我译了《往星中》之后，很高兴。他说先生平易近人，喜欢青年，下课还常同他们谈天，并常常叹息写文章或译书的青年人太少。他自告奋勇，要将《往星中》译稿送给先生看看。《鲁迅日记》1924 年记载："20日晴……夜……看《往星中》。"由此可见，先生多么关心青年人的出现。

认识以后，因为先生和蔼可亲，谈话坦率，态度谦诚，素园、静农、丛芜先后也同先生认识了，我们常常二人三人同去拜访先生。先生健谈，他说这是一种休息，所以往往一谈几小时。可惜对这些谈话，我们未曾记录，现在觉得是很大遗憾。不过他给我们的启发教育，我们永远在心里铭记其精神。简单说，就是做事要脚踏实地，万不可喧嚣取巧；读书范围要广泛些，不要只限于文艺作品；要多读好作品做借鉴，但不能受局限，要有所创新，要大胆些，不要过分小心谨慎……

　　至于未名社成立的情况，我在《忆鲁迅先生》中是这样叙述的：
　　初成立的未名社，是设在北京大学第一院对面一个公寓里的，实际就是素园的一间小小的住屋……

鲁迅先生那时在北京大学讲授中国小说史，这个公寓在对面新开路五号，相离很近。先生下课有时就到这里来谈谈天，有时顺便送来改好的印稿。我们也常常去听先生讲课，尽管如此，我们晚饭后还常去寓所访问先生，听听他课堂之外给我们的教导。谈话的范围十分广泛，我大体上只记得他说当时很受吹捧的吴稚晖的文章只是"小丑的打诨"，配不上真正的

"幽默"；章太炎的战斗性文字未被集印是一件憾事。他有时谈到与现代评论派的论争，我特别记得他给我们讲《不是信》时那种谈笑风生的神态。因为一个青年作家的小说，他谈到写小说要严肃认真，万不能持玩世不恭的态度，走向油腔滑调。"3·18"惨案使他极为悲愤，我认为这次事件对鲁迅先生有很大影响，中国女子的勇毅增强了他对革命终必胜利的信心。"真的猛士，将更奋然而前行。"鲁迅先生就是这样做的，他此后更勇猛地投入实际的革命斗争。这一切都使我们受到很大教育。

至于在写作和翻译方面，鲁迅先生也给我们许多劝告和指导。他认为素园太受梭罗古勃的影响是不好的。让他校阅勃洛克的《十二个》，显然是有意引导他走出死胡同。以后先生又鼓励素园研究马克思主义文艺理论，但他病中勉译硬性的论文，先生怕损害健康，劝他只译点《黄花集》里那样的短诗文。素园"厄于短年"，先生深为悲痛。

鲁迅先生很赞成静农写小说从民间乡土取材，在《〈中国新文学大系·小说二集〉序》中说："在争写着恋爱的悲欢，都会的明暗的那时候，能将乡间的死生，泥土的气息，移在纸上的，也没有更多，更勤于这作者的了。"

丛芜的《君山》，先生认为可以插图印行，因为在当时还是较好的抒情诗。他译的《穷人》，先生曾用日文本参照，为他解释疑难地方。后来听说国民党反动派在某地查禁《穷人》，我们虽很气愤，还觉得其愚尚可解，但牵连到《君山》，我们就觉得"其愚不可及也"了。记得先生曾戏言，说《穷人》"赤色"尚可，至于《君山》，则同作者的年岁一样，只能说是"青"色的吧。

鲁迅先生只劝我多读些英国的 essay（现称散文或随笔），也可以试写，我说自己读书不多，人生经验也少，很难写好。先生说，多动动笔才能得到锻炼嘛。我仅在先生逝世后试写了几篇，但没有一篇像样的作品。近来有朋友督促我，先生的遗训我并未忘怀，我想再努力试试笔吧。

关于未名社，鲁迅先生在《忆韦素园君》中有一段话，可以算是比较公允的总结：

> 未名社现在是几乎消灭了，那存在期，也并不长久。然而自素园经

营以来，绍介了果戈里（N. Gogol），陀思妥耶夫斯基（F. Dostoevsky），安特列耶夫（L. Andreev），绍介了望·蔼覃（F. Van Eeden），绍介了爱伦堡（I. Ehrenburg）的《烟袋》和拉夫列涅夫（B. Lavrenev）的《四十一》。还印行了《未名新集》，其中有丛芜的《君山》，静农的《地之子》和《建塔者》，我的《朝花夕拾》，在那时候，也都还算是相当可看的作品。事实不为轻薄阴险小儿留情，曾几何年，他们就都以烟消火灭，然而未名社的译作，在文苑里却至今没有枯死的。

但是在未名社的末期，也颇有引起鲁迅先生误解和不愉快的地方，幸而以后先生明白了真相，只对韦丛芜表示了深深的惋惜。我们引为遗憾的，是有负先生所费的大量时间与精力，没有做出应有的贡献。

1981 年 7 月 12 日

两次秘密座谈会和五次公开讲演

1932 年《鲁迅日记》有这些记载：11 月 9 日"夜三弟来，交北平来电，云母病速归"。10 日"往中国旅行社买车票"。13 日"午后两半钟抵前门站，三时至家，见母亲已稍愈。"28 日"下午……至东车站"。这半个月的表面事实，《日记》如实记载了。但《日记》未记的事实，在鲁迅先生的生活和战斗中，却是意义重大的一页。这就是当时处于地下状态的共产党所组织的两次秘密座谈会；五次讲演虽然公开举行，也是地下党组织的，既向鲁迅先生汇报了当时北平的政治情况，也向先生提出了明确的希望和要求。先生早说过他写的是"遵命文学"，所以也乐意有的放矢，发表"遵命讲演"。鲁迅先生虽然在组织上并没有参加共产党，他却是在思想上完全入了党的共产主义战士，组织观念和党性极强。他到北平后，立即同中共河北省党委和北平市党委取得联系。党组织向鲁迅先生介绍了北方左翼文化活动的情况和工作，并派北方文化总同盟党团书记陈沂到鲁迅先生的宫门口西三条寓所，更详尽地汇报情况，并请先生指示工作。陈沂先后到鲁迅先生寓所两次，座谈会和讲演是他受地下党委托，具体加以安排的。

第一次座谈会是在黄化门内小取灯胡同七号范文澜（仲沄）家里开的。《鲁迅日记》只记：24 日"下午范仲沄来，即同往女子文理学院讲演约四十分钟，同出至其寓晚饭，同席共八人"。会的内容略而不记，因为在白色恐怖包围中，先生处境极危，所以特别提高警惕，以防万一。

据陆万美在《追忆鲁迅先生"北平五讲"前后》所记，同席八人，除陪先生的范文澜外，其余都是文总、社联、教联、左联等左翼社团的代表。鲁迅先生谈话很多，主要谈的是上海左联怎样坚持斗争，内部反关门主义等情况，也谈到"1·28"后上海工厂文艺运动和"工农兵通讯"情况。鲁迅先生也很关心地问到北平学生运动和文艺界的动态，认为出一个文艺刊物，团结广大作者共同战斗是很必要的。这次座谈会谈到了北平文艺界的堕落情况，我想这对先生以后指导北平左联工作很有用处。在第二次座谈会上，左联的工作谈得较多，先生的谈话也更侧重在文艺斗争方面。

第二次座谈会是在地安门西皇城根七十九号召开的。现在我所能记述的情况，只限于许德珩和陈沂两位的书信，陆万美的上述文章所写的一些，没有第一手资料，因为我在天津，没有参加。为了保证鲁迅先生的安全，并防止国民党特务突然袭击，布置了两个人守门，并约定了叩门信号：先叩两声，停一下，再叩一声；对了才开门，把参加会的人带到开会的屋子里去。人到齐后，他们在门外巡逻，瞭望有没有人走近。

许德珩是得到范文澜的通知参加的。他说，因为那时候他身后常有国民党特务跟踪，他怕影响了会，所以只同鲁迅先生见了见面，谈几句话，便告辞走开了。

陈沂说，除向鲁迅先生详细汇报了左联的工作和活动外，并谈到北平国民党迫害左翼文化活动的情况。此外就着重谈了谈"工农兵通讯"和办刊物的问题。鲁迅先生对办刊物，有三点重要的指示：（一）刊物不一定都要名人的文章，因为名人不一定写出的文章都好；（二）要好好把"工农兵通讯"运动搞起来，从这中间找稿件，找作家；（三）要认真对待泥腿子（农民），陈独秀他们是不喜欢泥腿子的，我们要到泥腿子中间去。

陆万美在文章中说，参加第二次座谈会的，除左翼文化团体外，还有C.Y.（共青团），反帝互济会的代表。各文化团体依次向鲁迅先生汇报了工作情况。鲁迅先生的发言，侧重在文艺方面，他主张作家应当用笔作为战斗武器，这就要深入工农，面向生产，获得实际斗争的锻炼和体验，然后写自己最熟悉的生活。鲁迅先生也谈到了小资产阶级出身的作家改造问题，反对关门主义问题。北平左联因为鲁迅先生的指导，改进了工作，改变了关门主义的作风；因为先生的鼓励和支持，出版了刊物。

鲁迅先生在北平五次公开讲演的时间与地点，《日记》记载是这样的：11 月 22 日"静农来，坐少顷，同往北京大学第二院演讲四十分钟，次往辅仁大学演讲四十分钟"。24 日"下午范仲沄来，即同往女子文理学院讲演约四十分钟"。27 日"午后往师范大学讲演"。28 日"午前往中国大学讲演二十分钟"。

讲演稿只存两篇，印在《集外集拾遗》中。第一篇是《帮忙文学与帮闲文学》，是 11 月 22 日，在北京大学二院，对国文系讲的，会由系主任马裕藻主持。这篇讲演稿很短，因为"只留较好的上半篇"，它的中心思想是：文学隶属于政治。鲁迅先生在短短的一千多字的讲演稿中，对中国文学做了精辟独到的概括：一种是"在朝"的廊庙文学，盛世帮忙，衰世帮闲，而"帮闲文学实在就是帮忙文学"。一种是"下野"的山林文学，"虽然暂时无忙可帮，无闲可帮，但身在山林，而'心存魏阙'"。鲁迅先生的概括是为现实斗争服务的：他批判了"对社会不敢批评，也不能反抗"的"所谓为艺术而艺术派"；并说现代评论派"骂骂人的人，正如杀杀人的人一样——他们是刽子手"。

鲁迅先生在 1935 年 6 月 6 日，又写了一篇《从帮忙到扯淡》，仍然是谈帮忙文学和帮闲文学的，列举了一些帮闲文学的作者，说"他们的作品，有些也至今不灭"，因为"文采却究竟还有的"。先生进一步论到依附国民党反动派的文人们，"乱点古书，重抄笑话，吹拍名士，拉扯趣闻"，这就连帮闲也不配，"不过'扯淡'而已"。文章的结尾说："帮闲的盛世是帮忙，到末代就只剩了这扯淡。"这就是预言国民党的反动统治就要快到末日了。鲁迅先生的杂文真是锋利的投枪和匕首！

鲁迅先生的第二篇讲演是《今春的两种感想》，是 11 月 22 日在北平辅仁大学讲的，讲稿经先生改定过。这时日本帝国主义者在侵占了我国东北领土之后，又在进窥华北，准备进一步侵略，形势十分危急，国民党仍在坚持"攘外必先安内"的反动政策，对日实行无耻的不抵抗主义。许多爱国青年义愤填膺，但没有实际对敌斗争经验，往往在国民党毒手中被害，或在日本帝国主义魔掌中丧生。这使鲁迅先生十分悲痛。所以他教导青年们要"认真点"，就是要认真对待敌人。

鲁迅先生在讲演中，也猛烈抨击了国民党的法西斯统治。他说："在上海则一讲社会问题，那就非出毛病不可，这是有验的灵药，常常有无数青年被捉去而无下落了。""不过你如果……说什么巴黎伦敦，再远些，月界，天边，可又没有危险了。"所以鲁迅先生教导青年们，"眼光不可不放大但不可放得太大"，也就是"不要只注意在近身的问题，或地球以外的问题，社会上实际问题是也要注意些才好"。

"认真点"，"眼光不可不放大但不可放得太大"，"这本是两句平常话，但我的确知道了这两句话，是在死了许多性命之后"，这是鲁迅先生留给我们的宝贵遗言，值得我们记取和深思。

鲁迅先生另外三次讲演，是在女子文理学院、师范大学和中国大学举行的，都没有记录稿，先生在书信中几次提出，想写而终于未写。在师范大学讲的题目是《再论"第三种人"》，当时的《世界日报》有报道，并刊登了鲁迅先生在广场听众中，立在方桌上讲演的照片。去中国大学讲演前，陈沂去鲁迅先生寓所，向先生汇报了国民党压迫逮捕爱国学生的情况，希望结合这种政治背景，号召青年团结起来，进行斗争，迫使国民党释放被捕青年。据说鲁迅先生开始先讲上海国民党反动派镇压抗日爱国运动，镇压左翼文化活动和左翼文艺斗争的情况，并号召青年们奋起，反抗压迫，争取抗日自由。这在迫使国民党市党部接受群众抗日爱国的行动自由的要求，并答应释放被捕的爱国青年上，起了一定的作用。

鲁迅先生离平后，传闻先生在山东境内在火车上被捕，北平各界成立了营救鲁迅先生委员会，后来听说鲁迅先生安抵上海，这个会才取消了。

1976 年 7 月 1 日写

1983 年 7 月 1 日修改

忆王青士同志在未名社

庸庸寄世等轻尘，
壮志凌云怀友生；
慷慨捐躯归永寂，
人间无处悼英灵。

1945 年在四川白沙和几个较熟的学生谈话，对于国民党的消极抗日和积极反共，我们都很愤慨。接着也自然忆起一些悲惨的往事。谈后心里郁郁多日，在夜雨中我写了几首诗，这是其中的一首。当时我心里所想到的是王青士同志。

青士的死是我久久不能忘怀的。我们只知道他被敌人杀害了，但一直不知道他死在何处。"人间无处悼英灵"使压在心头的悲痛更为沉重。写诗后过了十几年，仍然一无所知。直到今年 4 月去上海，我才到了他就义的龙华默吊。他原来是 1931 年和柔石同志等一同死难的，当时他任青岛市委书记。现在他的名字已经刻入纪念的碑石了。

青士到北京入俄文专修学校读书，记得只在素园处偶然见到，并不熟识。不久他就回故乡霍邱去了。大概在 1928 年，突然接到他从上海来信，接着他就到了北京。谈起来，知道在故乡散传单，贴标语，触怒当地的驻军，他不能再住下去了。那年春季，我因为翻译一本书被捕，未名社也被封闭。出来以后，我们不肯轻易罢手，总在想恢复出版的工作。青士的来正好多一个帮手。同时谋职业也很困难。我们就办起门市部，青士在那里负责一个时期。这时候我们才朝夕相处，越来越熟。

他工作积极负责，一天到晚欢欢笑笑。据我所知，他是并没有学过绘画的，可是到社不久，他就购置了颜色画具，开始画起广告画来了。这些画虽然只是封面画的放大，在墙上贴起来却异常引人注目。未名社门市部在景山东街，离北京大学一院和二院都很近，广告画吸引着大群观众的情形，现在记得的人大概还不在少数吧。我清清楚楚记得他衔着烟斗、聚精会神作画的情形。

渐渐我注意到：对于寄售的书，他经心选择后，才为进步的画出广告去。我高兴他对读者采取了负责的态度。

那时候的书多半是毛边或不裁页的，读者很难先看看内容才决定买否，无钱购买而白看看就更难了。青士为清贫的读者们设想，好的书刊总裁了页，放在外边任人翻读。不久这个门市部倒更像一个阅览室了，而且是一个有领导的阅览室。

但是反动统治者不是闭着眼睛的。我的一个同乡长辈是做官的，和当时的公安局里一个人员相熟，他告诉我说，公安局已经在严密注意，在"读者"群中就有不少他们的鹰犬。我们知道这情况非要改变一下不可。因为他在做着党的地下工作，不宜引起太大的注意。于是政治色彩特别鲜明，或者与苏联有关的书刊收起一些，只重点推荐给不大可疑的学生。

鲁迅先生寄来的《士敏土》插图，也就是为了这个缘故，放在较不容易看到的地方。也有好心的读者注意到了这个情况，写信向鲁迅先生诉苦。鲁迅先生有些不高兴，写信来问我是怎么一回事。我委婉答复了，到以后见面才说清楚。那时青士已经死难。但是鲁迅先生未能知道，青士是和柔石死于一处。

青士的工作一天天越来越繁重，经常有党的工作人员来找他，常常需要我代替他在门市部坐坐，以便他和来人交谈。他也常常深夜才能回来。但他的精神很好，总是欢欢笑笑。即使有同志被捕甚至死难了，他也从没有显出过垂头丧气的样子。他好几次向我谈到某某同志从容就义的情形和自己所遭到过的危险。有一次，他去找一个刚被捕的同志，进门限就被特务抓住胳膊，他一知不妙，挣脱了就撒腿跑，居然逃脱了。他去看了一场电影回来，一点没有惊慌失措的神气。

他知道他的处境，时时有被捕被杀的可能。那时未名社是由我负着责任的，别的人全不知道。为避免未名社受到牵连，为使我对其他朋友好说话，他以为用合同的形式规定他与未名社只有职务上的关系，比较妥当。以后他为避免深夜回来引人注意，又搬到另外一个地方去居住。他是很关怀别人的安全，而自己不怕任何危险的。

那时候的白色恐怖严重，地下党人被捕的很多。青士尽最大的努力做救护工作。即使敌人抓不到任何证据，定不下什么罪名，他们也不肯轻易把"嫌疑犯"开释。必须办一个"保释"的手续，由保人保证"随传随到"，同志才能出狱。保又必须是不能动的商店和负责人。我记得，青士保释的至少在十人以上。有些较重要的同志，他总使他们尽快离开，到别处去工作。他明明知道因保"政治犯"而自己被扣押的人并不是没有。

脸上永远带着笑容，青士和人相处总是融洽的。但遇到对问题有什么争论，他很能坚持自己意见，有时争到面红耳赤也不罢休。这时他稍稍有点口吃，但并不重，只显得是特殊的抑扬顿挫。李何林同志当时也在未名社，也是爱爽直争论的一人。有时争论起来很够热闹，但是从来没有过不愉快的后果。青士绝不是只知嬉笑或矫情的性格，这是他可喜的地方。

青士所做的具体革命工作，我知道的不多，不过他的献身革命的精神早使我自愧"庸庸寄世等轻尘"了。北京师范大学历史系有几位同志在为青士写传记，我想是很有益的工作。他和其他同志的意志未被敌人摧毁，他们的英勇事迹也不应湮没。

1959 年 6 月 7 日夜

践踏未名社的屠伯

——北洋军阀

鲁迅先生在《忆韦素园君》中说："不久，未名社就被封，几个人还被捕。"先生在曹靖华译的《苏联作家七人集》的序中又说："它（未名社）被封闭过一次，是由于山东督军张宗昌的电报，听说发动的倒是同行的文人。"这是先生对反动军阀的强烈憎恨，对未名社成员的殷切关怀。

未名社被封，是在 1928 年 4 月。当时北京是奉系军阀张作霖的势力范围，山东被自己也不知道有多少姨太太的军阀张宗昌所割据，他们罪恶累累，践踏损害的绝不止是文艺园地，我在本文中只记与未名社有关的点滴而已。

在素园病倒之前，未名社已经有了一点小小的发展，就从沙滩新开路五号的"破寨"，迁移到"西老虎洞"——不过那时候的雅称已经是西老胡同一号了，在北京大学第二院对面。素园病入医院，守洞的就是另外一个朋友和我了。这个朋友并不管社事。

《鲁迅日记》1925 年 8 月 26 日记载："买《文学与革命》一本。"这是日文译的托洛茨基的文艺论著。那时候，北京大学有一个苏联诗人铁捷克教俄文，他曾作过长诗《怒吼吧，中国!》，素园从他得到《文学与革命》的俄文原文本，并听他说，这本书在苏联是作为大学文艺理论教本讲授的。当时素园和我并不明了苏联内部政治情况，这本书作者的反动政治面目还未暴露，我们的文艺理论水平又很低，倒认为他这本在社会主义的苏联印行的书值得介绍给中国读者。素园建议我和他同译，因为我已经得到英文译本了。刚开始，他便病倒了，就由我一个人译下去。鲁迅先生在1927年4月20日夜给我的信中说："你的译文如果进行未多，似乎还不如中止。"信末提到蒋介石发动反革命政变后广州的情形："这里现亦大讨其赤，中大学生被捕者有四十余人。别处我不知道，报上亦不大记载。"显然，先生是从政治上考虑问题的。但是书已经基本上译完了，又由于我很麻痹大意，就贸然把这本书于1928年初由未名社印行了。这不仅给未名社带来灾难，使亲友为此忧虑，也给读者以不良影响，我长期为此耿耿于怀。后来读到鲁迅先生痛斥托洛茨基及其"中国的徒孙们"的光辉文献，心情特别痛快。

那时济南第一师范有几个学生组织一个未名社书刊代销处，我们就寄去了一包《文学与革命》。4月初，我们就接到一封信，说所寄的书被截查，代销处的一个一师同学被逮捕，形势很严重。按时间说，我们是来得及躲避开的，但我们政治上很麻痹，又有两个小同乡因为党的地下政治活动到北京，住在我那里，就拖延了。等他们一个去绥远，一个回南方之后我们还未决定对策的时候，查封的事就发生了。幸而他们走得及时，要不然，恐怕会引起更大的麻烦吧。

4月7日清晨，我们在院子里洗漱的时候，从外面走进六七个陌生的大汉，分开站在我们的周围。我们彼此对看看，都没有作声。等我们漱完口，一个大汉对我们说："进到屋里去吧！"我想一定与济南事件有关，倒也颇为镇静。就进屋里去了。这是三间平房，西边还有一间小屋，是堆放未名社书刊的，锁着。我所以比较镇静，因为未名社只是文学团体，并不是政治组织，也没有什么实际政治活动，那两个同乡的政治关系，只有我一个人知道；他们来前去后的信件，写信的药水，残留的纸片，我都已经清除。我并作为闲谈，向房东和工友说明，他们是做买卖到北方来的，因为是我个人的小同乡，所以住到这里来了。以后的事实证明，这样做还是有用处的，因为警察特务在动手之前，就注意他们的行动了；我们被捕走后，他们还向房东和工友细细盘问过两人的活动和行踪。

等我们进到屋里以后，大概是大汉们的头头吧，开口了："我们奉令来搜查你们的住处。不准走动，出一个人，看着我们检查！"其余几条大汉横眉瞪眼监视着我们，态度极为蛮横。

我就给他打开书桌的抽屉，他把里面不多的东西仔细翻看一番，并未搜出什么，就叫另外一个人用纸条封好了。有一个五屉的竖柜。他翻看的时间更久，也并未搜查出什么。也叫人用纸条封好了。我的墙上挂着一张托尔斯泰给儿童讲故事的照相，那个头头突然指着它，向同伙们大声叫道。"你们看，那不就是马克思！"

他的同伙们大概都很佩服他的卓见，惊讶地看了"马克思"好一会儿，低声说了点什么，但并没有把照片取下拿走。堆着未名社书刊的西屋也还锁着未动。那时衙门的规矩，定罪原是用不着物证的。

我想把头一天进城，住在我屋里的韦丛芜摆脱开，就说他是进城到医院查病的，同未名社并没有关系，请让他回燕京大学去。那个头头摇摇头，慢吞吞地说："你们三个人一同走一趟吧！"便带着我们一同出去了。他们几个人在前，几个人在后，把我们夹在中间，步行前进。

从西老胡同到东城报房胡同侦缉分队，步行约要半小时，我们边走边低声说几句话，实际是编串"口供"。他们大概听不清楚，并未干预。我最怕牵连到卧病西山疗养院的素园，所以我就对两个朋友说："在杭州西湖灵隐寺养病的人要知道，可不知要怎样着急哩！"杭州那时已经不在北洋军阀势力范围之内了。鲁迅先生那时在广州，曹靖华在第一次大革命失败后已经再去苏联，我们是放心的。韦丛芜确实在患肺结核，我们也为他的健康担心，所以就谈他的病，意在借此可以争取他早早出来。我是"正犯"，另一个朋友只是被牵连，社务与译书与他无关；我们要统一口径，一致坚持说，未名社不是政治团体，是几个学生组织的文艺团体，出点书刊，换取学费和生活费用。

到侦缉分队后，并未问话，下午天快黑时，就把我们向前门外侦缉总队押送。大概要经过人多的地区吧，他们用麻绳缚住我们的胳膊，把三人结成一个小队。行人们侧目而视，很漠然，并不显得好奇，或者因为这种情形，已经是司空见惯的了。

侦缉总队是一个较大的衙门，也并未问话，就把我们带进一排三间的房里去。这房的两头，实际是两个大木笼，我和另一个朋友进了一头，马上落了锁，韦丛芜进了另一头也马上落了锁。中间是一桌二椅，看守人坐的地方。地下是木板，我们就坐下，背靠墙，先闭眼休息，吃过咸菜窝头，就和衣躺下，睡觉过夜。

第二天，枯坐无聊，我们就用极低的声音谈话，禁止；我们用指头在地上写字，禁止。虽然我们没有学过被囚大全，对此还是可以理解的。我们把两臂放在身后支着腰，也被厉声禁止。我们就莫测高深了。我们不听从这样的禁令，过一会儿，一个看守人大叫："你们想五花大绑上天桥呀！真是不识好歹！"我们这才恍然大悟，把两手放在膝上，端坐入定了。

也许因为是"天桥"两个字引起的死刑刑场联想吧，韦丛芜看着我们，做了一个用手枪打太阳穴的手势，我们摇摇头。看守人真是耳听八面，目观四方，这场哑剧也没有逃过他的耳目。他说：

"我们这里只是个过路衙门。一半天就把你们送走了。官家的天罗地网，在数难逃；善有善报，恶有恶报！"我想，难逃是无可置疑的现实，善报恶报却只有天知道了！因而也就有点急于想知道下一个衙门究竟像个什么样子。

很快我们就被送到这个衙门了——前门的警察局。天色已晚，到不多时，我们就被"过堂审讯"。堂上坐着一个中年的官吏，旁边一个记录员，在我们两边有不少武装的警察，屋内灯光暗淡，充满恐怖气氛。那个官吏开门见山就说："你们的案情十分严重，山东督军张宗昌来电报要求查抄你们的机关，拿获你们依法严办。实话实说，免得自讨苦吃！"接着他就读了电报，措词是够严重的。他又问了问我们的姓名、年龄、籍贯、职业等。我们在简单答复之后，说明未名社只是一个文学团体，与政治组织无任何关系，这倒也基本是实际情况。他大拍惊堂木，连声说"案情严重"，就叫两旁警察把我们带下去了，并没有让我们在"口供"上画押。

穿过两个大院，我们被带进到一个较小的院落，一边有一排三间平房，分开里外间，里间有一个颇为宽大的炕。我们就在这个炕上坐卧。外间一桌两椅，有两个警察看守。不一会儿，看守所所长来"看望"我们，对我们说，"优待"我们。我们知道，有先受"优待"、突被杀害的人，心里不免暗暗诧异，不知道他们要什么诡计。这时候可以随便谈话了，我们因此各抒己见，说说笑笑，表面上仿佛很惬意，但是闷葫芦还是打不开，虽然我们内心里并不为"优待"所惑。终于我们猜想，或许是朋友们营救的结果吧。

过一个星期，韦丛芜因病放出去了。我们想，大概我们也该快出去了吧。但是两星期，三星期过去了，杳无消息。除了看守所所长两三天来"看望"我们一下之外，再没有人来过问我们了，——自然，两个警察还在外间屋里。我们同他们攀谈，偶然似乎无意地问问外面情况，他们不是守口如瓶，就是用言语支吾开，其实我们谈话的用意，是想试试能否通过他们，与外边的朋友联系。他们谈到每星期可以休息一天一晚，我们就向一个人试探，他同意给我们送信，并为我们找来纸张和铅笔。我们同他谈好，每次给他三元钱"买杯酒喝"，由收信人付给，并把回信带来。

我们想，最可靠的朋友是常惠（维钧），他平常总热心帮我们的忙；我们猜想，这次奔走营救最出力的，一定也是他。他同鲁迅先生很熟，并为《苦闷的象征》译出莫泊桑的《项链》作附录，也常到未名社谈天。那时为共产党嫌疑案件牵连，就可以丧生，虽然我们知道他不会畏惧，也还再三嘱咐送信的警察多加小心，在夜深人静时，才穿便衣到他家里去。

回信到手时，我们多么高兴啊！这无异是一个患难与共的朋友同我们促膝谈天！从几次的通信中，我们知道果真是他奔走的结果，得到一个政客帮忙，向警察局说了话。迟迟不放的原因是，怕张宗昌再来电报，要求把我们解送济南，那就凶多吉少了。不过时局在急剧变化，国民党的势力已经使张宗昌和张作霖的地盘不稳，他们大概也未必还注意我们的事了。

国民党的势力向北伸展，对于我们倒不是什么安慰，因为我们记起鲁迅先生在1927年4月20日夜给我的信中所说。广州已在"大讨其赤"，不免为他在白色恐怖中的安危担心。事隔一年，国民党更容易同北洋军阀结成讨赤的"三位一体"，我们的事恐怕就要更复杂一些了。维钧的信使我们安心不少，他说并未听到有关鲁迅先生的不好消息；除了那个帮忙的政客之外，还有一位当时有名的中医，我在孔德学校教的一个学生的父亲，同一些军人政客混得很熟，慨然保证我们可以无事。倒是一件因为我们被关在警察局而毫无所知的事，使维钧吓了一跳：报纸上登载，枪毙了十三名共产党"暴徒"，其中有一名姓李，他以为是我呢。实际上，这次暴动，被捕前我个人倒是知道一点的，不过没料到暴动失败得这样快，十三个同志马上就牺牲了。

在我们被捕前夕，刚刚离开我的住处的那两个人，一个是我的小学同班同学，一个家在镇外，离我家只有几里的地方。他们那时都在做着党的地下工作。到我的住处时，他们只对我个人并没有隐讳。他们到北京时，北京在准备一次暴动，因为我的住处离后门近，原想让我的小学同学担任后门一带的指挥。他刚到，地形全不熟悉，以后考虑没有让他担任，换了别人了。我的这个同学，在抗日战争时期，在汉口被日本飞机炸死了。

1962年秋，我有点病，需要休息一段时间，以前来往住过我处的小同乡约我去安徽，我去了，同他常见面谈天，自然谈到近四十年前的往事。回天津前，我写了几首诗赠送他留念，最近我的弟弟为我查出抄寄来，我就转抄在这里，作为对他的悼念吧。他是在"十年动乱"中被打死的。

赠郑卫华（李云鹤）同志

一

峥嵘岁月去悠悠，

屈指行将四十秋；

迈步从容过燕市，

儿童争看破羊裘。

（郑卫华同志去绥远做地下工作，来往北京，所着敝裘引人注目。晤谈及之，不觉一笑。）

二

河山破落我心悲，

君谓雄心不应灰；

返日挽澜非梦幻，

人间事事在人为！

（当时军阀混战，郑卫华同志以革命乐观主义相勉。）

三

生死关头志愈坚，
身经百折不悲观；
饱尝暴雨狂风后，
促膝长谈过五关。

（郑卫华同志五度入狱。）

四

古稀犹有少年风，
无限悲欢一笑中；
健步当年活虎态，
豪情跃跃似生龙。

五

卅年老友喜相逢，
国庆声中欢笑同。
不肯等闲身老大，
私心未忘启蒙功。

1962 年国庆节于安徽

　　屈指计算，我们被拘禁五十天了，外面能送来的书只有《西游记》和《林和靖诗集》，前一书已经读过几次了。虽然没有相对唉声叹气，谈话却也感到有些词穷了。百无聊赖时，就到小院里用窝窝头碎粒喂蚂蚁，因而很想看看法布尔的《昆虫记》。看守人同我们谈到狱中食盐问题，我想到波兰小说家式曼斯基的短篇小说《一撮盐》。我们当时受着"优待"，实际上是受着政治迫害，生死难卜，而每到深夜，总听到在重刑下大汉的大声呼喊，少女的细声呻吟，周围弥漫着阴森恐怖的气氛。这些声音使社会现实缩现在我们眼前了。可是我所想到的却只是书本子，该是多么脱离现实啊！

第五十天晚饭后，我们在小院里坐着闲谈，虽然满心愤懑，却同看守人开玩笑说，我们是在逛公园了。这时看守所所长突然出现，对我们说："收拾收拾东西吧，今天开除你们了。"我们不解"开除"这个术语的意思，但只好去收拾东西。直到被带进一个办公室，在初来时的"口供"上画了押，我们才知道是将取保释放了。

这个取保的手续可不简单，因为要商店盖章，经理即店主签押，保证"随传随到"，一般人是不肯作保的。我们自然又是去找常维钧。他事先已经知道要释放我们，便对一家商店保证我们能"随传随到"，那家商店才肯为我们打了铺保。中夜我们回到住所，院内同步行经过的南北池子大街沿途一样，绿阴衬着碧蓝的天空，洋槐花的清香扑鼻，浮想联翩，终夜不能入睡。

自由究竟是珍贵的，甜蜜的，是应当用斗争保卫的！在被囚禁五十天之后，尤其觉得如此。但我只有一支笔，所以稍事休息之后，我就开始翻译《一撮盐》，陆续译成一个短篇小说集《不幸的一群》，在我们被捕一周年时，由未名社出版。这本书的《后记》一段文字，可以略略表达我被捕及被释以后的心情。

> 今天到前门大街去，看见一块园子里的不知名的红花，已经像去年一般，灿烂地开着了。去年的今天，我是没有这种福气的，因为正是被"捉将官里去"的时候；只在稍后几天，住过木笼，吃过窝窝头，被押着去受"优待"，从这旁经过时，曾对这红花贪恋地看过几眼。七星期的"优待"，使我觉到刺心的寂寞；先看见一棵草芙蓉发芽，渐渐长到人高，而且露出将放的蓓蕾来了；从门上的一个小孔，偷看隔壁的丁香花发苞，盛开，又凋零了；以后有关不住的洋槐花的清香，在傍晚时不知从哪里一阵阵地吹送过来；再以后，听说外边的牡丹花已经快开谢了。

自由究竟是珍贵的，甜蜜的，是应当用斗争保卫的！争自由的志愿也可以说颇为强烈，《不幸的一群》的书面就选用了俄国列别介夫所绘的《自由》。但是，这里所发出的，不过是被侮辱与被损害者的"哀音"，一点也不是鲁迅先生所重视并愿介绍给中国读者的"怒吼文学"。

《鲁迅日记》1928 年 4 月 24 日记载："得素园信。"一定是他通知先生，未名社被查封，几个人被捕。6 月 5 日记载"得李霁野……信"，一定是通知先生，我们被释放了。

鲁迅先生对未名社期望殷切，鼓励我们努力。在政治方向上的教导，更为开朗明确了，精神同先生 1928 年 7 月 22 日给素园的信上所说是一致的："以史底唯物论批评文艺的书，我也曾看了一点，以为那是极直捷爽快的，有许多暧昧难解的问题，都可说明。"同年 7 月 11 日，先生以《坟》的校本及素园的《黄花集》译稿寄未名社，因为他知道我们在筹备开设门市部售书处了。

鲁迅先生 1929 年 5 月回北平时，《日记》记载：5 月 17 日"下午往未名社，遇霁野、静农、维钧"，5 月 25 日"往未名社谈至晚"，5 月 29 日"下午往未名社"。这时未名社早已迁到景山东街 40 号，大概可以算是"黄金时代"了吧。我们同先生详谈了被封被捕的情况，先生说他曾给北方一个政客写过一封信，但是没有得到复信，他知道有一个政客还算帮了忙，便开玩笑道，骂他们是"一丘之貉"，有时也有点冤枉呢。

我们领先生看了看售书处。先生看到许多青年到售书处来看书买书，非常高兴；对于我们对待顾客的办法，先生点头表示赞许。

1976 年 4 月 14 日

未名社始末记

　　1924 年，我除写译点短文换取稿费维持生活外，想到试译一本作品。那时候，因为鲁迅先生译过一些俄罗斯文学作品，我特别喜欢安特列耶夫的短篇，又因为英文译文比英美文学原著较为易读易译，我就选定了安特列耶夫的剧本《往星中》。利用一个暑假，我把它译完了。韦素园还用俄文原本校了校。我们的外文程度都不高明，但是我们很认真从事，往往为一个字讨论争吵半天。我的主要目的是学习，所以译完后很想向鲁迅先生请教。但我们怕鲁迅先生工作太忙，也怕他有大作家的架子，何必去找没趣。鲁迅先生那时还在世界语专门学校教点书，我的一个小学同学张目寒是他的学生。目寒说，鲁迅先生常常说到少见青年人写作或译书，颇愿发现新人。他平易近人，在课堂上总是谈笑风生，青年人都很喜欢他。目寒说，他愿把《往星中》译稿送给鲁迅先生看一看，即使怎样不成熟，他也不会讥笑。他再三说，鲁迅先生是一个非常负责、非常热诚的人，课后常有一群同学围着他谈天。这样，我就解除了顾虑，把译稿交给他了。

　　《鲁迅日记》1924 年 9 月记载："二十日　晴。上午张目寒来并持示《往星中》译本全部。""二十一日　晴，星期休息……看《往星中》。"这记事我多年以后才看到，看时我是很受感动的：鲁迅先生不仅记录了收稿的时间，第二天星期日本应休息，他却开始看起一个不相识的中学生的译稿来了。目寒当然会说明我是高中的学生，鲁迅先生没有把译稿放置一旁吃灰，他要发现新人的心情是何等迫切啊！

过些天，目寒告诉我说，鲁迅先生对译文还满意，不过有几个地方要改一改，最好同我当面谈一谈。我的高兴是难以言传的。因为《鲁迅日记》没有记载，不记得目寒领我初次去访鲁迅先生的确切日期，我只记得是在初冬一个下午，鲁迅先生已经穿了一件灰色毛衣。接见我们的地方就是"老虎尾巴"，先生的工作室兼卧室。鲁迅先生确是平易近人的，没有一点架子，我完全不觉得拘束。

我并没有敢想把《往星中》印出来，也没有请鲁迅先生介绍去发表。但是先生为鼓励我们，对处理这个译稿倒有所考虑。1925 年夏末一天晚上，静农同我访鲁迅先生谈天。先生谈到一般书店不肯印行青年人的译作，特别不愿印剧本和诗歌，因为不容易销售。先生对此很不满，但也没有什么办法，因此建议我们试办一个出版社，只印自己的译作。他可以筹点印费，先印他的一本译稿，以便能收回钱来印我们的书，稿子他可以审阅编辑。这是出乎我们意外的慷慨倡议，我们当然赞成，表示愿意承担出版事务工作。我们自己是拿不出印费的，但不愿让先生独力负担，便由静农和我写信给当时在山西任官职的台林逸先生商量。他很快给我们寄来二百元，作为我们四个人筹的印费。他声明此款如能收回，就捐给家乡将要办的女学。林逸在 1915 年辞去官职之后，就在家乡叶集做小学校长，因为无法维持人口逐渐增多的家庭生活，才于 1925 年又到山西去再就官职。他是辛亥革命山西起义的领导人之一，因为清廉耿直，虽然位置很高，却无法实现自己的一些政治社会改革的主张，所以才回乡办学。他很钦佩鲁迅先生，读过他的著作，也读过一些进步社会科学书籍，并且还因"左"倾受过一个时期的软禁。以后他受我们请托，保释过好几个同乡的共产党员。他到山西之后，还对我个人有过经济的帮助。

鲁迅先生筹的印费是四百元。他当时的经济情况是拮据的，因为教育部和学校都欠薪。他在西三条购买的房子要大加修理才能居住，他不得不常向朋友许寿裳和齐寿山先生借钱。可是他为帮助几个初相识的青年人，却筹出当时一笔不算很小的款子。台林逸先生从贫困中回到山西不久，也为我们筹了二百元，使未名社得以成立。以上情况，我们当时是不知道的，现在想起来实在特别值得感谢。

曹靖华从韦素园的信知道成立未名社，也寄来五十元印费加入了。所以未名社有六个成员：鲁迅、韦素园、台静农、曹靖华、韦丛芜、李霁野。由鲁迅领导，也由他建议，以已出的丛刊名"未名"作为社名。

1925年9月30日，鲁迅先生在给许钦文同志的信中谈道："《未名丛刊》已别立门户，有两种已付印。一是《出了象牙之塔》，一是《往星中》。这两种都要封面，想托璇卿兄画之……至于书之内容大略，别纸开上。"这个大略写得十分详细，很可看出鲁迅先生做事何等认真，对青年何等爱护负责。先生不仅把书的内容写得简明扼要，他对作者也做了十分中肯的批评。

我翻译《往星中》时，对于作者和作品的内容，当然没有这样深刻的了解，但作品引起我的同感，并不是没有原因的。那时候中国军阀各有帝国主义做后台，内战使政治局势动荡不安，社会乌烟瘴气，稍有觉悟的青年，无不忧心忡忡，为祖国前途而感到苦恼。封建主义的文化，特别是封建的大家庭制度和婚姻制度，使青年们的精神受到重压。就我自己来说，这些都是亲身的体验。"五四运动"产生了很大的启蒙作用。青年人不能不想想"人生的意义与目的"这个重大问题，而各自提出自己的答案，走自己选择的道路。我是较早受到马克思主义宣传影响的人，向往共产主义的社会。我有几位小学同学参加了实际的革命斗争，随时准备着献出自己的青春生命。（以后他们也为革命牺牲了。）我很钦佩他们。但是一方面大家庭拖腿，我下不了决心抛开他们，一方面我愿意做个教育家或学人，而又不肯钻进书斋，脱离现实。这自然会造成心理上的矛盾和苦闷。在这以前，在我流落安庆的时候，我曾经有过不活在"有限的人世"，而"生活在无限的宇宙里"的幻想。所以对于《往星中》的天文学家并不感到陌生。但因为接触过一些参加实际革命斗争的人，也不免觉得他的"声音虽然远大，却有些空虚"。而对他的儿子的未婚妻玛露莎，决心回到"地上的世界"，继续斗争，却极为同情。至于本书作者在十月革命时逃亡到芬兰的事，我译书时并不知道。

未名社成立后，鲁迅先生对北洋军阀及其帮凶文人们做政治斗争的文章和行动，给了我们很大的鼓舞和教育。中国革命形势的发展也使我们对中国前途很抱乐观。我在青年时期所感到的彷徨和苦闷烟消云散，思想和政治倾向比以前更为明确坚定了。

1925 年 12 月，未名社出版了第一本书：鲁迅先生译的日本厨川白村的《出了象牙之塔》。《鲁迅日记》记载：（1925 年 1 月）"二十四日晴……自午至夜译《出了象牙之塔》两篇。"这一天是旧历元旦。日记又记：2 月"十八日，译《出了象牙之塔》讫。"可见先生工作勤，效率高，因为这二十多天中，他还做了不少其他的事。鲁迅先生译这本书，因为它是"批评文明，批评社会"的，而所批评的虽是日本人，也同样批评了中国人的毛病。鲁迅先生在《后记》中说，这些批评使他"往往觉得有'快刀斩乱麻'似的爽利，至于禁不住称快"。

《出了象牙之塔》给我的影响是健康的，特别谈到英国诗人白郎宁（Robert Browning）健康乐观的人生观，使我的精神为之一振。我摆脱了安特列耶夫悲观绝望的影响，决定把他的《黑假面人》（一个更悲观绝望的剧本）只印千册不再版。

《出了象牙之塔》约一年卖完了初版三千册。鲁迅先生于 1927 年 4 月 7 日给静农的信中说："《象牙之塔》出再版不妨迟，我是说过的，意思是在可以移本钱去印新稿。"可见先生何等关怀新人，急于把他们的稿子印出来。

鲁迅先生的论文集《坟》，是未名社于 1927 年 3 月印行的，两年后再版。前四篇是 1907 年写的文言论文，是研究先生思想发展的重要文献。先生在《写在〈坟〉后面》中说："其中所介绍的几个诗人的事，或者还不妨一看。"所介绍的八个诗人都具有反抗精神，这不仅在写作时对反清是必要的，对于"五四"后反帝反封建的斗争也很为必要。先生在文章中又说："最末的论'费厄泼赖'，这一篇，也许可供参考吧，因为这虽然不是我的血所写，却是看见了我的同辈和比我幼的青年们的血而写的。"鲁迅先生在《死》中说，对于怨敌，至死"也一个都不宽恕"，这和痛打落水狗的精神是一致的。这是我们应当牢记的宝贵遗训。

鲁迅先生于 1926 年 7 月 6 日开始译《小约翰》，于 8 月 13 日译完。这本书于 1928 年 1 月由未名社印出。先生说："《小约翰》……是一本好书。"直到 1936 年 2 月给人的信中，还说《小约翰》尚佳，是一本还可以读的书。《小约翰》"是一篇象征写实的童话诗"，是"成人的童话"，它的主题思想是：妄想摆脱人间苦，与大自然融为一体。只是一种理想境界，无法达到的。

鲁迅先生的《朝花夕拾》，先在《莽原》半月刊上题为《旧事重提》发表，后来集印成书，由未名社于 1928 年 9 月印行。这十篇文章回忆童年往事，诗趣盎然，同时也不忘怀现实，是很有特色的散文（Essay）。这本书同台静农的小说集《地之子》和《建塔者》，韦丛芜的诗集《君山》，均编入专收创作的《未名新集》。先生说："在那时候，也都还算是相当可看的作品。"

除以上说到的几本书之外，未名社印行了韦素园翻译的《外套》和《黄花集》，曹靖华翻译的《四十一》、《烟袋》、《蠢货》和《白茶》，韦丛芜翻译的《穷人》、《罪与罚》和《格里佛游记》（一、二部），李霁野翻译的《文学与革命》和《不幸的一群》等二十多本书。除《莽原》半月刊外，续出了《未名》半月刊。《莽原》半月刊连续发表了鲁迅先生的回忆文，《论"费厄泼赖"应该缓行》这篇名文也首先在这个刊物上发表，这是值得怀念的。《未名》半月刊停刊时，鲁迅先生在给我的信上说："《未名》忽停，似可惜。"

在 1926 年初，韦素园从当时在北京大学俄文系教书的苏联诗人铁捷克那里，得到一本俄文的《文学与革命》，据说苏联大学用为文艺理论课本。我也买到一本英译本。我们想同译这本书，但他不久就病倒了，就由我一个人开手译。那时我们当然不知道作者是反对列宁、斯大林的，只知他担任苏联红军总司令。

鲁迅先生 1927 年 4 月 20 日夜给我的信中说："今日看见几张《中央》副刊，托洛茨基的书，已经译载了不少了，似乎已译完……你的译文如果进行未多，似乎还不如中止。"信末提到广州"现亦大讨其赤，中大学生被捕者有四十余人……"我体会到鲁迅先生远道关怀的盛意，但书已经基本上译完了，我仍然不知道作者的反动政治情况，还以为书可以在逆流中起一点作用呢，就贸然把译稿付印了，于 1928 年初出版。济南第一师范学校有几个学生办一个书刊代销社，我们为他们寄去了一包《文学与革命》，被检查出来，由军阀张宗昌致电北京警察局；查封未名社，逮捕了台静农、韦丛芜和我。一周后韦丛芜因病被释。静农和我被关了五十天，因为常维钧尽力奔走营救，也终于被释放了。幸而两个住在我处的地下共产党员于我们被捕前夕走掉了，风波没有扩大。出来后，我译了几篇与牢狱流放生活有关的短篇小说，结集为《不幸的一群》，于被捕周年由未名社印行，作为一个默默的纪念。

鲁迅先生在《〈苏联作家七人集〉序》中说"它被封闭过一次，是由于山东督军张宗昌的电报"，就是指的这一事件。至于同文中说到的"新式炸弹"一案，却是几乎使未名社三个成员丧生，轰动一时的一大奇闻，因为"这'新式炸弹'其实只是制造化妆品的机器"。《鲁迅日记》1934年7月记："31日晴……得亚丹信，言静农于26日被掳……"这一次还牵连了六个人，我也是其中之一，但我只被关一个星期就释放了。这是未名社成员遭受到的又一次迫害。但现在还不是详细记述的时候。

未名社是约在1928年5月末启封的，我们不改初衷，还想继续出版期刊、书籍。不久，李何林、王青士因为在故乡霍邱举行暴动事败，被安徽省通缉，逃到北京来。当时谋生很不容易，我们便在景山东街四十号设立门市部，他们参加了未名社的工作。鲁迅先生1929年5月回北京省母，曾三次到未名社，一次畅谈一个下午。王青士同时以未名社工作为掩护，做着党的地下工作。未名社门市部一时门庭若市，盛极一时。王青士善画，他画的广告画很引人注目。这可以算是未名社的黄金时代吧。几个月后，青士离开未名社去专做地下革命工作，何林于秋季到天津河北女子师范学院教书，未名社失去了活力。

鲁迅先生1926年8月离开北京，先到厦门大学，后到广州中山大学任教。曹靖华远在苏联。韦素园于1926年12月咯血病倒。未名社已成了星落零散的局面。我们也不善经营，本地和外地代售的书款很难收回来，经济上渐渐不支。韦丛芜的思想和行为渐渐同我们背道而驰。我个人绝难维持这个局面，自己的生活同大家庭的负担也迫使我必须就业，经何林同另一朋友朱肇洛介绍，1930年9月，我离开了未名社，到天津河北女子师范学院英语系任教。1931年3月，静农和我去西山病院看素园，便提出结束未名社的办法来了。

我们决定把未名社的存书出盘给开明书店，各人的书是否给开明继续出版，由自己决定。未名社名义取消，不得再用。各人筹的印刷费和应得版税结算清楚，开出清单，通知时一并征求意见。韦丛芜已经接管社事，他说由他去通知鲁迅和曹靖华。我记得当时韦素园因病欠社款由静农和我以存社之款付还，他自己还有版税，约可还清。鲁迅未支用分文，曹靖华只用少数款，应由韦丛芜以超支之款及他以后从开明应得之版税还付一部分，大部分由开明书店应付未名社之款还付。我以为未名社总算"寿终正寝"，善后的事情也办理得比较妥帖了。

首先使我惊讶的，是看到《鲁迅日记》这条记事：1931 年 5 月 1 日，"得韦丛芜信即复，并声明退出未名社。"这我以前是毫不知道的，想是因为照顾素园的病体，这个声明并未公开。前年有些鲁迅先生书信发表了，许多人来访来信询问，未名社欠鲁迅先生的版税情况究竟怎么样。那时候实际已经发现了先生 1935 年 11 月 14 日给章锡琛的信："韦丛芜君版税，因还未名社旧款，由我收取已久，现因此项欠款，大致已清，所以拟不续收，此后务乞寄与韦君直接收下为祷。"但发表那些信的上海期刊不肯发表先生这封信，天津的刊物也都不肯登，不知编辑们持的是什么高见。我只好寄给广州中山大学学报一试，因为它登过鲁迅先生一篇佚文，很受欢迎。他们把信登出来了，见到的人可以稍释疑团。可是关于未名社结束时各人版税存欠情况，还有人写信或写材料歪曲事实，用心是不甚可取的。幸而这时候陈漱渝同志告诉我：北京鲁迅博物馆保存着一份鲁迅先生留下来的，李何林书写，台静农、韦丛芜和我签名盖章的未名社结束清单。我去查看，关于各人所筹印费、版税超支或余存数目，如何清还，都写得清清楚楚。这点小事，也可以证明鲁迅先生何等严肃认真。我对先生特别感谢，因为没有这个清单，无法证明事实的真相，而我对这些事情负主要责任，别人怎么说，我也就无法申辩了。

未名社结束是在 1932 年，上言的余波如果真正完全过去了，那未名社就的确是"烟消云散"了。

鲁迅先生在《忆韦素园君》中说："未名社的同人，实在并没有什么雄心和大志，但是，愿意切切实实的，点点滴滴的做下去的意志，却是大家一致的。"先生在《〈苏联作家七人集〉序》中说："未名社一向设在北京，也是一个实地劳作，不尚叫嚣的小团体。"这些话很可以说明未名社的作风和特色。

1936 年 4 月，我最后一次会晤鲁迅先生时，他说，有些人对未名社颇有好感，怀念它的存在。这当然主要是为了鲁迅先生的关系。未名社早就"烟消云散"了，但愿"就如花儿匠剪去了最美的花一般。花是被剪去了，但花香则常在地上"。

1979 年 3 月 26 日

鲁迅先生谈未名社

1934年鲁迅先生在《忆韦素园君》中说："素园他们愿意绍介外国文学到中国来，便……将《未名丛刊》移出，由几个同人自办……稿子是我们自己的，另筹了一笔印费，就算开始。因为这丛书的名目，连社名也就叫了'未名'……"

印费大部分是鲁迅先生筹的。其余五个人各筹五十元，估计可以印一本书和几次期刊。我们只说定，收回前一书的印费就印新稿，并没有社章之类。因为力量有限，先不收成员以外的稿件。期刊《莽原》半月刊也基本上只收成员的稿件，只约少数我们认为还合适的人撰稿。我们与以前为《莽原》周刊写稿的高长虹等并无联系，更谈不上社团关系了。

未名社初成立时，就翻译和创作说，我们五个成员都是初出茅庐的新手。但鲁迅先生认为："幼稚对于老成，有如孩子对于老人，决没有什么耻辱。作品也一样，起初幼稚，不算耻辱的。"（《坟·未有天才之前》）我们确如先生所说："并没有什么雄心和大志，但是，愿意切切实实的，点点滴滴地做下去……"（《忆韦素园君》）

鲁迅先生在《未有天才之前》中又说："想有乔木，想看好花，一定要有好土；没有土，便没有花木了；所以土实在较花木还重要。""泥土……不是坚苦卓绝者，也怕不容易做。"鲁迅先生对未名社费尽苦心，甘心自做泥土，这种坚苦卓绝的精神，使我们永远敬佩和感谢！

鲁迅先生说素园"是楼下的一块石材，园中的一撮泥土，在中国第一要他多"，并说他"认真"。我记起两件小事，可以作为例证。

素园在总管未名社事务时，自然也掌握着"财政大权"，但他既没有学过新式簿记，记旧式流水账也不熟悉。那时候的钱币，除了元角分之外，还有大小铜元，刊物的定价以铜元计，所以记账和结算有时有些麻烦。有一次，算来算去，差一枚铜元，他就在账目下写了一个颇不短的小注，解释错误的可能原因。我看了忍不住发笑。他却一本正经地说："我不让它错，错了也要说明白！"

鲁迅先生介绍素园去编辑《民报副刊》，特别嘱咐他要注意发现新的作者，素园不仅对来稿一一细看，而且一定给作者写信说明自己对稿件的意见。这种认真负责的态度，很为鲁迅先生所欣赏。

在《曹靖华译〈苏联作家七人集〉序》中，鲁迅先生说："靖华是未名社中之一员。未名社一向设在北京，也是一个实地劳作，不尚叫嚣的小团体。""靖华就是一声不响，不断地翻译着的一个。"这个序是先生"久生大病，体力衰惫"，逝世前三天力疾写成的。先生对未名社的关怀始终不渝，怎能不令人感念呢！

鲁迅先生在《〈中国新文学大系〉小说二集序》中说："未名社……事业的中心，也多在外国文学的译述。"但台静农"为了素园的奖励"，开始写小说，先后结集《地之子》和《建塔者》。先生说："在争写着恋爱的悲欢，都会的明暗的那时候，能将乡间的死生，泥土的气息，移在纸上的，也没有更多，更勤于这作者的了。"

我为筹自己的学费，要将《黑假面人》译稿出售时，鲁迅先生写信给素园说，"此书仍不如自己印"，因为"未名社之立脚点，一在出版多，二在出版的书可靠"。至于学费，先生借给我，等书出收回印费后，再以收来的钱还付。我们就是遵照先生的意见办的。

鲁迅先生1927年9月25日从广州给静农的信中说："未名社出版物，在这里有信用。"先生1929年3月22夜给我的信中也说："听说未名社的信用，在上海并不坏。"6月24日信中说："未名社书，在南方信用颇好。"7月8夜信中说："未名社书早到了。听说买者很多"并说："未名社本可以好好地干一下——信用也好——但连印书的款也缺，却令人束手。"这时候，从代售书店收不回钱来，经济的困难确是主要的。但未名社解体的真正原因，却是以后韦丛芜在思想上和我们有了严重分歧，未名社也很难充分满足他的经济要求。鲁迅先生 1933 年 6 月 28 日晚给静农的信，说到韦丛芜寄给他一本"大作"，觉得韦"已无可救"，对于"未名社烟消云散"的原因，先生已经是很了然的了。先生 1933 年 8 月 9 夜给我的信中，只简单提道："丛近到上海一次，未见，但闻人传其言谈，颇怪云。"

1936 年 4 月，我最后一次见到鲁迅先生。他虽然病过几回，精神却显得很饱满并健谈。尤其给我留下深刻难忘印象的，是先生对社会、人生、文学、艺术，有那样广博的经验和知识，而仍然怀着广泛的兴趣。先生留我吃午饭，饭后也没有休息，竟日快谈，我仍然依依不愿离去。我对先生谈到英国出版界和作家的一些情况，话题或者因此转到我国文坛现象，引起回想，先生谈到了未名社。先生说，未名社虽然已经解体，还有些人对它颇怀好感，怀念它的存在。先生谈时，精神显得十分愉快。事隔三十多年，回想起来，我还感到温暖和宽慰。

鲁迅先生对未名社的批评和谴责，已在几篇文章中零散谈及，就不再重复了。

1976 年 6 月 12 日

为鲁迅先生佚简答客问

　　上海的《文艺评论》丛刊发表了鲁迅先生给曹靖华的书信后，有些读者或来信或来访，向我询问信中所说的关于未名社的情况。我很感谢他们的关怀，并告诉他们说：我正在写《鲁迅先生与未名社》，抱歉不能对他们一一解答。但我从北京一位朋友陈漱渝处得到鲁迅先生的一封新发现的佚简，似乎还可供一览，因为我觉得这封短信是一个重要文献，从它我们可以看出鲁迅先生严肃认真，实事求是，待人以宽，处事公正种种美德，应该引起尊重先生的人们重视。这封信如下：

雪村先生：

　　韦丛芜君版税，因还未名社旧款，由我收取已久，现因此项欠款，大致已清，所以拟不续收，此

　　后务乞寄与韦君直接收下为祷。

　　　　专此布达，即请

道安

　　　　　　　　　　　　　　　　　　　　　　　鲁迅上（印）

　　　　　　　　　　　　　　　　　　　　　　　11 月 14 日

　　我要说明一下：章雪村是上海开明书店经理，未名社结束后，交开明代理，说定未名社所欠鲁迅先生与曹靖华版税，由开明收购存书之款及韦丛芜超支之款偿付，估计数目大体相符。我查《鲁迅日记》记载，1933 年

3 月 14 日，9 月 5 日，9 月 14 日，1934 年 6 月 14 日，10 月 24 日，1935 年 2 月 20 日，7 月 10 日，11 月 4 日，均有收款记录，"大致已清"是不错的。日记 1935 年 11 月 15 日"上午寄章雪村信"，就是上面这封信。

我说先生严肃认真，实事求是，就是根据上面的事实。我说先生待人以宽，处事公正，因为先生知道未名社几个成员办理未名社事务，是尽义务的，韦素园因病欠款，由台静农和李霁野用应得的版税基本付还清楚了。

1976 年 5 月 15 日，天津

关于未名社结束情况再答客问

我所写的《关于鲁迅先生佚简答客问》在《中山大学学报》发表后，接到一些读者来信表示欢迎，因为基本上解开了一个疑团。但也有一些读者来信说，鲁迅先生的书信、日记中多处涉及未名社结束时的经济情况，如有可能，何不将情况写得具体明白，使人一目了然呢。我很感谢读者们的关怀，但事隔几十年，我不容易满足他们的希望。今年5月，我到北京访问一个病友，无意从另一个朋友陈漱渝听说，北京鲁迅博物馆存有一份未名社结束时的清单，是鲁迅先生保存下来的。我到鲁迅博物馆查看，有一份台静农、韦丛芜和我具名盖章的给鲁迅先生的信和结算清单，是李何林（竹年）亲笔代写。这个结算清单的主要项目如下：

（一）成员交付未名社的印书费：

鲁　迅：四百六十六点一六元。

曹靖华：五十元。

韦素园、台静农、韦丛芜、李霁野：各五十元，共二百元。

（此款原系借来，社结束时，照借款人之意，提出捐助家乡女学。清单只言提出。）

（二）成员应实得之版税（百分之十七点五计）。

鲁　迅：二千六百零七点五元。

曹靖华：九百八十八点三元。

韦素园：二百八十元。

台静农：六百六十九点三七五元。

韦丛芜：二千一百五二点三元。

李霁野：一千二百六十四点三七元。

（三）收不回来的代销处欠款：

各成员版税原可增百分之四点五，只好不计算在应得版税之内。清单亦列入说明。

（四）成员对未名社支、存、欠款情况：

鲁　迅：存印费四百六十六点一六元，版税二千六百零七点五元，共三千零七十三点六六元。

曹靖华：支一百零八点五五元，除支尚存印费五卜元及版税。共九百二十九点七五元。

台静农：支二百七十六点七四六元，除支尚存版税三百九十二点六二九元。

韦素园：支一千九百四十七点六六八元，除应得二百八十元，欠社一千六百六十七点六六八元

韦丛芜：支三千零六点二三三元，除应得二千一百五十二点三元，欠社八百五十三点九三三元。

李霁野：支六百六十二点四元，除支尚存六百零一点九七元。

（五）欠社员款如何偿还，清单规定：

（1）韦丛芜欠社款八百五十三点九三三元，以开明将付韦之版税约八百六十元，照五与三比例付鲁迅五百三十四点六五元，付曹靖华三百一十九点二八三元。

（2）开明书店应付未名社之款分三期付鲁迅，韦丛芜之开明版税亦分期付鲁迅。

（3）李霁野在社版税六百零一点九七元，台静农在社版税三百九二点六二九元，代韦素园偿还欠社之款；曹靖华尚存之款六百一十一点零一七元，由台静农、李霁野、韦丛芜筹付。加上分不开的社余款六十二点六元，韦素园因病欠社款，基本还清。

（六）实际偿还情况：

（韦素园、台静农、李霁野在结算之后已无存无欠，只存在韦丛

芜偿还鲁迅和曹靖华欠款问题了。）这些情况都在清单写寄鲁迅以后很久，文字的凭证只有鲁迅的日记和书信。

（1）偿还鲁迅欠款情况：据《鲁迅日记》记载，1933年3月14日，9月5日，9月14日共收开明书店代未名社付款三次，共二千二百九十九点八三元；1934年6月14日，10月24日，1935年2月20日，7月10日，11月4日开明书店代韦丛芜付款五次，共四百八十七点五一元。二项共二千七百八十七点三四元，尚欠二百八十六点三二元。但鲁迅于1935年11月14日给开明书店章锡琛（雪村）去信说："……此项欠款，大致已清，所以拟不续收。"由此可见鲁迅是处事公正，宽以待人的，因为他知道几个成员几年中为未名社是尽义务。

（2）偿还曹靖华欠款情况：（一）韦丛芜未如约从开明所付他的版税中付曹靖华款。（二）清单原定由台静农、韦丛芜、李霁野筹还的六百一十一点零一七元，除李霁野付二百五十五元，韦丛芜付二百元外，台因屡遭事故，经济困难，我们未让他再付。而最主要的原因，是——（三）清单写明：社结束时，韦丛芜从开明书店预支九百五十元，他说用做他办结束去沪车费及生活费，并付印他的译稿《罪与罚》印费。我们原说以开明书店款首先付清鲁迅和曹靖华应得之款，韦丛芜未事先得我们同意，竟擅自支滥用此款，并于结束时还抢印自己的译稿，以致鲁迅、曹靖华的存款都未能付清。我的错误是既承认了韦丛芜造成的既成事实，又未在以后进行监督。所以曹靖华除支一百零八点五五元及四百五十五元共五百六十三点五五元外，尚应由韦丛芜付还的四百七十四点七五元未付。

鲁迅1931年10月27日夜致曹靖华信中说，韦丛芜从开明取款八百元；1931年11月10日致曹靖华信中说，韦丛芜从开明共取千元去，就是指上述的九百五十元。韦丛芜和我付曹靖华四百五十五元的事，见鲁迅1933年9月7日、7日夜致曹靖华信。

以上就是根据文字的记载，未名社结束时期的经济情况。我个人固然要感谢鲁迅先生留下这些文字纪录，一般读者大概也不会只把这些看作毫无意义的旧流水账，而会从中看出鲁迅先生办事一丝不苟的精神的一斑吧。

1977 年 9 月 24 日

附记：

　　承一个查看原清单的朋友包子衍指出：清单上写有北新书局应付未名社纸型、铜锌版费约二百元，收购鲁迅书三种存书费二百多元，未说明下文。北新应付之款是否付还，如已付，何时付谁，无文字记载可查，所以不计。

1979 年 1 月 26 日

《鲁迅先生与未名社》小引

　　近年来，广大人民群众遵照毛泽东同志"学鲁迅的榜样"的教导，对于鲁迅先生的学习与研究，越来越广泛深入地开展起来了。群众热烈要求多多了解鲁迅先生战斗的一生。甚至对看来仿佛微小的细节也深感兴趣。这是可以理解的。1975年，曾经有人向我提醒，未名社成立五十周年了。是否可以写点纪念文字呢？我想已经写过一点简单的记事，不必再写什么了。但是还不断有人来信问到有关未名社的情形，并有朋友劝我写点什么，最好是关于未名社的史料。我就不免想了想。

　　在想一想的过程中，我重新阅读鲁迅先生的日记、书信和著作，一面作为自己对先生和未名社的纪念，一面也作为自己的学习。先生的著作中所表现的战斗的一生经历，那种"鞠躬尽瘁，死而后已"的精神，给了我很大的鼓舞和鞭策。先生生前对于未名社几个成员的批评"疏懒一点"，"小心有余，泼辣不足"，重温时，仍然觉得十分中肯，十分亲切。前一句就是批评我们没有"鼓足干劲，力争上游"；后一句就是批评我们缺乏战斗精神，未能照先生所期望的，"批评文明"、"批评社会"，尽管我们眼前有那样一位光辉的典范。

　　在阅读的过程中，我粗略地计算一下，先生日记中关于未名社的记事约有七百则，寄成员的书信共三百几十封，互相访问的次数也不少，虽然全体六个成员相聚只有一次，也没有留念的照相。我不免有点感慨：先生费了这样大量的时间与精力，而未名社的贡献却是微小的，在社的存在期间，也有些事使先生感到很不愉快。五十年的时光飞逝了，先生逝世也将近四十年了，将文字中的记述加以组织，并把记忆中的若干事件留下一点纸上的声音，作为我对先生的纪念，对自己的鞭策，就个人来说，还很有意义。若是在了解鲁迅先生上，对读者也还能有点小小的帮助，那就是更可宽慰的了。因为所记的事多只限于同未名社及其成员有关的范围，所以题为《鲁迅先生与未名社》。

《鲁迅先生与未名社》序

　　常有人向我建议，关于未名社的资料太少，我应当写一些未名社的情况。所以从 1975 年起，在我被所谓"解放"的时候，就开始试写了几篇，打印一些份征求意见。有的报刊编辑要求发表，我认为大概不会引起什么是非，也就同意了。经过约三年时间，写成十几篇文章，集为《鲁迅先生与未名社》。有的出版社意欲出版，我就将稿子交给他们了。不意遭到一点鲁迅先生所说的"华盖运"，再三拖延了所允诺的出版期。但是颇有人向我催问，我也体谅到出版社出书的困难，所以就将稿子要回来了。这时我有意编辑《未名小集》，作为对鲁迅先生的纪念。湖南人民出版社愿意承印，我便将稿子给了他们。这本书印数极少，这情况当然是可以理解和原谅的。但有不少人因为买不到，纷纷向我直接要书，以后我的手头连一本也没有了。国内外仍有人来信要书，我向出版社也购买不到，所以很觉为难。我恐怕出版社有实际困难，例如纸张不够和印刷条件不行，因此建议由我退还稿费，另找出版社印行。但事过年余，得不到出版社只字答复，这就有些难解了。

　　1981 年到西安召开鲁迅先生诞辰百年纪念会议，有的同志向我索要这本书，我抱歉说，现在手头没有了。在北京开纪念会时，当然也有同志向我索要，我也只好抱歉，对他们说没有。今年 10 月鲁迅研究学会在杭州召开会议，也有同志向我索要，当然我也只好说抱歉，没有。在我去杭州开会的前两天，接到湖南人民出版社来信，说天津市委宣传部曾致函湖南省委宣传部，问及此书重版问题，该社因此计划重版。我对天津市委宣传部和湖南省委宣传部的关怀觉得十分感谢。但是从过去的情形看，很多人都买不到书，我对他们很觉抱歉而无办法，不如给出版力量较强的出版社印行，或者较能满足读者的需要。

这些文章主要只是资料性质，仅可略供研究鲁迅先生的人参考，并无什么大价值。

这本小书能以新的面貌与愿见的读者见面，我衷心感谢史莽和王仰晨两位同志。感谢初版责任编辑全灵同志为我改正一处误记的地方，并加了几个注。

1982 年 12 月 2 日，写于天津医学院附属医院

1983 年 7 月 1 日，修改于天津寓所

怀旧集

春晖忆

　　我的母亲是 1926 年冬去世的，到现在已经将近六十年了。1928 年我写了一篇纪念她的文字，1936 年写了一篇，1983 年又写了一篇，写回忆录时也自然要写到她。第三篇曾在一个日报的副刊上发表，虽烦友人代为查抄，一直还没有找到这个报。虽然有这些零零星星的记录，母亲的慈祥形象远远不如印在我心上的生动完整。我常有一个心愿：把母亲的遗容用笔画出来，但可惜我不会画像。用文字写好她，我也没有这种才能。新近有位朋友写信给我说，要编印一本《我的母亲》，已有多人撰稿，希望我也写一篇。我很赞成编印这样一本书，增加人生的温暖，用伟大的母爱作为建设精神文明的一大动力。因此我欣然命笔写这篇《春晖忆》。

　　我的姥家是自耕农，母亲是长女，有位妹妹，我称为老姨，年岁是最小的。大舅和二舅早去世，我记事时只见过三、四、五、六舅，各有几亩水田，分居在同一个庄子上面，关系十分和睦。舅舅们的性格自然不同，但对母亲都很敬爱，有什么事情总也爱听听她的意见。老姨的性格直爽，身体比母亲高壮，面容很相像，姐妹相处极为亲切。我听说，从我一出世，姨母就非常喜爱，每到镇上来，总要到我家抱抱我。她比母亲长寿，九十岁才去世，一生几乎没有害过病。我 1957 年回故乡，她已经年逾古稀，还能走五十里来看我。她同外祖母一样，终生吃素，但不同她一样信佛。外祖母十分慈祥，语音十分柔和，举止从从容容，我没有看到过她厉声厉色对待过任何人。这对母亲和姨母都很有影响。

　　姨母告诉我说，母亲从小就很勤劳，爱整洁，那时妇女不做田地里的农活，但做饭缝纫，十多岁就可以帮很大的忙了。自然她们都没有识字读书的机会，叶集一带被红军短期占领过。姨母稍稍学习过文化，但她说，红军一走，她就不能再学习，识的字早就忘光了。母亲那时已经去世几年了，可惜没有这一段可纪念的经历。她很为母亲的早早去世悲痛，认为她若还活着，看看儿媳同孙子，该会多么高兴啊。她也谈到母亲的病和她想念我的情形，我不觉凄然泪下。我说我可以像母亲一样奉养她，作为对母亲的纪念。她说母亲若活着，也不会眼看她晚年受苦不管，所以我的话会很合母亲的心意。

姨母也谈到，在我以前，母亲生的两个男孩先后都死了，母亲自然十分难过。算命的人说，那是因为结婚的日子没有择好，要重新择吉日结婚，生了男孩要认义父母，不能称自己父母爸妈，所以我称母亲为娘，在故乡是儿媳对婆婆的称呼，称父亲为老叔。这容易一一照办，因此我就活下来了。

母亲给我留下的最初印象，就是我陪伴母亲做针线活。故乡在冬季天气也颇冷，母亲坐在矮矮的竹椅上，腿下总放着一个火炉，炉中是用柴灰埋着的木炭，火力不太旺。母亲这时边纳鞋底或袜底，边讲故事或谈家常。在有枣栗红薯的时候，母亲一定要买一些，用布袋装起来，风干，有时煮枣，有时烧栗，有时烤红薯，吃起来比从外面买来的味道好多了。花生总从一个外号"小神仙"的小贩买来，因为他炒的火候好。母亲自己很少吃这些，但总让我送些给祖母。现在我一回想，似乎还有品尝这些食品的乐趣。我眼前浮现的鞋袜底上密密均匀的针线眼比任何图画都更美丽。

在母亲炉边所讲的故事中，我清清楚楚记得的是一只八哥。它是镇南头一位老太太喂养的，能说很多句话，十分灵巧，能口衔铜钱到北头一家商店，把钱吐到柜台上，说道："买针哪，买针哪！"商人把针放到它嘴里，它衔着飞回到老太太眼前去，把针交给她。不幸这只八哥被鹰所伤，死去了，老太太像死了儿女一样痛哭多次。

在母亲做针线活讲故事的时候，邻家一个同我岁数相仿的女孩也常来坐在母亲的身旁，母亲也很喜欢她。在母爱的阳光照射下，两小无嫌猜的孩子心中，渐渐萌发了初恋的嫩苗。

我小时身体是比较瘦弱的，母亲虽然并不懂什么营养学，总精心为我烹调点好吃的菜肴。红烧鳝鱼，炒子鸡，炒胡萝卜，素炒腐竹，猪脑鸡蛋汤，我现在回想起来是还有点口馋的。我对素炒腐竹特别有好感，因为外祖母每年总到我家住几天，这是母亲特别为她准备的主要菜，陪餐的总是我。母亲坐在旁边看着我们，有时笑谈几句话。

母亲有时也笑谈到民间有些谚语，可惜我所能记起的不多了。我们家的人口众多，但真正负起养家活口重任的实际只有父亲一人。母亲心里当然有些委屈。我的大姑母善烹调，腌制的小菜尤其好吃。故乡的习惯早晚总吃粥，母亲极愿为我腌制点小菜，但做不好，总请大姑代劳，人多她也不愿使我显得太特殊。这是她细心周到的地方，稍大时我才有点体会。母亲有一次说到"人多好做活"，脸上现出一丝苦笑，又接着说"人少好吃馍"，却就微笑谈到大姑家的情况了。

有一次她教我们唱："轱辘馍，咸菜汤，不吃不吃又添上。……有钱大哥吃一饱，无钱大哥请退场。"这倒有点社会的意义了，不过当时我们自然是不了解的。

母亲在月下散步，教我们唱儿歌的时候，在我心上留下最生动的形象，"月亮走，我也走，我给月亮背花篓"，或"月姥姥，黄巴巴，小孩子要吃妈"。在"八月雁门开，小燕去，大雁来"的季节，她带我们一面看着碧空中的雁群，一面教我们唱："雁儿雁，排成串，排个一字俺看看！"或："雁儿雁，排成串，排个人字俺看看！"在雁群果然排成"一"字或"人"字的时候，我们的欢笑情况终生难以忘却。

母亲性格坚强果决，在父亲挺身而出，冒险排解纠纷，站在持刀拿棒要械斗的人中间的时候，她既不畏惧，也不劝阻。我的一位表姐受凶恶的婆婆虐待毒打，她切齿痛恨，主张她离开婆家，回娘家或我家过活。她对败家的二堂兄是憎恶的，毫不隐讳。

她也是很仁慈和蔼的。我的二姑和二姑父，我都未见过就去世了，留下一位表兄和一位表姐，年岁都很小，祖母把他们收留到我家教养。母亲对他们像亲母亲一样，到成年后嫁娶成家了，也还是如此。表姐的生活是贫苦不幸的，母亲同我谈起来十分伤心难过，总尽自己的力量给她一点经济的帮助。表兄倒可以独立生活了，完全像亲哥哥一样待我，使我终生感念。我想这一部分是为了母亲的缘故。我的姐姐出嫁，我外出读书，母亲不免有孤寂之感，承担一部分家务也感觉吃力。三堂嫂主动为她分些劳，并尽可能关心安慰她。母亲像对自己的儿女一样喜爱她。三嫂是个独生女，她的母亲对女儿的慈爱和对我母亲的纯厚友谊给我留下很深的印象，至今我还清清楚楚记得她的纯朴的容貌。三嫂在我母亲去世后不久也不幸病故了。

说到病，我想起我小时出疹子时，母亲如何焦虑，为护理我日夜不能安眠休息。疹子本来还不算危险性很大的常见儿童病，但在三堂兄和我出疹子前，因出疹死亡的儿童颇多，自然要引起母亲的畏惧，幸而我的疹子出得顺利，病势很轻，差不多十天就完全无事了，母亲才安了心。

但三弟昭野一次患病，母亲却就忧心如焚，以为他是无救的了。这也难怪。叶集只有一位儿科医生，他看过几次，服过几次药都无效，他只好让父亲另请高明了。此外无医可请，父亲自然也很焦急。母亲要请"端公下神"，实际就是请巫医祈祷，因为不服神赐的药倒也无大害，父亲同意了。这时适逢有个征收酒税的人到镇上来，他知道父亲为什么愁容满面时，便自告奋勇，来为三弟诊治。服了一剂汤药，三弟翻了白眼，我们认为是病势转危，但又不敢到后院向焚香叩头的母亲报信。过一会儿，三弟大解，马上就显得好多了，我才连忙去报告母亲。她快步回房看望三弟，他要喝水，母亲突然泪如泉涌——欢喜的眼泪。焦虑、喜悦和眼泪都闪耀着伟大母爱的光辉！

1919年秋季，我到阜阳第三师范学校上学，第一次远离母亲。但寒暑假都能回家，一次同母亲谈话，我说半年一转眼就过去了，母亲却说，我觉得一月比一年还要长！因为三师起了点小风波我退学了，春节后我要到安庆去转学。母亲虽然没学过地理，却知道这地方离家更远，不可能寒暑假回家，心里十分难过。她除更精心为我做点好吃的东西之外，就加紧给我缝制衣服，准备鞋袜。这时我就记起孟郊的《游子吟》：

慈母手中线，

游子身上衣。

临行密密缝，

意恐迟迟归。

谁言寸草心，

报得三春晖？

我觉得这首诗出自肺腑，自然真诚，无怪一直为人所传诵。

1923 年春我转到北京，离母亲就更远了。家庭很穷苦，不能供给我上学，更谈不上筹川资让我回去省亲了。直到 1926 年夏，因为母亲病重，父亲才写信让我回去。无医无药，母亲的病因为剧痛，使她极为痛苦，时时祈求早死。我守在母亲身旁几月，束手无策，只能在精神上使她略得安慰。母亲说，喜欢吃我熬的粥和卧的果，此外就很少能进饮食了。

母亲谈到这几年的想念，说比病痛同样难熬。有的亲友劝她用鞋击床，同时呼唤我的乳名，可以使我坐卧不安，废寝忘食，非回来不可。母亲说，她怎能忍心那样做？

还有一个微妙难解决的问题，就是家庭早就代我订的婚约。在安庆时，我曾在《微光》上发表过一封公开信要求解除，但一直拖着没有结果。亲友们有的建议结婚为母亲"冲喜"，据说这可以使她病愈；有的建议娶正房侍候母亲尽孝道，在外面可以娶侧室，这叫作两全其美。母亲倒是合情合理的，她以为替儿子完婚是父母应尽的责任，并不是为了自私自利的目的。我们镇上有先娶妻、后在外面娶了侧室的人，结果很不幸，所以母亲认为也不好，她最关心的是对女方的影响，一怕发生不幸，二怕以后难同适当人家成亲。经父亲同女方家庭婉商，解除了母亲的两重顾虑，母亲也就同意解除婚约了。我所初恋的女子遵照父母之命、媒妁之言已经结了婚，结果十分不幸，母亲谈起来很伤心，这种现实生活的经验，对母亲想通这个问题也很有帮助。

第二个难解决的问题，就是假期完了。我秋季是否去继续上学。母亲看出了，在她病榻前几个月，对我的身心健康很有影响，我一向又是比较瘦弱的，很怕我万一病了，对她来说是很大灾难。这时更可以看出她的坚强和果决，她说："去上学去，我的病是可以好的！"我离开了，我知道这是同慈母的永别。冬季我接到家信，知道母亲与世长辞了。我并没有流泪，觉得这是一个解脱。现在看来，母亲所患的是癌症。

1944 年初，妻携带方平、方仲去故乡谋生，我已经到四川了。妻对父亲十分敬爱，母亲去世已近二十年，亲友们非常惋惜，都说若能活着看到她们，该多高兴啊！妻从亲友们听到母亲生前的一些事情，写信给我说，有这样父母真是幸福。我复信给她附了二首绝句。

一

家园娱父意常萌，
流浪天涯端赖卿。
慈母灵前携稚祭，
接书计日近清明。

二

时思事业报亲心，
自叹无成过半生。
慈母殷殷期造就，
遥伤墓木已成阴。

1946 年 5 月，我回到故乡，同父亲和妻稚欢聚数月。去世的母亲和四弟星野引起我们极大的悲感，但我们避免谈到。只有一次谈到方平出疹几乎丧生，我们才提起我幼时出疹和昭野患病的情形。父亲是饱经忧患的人，但颇有画廊派哲人的精神，在离别的长长二十年中，虽然异常想念，总写信勉励我以事业为重，从不提要我回家省亲。在无常的人生旅途中，双亲的爱永远温暖着我们的心。

我 1946 年 9 月去台北工作，父亲写信说，已在乡间购买的几亩地上盖了几间茅屋，母亲的遗骨已经移葬到屋后的地里了。1957 年 4 月我回故乡看望父亲，他领姨母、姐姐和我到母亲的墓前献花默哀，母亲的容貌像生前一样闪现在我的眼前。这时候我又想起我在《听雁》中引用过的威廉·考帕（William Cowper）的诗句：

时光老人只做成了半个小偷——
你失去了，你慰安我的力量
他却不曾偷走。

1984 年 12 月 10 日

纪念我的两位姑母

一　红杏枝头簇晓霞

1946年2月，我在一首《梦妻》绝句中，写了这样一句诗："红杏枝头簇晓霞"，写梦中所见的实景。这时妻在我的故乡叶集，我在四川的白沙，中间隔着万水千山，梦中的景色虽在四川，梦醒后我却想到了童年在故乡所见的真实美丽景色，进而浮想联翩，既怀念妻稚，也想到我的大姑母和她的生平中一些琐事。

我故乡老宅的后面，有个池塘，塘中有个小小的土岛，上面有繁茂的竹和树，在童年引起过我许多美丽的幻想。紧靠我家北边是大姑母的家，在塘边有一棵很高的杏树，春季杏花盛开，是我童年百看不厌、日夜神往的美景。我没有语言或文字可以对之称赞形容。以后读到"红杏枝头春意闹"，引起我的激赏，就不是偶然的了。词里借用别人的诗句已是惯例，诗中也偶有，我在梦中看到过幻景，童年又多次见到过实物，绝句中诗句表现了我的离愁和寻思，宽容的读者大概不会责难我偷抄吧。

大姑母宅后的红杏盛开是我童年欣赏的美景，杏子成熟也是我们很高兴的时候。这时大姑母总摘些送给母亲，千叮万嘱每天只给吃四五个，以免坏了肚子，杏核要好好留着，以后送给药店做药材。

在我家故宅的池塘边，有一株外乡地方官送给伯父的葡萄树，这在故乡算是奇树异木了，因此不知怎样栽种好。连我那位万能手的表兄，也只好把它种在一株柳树旁，让它顺树爬上去。在我记事时，葡萄树已经高攀柳枝，同柳叶相衬，也不算不美观，但我觉得同相离不远的红杏相比，却就像丹顶鹤群中的丑小鸭了。这或许因为在童年不仅没有吃过，也没有见过一粒葡萄，大概在青酸时就被鸦雀吃完了。

我1926年回乡省母，因为还记得这件憾事，我买了些葡萄干带回去。那时葡萄树还活着，自然还是不结果。伯父母和父母尝尝新，增加点见识之后，父亲让我也分送点给大姑母，大概不见果的葡萄树已经是多年不解的秘密，并成为谈笑的资料了。

大姑母宅后有一大片空地，长年种着几种菜蔬，她总亲自锄草浇水。除终年有新鲜菜蔬食用外，姑母还善腌制各种咸菜。母亲病中，我在护理时，总学着表姑姐的办法，为母亲煮粥，大姑母送的腌菜最合口。我家人口多，腌菜总量大难吃，饭往往也不尽如人意，所以母亲常说："人多好做活，人少好吃馍"，第二句总是称赞大姑母的。

大姑母虽然不善说故事，我们小时颇爱听她谈话，因为她时时带出有趣的民谣似的韵语，我至今还未完全忘却："轱辘馍，咸菜汤，不吃不吃又添上。""大鲤鱼，老母鸡，有钱大哥吃一饱，没钱大哥请出去。"谈话时也常带着一些有趣的歇后语，有时涉及本地的事和人物，就更富有幽默感了。我记得故乡有母子二人，以摆摊卖点糖食果品为生，儿子腿跛，外号"小神仙"。大姑母的歇后语有这么一句："小神仙妈削竹签——通枣。"通早，还早着哩。大姑母到我家常常引起嫂嫂姐姐欢笑，儿童们也活跃起来，现在想这也是童年一大快事。

大姑母有二男四女，都长大成人了，姑父的脾气很随和，不仅家务让她管理，教育子女的事也完全信赖她。她认为女孩只消学好管理家务就可以了，要能做贤妻良母。对于男孩，不主张管得太严太苛，要给他们有自由发展的机会。大表兄养一只鹰，喜欢天天捉雀捉兔，洪水急流滔滔，他敢扑到水里一游好几里。但他并未染上乡里那时常见的恶习——抽鸦片烟和赌博，中年自己务农为生。二表兄那时在乡里也没有什么职业技能可学，家里经营一点小生意，姑父一人也就可以照料了。他捕养蟋蟀成迷，中秋斗蟋蟀，是我们童年很欢喜的游戏，他的蟋蟀总是常胜将军，所以他是儿童们所佩服的人物。他们都是我童年的游伴，可惜我并没有学会捕鸟、游泳，斗蟋蟀时，我的蟋蟀总是战场上的败将。二表兄中年后在一个国营商店工作，既正派又能干，很受人称道。现在他们都不在人间了。

还有一件事情使我很感念大姑母。依照民间的习惯，父母在我很小的时候，就为我订了婚。受"五四"思潮的影响，我提出解除婚约的要求，在那时是骇人听闻的大事，大姑母是通情达理的，多次向母亲婉言劝导，母亲终于也同意了。

前年我同两位朋友到北京大觉寺观赏红杏，方仲陪伴我们。有一棵很大的杏树花开得正火红，我心头感到无限激动，口里低吟"红杏枝头春意闹"，眼前浮现着大姑母的形象，觉得这词句仿佛表现了她的性格和神态。我立在这棵杏树前面，请方仲为我照了一张相，洗印出来后，我十分珍爱。但童年的时光无法挽回，目前的红杏虽美，和童年红杏所留下的印象相比，似乎还缺少点什么。我不免觉得对大自然的恩赐有些歉意。忽然想起杜甫"月是故乡明"的诗句，我不禁微笑了。

二 "活剥刺猬"和巧藏银锭

童年我喜欢几种动物，有鸟有兽，刺猬是特别的一种，对它既有点掺杂着好奇的喜爱，也有点畏惧。常听人说："狗咬刺猬，无从下口"，那满身刺，可能是引起畏惧的原因。喜爱呢，或者同我要叙述的一件事很有关系吧。

我的三姑母是一位性情和善慈蔼的妇女，料理家务虽然也很勤劳，但不如大姑母那样能干，谈吐也不像大姑母那样利落。我们小辈也同样敬爱她。姑父家只种几亩薄地，我记事时已是八口之家，因此过的是十分艰苦的生活。但家庭和谐，从没听说有吵吵闹闹的事。大表兄有点爱闲闲散散，一部分因为没有很多农事劳动可作，一部分也因为姑父和二三表兄都是劳动能手。

三姑家只住几间简陋的茅草房，但屋内屋外都十分洁净。厨房东侧有一小片空地，生长着几棵很高、枝叶很茂的树。我们听姑母说，这是栗树，她出嫁到赵家时，树已经比人高了。有一年秋末，我们去姑母家玩，一见栗树，就高声欢呼：

"看哪！树上挂了好多刺猬！"

三姑母叫来二表兄，对他说："把刺猬打几个下来，给街上的孩子们见识见识，剥剥皮，给他们煮刺猬吃。"

我们好奇地看二表兄"剥刺猬"，惊讶地看他剥出一堆板栗！从此我们对他更多几分佩服了。

更使我怀念的是，板栗收成后，三姑母总送母亲一些，嘱咐用布袋装起来，挂在通风处风干，冬天可以用灰火烧了吃。母亲冬季总用烧饭后的余烬，盛在脚炉里取暖，晚饭后我总喜欢坐在母亲身旁，看她做针线活。这时母亲常照三姑母的说法，取出几个风干的板栗在灰火里烧熟。偶尔有一枚爆炸，飞出炉外，落到床上或很远的地上。我们又惊又喜，往往大笑一阵。

姑父家除种点小麦玉米做口粮外，以种菜为主，因为可以多些收入。姑父每天担一担菜到我家店前售卖。他总送给我一个大萝卜，并说这是姑母特意挑选出来的，我虽幼小，也很欣喜和感谢。童年常听人说："萝卜进了城，大夫关了门。"我不知道这是否有科学根据，也没有进行过研究，不过我1982年以前，也就是年近八十了，才第一次住过短时的医院，一生中几乎没有生过什么病。我想，三姑母对此有一份我应当感谢的功劳。

我今年已经快过完八十六岁了，不戴眼镜还能看书看报。我想这或许也要归功于三姑母。她知道我从小就爱吃胡萝卜，总选几个交给姑父放在菜担里送给我。生吃、蒸吃、炒吃都很好，母亲总不忘为我准备。据说胡萝卜对眼睛特别有益，似乎有点科学根据。一个人听医生说，三十岁眼睛必瞎，心里负担很重，另一个人也受医生警告，眼睛可能要失明，精神上当然也背了包袱。我安慰他们不要轻信，不过一方面也要注意爱护目力，另一方面食用胡萝卜。俗话说，"草头土方治大病"，也许是经验之谈，也许是无稽之谈，不过，他们一个年近花甲，一个年近古稀，一点都没有要失明的迹象。假如这是一桩功德，我想应该记在三姑母的名下。

在我少年时期，故乡常有兵匪之灾。一次比较严重，父亲觉得非率领家人逃避不可了。他手头还有三个银锭，随身携带怕丢失，想送到三姑母家里埋到地下。三姑母建议，不如丢进猪圈粪池更保险，父亲和姑父同意了。乱定后，姑母捞出银锭，在附近的池塘里洗净，双手捧着交给父亲。父亲一言未发，微笑着接过去。这微笑充分表现了信任和谢意。这一小小事件给我留下的印象，至今没有磨灭。

1926年，我回乡省母，大姑三姑都到我家看望母亲。午饭时，我听伯父称呼三姑"俺小姐"，我才知道伯父和父亲都是弟弟，无怪言谈举止所表现的姐弟情义之外，还很有敬意。

抗日战争胜利后，1946年5月，我又回到故乡。在离乡期间，从弟弟们的来信知道，家里偶然有些较少见的食品，伯父和父亲总约两位姐姐到家里吃一次便饭，谈谈家常。这情形很为邻里所羡称。妻和两个孩子是1944年回到叶集的，大姑母已经去世，三姑母还健在，照故乡称呼儿媳的习惯，称妻为"刘孩子"，使她觉得温暖亲切。这时大姑家的杏树和三姑家的栗树早已枯死，"剥刺猬"的故事，三姑母大概早已忘记了吧。但一件早在她童年发生的事，她不仅记得清清楚楚，还向妻和两个孩子津津乐道。

一只老虎被猎人追捕，跑到故乡叶集了。那时姑父也还在童年，无意间从老虎身边走过，虎可能还正腹饱，一点也没有伤害他。虽然以后大人们真是"谈虎色变"，却又给姑父起了一个"活武松"的绰号。这是姑父家惟一可载入地方志的光荣事件，三姑母到老不忘，乐于向人们述说，是完全可以理解的。

我1957年5月，回故里看望父亲，三姑母也谢世了。稍后我们在乡间买了几亩地，盖了几间茅草屋，伯父和父亲成为姑母家的近邻，但表兄三人都已作古，只有大表兄的长子，在伯父也仙游之后，每晚来同父亲谈谈天，饮茗抽烟，破除寂寞。父亲还为他和几个近邻翁媪读读讲讲《水浒传》《三国演义》等书。

我劝父亲到天津与儿孙一起生活，欢度晚年，他微笑着说，年岁大了，一动不如一静，你们常有信来，有相片时寄几张，我也就可以安心了。我知道，他是怕给我们增加负担。了解到他的生活情况和心情，我也就没有再力劝了。但是我要离乡时，他显然很难受，不过他尽力克制着自己，不使感情外露。

不料第二年的灾难，迫使他在八十三岁高龄离乡到津生活，一到就卧病，几个月后就与世长辞了。我们把他安葬在北仓公墓。几年后，继母去世，我们将火葬的骨灰安葬在父亲墓旁。这时我们后悔未将父亲火葬，不然就可以将骨灰送回故乡，葬在他终生挚爱的母亲、姐姐、哥哥、发妻和四子星野附近的地方了。

1990 年 3 月 3~10 日写

7 月 3 日修改

给大儿

　　今天是你的生日，我的孩子。爸离开你遥遥万里，心却比抱着你时离你还要近。可是这近有什么用处呢，只足以增加爸的苦恼罢了。妈久久没有写信来了，爸深怕她又被敌人剥夺了自由。若是果真像爸所想像的样子，你和弟弟都暂时陷入无父无母的孤苦境地了，我的孩子。你们都是那样幼小，妈上次入狱时所系念的就只是你们，并不介意自己所受的苦痛；这次若果真再度入狱（这在我想来是十分可能的事），她为你们的焦虑，一定比敌人的酷刑更使她难受。即使现在实际的情形并不像爸所想像的样子，她的处境也尽够痛苦的了。年年今日都是我们最快乐的时候，我们总要领你出去玩个痛快，为你摄照生日的相片，为你选购你所欢喜的玩物。去年我们为你买的兔，为弟弟买的燕，都很得你们欢喜，我们也从你们的欢喜中得到无限的快慰。今年兔燕该还是完好的吧，可是我们的情况有着多大的改变啊。妈若没有再度失去自由，她会再给你们照相买玩物，她会欢欢快快地使你们一点也觉不出什么不同吧。流落在万里以外的爸，总愿用这样的空想勉自安慰。可是妈久久没有信来了，爸对于你们只有空空的想念。妈若连亲近你们的机会也没有了，那痛苦爸真不敢想象！即使妈还有自由，能谎骗着你们欢欢快快的，她的微笑下要藏着多少你们幼小的心所测不透的酸辛苦楚！妈的贤良，你们现在还不能了解，妈的痛苦，你们现在也不能体会。今天是你第五个生日，你会渐渐对于妈增加了解和体贴吧。爸在你的生日惟有低首向上苍默祷：你在妈的崇高伟大的母爱中，天真地、平安地度过这段险恶的风波。

昨天爸到一个地方去参观养蚕，可是对于领导人所解释的蚕种改良等的事，一点也不感觉兴趣。爸的注意力完全集中在自己内心里所回想着的一件小事上面了。去年你对于蚕突然发生兴趣了，妈为你弄了几条来让你养。你从刚孵出一两天的幼蚕养起，一直到结茧，兴趣都是很浓厚的，有时上床了还惦念着夜间的桑叶，天亮一睁眼便要妈拿蚕给你看。等到出了蛾，你是何等惊喜欢跃，你又何等安静地听妈给你解释啊。

有一次，你跌了一跤，无意间将同院小姐姐的蚕茧压坏了不少，使她哭起来了，窘得你不知道怎样是好，泪只在眼里打转，可是你没有哭。以后妈出来调解，允许今年养了蚕结茧赔偿，才算完满地完结了这场小风波，使你们相视微笑了。

今年养蚕的时节早到，妈还有自由为你弄蚕养吗？还有心情想到这点小事，为你偿还去年的一笔债务吗？假若你还没有忘记，可是妈却没有自由或心情来顾到这点事了，你的幼小的心或者会感到若干惊异，甚至感到若干悲哀的吧。

爸小时为失去一只心爱的白兔，初次尝到人生的哀愁。今年爸远远离开你了，妈也许失去了照料你们的自由，或者这些都还不是使你觉得生日黯淡无欢的事。没有蚕养，没有茧结，没有蚕蛾飞舞，或者会更深地使你尝味到人生的哀愁，像爸失去那只白兔一样吧。

今天是你的生日。你也许在无识无知的保护下将这日子欢快地度过了吧。可是沉重的悲哀压着爸的心：在你们正要勃勃生长的年岁，爸几乎将你们遗留在饥饿线上了。妈在被敌人释出后的一封来信里，勇敢地说要担负起养育你们的责任，爸相信妈是有这样能力的，也有这样勇气。可是爸给了妈太多的痛苦，太艰巨的负担，而且不仅是物质的。在你的生日爸更痛切地感觉到对不起妈，对不起你们，我的孩子。

自从那晚上爸吻过你，向你说了回去找爷爷的谎话，决然和妈同你们离别了之后，你的影像从没有离开过爸的心头。为想念你，爸的心常常一阵阵绞痛，使爸觉得不支。什么事总容易使爸联想到你。同住的几位新朋友突然对天文发生浓厚的兴趣了，每晚总要观看星辰，识别星座，偶然也谈到流星和日蚀。爸能不想到前年领妈和你到北海去看日食的事情吗？

我们和另外几个孩子都用废弃的照相软片遮着眼，向天空看望，你也学我们的样子一直看，以后天气改变，过了应蚀的时间，我们也没有看出结果，便收起软片，到别处玩去了。

过了很长的时间以后，我们在极乐世界看佛像时，你总向大殿的顶上张望。我们并不经意，以为你也在看佛像或什么。又过一时，你依然仰望着，一面扯着妈的衣襟，问道：

"妈，日食在哪里呢？"妈和爸都笑了，别的几个孩子也笑了，你也跟着笑，可是分明知道大家都是在笑你。你的眼里依然含着怀疑的神气，经过妈的解释后，你才真正欢笑起来了。

若是妈和你们都在这里，爸会对星辰也发生兴趣，并且教给你们认识一些星星。爸以前领你和弟弟看星看月时，不是将自己童年所学的儿歌，教给你们几个的吗？在月夜你还会唱：

> 月姥姥，黄巴巴，
> 小孩子，要吃妈。

给妈听吗？你还会唱：

> 月亮走，我也走，
> 我给月亮背花篓。

在院子里绕着圈子走吗？

说起儿歌，爸想你会惊喜地看望这里许多大大小小的耗子。爸教你唱：

> 小耗子，上灯台，
> 偷油喝，下不来，
> 小姐姐，抱猫来，
> ——叽里咕噜滚下来。

的时候，你不是常常想看一看耗子的吗？

这里有许多好看的蝶和鸟，使爸常常想到以前偶然捕到一只蝴蝶、一只麻雀或乌鸦所给予你的喜悦。有一次不小心，一只麻雀给猫偷吃了，你伤心地哭了好久。爸想，你若在这里，好看的蝶和鸟会使你怎样喜爱啊。爸一见到它们，便想为你捕到一只，但一想到你在万里外的远方，便怅然若有所失，觉得它们的颜色和形状无论怎样美，对于爸也都是没有什么意义了。

今天是你的生日，爸若能送给你一只蝶或鸟，是多么受你欢迎的礼物啊。可是这点小小的心愿也无法实现。爸的心是沉重的，我的孩子。

爸在一处书架上见到一本 *Vanity Fair*①——这也会使爸想到你吗？是的，这也使爸想到你。大概在前年的秋季，你要看妈书桌上的一本书，妈给你看了。这是牛津世界名著版的 *Divine Comedy*②。你总看着那本书的包纸，向妈问来问去，妈就顺口讲给你"南极"，"北极"，因为那书皮上画的是地球，你总指着两极发问，妈也无法给你什么解释。以后你居然记住了这种对你毫无意义的名词。书名妈也无意告诉你是"Comedy"。以后妈将这件事忘怀了，这本书也插在爸的书架上的其他书里了。经过了一个多月后，你从爸的书架上抽书看，抽出这一本时，你立刻叫出书名来，使妈和爸都大为惊异。妈以后和一个朋友谈起，他是很有点怀疑的，自然他不好向妈明说。他从爸的书架上 Thackeray 的全集中抽出一本 *Vanity Fair* 教你记住是"Vanity"。经过一些天，你居然三次有两次从十几册同样颜色的书中抽对了这本书。你的成功使妈和爸的心里充满了骄傲的喜悦。

你欢喜看有画的书，往往坐在那里一两点钟不动身，妈为你的健康忧虑，总常常加以制止。妈现在还有自由为你选购新的书籍，还有自由给你们讲述书中的故事吗？你们的应有的享受，应有的精神的食粮，也随着妈的自由，随着物质的食粮，被敌人一同剥夺了吗？记得爸为你讲到吉诃德（Don Quixote）打风车的故事时，你格格地笑不能止，并且常常一想起便笑了。天方夜谭和阿丽思的故事也引你出神倾听。现在远在万里以外的爸，连为纪念你的生日，向你讲述一篇故事的幸福也被剥夺了。爸的心是沉重的，我的孩子。

---

① 中译本为《名利场》。
② 中译本为《神曲》。

现在是晚间八点钟，你平时睡觉的时候了。记得一到时候，妈总指着分针向你说，针站直了，你应该睡觉，你便听从妈妈的话去上床。有一次还没有到八点，你瞪着眼看着钟，身子挺得很直。妈不知道你要做什么事，可是也并没有问你。过一会儿，你突然问妈说：

"妈，我站直了，钟怎么不睡觉？"

妈微笑了，吻吻你，不知道怎样回答你好。

窗外现在正有闪电和雷雨。去年夏季有一夜，暴风雨和雷电将妈和爸惊醒了，电光闪闪不断地照亮全屋。我们走到你和弟弟的床前，你们都安安静静地睡着。电光闪耀得越来越可怕，妈和爸的心里也怀了恐怖，惟恐一惊醒你，我们无法制止你的恐惧。我们俯下身去，在床两旁遮护着你，可是你终于醒了。你微笑着看看妈，看看爸，不一会儿又静静入睡了，我们心头才觉到轻松。这情景清清楚楚出现在爸的眼前，今夜的电光和雷雨也宛然是那一夜的样子，可是你离爸多么遥远啊，我的孩子。

这时候妈是不是能使你们安睡了呢？还是由别人代替了妈的职务，妈自己已经失去自由了呢？你们还能得到妈一人在那雷雨之夜的同样爱护吗？还是你们睡在床上和天亮醒来时，都渺然不知道妈的去处，爸的去处，默默地心里觉到人生的悲哀和寂寞呢？妈久久没有信来了，我的孩子。

为妈和你们，爸总要和一向一样，振起精神，挺身生活，埋头工作。可是妈久久没有信来，你们怎样生活的问题，也是迫切难解决的，使爸精神上感到很大的不安和痛苦。爸觉得对妈不住，对你们不住。妈自然不会有什么怨尤，她知道我们除了对自身，对你们之外，还有更重大、更神圣的责任。你们对这也会有了解的一天。在敌人所给予我们的总损害中，我们所受到的连"沧海一粟"都还够不上。不过，就要到了饥饿线上的你们，对于这一点点损害的严重，不久也就可以渐渐明了了吧。从这一点切身的经验，你们该会渐渐知道敌人所给予我们的总损害是怎样重大吧。

爸为妈的安全，为你们的养育，天天在焦思中过生活。今天是你的生日，爸愿妈能和你们一同好好度过。爸向你叙述几月来的想念，权当爸和你们晤谈了吧。愿明年今日妈能领你们在爸的眼前欢笑！

1943 年 5 月 13 日　北碚

厄于短年的韦素园

　　素园逝世已经四十五年了，已经超出了他短短一生十五年。他很为还生活着的少数老朋友所怀念。近些年来因为鲁迅先生的回忆文和书信，关怀他的新朋友也越来越多了。在素园逝世后，我们原想编辑他的少数诗文和书信，由几个朋友各写一篇回忆文字，出一个纪念册；以后情况有不少变化，这个想法也就没有实现的可能与必要了。但是仍然有不少素园的新朋友希望多知道一些素园的生平事实，大概为进一步了解他的一助吧。我是素园童年的朋友，自然对我瞩望更为殷切。把老友介绍给新知，是很愉快的事；不过鲁迅先生已经将素园的性格、思想、感情、生活和工作作风，甚至容貌都用生动的笔触写到了，可谓画龙已经点睛，我所能增添的只是一鳞半爪罢了。

　　韦素园 1902 年 6 月 18 日生于安徽霍邱县叶家集。这个地方离大别山很近，是个小小的平原，在二十年代末和三十年代初，曾是鄂豫皖革命根据地的一部分。在 1914 年秋，叶家集才成立了明强小学，素园在读了几年私塾之后，进了这个小学，约一年多就高小毕业了。他在私塾时，虽然辛亥革命已经发生了几年，大人和小孩绝大多数都还留着辫子。韦素园在私塾倡议大家剪去辫子，引起不少大人的惊异。明强小学的校址是旧的火神庙，里面有泥塑的火神、文昌老君像，每年还有些人去进香火。韦素园积极参加了推倒泥像的活动，引起了一部分迷信市民捣毁学校的大风波。他的反抗精神在少年时代就有所表现了。

　　韦素园的家庭是经营小商业的，经济情况很艰窘，所以小学毕业后，他只能到阜阳去上公费的第三师范学校。这是在 1915 年秋。第一次世界大战早已开始。1918 年春，素园决然离开第三师范，到北京参加段祺瑞所办的参战军，因为中国已经对德宣战了。这时俄国伟大的十月革命已经发生，可是在当时除极少数先进分子外，一般人既不知道这个革命的实际和意义，更不了解第一次世界大战是帝国主义战争的性质。素园在小学和师范学校的时候，常听到"投笔从戎"、"马革裹尸"一类的宣传教育，因为那时候一般教师对帝国主义对中华民族的侵略与欺压，已经有点初步的认识，已经广泛地向学生灌输爱国主义思想了。韦素园的从军，是他要把爱国思想见之行动的表现和探索；虽然这是他在歧途上走的几步，却引起他思考当时青年面临的许多重大问题。他不久就识破了所谓参战军的骗局，毅然决然离开了。

韦素园的大哥当时在长沙做文教工作，他便到长沙进了法政专门学校预科读书。那时统治湖南的是反动军阀张敬尧，此人极端残暴，在政治上搞专制高压，在经济上是敲骨吸髓，人民恨之入骨。韦素园已从投军的一点教训，知道军阀是国内巨害。张敬尧在湖南的胡作非为，引起他满腔义愤，在写信时形诸文字，在谈话时溢于言表。他积极参加学生的"驱张"运动。毛泽东同志是学生"驱张"运动的主要领导人之一，这个运动也终于取得了胜利；可惜素园没有机会同毛泽东同志接触。但是素园还在长沙时，受俄国十月革命感召的伟大的"五四运动"爆发了，这使他受到很大的影响，很深的激动，他的思想感情起了质的变化：新时代的曙光使他对祖国产生了无限的希望。怀着乐观坚定的心情，他于 1920 年夏随兄到了安庆，转入安徽省立法政专门学校。他参加了安徽省学生联合会的工作，全力以赴，常常夜以继日。他的认真激烈的性格这时有了充分的表露。他沉默寡言，埋头苦干，从不夸夸其谈，哗众取宠，因此很使人敬重，同时也受人爱戴，因为他很纯朴诚恳，绝无傲人的态度。

中国在那时候是军阀割据的时代，统治安徽的是反动军阀马联甲，和张敬尧是一流货。这些军阀对外勾结帝国主义，对内联络封建地主，闹得国无宁日，民不聊生。哪里有压迫，哪里就有反抗，这是一条历史规律。安徽学生这时的主要政治活动，就是在反帝反封建的总原则指引下，群起驱逐马联甲。韦素园作为学生会领导人之一，积极地投入了这次斗争。这次"驱马"运动终于以胜利结束。

俄国十月革命对中国的影响极大，它使中国革命成为世界无产阶级革命的一部分，进入新民主主义革命时期。1921年初，在上海成立了一个革命组织："社会主义青年团"（S.Y.），以后改称"共产主义青年团"（C.Y.）。这个组织选派了一个代表团去莫斯科，参加第三国际召开的国际会议，韦素园是代表之一。代表团人人藏着共青团团员证，轻装从上海坐船出发，取道海参崴、伯力去莫斯科。在1921年春季，虽然国内战争在俄国西部已经结束，帝国主义武装干涉也基本上以可耻的失败告终，但在东部，尤其在海参崴到伯力这一段，白匪仍然猖獗，随时与红军激战，战线犬牙交错，红白难分，弄不好，代表团就会落到白匪手里丧生。日本帝国主义在海参崴还有残余势力，常常派遣间谍进红区刺探军情，并进行破坏捣乱，这就不能不引起红军的高度警惕，对从海参崴向西去的旅客特别注意，防止混进白匪和日本间谍。斗争是十分复杂严酷的。代表团表面上是新闻记者，秘密证件藏在鞋底，不准轻易示人，因为红军与白匪均无标志，难分红白。

代表团在海参崴登火车出发，走了一段之后，列车员觉得他们行迹可疑，严加盘问、搜查，虽然并无所获，却疑心他们是日本间谍，要使他们下车。在这生死一线，一发千钧的瞬间，一个代表的秘密证件无意被发现了，这真是一个晴天霹雳！代表团以为证件落入白匪手里，必死无疑；列车员和红军万分惊异，一时还转不过念头，仿佛有点不知所措了。说时迟，那时快：他们把代表们作为同志热烈拥抱起来，一面跳跃，一面欢呼。这情景给素园留下极深的印象，后来谈起还不禁眉飞色舞。

开过会后，素园进莫斯科东方劳动大学学习。那时候，苏联在革命、内战、帝国主义武装干涉之后，接着又是荒年，生活是十分艰苦的。但是素园还节约了一点零用钱，从旧书摊买到必需的字典、词典、俄罗斯古典文学和苏俄文学书。他居然冒着危险把它们带回国来，所以他十分珍惜。这些书首先引起鲁迅先生的注意，他在《忆韦素园君》中说："窗前的几排破旧外国书，在证明他穷着也还是钉住着文学。"

素园在知道俄国十月革命，接触了马克思列宁主义，并且目睹了俄国革命的现实之后，他一直坚信不疑：只有走十月革命的道路才能救中国。

他同我们谈过，他想以研究介绍俄罗斯古典文学和苏俄文学为终身事业，一方面是自己的兴趣所在，一方面是很受那时同在莫斯科的瞿秋白的影响。他也说过，张国焘的自吹自擂的作风使他很有反感，他不想做实际政治活动家与此或者不无关系。但是，素园也绝不是一个脱离实际的空想家。他积极参加学生运动，做出过应有的贡献。他在上海准备去苏俄的时候，向家乡给我们寄去《共产党宣言》和其他共产主义宣传品，使不少人畅谈共产主义成为风气。可以断言：他撒下的这些种子生了根，发了芽，开了花，结了果。我们的三个小学同学和一个亲友很早就参加了共产党，他们一个在汉口，一个在芜湖，为中国解放奉献了年轻的生命。一个在汉口工作时，被日本飞机炸死。一个在人民解放军和蒋军交战的地区，被反动的地主武装所杀害。这一切又影响了稍稍后起的人：素园的侄女德芳和其他几个女子加入了当时还未公开的共青团，做宣传、鼓动群众的工作。1930 年红军占领了叶家集，德芳就到大别山根据地去了。1934 年德芳随红四方面军长征，在湖北境内因病落队，以后就没有消息了。素园生前知道德芳参加红军，十分高兴。新中国成立以后到 1957 年，才查明了德芳的情况，素园有知，一定会含笑九泉吧。

还在莫斯科东方劳动大学学习的时候，素园已经有了结核病。1922 年夏季回国，素园到安庆去看望父母兄嫂，经医生检查，肺部有结核病灶，痔漏也可能是结核的影响。治不了，养不起，亲友担心，素园却处之泰然。这是他不能参加实际政治活动的主要原因。

为了继续学习俄文，1922 年秋他进了北京法政专门学校。因为有点俄文基础，他不辞辛苦，还为低年级的同学做辅导。他读书勤恳认真，在短时间内有了较可观的进步。他课外最欢喜阅读柴霍甫、果戈理的作品，以及勃洛克的《十二个》等苏联文学新著。这年寒假，素园又回安庆省亲，力劝我到北京读书，虽然我两手空空，友情的温暖却鼓励我次年春和他同行，开始写点文稿维持艰苦的生活，并换取入学的费用。这时候我们时有断炊之虞，偶然还要典当点衣服应急，但是我们有一种信念：中国有光明的前途。我们周围有不少青年朋友，他们有确信，不自欺；他们在前赴后继的战斗。在学习中我们得到不少乐趣和力量。他们和我们互相关怀，互相帮助，互相鼓励，都愿对这个光明的前途有所贡献。素园可以说是这样一些青年的核心。

素园初到北京时，就和地下党员刘愈结识了，彼此有深厚的友谊。1928 年 4 月，素园在病中得知刘愈被反动派杀害，他立刻写了一首悼念的诗在《未名》半月刊上发表，对反动派表示强烈的愤慨和抗议。1932 年 6 月，地下党员赵赤坪第五次或第六次被捕了，素园还写诗劝勉他：

> 不要悲伤，
> 不要愁虑，
> 今日的牢狱生活，
> 正是未来的甜蜜回忆。

1923 年秋，我进崇实中学读高中，第二年开始练习点翻译，素园很鼓励，并赞成我试译《往星中》，他用俄文随时加以校改。那时我们的外文基础都很差，主要是作为学习，但字斟句酌，态度是很认真的。译完后，我们虽然想向鲁迅先生请教，却又不敢冒昧，倒是一位小学同学张目寒在世界语专科学校听鲁迅先生的课，常听到先生谈希望有青年人译作，便把译稿送给先生了。鲁迅先生看完译稿后约我去谈谈，使我们喜出望外。

素园认为一生最大的幸福是结识鲁迅先生，因为先生是他最崇敬的人，最敬爱的良师。记得是在我 1924 年初冬见过鲁迅先生之后，介绍素园去和鲁迅先生见面。先生那时每周去北京大学第一院讲一次中国小说史，素园就住在大学对过的一个公寓里，我们实际上已经"偷听"过先生的课，所以在教师预备室和先生见面是很方便的。1925 年起，我们同先生见面的时候就很多了。这一年春季，素园去开封国民军第二军担任俄语翻译，因为那时有苏俄军事人员在该军任职；鲁迅先生借给素园四十元做川资。《鲁迅日记》12 月 28 日记载："访李霁野，收素园所还泉卅。"所还就是这四十元。苏俄军事人员在第二军开展不了工作，不几个月他们回国，素园也就回到北平了。

在女师大学生驱逐杨荫榆的运动中，在鲁迅先生同胡适和陈西滢之流的斗争中，素园极力赞扬先生不屈不挠的战斗精神，有时还拿陈西滢说鲁迅先生"跳到半天空，骂得你体无完肤——还不肯罢休"的话，引起先生和我们大笑。鲁迅先生在《忆韦素园君》中说到，段派官僚林素园带兵接收女师大之后，素园愤怒之至，把自己的名字改为"漱园"；后来因为一位相识多年的女友说不如旧名习惯，林某已经销声匿迹，素园才恢复了旧名。

《鲁迅日记》1925年7月13日记："夜霁野、静农来，属作一信致徐旭生，托其介绍韦素园于民报。"《民报》约请素园担任副刊编辑，因为有鲁迅先生的支持，报纸风行一时，不过不到一个月，就被张作霖查封了。鲁迅先生很欣赏素园的认真负责作风，因为他对来稿一一细看，并给作者复信提意见。以后素园不肯在《莽原》半月刊上发表向培良的稿子，高长虹向鲁迅先生告状，先生不加理睬，主要原因是他相信素园对编辑工作严肃负责，不会草率从事。

未名社是鲁迅先生1925年8月建议成立的，9月就将《出了象牙之塔》付印了，《鲁迅日记》10月10日记"以校稿寄素园"，就是此书的印稿。那时"坐在一间破小屋子，就是未名社里办事"的是韦素园。这间小屋在北京大学第一院对面一个公寓里：沙滩新开路五号。鲁迅先生从北京大学下课时，常到这里同素园谈谈天，顺便把校稿带来。

素园这几年除了为我用俄文校订《往星中》和《黑假面人》外，还为韦丛芜校订了《穷人》，却把自己的译书工作放在社务等办完之后，夜深抽出点时间来做，所以只于1926年译完果戈理的《外套》，送请鲁迅先生审校后，于9月由未名社印行。此外，他译的书有未名社1929年出版的《黄花集》，和商务印书馆1928年出版的《最后的光芒》。

素园带病回国以后，除在安庆进行一次不认真的治疗外，既未诊治，也未休养，而几年的学习和工作是很繁重的，生活也十分艰苦，以致在1926年12月，他大量咯血，一病不起。据当时的医生诊断，肺部有巴掌大的洞，痊愈是没希望的了。我们先后把他送到法国医院、协和医院治疗，略有起色，便于1927年春季，把他送到西山福寿岭疗养院。从此他就很少起床，看书写字一般都伏在枕上，但他决心同疾病做斗争，没有悲观失望情绪。鲁迅先生说他伏枕给他写的信"措辞更明显，思想也更清楚，更广大了"。他给我们写的信也是如此。可惜因为我们当时的处境和所遭的事故，使这些信只残留下少数几封。"人生就是工作，只有在工作中求得真实的快乐和意义"，是他在信中给我们留下的宝贵的遗言，我们把它置之座右。

鲁迅先生对于素园的病是十分关怀的。1929 年 5 月先生回北京省母，30 日上午，静农和我陪他去西山看望素园，当天下午五时，先生就写信给景宋，详细谈了会晤情形，先生说"他很喜欢，谈了许多闲天"；"他也问些关于我们的事，我说了一个大略"；"……感到他将终于死去，——这是中国的一个损失，——便觉得心脏一缩，暂时说不出话……"当夜一点半，先生又在信上说，"上午之纵谈于西山"，"是近来快事"。

鲁迅先生这次来访给素园很大的安慰和鼓舞。在这一二年之前，素园就写信给鲁迅先生，谈马列主义文艺理论问题，所以先生在 1928 年 7 月 22 日的信中说："以史底唯物论批评文艺的书，我也曾看了一点，以为那是极直捷爽快的，有许多暧昧难解的问题，都可说明。"鲁迅先生也知道素园还伏枕译点马列主义文艺理论文章，所以在 1929 年 3 月 22 日夜给素园的信中劝他："你所译的卢氏《论托尔斯泰》那篇，是译起来很费力的硬性文字——我想你要首先使身体好起来，倘若技痒，要写字了，至多也只好译译《黄花集》上所载那样的短文。"在这次晤谈中，鲁迅先生也委婉提出类似的劝告，素园衷心感谢，此后就只译点较短的文字。他感到体力精神越来越不好，病好是无望的了，便于 1929 年 7 月，嘱咐我把《外套》精装一本代题几个字赠送给鲁迅先生。(《鲁迅日记》1929 年 8 月 3 日记："收未名社所寄……精装《外套》一本，是韦素园寄赠者。")先生两年多后在这本《外套》上题字："此素园病重时特装相赠者，岂自以为将去此世耶，悲夫！越二年余，发箧见此，追记之。三十二年四月三十日，迅。(印)"在两年多之后，先生还忆及当时接到书的心情，这是何等深厚的感情啊！素园在谈话和书信中都从没有流露过悲观失望情绪，鲁迅先生在书信中所表现的乐观精神和坚定信心，显然也是支持他的一大力量。"……我若存在一日，终当为文艺尽力，试看新的文艺和在压制者保护之下的狗屁文艺，谁先成为烟埃。并希兄也好好地保养，早日痊愈，无论如何，将来总归是我们的。"(1931 年 2 月 2 日致韦素园信)先生对青年的爱真是无微不至！

1932 年 8 月 1 日晨五时半，素园在北平同仁医院病殁。虽然我们早有思想感情上的准备，悲痛还是难以制止。我们拆阅他的遗书，这是他几个月之前就写好的，有几句话表现出他一直是恬静的："现在我要先你们而'别去'了。愿你们勿以我为悲哀。这种离别乃人生之常，早晚免不了的。"他同时写就的有一封向鲁迅先生致最后敬意的告别信。先生在接到我们报告素园逝世消息的信后，复信说："这使我非常哀痛。"（1932 年 8 月 5 日致李霁野、台静农、韦丛芜信）十天后，先生又在给静农的信中说："素园逝去，实足哀伤……忆前年曾以布面《外套》一本见赠，殆其时已有无常之感。今此书尚在行箧，览之黯然。"（1932 年 8 月 15 日夜）

我们把素园安葬在他生前选定的北京西山碧云寺下的万安公墓，立了鲁迅先生写了墓记的石碑："呜呼，宏才远志，厄于短年。文苑失英，明者永悼。"

鲁迅先生是深知素园的人，对他的评论也最为公允："素园却并非天才，也非豪杰，当然更不是高楼的尖顶，或名园的美花，然而他是楼下的一块石材，园中的一撮泥土，在中国第一要他多。他不入于观赏者的眼中，只有建筑者和栽植者，决不会将他置之度外。"（《忆韦素园君》）

作为石材和泥土的素园和作为建筑者和栽植者的鲁迅先生，先后逝世都已经四十多年了，我写此文时悲感丛生，真切地感到："有志者入泉，无为者住世，岂佳事乎！"前些天我写了几首诗寄给一位老朋友，其中一首就表现了这种心情：

死别固吞声，
难忘怀旧情。
倏忽四十载，
师友两凋零。

1977 年 8 月，素园逝世四十五周年

纪念许地山先生

　　不见许地山先生温和微笑的面容，不听他低柔但却清楚的声音，屈指一算，现在已经有五十年时光了。但是先生的音容，我至今并没有忘却。

　　我是1925年秋从北京崇实中学毕业，不经考试到燕京大学读书的。崇实是燕京的附属中学之一，毕业后可以直接升学，不用另外考试，所以我们那一班中途转学去的人很多。不过听当时的教务主任刘先生说，崇实几届毕业生学业成绩不佳，我们这一班毕业生去后若无进步，就要取消崇实作为附属中学的资格了。在升学时，这是我要考虑的一种情况：我不愿因为学习成绩过差，影响后来的人。

　　燕京是收费较多的私立大学，虽然鲁迅先生帮助我百元学费，我自己译的《上古的人》又换取稿费百元，但第一年的食宿零用还嫌不足，第二年更要未雨绸缪，入学前我不能不加以考虑。我要留出点时间精力，陆续编译一些短文，从报刊换取稿酬，以免辍学断炊。

　　当时燕京的外国文学系在北京虽然不算是最好的，我的兴趣完全在外国文学，一上来原想入这个系学习。但考虑到课程还是比较重，外国教师又全不熟悉，随意不到班上课，恐怕办不到，所以我就知难而退了。

　　中国文学系当时倒有几个知名的教授，有的还接触过，多半还和蔼可亲，也还欢喜他们有时发表的文章。但主要因为可以随意不上班听课，我就决然入这个系了。有时间，有兴趣，也偶然去偷听听外国文学系的课。所以我的上大学是很马马虎虎的。

　　那时为凑足学分，除必修课外还要选点课。大概我上燕京第二年也就是 1926 年，许地山先生已经在那里教书了。我认识他，因为他那时开始发表小说了，我总阅读，颇为欢喜。他大概并不认识我，但遇到时我总向他微笑致意，虽不谈话，总算有点头之交了。我或者因此选修了他开的宗教史。我虽然对于宗教并无多大兴趣，他的课我总还是去听的，因为他上课像讲故事一样，听起来津津有味，并不讲干巴巴的神学和哲学。他有时联系到民俗学，那我就更感兴趣了。我以后还比较喜欢读点这一方面的书，大概同听先生的课有关。不过事隔几十年，先生教给我的东西早已几乎全部奉还了，只有关于观音的演变传说，我多少还留下一些影响。这些同童年所听到的一些故事混合在一起，留下不少愉快的回忆。为此，我是很感念先生的。

因为母亲病重，我回乡省亲，未到学期终了我就离开燕京，先生也许以为我逃了学了。在病榻前，母亲有时谈到信佛而终身吃素的外祖母，我们常说她慈祥，乐善好施，很像传说中的观音。这时我想到地山先生在课堂上讲观音的情形，就觉得更为亲切了。

1926 年冬季韦素园吐血病倒了，第二年夏初勉强可以离开医院休养，为护理要由我负责，只好让他住在燕京东门外附近一间民房里面。这时我就几乎不能上课了，只有地山先生的宗教史课我偶然还去听听，觉得还可以破除一点寂寞。但有时确实感到筋疲力尽，在课堂上不免打打盹。地山先生和我只是相视一笑，他从没有斥责过我一句，也从不给我一点脸色看。课下偶然相遇，彼此还微笑点点头打个招呼，但没有交谈过一句话，我也没有去拜访过先生。但是至少在我觉得，师生关系是很够理想的了。

未名社是 1925 年成立的，素园病前，完全由他支持。他一病倒，这个摊子只好由我去看守，1927 年学期结束，我只好从燕京休学了。离开学校，地山先生和我就没有再见过面，也没有通过信，但是他留给我的影响，却是可亲可敬的，一直没有泯灭。我只间接听说，以后他离开燕京，到香港教书去了，其他毫无所知。

1928 年 4 月，未名社为印行我译的《文学与革命》被查封，我被捕关了五十天才释放。这时未名社是否能续办下去是个疑问，也有朋友好意劝我，不如秋季到燕京复学，毕业后谋生较易。我想去试问一下吧，却碰了壁，我倒也没有什么失望之感。当时的中国文学系主任是马鑑先生，我想，我既然决心退学了，应当向他告别才是。我去拜望他，出我意料，他建议我到中国文学系做研究生，也许那时候并没有什么学历限制。我很感谢他，但我诚诚实实告诉他说，我的兴趣在外国文学，不想改攻中国文学了。他表示惋惜与了解，我告辞后只在抗日战争时期路过成都时再见过他一次。他和许地山先生一样，都是我久久感念的教师，我很高兴他们一直在教育界坚持工作，虽然他们何时去世，我都不准确记得了。

大革命从成功到失败，抗日战争从灾难到胜利……大局势如此动荡，"人有悲欢离合"，也就渐淡然处之了。生离死别的师友，偶见到有关的文字记录，不免引起一时的怀念，有机会也许同人谈谈往事，但更多的时候这一念很快就默默消失了。

前年我在《新文学史料》上发表《我的生活历程》，一天我接到期刊转来一封信，原来是许地山夫人周俟松师母写的，我惊喜异常，很快写了回信，外面的联系就这样开始了。以后她给我寄来地山先生尊翁的诗集，使我更多了解到地山先生的家世，我感到极大的欣慰。地山先生的形象也就更亲切地呈现在我的眼前了。我建议将这本书转赠给中国现代文学馆，为更多研究地山先生的人提供资料，俟松师母同意了。

最近她又来信说，已将地山先生的小说《春桃》改编为电视剧，在地山先生九十诞辰放映，还要出一本纪念册，收印他的老朋友们写的评论文字，因此我也写这篇纪念短文聊表怀念之情。

1987 年新历除夕

纪念许寿裳先生

　　许寿裳（季茀）先生是鲁迅先生终生的挚友，他们在日本同过学，在旧教育部共过事。我认识许寿裳先生，是在1925年经鲁迅先生介绍的。鲁迅先生那时在翻译厨川白村的《出了象牙之塔》，在涉及英国文学的地方，得到季茀先生的协助，所以我知道他精通英文。

　　季茀先生像鲁迅先生一样，态度蔼然可亲，谦虚诚恳，乐于助人。他协助鲁迅先生，也就是给未名社很大的支持，因为《出了象牙之塔》是未名社印行的第一本书。他们的友谊与合作给我们树立了很好的榜样。

　　《鲁迅日记》1925年7月13日记："夜霁野、静农来，属作一信致徐旭生，托其介绍韦素园于民报。"素园被聘为《民报》编副刊，我所译的《上古的人》陆续在这个副刊上发表，附有该书作者房龙所作的插图。副刊只出了半个月，报馆就被张作霖查封了。鲁迅先生劝我把《上古的人》加以整理出单行本，我说最好请人校一下，免出错误。先生很痛快地说："我去绑季茀的票！"我知道他们间有深厚的友谊，我也很乐意拜季茀先生为师，所以就把整理好的译稿交给鲁迅先生了。经季茀先生校阅后，我把稿子卖给上海亚东图书馆出版，换取了自己的学费和生活费。

　　1930年秋，我到天津河北女子师范学院教书。1932年夏，学院的校刊编辑孔若君（另境）突然被逮捕，那时的罪名不是共产党员，就是共产党嫌疑，营救的工作比在北洋军阀时期还要困难。我们想尽了一切办法都无结果。鲁迅先生便写信请季茀先生参加营救工作。

    ……弟有旧学生孔若君，湖州人，向在天津之河北省立女子师范学校办事，近来家中久不得来信，因设法探问，则知已被捕……原因不明……此人无党无系，又不激烈，而遂久被缧绁，殊莫明其妙，但因青年，或语言文字有失检处，因而得祸，亦未可知。尔和先生住址，兄如知道，可否寄书托其予以救援，你早得出押，实为大幸，或函中并列弟名亦可……

弟树顿首 8 月 17 日

    汤尔和是当时任要职的大官僚，同鲁迅和季茀先生在日本同过学，所以托他，因为在北方营救因政治关系被捕的人，最有效的办法是托大官僚政客"说情"，其次是用金钱行贿，而第二个办法，我们是无力办到的。我知道他们托汤尔和之后，曾去找汤，但是"侯门似海"，所以鲁迅先生又于 10 月 25 日给季茀先生写信：

    孔若君在津，不问亦不释，霁野（以他自己名义）曾去见尔和，五次不得见，孔家甚希望兄给霁野一绍介信，或能见面，未知否？……

    季茀先生很快就写来介绍信，我把信寄汤作为催促。不久，我就接到孔若君的信说，若是平津有两个有社会地位的人具保，他就可以被释放。另外一个朋友和我写了保释他的信，孔若君被释放，就暂住在那位朋友家里。这使未名社三个成员免遭丧生的大灾难，鲁迅先生和季茀先生真是功德无量啊！这里就有必要略记国民党反动派白色恐怖统治下的一件丑闻，读者才不至堕入五里雾中了。

    鲁迅先生在曹靖华译《苏联作家七人集》的序文中说：

    未名社一向设在北京，也是一个实地劳作，不尚叫嚣的小团体……它被封闭过一次，是由于山东督军张宗昌的电报，听说发动的倒是同行的文人；后来没有事，启封了。出盘之后，靖华译的两种小说……又和"新式炸弹"一同被收没，后来虽然证明了这"新式炸弹”其实只是制造化妆品的机器，书籍却仍然不发还……

关于封闭的事，我已经在《践踏未名社的屠伯——北洋军阀》中记述过；至于“新式炸弹”，却是 1932 年 12 月 22 日夜，国民党特务去逮捕保释孔若君的那位友人时，在他家里的一“大发现”。另一“大发现”就是他家有一个“秘密室”；中藏“大量共产党宣传品”。因此，“案情重大”，警察局当夜就派人到天津去逮捕韦丛芜和我。

幸而住在那位友人家里的孔若君当晚去范文澜家谈天，回去时已夜深，看见情况不妙，即刻打长途电话通知韦丛芜和我，北京去捕我们的特务到女师学院时，我们已经到了北京，孔若君在车站接我们。我们立即去前门内警察局找一个燕京大学同学，他曾经担任过燕大地下党支部书记，得到他的协助，我们查明所谓“新式炸弹”是国民党特务欺人之谈；所谓“共产党宣传品”，是曹靖华译的两部小说和未名社剩余的书刊；所谓“秘密室”，是无人居住，堆存杂物的房屋，通过一架穿衣镜和外面的三间屋相连，我每到北京，就住在这三间屋里。“新式炸弹”的物主要求警察局召开大会，公开试验，迫使国民党特务在不到十天内，把那位朋友释放了，韦丛芜和我才从隐蔽处出来再见天日。孔若君在这次事件中起了关键作用，而他的被释要归功于鲁迅先生和季茀先生。

我去天津教书之前，经济上十分窘迫。因为季茀先生的大力帮助，我将《被侮辱与被损害的》译稿卖给商务印书馆，不仅解决了自己的燃眉之急，也使困苦的家庭和久病的朋友略有缓舒，我至今感念不忘。季茀先生对未名社其他成员，在售稿和找工作方面也都热心帮助，这都是和他对鲁迅先生的友谊分不开的。

在抗日战争胜利后，我蛰居故乡，一时找不到工作。季茀先生先打电报，后写长信约我去台北，在他任馆长的台湾省编译馆做编纂。他将馆的组织和任务，地方的情况都详细告诉了我。因为我对季茀先生十分信任，先去信同意，1946 年 10 月就到台北与季茀先生会晤。十年未见，先生的头发已经全白了，但精神矍铄。他和颜悦色地对我说，年岁大了，睡眠时间减少，清晨三时即起床读书写作，并不午睡。

台湾人民“2·28”起义被镇压后，魏道明到台湾后的第一道命令就是解散台湾省编译馆,据说馆里有"反动分子"。季茀先生转到台湾大学担任国文系主任,并给编译馆的一些人介绍了工作,我被介绍到台湾大学外文系任教。前些时季茀先生写了不少篇纪念鲁迅先生的文章发表,引起了国民党反动派的仇恨,虽然朋友们婉劝,先生并没有停笔,他认为这是忠于亡友,裨益后代的应尽义务。国民党反动派谋害先生的杀机,就是这样引起的。我们常从季茀先生那里看到香港寄来的共产党宣传品,国民党对此不会毫无所知,更不会漠视。在先生被杀害之前,广泛流传着先生藏有许多金条的谣言,与预谋杀害也并不是没有关系。震惊全国的杀害案发生在台湾人民起义周年的前十天,这个时间的选择也并不是出于偶然。杀人的凶手据说是因编译馆解散失业,而怀恨先生的工人,这更难令人相信,因为这个工人在先生家里做杂工,先生待他甚厚,并在为他另谋工作。现场检查证明:季茀先生是在安睡中被杀的,并无任何反抗。据在伪台北法院工作的一个人说,这个被控为凶手的工人被捕后,法院曾当着他姐姐的面向他们保证,一定不会判他死罪,他们对以后的事不必有所顾虑;但是几天后就把他处死了,他姐姐事后才知道,痛哭大骂不止。根据以上这些情况,我们认为许季茀先生无疑是被国民党反动派杀害的。这是继杨杏佛、闻一多、李公朴诸烈士遇难之后,国民党反动派对中国人民欠下的又一笔血债!

许季茀先生遇难已经三十周年了。我相信,台湾一定会回到祖国怀抱,我一定能有一天去台湾在季茀先生灵前祭奠!

1978 年 2 月,天津

悼念冯雪峰同志

我最初听到冯雪峰同志的名字，是在 1924 年左右，那时有个湖畔社，他是湖畔诗人之一。我记不清我们是在何时何地见面的了，但最初的印象还清清楚楚地记得：他朴实、诚恳，不多言多语。未名社 1928 年迁移到西老胡同一号以后，我们见面谈天的机会就很多了。那时候他一面做着党的地下工作，一面从日文翻译点马列主义文艺理论文章。他常以不能把理论文章译得流畅易读为苦，常说太忙，不能在外国文上多下工夫。

要了解一个人的品质、性格，通过具体的大小事情，比凭印象较为确切。同雪峰初期相处的时候，我至今还记得有几件事给我很深的印象。他有时有断炊之虞，有时要接济更为困难的同志，不得不常向未名社借用一点钱。这些借款他一定归还，毫不含糊。这似乎是很不足道的小事，但是我凭经验发觉：在金钱上不守信用的人，往往很自私，用别人的血汗供自己挥霍，在别的事情上也是靠不住的。当然，真正有困难的人又当别论。

在五四以后，反封建主义道德观和反旧婚姻制度的风气，在青年中很盛行，这自然是很好的，但那时奉行不正确恋爱观的人也颇有，他们往往从压迫女性的暴君，变为玩弄女性的浪人。雪峰对此颇为不满。他在对女性的尊敬上，对爱情与工作的关系上，对同志关系的爱护上，都表现出高尚的品质与情操。这一点我觉得是十分难能可贵的。

他要宣传马列主义文艺理论的意志从这时就扎了根，在无论怎样艰苦的生活中，他总挤出一点钱买这方面的日文书籍，潜心阅读，认真翻译。他也很注意苏联的文艺动态，曾为《未名》半月刊找到一张苏联文坛漫画。记得他也同我们谈到过别德芮和玛耶科夫斯基的讽刺诗。他还为《未名》写了一首描写农活的诗，说从大地上发出的阿摩尼亚味很好闻，我们觉得很新颖。

1930年秋，我离开未名社，到天津女子师范学院教书，只知道雪峰去专做党的地下工作去了。我因为初教书备课忙，一时很少时间译作，也有一年八个月中断了与鲁迅先生通信，先生以为我做了教授，不再努力译作了，很失望不满，同雪峰谈话时提到了。雪峰写信给我，转达了鲁迅先生的意见，我立即写信给先生，报告我已开始翻译长篇小说《简·爱》，先生以后总把他的译著寄给我，并将《简·爱》介绍给郑振铎，做《世界文库》的单行本印行。

这以后，我们就没有联系了，直到1936年4月，在上海会晤鲁迅先生时，先生谈到有一天同雪峰开玩笑说："你们到上海时，首先就要杀我吧！"雪峰很认真地连忙摇头摆手说："那弗会！那弗会！"我们觉得雪峰实在是憨态可掬的诚实人，一点也没有取笑他的意思。

抗日战争时期，我先在敌陷区北平，1943年春逃出后，先到北碚复旦大学去教书。这时候，我已经知道雪峰被捕，囚禁在上饶集中营。我想，湖畔诗人应修人和潘漠华已经先后为革命献出了生命，雪峰既已落入魔掌，恐怕也是难乎幸免的了。不料有一天，马仲融突然通知我，雪峰在他家里，约我去谈天。这真是意外的欢喜，真疑心是否在做梦！我仍然觉得他朴实、诚恳，只是不像以前那样少言少语，却是口若悬河，更富有蓬勃朝气了。我们主要谈的是文艺，谈到五四时代的旧事，谈到鲁迅先生的丰功伟绩，谈到三十年代的复杂斗争情况，谈到当时文艺的不景气现象，但更多地谈到将来。他满怀信心，深信我们会有一个光明伟大的将来时代，文艺也有待我们的努力，也是大有希望的。这次会晤给我留下的印象很深，我猜想他已经与地下党取得了联系，虽然我们的谈话没有大涉及时局和政治。

雪峰那时住在重庆作家书屋。我知道姚蓬子是变节分子，但也知道他们早是朋友，住在那里或者比较不大引人注意，也不以为奇。我到作家书屋去看他，见他床上只铺一床破旧棉絮，别无所有，我心里一面暗自惊异：姚蓬子竟刻薄到这样地步，收留他显然是出于不得已；一面我心里也暗自高兴：雪峰显然没有丧失气节，投靠国民党，不然不会这样一副穷酸相。因此我们这次谈话也开诚布公，我对他更加钦佩，以为他不是一个高谈阔论的空头政治家，而是一个脚踏实地的革命者。我问到他的爱人和孩子，他摇摇头说："现在管不上她们了！"

我在复旦大学只几个月，1944 年 3 月就到白沙女子师范学院去了，同雪峰又失去了任何联系。在白沙，听到复旦大学覆舟事件，淹死两个同我谈过话、通过信的学生。从可靠的方面听说，覆舟淹死他们是国民党特务干的罪恶勾当：那两个学生是地下党负责交通的人，由他们输送要去延安的学生。我不知道雪峰去过中央苏区，参加过长征，所以那时曾经猜想：他到复旦大学或者主要是为找去陕北的线索。

解放后开第一次文代会时，雪峰送了我一本他所写的寓言集，但我们很少谈话的机会，会后走散，也没有任何联系，只听说他在人民文学出版社，工作十分忙碌。

1957 年的反右运动开始了，不久就听说雪峰被划为"右派"，觉得很诧异。传说他的"罪状"一是向群众高喊："有冤的报冤，有仇的报仇"；二是"挑拨鲁迅同共产党的关系，使鲁迅与党生疏，晚年生活极不愉快"。因为是间接传闻，我并不信以为真。我确信第二条"罪状"绝对不是真实的。我和鲁迅先生最后晤谈时，他谈到雪峰为人诚实可靠，通过他，先生与党的关系更为亲密。先生也谈到雪峰过于憨直，容易成为有些人的眼中钉。我想他的这次灾难，也许就是憨直招来的结果。

关于雪峰和鲁迅的关系及所起的作用，在任何情况下，我都是直言不讳的，倒不是仗义执言，为他辩护。在十年动乱中，有人说我是"漏网的大右派"，或者就为了这个缘故。幸而托天之福，这恶名也就成为并未下雨的一片乌云，随风飘散了。

中国共产党是伟大的，勇于纠正错误，绝不容许颠倒歪曲历史。现在事实已经证明：雪峰是一个久经革命锻炼的共产主义战士，他的英名将永远活在善良人们的心里。

1979 年 12 月 6 日写，

1982 年 12 月 31 日修改

悼念茅盾同志

茅盾同志不幸逝世了，这是文艺界一个重大的损失。因为他是五四时代文学革命战线上一员大将，此后他以优秀的创作显示了新文学的业绩，解放以后他继续做出很大的贡献。在新的文艺复兴刚刚开始的时代，我们很需要有才能、有经验的老将的指挥与引导，他的逝世使我们感到十分悲痛。好在他既有很多优秀的文学作品，也有很多卓越的文学理论遗留给我们，供我们学习他的经验和遗教，我们若能好好学习，以他做榜样，尽自己的力量继承他的事业，做出点可能做出的贡献，那也就是对他的最好纪念了。

茅盾同志是文学研究会的主要成员，长期编辑《小说月报》。我从在师范学校做学生起，就很喜欢看文学书刊，从这里得到启蒙教育。使我最感觉兴趣的，是关于"为人生的艺术"同"为艺术的艺术"的论争。文学研究会是主张前者的，茅盾、鲁迅、周作人都是主张最力的人，我是赞成他们的。这是我最初受到的文学教育，所以茅盾同志可以算是我的老师。不过他长期在上海，我先到北京读书，后在天津工作，完全没有亲聆教诲的机会。

1935 年，我翻译的《简·爱》经鲁迅先生介绍，作为郑振铎同志编辑的《世界文库》单行本印行。茅盾同志发表了《真亚耳（Jane Eyre）的两个译本》加以评论。他拿伍光建先生译的名为《孤女飘零记》和我的译本对比，谈他对翻译方法的看法。伍先生是很有名望的、有经验的翻译家，我只是初学翻译的新手，这一比很使我感到惭愧。幸而他在文章中说明，伍译虽然稍早，出版却在稍后，我并不是有意重译，两人译时彼此都不知道有人在译这本书。

他说伍译有删节，较宜于一般读者，我是字对字的直译。对文艺学徒更为合适，但字对字的直译容易变为死译，是不可取的。我的译文有时就有这样毛病。他又说，他不是用原文校对译文，所以除举几例说明两种译法不同之外，除个别字外，并未指出译文的错误，而我的译文是有些错误的。他主张可以有意重译，一本书不妨有不同的译本，供读者和翻译工作者比较参考。这些意见都很好，在今天也仍有意义。

我的译本一直没有认真校改过，而重印的次数比较多。我总觉对于读者有一种歉疚之感。近年来颇有要读这种书的人，有人直接向我索要，我也苦于无书。经过朋友的督促。托人从香港买来偷印本，我决定挤出时间修改。我知道在旧衣服上打补丁，吃力不讨好，果然遇到别人提出的译文风格问题，说现在的风格与五四时代大大不同了。我倒不敢认为自己的译文有风格。赶上时代的风格更谈何容易，所以只好知难而退了。但仍有些不厌弃鸡肋的读者催促我重印，所以我同意把这件破旧衣服送进估衣店，让寒不择衣的人去买了遮体吧。

因为茅盾同志提出不同译法问题，又有人提到译文风格问题，使我想起一件有趣的轶事。我译完《简·爱》后，一个同乡朋友说，可以拿去给胡适看看，我说他看我这样拙劣的译文，会笑落大牙的吧。他说他同他很熟，可以给他看看，我同意了。胡适看后说："Readable"（通顺可读），不过他赞成译文中国化，并举出一例说，若是他译"…to the left were the clear panes of glass，pro-tecting，but not separating me from the drear December day."就不会像我那样译法。我觉得他既然费了点时间，又肯提出点意见，不如照他的意见改一下吧。而茅盾同志恰恰提出这一句不如改译一下，而且他提出的就是我原来的译法。我因此觉得茅盾同志读译文是很细心的，我对他非常钦佩感谢。

前些时，有人嘱我写点文坛轶事，这件事我以前也同人谈过，就想找出茅盾同志的文章看一看，看能否写成一篇短文。可是我手头没有这篇文章，也记不起刊于何时何种刊物，便给茅盾同志写了一封信。我知道他身体不甚好，又在忙着写回忆录，所以请他让秘书写一复信，告知该文在什么刊物上发表，或把文稿存底借我一阅。一个多月未见复信，我后悔不应以这等琐事麻烦他，也担心他的健康恐怕更差了。但复信终于来了，是秘书照他的意思代写的：他很抱歉信复迟了，因为作协前一天才把我的信转到，并说手边已无那篇文章，已编入一书，即将在上海出版，如要看，可查1935年的《译文》。他的严肃认真的作风使我非常感动。万没有想到，不到一月他就与世长辞了！我很悲痛去京向他致候的希望不能实现了。我写的一首挽诗就是指上言这段事：

> 月前传语似亲聆，
> 记忆犹新月旦评。
> 忽报仙游天外去，
> 万千悲感意难禁。

我虽然从茅盾同志受益很多，同他见面却很迟。1946年9月，我应许季茀先生之约，到台湾编译馆工作，过上海时，访许景宋同志，她约我们吃饭，席上初次见到茅盾同志，觉得他是一个温文尔雅、平易近人的君子。但可惜谈话不多。我仅听说他要编一部文学丛书，只收进步文学作品。我当时手边有一部译稿，英国史蒂文森（R. L. Stevenson）所著的《杰克尔大夫和海德先生》（Dr. Jekyll and Mr. Hyde）。想要卖稿换点现款应急。但这并不是进步文学，同茅盾同志初见，当然不好提及。后来孔另境同志愿意把稿送给茅盾同志看看，他慨然答应帮忙，把稿卖给开明书店，得款三十万元，约等现时人民币二十元吧，但当时还是很中用的。我1946年5月回故乡，父亲年岁已大，原在镇上的房子因为住的人多，比较杂乱，希望在乡间近处买几亩地，盖几间草房居住。我手头除去台川资，几乎一文没有。争情碰巧，集附近有人要卖几亩地，现在只欠东风了。有一个亲戚同情我们，愿意借钱先买；不过我知道他也并不富裕，我说明只有到上海卖掉文稿，才可以还钱，不然要到台湾再说了。他慨然答应不必急还，我们才把几亩地买下来了。土改时，因为这三四亩地我家被划为地主，以后虽然改正了，我还在十年浩劫中，多年背着"地主阶级孝子贤孙"的封号。我一面感谢茅盾同志雪里送炭，一面也想有机会同茅盾同志晤谈，说明他给我带来灾难，相视一笑。但是我们一直没有见面，我只默默记着他是一个乐于助人的朋友，启蒙的老师，鼓励青年的批评家，勤于著作的作家，是党和人民的忠实的儿子。我的另一首挽诗，一点也不是过誉：

一息尚存偎母怀。

忠心赤胆向阳开。

鞠躬尽瘁终生志。

事业文章诲我侪。

1981 年 4 月 3 日

松柏发芬芳

——回忆陈翔鹤同志

1928年9月，未名社在北京景山东街开设了门市部，这里同北大一院所在的沙滩一带，有一种特殊的风貌引人喜悦。以后游览巴黎，突然想到这里很像那里的拉丁区，不过拉丁区的气氛要欢快活泼多了。

紧靠未名社西边，有一条学府胡同，里面开设一家学生公寓，兼包伙食，一对湖南人夫妇都是烹调能手，我们一般也到那里用餐。沉钟社的陈翔鹤夫妇那时就住在这个公寓里，与翔鹤相遇，彼此只微微一笑，寒暄几句。

但有一次破例的长谈，却是我终生难忘的愉快而又转为悲伤的回忆。那时候，我们都极爱读英国吉辛的《四季随笔》，一谈到它，我们就把时间置之度外了。

记得翔鹤那时已经在北京大学外文系读书，所读的英文名著当然比我多，案头还放着一堆外国文学书，可见他是喜欢读书的人。他所谈的涉及书中关于文学和人生哲学者为多。我所谈的多涉及吉辛的清贫生活给他带来的时间和精力的损失。我们共同羡慕的，是书中所写的那种宁静闲适，能享受大自然的恩赐，能随兴阅读自己喜爱的书籍，只抒写自己的真情实感，既不想藏之名山，也不想公之于世的那种境界。

别时，我们长时间握着手，相视微笑。我们觉得：读《四季随笔》仿佛像同老朋友谈天，我们今天谈《四季随笔》也算是真正谈了心了。

1930 年秋，我到天津女师学院教书，直到抗日战争爆发，我们就失去了联系，但怀念之情并未因此而淡忘。

1949 年天津解放后，我从台北回到南开大学任教，兼管点文联的事务。一天突然得知，翔鹤率领一队文艺工作者到天津参观访问。旧友重逢，虽然"唯余昔时意，无复昔时容"，解放的欢欣还是使我们焕发着青春的朝气。

1951 年，我到四川广汉县参加土地改革，翔鹤同我被分派在一个小组工作。我们同住在一座佛寺的大殿里，十分幽静，生活也十分舒适。工作队的团长安法效同志，诚恳和蔼。常在工作后同我们谈谈鲁迅先生的生平和著作。他自称"鲁迅迷"，又知道我们都同先生认识，所以谈起来彼此觉得欢快亲切。

翔鹤同我除商谈土改中遇到的一些问题外，谈的问题是十分广泛的，涉及鲁迅先生作品的思想和艺术，各自的读书经验和心得，友谊、爱情和其他人生问题。他仿佛同我有个相同的习惯，不谈不问彼此的家庭生活——关心而心照不宣。我们也很少谈到政治，但并非漠不关心，参加土改就是一例。

我们快要离别时，他请我写几句话作纪念，记得曾写了这样一首绝句：

久别重逢惊白发，

未因年事漫伤嗟。

不期一载重相遇，

翻转乾坤志更奢。

可惜我没有请人写纪念册的习惯，现在觉得是一大憾事。

这次离别后，我们没有再晤谈过，尽管他在北京，我在天津工作，近在咫尺。但就我们的友谊来说，绝不是"咫尺千里"；"君子之交淡如水"或者是较近实际吧。

翔鹤在北京的工作，主要是编辑《文学遗产》，有一部分文章，我还能抽暇看看，在副刊中还属于上游，以后他偶然发表的散文和短篇小说，那就是每篇必读了。他有自己的风格，我想这与他的文学素养有关。

"十年浩劫"一开始，我是首批受难者，不仅对于翔鹤的情况不了解，许多朋友的遭遇也都不知道了。无意间听说他的小说受到严厉批判，那时已是司空见惯的事，也并不感到十分担心。有一天我突然接到他寄来我译的《四季随笔》，喜的是他还有向外寄书的自由，忧的是怕这是不吉之兆。事态稍稍平静之后，我才从冯至同志的复信知道，翔鹤已经含冤逝世了。在人命如草芥的动乱时期，人的感情麻痹多了，主要只想了解更多的情况罢了。

"十年浩劫"后，《四季随笔》重印，我得到点意外的收获，虽然不免微微刺痛了心灵的伤痕，但我也得到了很大的安慰。

一天我接到一封信，拆开一看，惊喜是翔鹤的儿子开第寄来的。原来他从报上知道此书重版，但却买不到，希望我给他寄一本去。他还寄来他为纪念父亲所写的一篇文章：《时代推轮毂，腐朽岂能长》——原是他父亲一首诗中的两句。

开第在信上说："'文革'初期的一天晚上，父亲突然对我说：'你把《四季随笔》从书架上找出来，寄给天津的李霁野伯伯，放在我这里可能不保险了，还是寄给译者留作纪念吧，或者若干年后能重见天日。'"

信上更进一步说："书找出来后，父亲亲自包装，写好地址，第二天我到邮局寄出的。"开第在信中还说，他父亲多次同他谈到在天津同我一见，以后又在四川一同参加土改的情形。回忆近四十年前的往事，已经使我凄然泪下，读到"父亲1969年被关押在文学研究所，一天回家拿药返所时，犯病倒在马路旁死去"，我禁不住泣不成声了。

我虽然同翔鹤结交多年，但是深谈的机会除在土改时外，一向不多，所以只知道他是深爱文学的读书人，从开第的文章才知道，他多年从事党的地下工作。我因而想起他有一次未加说明，寄给我一张女烈士的遗照，可惜这张珍贵照片，也在"十年浩劫"中遗失了。从纪念文章中，我得知翔鹤还写过一首诗，劝勉他的那时只有二十岁、已经感到生活厌倦的女儿，其中一句"松柏发芬芳"，很可作为翔鹤心灵的写照。

1989 年 1 月 20 日晚

遥寄台北友人静农

一

微疴静坐诵君诗，故国情思似旧时。
逝水东流无计驻，开怀欢笑度今兹。

二

心伤故旧日凋零，遥寄挽歌感叹深。
携手言欢终有日，相期共勉百年身。

1983 年元旦

寄语老友静农

一

静农：

你好！我们一别几十年，彼此很想念，前些年接到你陆续寄来的照片、自己写的诗、字和信，给我们很大的安慰。现在知道你有儿子、儿媳和三位孙子在身边，能享晚年天伦之乐，更使我们高兴了。

我们的长子方平和儿媳董焕英，孙儿正辉，孙女正虹，和我们同住，倒也很不寂寞。二子方仲和儿媳宋锦海在北京工作，有孙女正霞，逢年遇节来看看我们，有时我们也去北京玩玩。所以我们的生活，也可以告慰老朋友了。

遥祝你们全家快乐健康！

以上是我，文贞，说的几句话。下面霁野同你谈几句。

静农！

我们一别就是好几十年，真是"人生不相见，动若参与商"呀！前些天昭野来信说：你想同我通电话谈谈，问我家里的电话号数。你的心情我是十分了解的。可惜我是一个保守派，家里并没有装电话，因为我们的长子和儿媳白天去上班，孙儿女都去上学，只有文贞和我在家，最怕干扰，电话响，我们不接也不好嘛。现在却觉得这是一大遗憾了。

看报纸上说，通电话的同时，有种装置使对话的人还可以彼此看到面容，那当然就更好了。所以我虽然是保守派，却并不反对现代化，这种装置我就是很欢迎的嘛。可惜我们究竟还落后，现在还没有这种装置。

对老年朋友来说，虽然瞩望将来，据说可以延年益寿，但回忆过去，谈谈心，也是一大快事。过去我们都是喜欢旧式书斋生活的，喜欢窗明几净，安安静静读自己高兴读的书。你比我似乎更地道，喜欢写毛笔字，以后还画几笔画，你给我画的梅花条幅，大家都说好极了，我对写画都不感兴趣，似乎比你"摩登"一些，爱用录音机听听外国诗歌朗诵和古典音乐。我们在旧北京过的多年生活，也是很值得怀念的嘛。在公园里喝茶谈天，听看云鸽在天空飞舞，想着风哨；在小楼上吃完烤羊肉，边品清茗，边赏瑞雪；一时高兴，当件衣服去看场电影……这些事情在你恐怕也还是记忆犹新的吧。

哎呀，话扯得太远了，谈一谈较近的事吧。几年前，上海传说：台北有一家杂志社准备安排你和我到香港见见面，宣传一下两个文艺界、也是教育界的老朋友，好不容易才晤一次面，可见两岸人心是希望和解的，统一能早早实现。当时的形势不如现在，我料想这是不易的，结果当然只是一场空。

现在你希望我们通电话谈谈心，可惜目前也办不到。文贞同我商量一下，用录音带录几句话寄给你，希望你也录音寄给我们，我们除看看照片聊当见面，也可以彼此听听声音了。

至于晤面促膝谈天，恐怕只有在梦中实现了。说也奇怪，前些天我确实做了一个好梦，梦到我们在一处痛痛快快玩了一个下午，我们都还年轻，是否是骑驴郊游，记不清楚了。

醒后我想起一些我们童年的事情，其中一件是我们的母亲在我们小时，总给我们颈上挂一副银项链，下面是一把锁，大概是要把我们锁住，带时总给我们嘱咐："长命百岁！"母爱的力量也许可以使我们活到百岁，那时也许现代化的高技术能使百岁老人容易相聚。施肩吾的一首记实绝句，对我们也就成为绝妙的预言了：

> 三十年前与君别，
> 可怜容色夺花红。

谁知日月相催促，

此度见君成老翁。

想谈的话还很多，只再谈一件事，使老朋友也高兴高兴吧。文贞同我是 1937 年 7 月结婚的，在我们准备庆祝金婚的时候，几位朋友到我们家里来。他们说，你们夫妇健康幸福，大家很羡慕，听说李先生还为夫人写过一些诗，可否为我们读几首，我们录下来做个纪念？我说可以，就读了几首，现在将录音转录给你听听：

文贞，过几天就是我们结婚五十周年了，我给你读几首诗作为纪念吧。这几首诗写的时间不同，第一、二首是抗日战争时期所写，第三首是我八十生辰写的。值得高兴的是，在这个新的时代，我们还能携手并进。

现在我来读第一首：

温泉世外远尘声，

万木丛中一草亭。

记否同心初结日，

与君月夜话平生？

第二首：

月圆月缺一番番，

屡约归期仍未还。

梦里忽惊穿月彩，

乘龙飞度万重山。

第三首：

莫笑吾衰无大用，

私心犹梦游苍穹。

　　　　　为增祖国河山美，

　　　　　欲上青空挂彩虹。

　　再谈了，老朋友！

　　　　　　　　　　　　　　1990 年 5 月 10 日

二

静农：

　　上次的谈话录音，你听过了很高兴，希望你尽快把你的谈话录音寄来，虽然不如促膝谈天愉快，总算慰情聊胜无吧。

　　我同你谈谈有关老友素园的事吧。他离开我们已经近六十年了，是你我一同把他安葬在北京西部万安公墓的，墓前立了鲁迅先生写的碑。抗日战争期间，我去看过一次，墓和碑都还完整。但在"十年浩劫"期间，西郊一位中学教师写信告诉我，鲁迅先生写的碑不见了，大概被人盗走，当石头使用了。以后我去查找，知道先被推倒在大路旁，用草盖着，还未运走。公墓还有一人看守，他给运进自己的住屋，藏起来了。我们很感谢他，以为重立起来，还会被偷盗，以后与何林商量，仿制一碑，等安定时，重新立在墓前，把原碑运到鲁迅博物馆保存。

　　一位被北洋军阀绞杀的先烈，也是安葬在万安公墓的，前年为他在附近修建了陵园，万安公墓也整修一新。素园的墓是完整的，鲁迅先生写的复制的墓碑也立好了，旁有一横牌写着"韦素园之墓"。左侧是"朱自清之墓"（顺便说一下，他的夫人最近去世，我们想，一定会合葬在朱先生墓旁。）

　　你大概还记得，为素园买墓穴时，我们曾谈到在旁边多买一穴，我们谁先走，谁去同他做伴。不过以后没有实现。前些天，同文贞翻看照片册，看到前年同何林夫妇和方仲在修整后的素园墓前照的照片，忽然有动于衷，想起以前要多买一个墓穴的事。我们想，我们百年之后，一定是要火葬的，把骨灰盒安葬在素园墓旁，将死别变为死会，死后的事虽然难说，生前这样安排，倒可给我们一点欣慰。我们谈话时想到，于姐已经仙逝了，再过若干年，你总也得陪她去。我们生离了这多年，生前是无法弥补的了，死后若能在一处长眠，不也至少在生前给我们一点精神上的安慰吗？文贞同我谈这些事情，心里十分平静，因为死亡虽然不是我们很欢迎的客人，也不是什么可怕的魔影了。

有一件事，我没有同别人谈过，也没有在文章中提及，这次同文贞谈话时，我对她说了一下。多年前在一次会上遇到赵树理，他对我说，他很欢喜读素园译的《黄花集》，时时阅读两三篇，有的读过多次。他觉得素园去世过早，太可惜了。素园译的《外套》，我请方仲校一次，重印过了。前几年安徽印行了《韦素园文选》，他的不多译著都收集在内了。

你的两本小说和书艺选在内地印行，我以前在信中告诉过你了。六安出一张《皖西报》，经常寄给我，偶然有点故乡消息，一天见到一则短文，作者写他特意去叶集，想看看你的旧居，因为他很喜欢读你的小说，也很想闻一闻那里的乡土气息。可是叶集已经起了很大变化，人口的成分也与前大不相同，土生土长的人很少了。因此，他问了一些人，都不知道你的旧居在哪里了。最后他走进一个小小的书店，管店的是位年轻女郎，她也说不清旧居何在，但她听到过你的名字，还取出你的一本小说给他看，他买下作为此行的纪念。你看，有些不相识的读者，对作家还很有感情呢。

说到读者同作家的感情，我倒也想起几件有趣的小事。我从抗日战争起，学写绝句，既不想发表，也不想藏之名山，等后代考古学发掘。有相熟的报刊编辑时时要几首抗日战争胜利后写的绝句去发表，又知道我以前写过些绝句，要我一定选抄些首给他们，并在一个月刊上发表了。出我意料，一个海南岛的读者给我写来热情洋溢的信，说他热爱那一组诗。大概类似的生活经验触动他的心弦了吧。

大前年春节，我意外接到一封十分热情的祝愿信，说他们是一群彝汉族青年男女，在大凉山做伐木工人，希望我为他们写几句勉励的话，帮助他们奋发有为。我十分感动，写一首诗寄给他们，并给他们写了一封鼓励斗志的信。在那样边远的山区，或许他们偶然读到我写的《给少男少女》吧。另有一个青年写信给我表示感谢，因为他失恋后很想自杀，读了这本书后，他振奋精神，要好好学习，做一个有用的人。看来，写点什么，还有些微用处。因此，偶然我还写篇短文或一首诗。你说你还想写几篇回忆文，我们很希望你抓紧时间动笔，因为我近来觉得，时光老人的年岁虽然是数不清的天文数字，他的脚步却比我健快多了。

1990 年 7 月 9 日

三

静农：

上次同你谈话，提到《皖西报》上一篇短文说，他在叶集一家小书店里买到你的一本小说，事后再看看那篇短文，发现有一个小错误：那位女店员对作者说："台静农的小说早卖完了！"可见你久已离开的故乡还有你的读者，事情虽小，却是很可喜的。

你是我的老朋友，所以我不怕在自己脸上涂脂抹粉，也告诉你几件小小的趣事。我在上海工作的侄儿，同读书界并无大关系，业余只看看晚报，两次给我寄来剪报，我看了也不免一笑。一则剪报说：某中学有几位女生，读我译的《简·爱》有点入迷，常常谈论，倒引起一些人读外国小说译本的兴趣。另一则剪报说，六七个女生各买一本《简·爱》，随时翻看几段，很佩服简·爱对爱情的坚贞，希望得到罗契斯特那样的爱人。不过，小报的文章有时加盐添醋，只可供酒余茶后的谈资，小说吸引读者，当然要归功于原作者。据说原书在英国也还畅销。前几年我送一本译文给一个儿科大夫，他说原书是他早年爱读书之一，看到我的译文，有旧友重逢的快感。这话当然比小报消息可靠。

还有一次，文贞同我去看徐悲鸿画展，得到一本《徐悲鸿的一生》，我们回来看了看，其中叙到这样一件轶事：徐先生已经老年多病，但还能作画，廖静文护理他并在工作上帮助他，结果互相倾心，准备结婚。她的几位女友出于好意，劝阻她不要牺牲了自己的前途。她谢谢她们，但说，简·爱的坚贞爱情使她很受感动，罗契斯特为了救疯妻而失明致残，孤居乡间受苦，简·爱还为爱而毅然决然嫁了他。她愿学习简·爱的坚贞，仍然同徐先生结婚了。初译这本书时，我没有想到，《简·爱》还在提高、净化恋爱观上可起这样好的作用。

提到《简·爱》，我想起几年前，你转寄一本台北私印的书给我，文贞同我看了很高兴，觉得两岸文艺界和同胞的心还是相通的。适逢在这时，天津广播电台请我向台湾文艺界讲几句祝贺春节的话，我很乐意地答应了，就是从私印《简·爱》本收到时的真情实感谈起的。广播局还为我录了音，送我一带做纪念。在那时的情况下，我想你一定不会听到，我现在转录给你听听，声音和容貌一样，大概也很有一定改变了吧。

谈到录音，我可又联想到一些有趣的事情来了，索性再同你聊聊吧。你一定也还记得，在童年我们听大人说故事，有时提到千里眼，顺风耳，就是能听到千里以外的声音，看到千里以外的事物，当时只认为是神话，听听好玩罢了。现在回顾童年的情况，倒觉得像神话一样渺远了，不是吗？

多年前，我听到萧伯纳的录音讲话，很有风趣，很觉亲切，因为他曾访问过中国，同鲁迅先生见过面，先生还同夫人编过一本《萧伯纳在上海》。那时录音在中国还是新鲜而办不到的事情。因为觉得录音技术很有价值，而自己一点不懂，只想了解一下是什么人发明的。以后从报纸上看到一则报道，说发明人是美国的爱迪生（Thomas Edison），而且说发现了托尔斯泰的录音，这自然很引起我的兴趣。但以后没有看到什么下文。我觉得自己的知识面太狭小是一大遗憾。

鲁迅先生的一篇短文《拿破仑与隋那》更增加我的惭愧。他说，拿破仑和希特勒杀人多，都大名鼎鼎，受人膜拜，但救了无数儿童生命的隋那，有谁记得他的名字呢？我当然知道种牛痘是对人类的一大贡献，但首创种牛痘的英国医生，他的名字隋那，那时对我倒是陌生的。不过，儿时为我种过牛痘的儿科医生彭道真，我至今还心怀感谢记得他。他确实为故乡儿童做过很多好事。你的痘大概也是他种的吧？

可惜引进外国的科学技术，有时也被利用来做些损人的坏事。有些录音使不少恶劣流行歌曲破坏了音乐美化人心灵的作用，有些录相只足以诲淫诲盗。这些更使我钦佩鲁迅先生在《拿来主义》短文中所表现的深刻思想和高明预见了。

不过，尽管如此，你同我一样，对于中国的前途还是乐观的。鲁迅先生是我们敬爱的良师，一提到他，我有说不尽的话，我知道你也是乐听的。先生曾提出一个问题：《中国人失掉自信力了吗》，他大大赞扬了"中国的脊梁"，显然持乐观的态度，我们可以向他在天之灵高呼："有你做我们的楷模，我们永远不会失掉自信力！"

1990 年 8 月 10 日

四

静农：

不知道你觉得怎样，我觉得用录音谈谈，虽不如促膝面谈有意思，倒比通电话从容一些，比写信也更随便。不过你在病中，以休息为主，录音可以随时停住。"我醉欲眠君且去"，东坡公用这样的亲切态度对待老朋友，不是很可喜的吗？

上次谈到广播，联想到两次电视，但因为闲话已经谈了不少，就照古典小说的办法，"按下不表"了。今天天气凉快了一点了，报上又说台北酷热，因而更怀念你，希望听到这次录音时，你们那里也是秋凉天气了。

我八十岁生日时，适逢也是我从事文学活动六十周年，朋友们为我召开一次庆祝纪念会，中央电视台还来人录了电视片。琼英平常不多看电视，那时她去大理旅游，晚间无事，在电视里她倒看见了座谈会的情况，写信告诉了我。她结婚后生一男，前几年又得一孙。据说她家现在是六世单传了，也可以算是一件奇闻吧。前几年你给她写的条幅和画的梅花，她来信说已经裱好挂在书房，很喜欢，时时看看，也就如晤故人了。

还有一次电视，是针对台湾观众的，在我们家里录相。我们的生活平平淡淡，有什么可录的呢，所以开始我没有同意。以后他们解释说，文化大革命中，有些知识分子受到一些委屈，也是实情，但外边的宣传也很有过火之处，为解除误会，我们只好如实录些家庭实况，你知道，我们的家庭生活十分简单，我大半时间只是看看书，偶尔写篇文章，时或来一位朋友，就闲坐喝杯家乡茶，谈谈天，虽然只是闲谈，倒不是"言不及义"。孙儿女爱听故事，我有时为他们讲讲希腊神话，有时讲讲堂·吉诃德，他们倒听得津津有味。文贞视力差些了，还可以看看书报，帮助儿媳理理家务。不是做饭的时候，那天儿媳正给孩子织毛衣，大儿子做水利工作，在家也只看看有关资料，这些事情当然不能同时发生，录相时不得不演"文明戏"似的表演一番，但这并不影响生活的真实性，我们房内的一切也全未收拾，墙上那时也没有任何装饰。你当然看不到这个电视节目，不过那段时间中，我们连信也通不了，你或者从报纸上看到"文革"情况，为我们担过心吧，所以虽是多年旧闻了，我还顺便对你谈谈。

我同你谈谈目前的情形吧，但又要回到多年以前去。你该还记得，在白沙女子师范学院时，我常常翻看《全唐诗》和《全宋词》，还用竹纸小本抄录过若干首。你奇怪我在教外国文学，为什么抄这些，我笑道，一以娱妻，一以课子，因为他们在准备入川了。以后他们没有去，这些小抄本也丢失了，现在我的孙儿女比那时的儿子年岁还大了，在小学就读过些古诗，也颇喜欢。我离休后，比较闲了，对中国古典诗词还想再读读，但先想到为孙儿女选讲若干首唐人绝句，意外选成一本小书，名为《唐人绝句启蒙》，他们很感兴趣，我又在为他们选些唐宋词，可能选成一个姊妹篇，《唐宋词启蒙》。你大概猜想不到，还有一个很妙的故事，本想保留住你的兴致，来一个"且听下回分解"，但转念一想，还是说了吧。

我为孙儿女选讲的，是辛弃疾的《青玉案》：

> 东风夜放花千树，更吹落，星如雨。宝马雕车满香路，凤箫声动，玉壶光转，一夜鱼龙舞。
> 蛾儿雪柳黄金缕，笑语盈盈暗香去。众里寻他千百度，蓦然回首，那人却在灯火阑珊处。

当然我细细讲故乡玩灯的情况，自己也以为讲得很精彩，他们听说也很入神。但是到最后两句，我禁不住大笑了。他们莫名其妙，急迫地追问我笑什么，我只好如实对他们说：童年我们随着点了几十只蜡烛的花枝灯，在街上行走玩耍，意在看看父母代为选好订婚的"意中人"，我们有幸看到了于姐，你未来的贤良夫人！

说到辛弃疾，想起你一次信中说到郑因百兄，他虽健在，是我中学的同学，几十年未通音讯，想来辛学又有新的大成就了吧。有便希望代为致候。

我还从你的文章中得知，裴溥言夫妇专门研究《诗经》，出了三本书，还有一卷待完成，不幸裴君丧偶，但还决心完成著作。这精神很可嘉。便中也望代为问候。

聚首无望，我们只好用诗人的话自慰了：

海内存知己，天涯若比邻。

1990 年 8 月 10 日

五

静农：

北京的朋友来信说，最近有两位教授从台北到北京探亲，你特别托他们到天津来看看我们，我们十分高兴！接信后，有个朋友要来照相，预备开一个展览会，也就是照照家里一般情形，我想很巧，就请他照几张相，带给你看看吧。我把几张照片略为给你说明一下，也就算领你在屋里走一圈了。

在我的书桌对面墙上，有一幅丝绣的鲁迅先生像，旁边有景泰蓝瓶插的花，下面是先生的铜雕头像，天津鲁迅文学奖金委员会赠送的纪念品。左侧是鲁迅先生集《离骚》句的条幅："望崦嵫而勿迫，恐鹈鴂之先鸣。"你当然记得，我们多次在先生书房里见到乔大壮先生写的这副对联。

先生绣相的右侧，是你为我画的梅花条幅，上面题的两句宋人词："孤灯竹屋清霜夜，梦到梅花即见君。"很可以表现我们的心情。

这幅画下面，是琼英送给我们的大理石小花瓶、小花盆和小屏风，上面有自然天然的花纹。

书桌左手的墙上，是你所写的拙作《幽居》，你的字确为我的诗增色不少，因为初次来访的客人，除欣赏你画的梅花之外，总要仔细看看这个条幅。

我可又想起来一件事，以前没有告诉过你。因为那时候的形势和现在很不相同，我考虑后才擅自做了决定。天津的郊区蓟县有一段长城，修好了作为旅游点，书法家协会想请全国知名的书法家赋诗写字，建立一个碑林，我很赞成这个建议。他们早知道你是著名的书法家，又清楚你是我童年的朋友，便多次找我请你赋诗写字。我都婉言谢绝了。以后我想，同是炎黄后代，为什么字不能刻在同一碑上呢？所以就将你转寄给我的亲笔书写的诗，选一首给他们去刻碑。他们将你画的梅花也拿去刻在同一碑上了。

靠屋内部的一面墙上，有我八十岁生日，一位朋友给我照的一幅放大照相，下面是方仲夫妇送给我的四幅铁花（梅兰竹菊）。铁花原是芜湖的手工艺人创制的，在国际都受欢迎，中间衰落绝迹了，前些年才恢复起来。我初到北京时，记得还有绒制的壁挂，如骆驼和猫，几年之后，就再也见不到了，很可惜。靠右手有一幅天津十多位著名画家合画的大画，经解释，我才明白画意：下面是多株水仙花（代表百仙），上面是一丛翠竹（与祝谐音），中间一杨树上红果累累（代表福寿），合起来是：百仙祝寿。

我还要向你谈一下，我们现用的席梦思床，是我们 1938 年在北京住时，维钧领着我去选购的。这以前，赵少侯的钢丝床触电，几乎遭到电击身亡，所以维钧特为我们弄了四个木块，放在床腿下面，以保安全。

环顾四周，我们感到人生的温暖，但也更为怀念死别生离的师友。我们的住所是一座西式的旧建筑，有不大常见的英国式壁炉，我有时幻想，如能同知己朋友坐在炉边谈谈天，真是人生一大幸福。但近来我又有点另外的想法了：幻想不能实现的好事，还不如把时光老人还未偷走的愉快往事想想，谈谈，写写为好。我曾寄赠友人一首绝句，现在读给你听听吧：

> 往事如烟去不还，
> 追思回味一番番。
> 时光老贼蹙眉叹：
> 生命循环态万千。

1990 年 8 月 25 日

六

遥致节日问候

静农：

今天是中秋佳节，我突然想起你在抗日战争初期所写的一首诗：

> 玉宇无尘桂魄寒，
> 天风吹梦遍人间。
> 灯前儿女分瓜果，
> 未解流亡又一年。

近半个世纪过去了，大大小小的变化无数，有悲有喜，可是就我们个人说，已经活到老龄，还能多多少少做点事，那时的小儿女都已成家立业，我们膝前也都有了孙儿孙女，总该很可欣慰了。

不过"人有悲欢离合，月有阴晴圆缺。"这苦头我们也算吃了不少了！尽管诗人李峤说：

> 圆魄上寒空，
> 皆言四海伺。
> 安知千里外，
> 不有两兼风！

我们还是以坡公的话彼此安慰吧：

> 但愿人长久，
> 千里共婵娟！

想起你在白沙所写的诗，也就联想起白沙的许多往事。经你的推荐，我买了一件江津生产的陶器，薄如鸡蛋壳，造型很美，外面还有几笔简单的画，用来煮米糟汤团，自食或招待客人，都令人满意。地瓜是我们故乡没有的，你推荐给我试吃，我极为喜爱它的味道，每天总吃一个。前些年去长沙旅游，在市上见到它，还请一位女师学院毕业的同学崔岚代买几个，带回天津全家品尝呢。白沙镇上的花生大王，也是你向我说的，他家炒的落花生确实好！我们品尝时，不是还谈到在鲁迅先生家里做客的往事，因为先生常以落花生款待我们吗？

偶然有朋友送你一瓶茅台酒，你很珍惜，只在假日才饮用几杯。你说这种酒香味扑鼻，酒味醇厚，醉了也不会引起头痛。你多次劝我喝一杯，我都婉谢了，但我很欣赏那个古色古香的酒瓶，觉得很有希腊古瓶的风味。不等我开口，酒喝完后你就把瓶送给我了，大概你从我的眼色中，体会到我对酒瓶的兴趣了。我常常从野外折些自生自灭的花插在瓶内，放在案头，得到很多生活乐趣。琼英也极为欣赏这个酒瓶，我想她是学美学的，不如转送给她更为合适。不遭意外，酒瓶或者还在她的手边吧。现在茅台酒已经知名世界，可惜那样的酒瓶不见了，因此在白沙留下的那个酒瓶就更珍惜了。

还有一件事更使我佩服你的慧眼。一次我们在学校后面不远的地方散步，你忽然向我们大声说："看那边一棵松树多好看！"我们向你所指的方向一看，见到一棵松树衬着翠绿的山坡，树梢被斜阳照射着，确是一幅极好的中国画，留给我们的印象久久难以忘怀。一次给学生讲演，我还提到自己对自然界的美景不够细心欣赏，就举了这件事为例，因为我散步从这棵树经过，总有几百次了。

提到散步，我可要不客气向你指出，你在生活艺术上，也还有不足之处。你不喜欢散步。学校附近的李花谷，也是你向我说的嘛，学生们编的顺口溜，你大概也多次听到过："李花白，菜花黄，鸟儿唱，是天堂！"可是我几次约你散步到那里去玩玩，你就不像对茅台酒一样有兴趣了。

碧书是我在孔德学校最初教的学生，说是家务忙，建功宁愿在屋里写写字；他们夫妇都不喜欢散步。我只好转问我其次在孔德学院教过的学生琼英了。她倒对散步极感兴趣，有时顺山坡石道走三个钟头，不仅不叫累，还兴致勃勃。因此她常做我的旅伴，散步玩了学校周围不少地方。玩后有时我还写几句打油诗，那时给你看过，现在恐怕早已忘记了。因此我读两首给你听听，再抄寄给你看看，以博一笑。

一

知君风雅善清谈，
忙里时偷半日闲。
相顾无言惊啼鸟，
清幽李谷水潺潺。

二

山回路转白云梯，
翠竹枝头一鸟啼。
羽映斜阳歌宛转，
清音似叹行人稀。

前几年我去成都重庆旅游，归程铁路经过白沙，听说女师院旧址已经变成了原来的梯田，远看白沙镇已经有很大变化，似乎有不少工厂了。

也许有人认为，什么陶器酒瓶之类，有什么价值再提。不过我觉得，人生似乎就是这些碎锦拼成的画面，老朋友和本人看起来，另有一种色彩，别人轻视，不必理睬。你说是吗？我想同你谈谈这些，你是不会厌烦的。何况那时我们手边有《全唐诗》、《全宋词》，学校还从一个地主借来《四部备要》，他家还收藏着"五四"时期全套重要期刊和一些新书，我们可以随时借阅。所以我们并没有拾了芝麻，丢了西瓜。

晚上月色甚佳，晚饭后稍稍休息，听听音乐，品茗食饼，也甚是其乐融融。当然，好友和次子夫妇同我们分处在东西南北四方，是美中不足。

孙儿女小时，我为他们讲过不少希腊神话、希伯来故事等等，他们很感兴趣。近年来我们选讲一些唐人绝句和唐宋词。中秋佳节，我正把刘克庄的一首《清平乐》写了点简单说明，我想为他们讲一讲很合适，因为写的是骑在蟾蜍背上，乘风破浪，畅游月宫，见到嫦娥，还摇了月中的桂树，使人间刮起了凉风呢。你的手头上未必放着这首词，我就读给你听听，算我们共度佳节吧。

清平乐

风高浪快，万里骑蟾背。曾识姮娥真体态，素面原无粉黛。

身游银阙珠宫，俯看积气濛濛。醉里偶摇桂树，人间唤作凉风。

孙儿女已经进入了青年初期，当然不能像我们童年听嫦娥奔月的故事时那样入迷。人不能在同一河流中沐浴多次，品尝点橄榄的回味嘛。"留得残荷听雨声"，我以为诗人是深得此中妙趣的。

老朋友，我们全家对你们全家再致节日的问候。

庚午年中秋节之夜

永别了，　静农！

　　静农患癌症的消息使我震惊，增加了生离的愁苦，逝世的消息传来，却成了死别的悲痛了。他同我的友谊有近九十年的历史，生离的时间抗日战争期间有五六年，1949 年以后四十多年，聚离的时间约各一半。在两次离别期间，我们很少通信，原因用不着多说。但我们教书和文学活动差不多是同时开始的。我们自然很关心彼此劳动的成果。连这也颇费一点周折。《静农书艺》是他托日本朋友带到东京转寄来的。《龙坡杂文》是他女儿前年自美来大陆探亲带给我的。今年有友人从台北来探亲，静农托他把近著《静农论文集》带给我。我的几种校过重印和新的译文，也是几经辗转才到了他的手头。他在抗日战争期间写了些历史小品，说在查询作者的化名，只好停笔了，这些我至今还没有读到过。除了《乡愁集》散页之外，我写的诗文，他也从未过目。久别的老友连这点彼此鼓励和安慰也得不到！

　　我们是中年离别的，知道老之将至，经历了老之已至时的漫长岁月，多年中"凭君传语报平安"的机会也少有，只好烦香港和美国的朋友转寄几次简单的信，谈谈家庭生活和自己的健康情况。一次我们接到静农很简单的信，告诉我们：夫人去世了。我们知道他们夫妇感情深笃，老年丧偶是一大不幸，他也知道我对他夫人于姐怀着童年友人的情谊，多谈徒增彼此的悲感。近见他的学生写的悼念文字，静农曾写过多首悼亡诗，但他并未抄寄给我们。这是他体贴入微的地方。

　　1977 年 12 月，他托在美国的女儿纯懿为我们寄来两个条幅。一幅是他画的梅花，题了宋代诗人的两句诗："孤灯竹屋清霜夜，梦到梅花即见君。"一幅是我所写的旧体诗《幽居》。我很理解他对老友思念的深情。

1986 年，我们接到寄来的多张照片，惊喜地得知，他那样高龄居然到美国旅游，跑了好几个城市和风景区，还为许多人写了字幅。我们深为他的身体健康、心情畅快而庆幸。

他回台北后，突然传来惊人的消息：他患脑溢血住进医院了。我们很担心，但不久就得到喜讯：脑部的淤血抽出后，他恢复了健康。我早知道他善刻图章，写信请他为我刻一方作为纪念品，他复信说，大拇指无力，无法再刻，我心里感到一凉；由老而衰的自然规律是谁也逃不脱的。他把我存放在他那里的一方图章托人带给我，并带来他近写的自作绝句多首，显然要我们不要以他的健康为虑。我从中选出一首表现故国之思的，送给天津书法家协会，供他们刻入蓟县长城的碑林。我的意思只是为他留个较久的纪念。

1989 年冬。我们接到静农所写的两首绝句，正式写了上下款。上款写的是"文贞、霁野留念"，下款写明了自己的年岁：八十八岁。我隐约感觉到了他写"留念"两个字的心情。这以后，我又代别人请他写两个条幅，他很快就写来了，从字看，健康的情况似乎还很好。又从朋友们的来信得知，脑溢血后，仍然每天喝点佳酿，吸几支喜爱的雪茄，同来访者还是谈笑风生，我们也就渐渐安心些了。

不料 1990 年初，突然得到他患了癌症的消息，真是晴天霹雳！何林患癌症去世的余哀更增加了我们的忧虑。稍后得纯懿来信说：静农得知所患确诊为癌症后，竟对儿女们开玩笑说："没想到我中了头奖！"静农性情豁达，我是知道的，这时我想到罗素在一篇散文中所说的几句话，仿佛说的就是他。

在一个老人饱尝过人生的快乐和悲哀，也做了他力所能及的工作，怕死就是有点卑鄙并不高尚了。克服这种恐惧的最好的办法……就是使你的兴趣逐渐更为广阔……直到"自我"这堵墙一点一点后退，你的生活越来越消失在宇宙的生命之中。人的个人生存应当像一条河——起始很小，狭狭地夹在两岸之中，猛冲过岩石和瀑布。渐渐地河变宽了，岸向后退，水流得更安静，最后见不到一点儿破绽。河水消失在海洋里了，并无痛苦地失去自己的存在。

今年 4 月，我的弟弟昭野来信说，静农病中很想同我通过电话谈谈，问我家的电话号码。我因为怕干扰，在家里没装电话，便把谈话的录音带寄去。前三次他听了很感欣慰，但是已经不能录音寄给我们。我们深以他的病危为忧。最后一次录音是在中秋节，我特意谈了些白沙的往事，因为在抗战的艰苦岁月，我们同在白沙的两年生活，算是最为愉快的了。可惜谈话的书面文字，他也未见到了。《寄语老友静农》六篇，是我在他病榻旁边向他话别。

我几次请静农写一篇传，他都不肯，大概是遵循鲁迅先生的遗训吧。因为多处要求，我为他写了一篇略传，有几处记不确切，写信托友人问他，他说自己也记不起来了。虽然诗人说："千秋万岁名，寂寞身后事"，我想作为小说家和书法家，静农的名字会久久不被人忘却，因此我托友人搜罗他的著作、诗文手稿、书信、文房四宝和其他一二遗物，送给上海鲁迅纪念馆，作为他对一生最为敬爱的老师的纪念。

和我结交七十到近九十年的朋友都先后去世了，五十到六十年前我教过并同我交往较多的学生，也有四人先后离开了人世。我的心就像穆尔在一首诗中所写：我记起所有的友生，那样团结在一起的，我看见周围死亡频频，像落叶在严冬的天气。这时我觉得好像在荒凉的宴会厅堂，一个人独自漫步一样，灯光已经遁逸，花环已经死矣，只有他一人还未离去！

1990 年 11 月 25 日

鲁迅精神与李何林

统观李何林的一生，我觉得他是受鲁迅先生的精神哺育成长的，踏着先生的足迹，走过了一生的道路。1920年他和我同在阜阳第三师范学校读书的时候，他就爱读鲁迅先生的小说和随感录。开始受先生的影响。那时候，他虽然还未能读到先生集的《离骚》句的对联："望崦嵫而勿迫，恐鹈鴃之先鸣。"可是他在学习、办事以及朋友交往中，非常珍惜时间。仿佛他已经熟记"莫等闲白了少年头，空悲切"的名句。

"五四运动"提出的任务是反对帝国主义，反对封建主义。鲁迅先生《自题小像》的诗句："……风雨如磐暗故园……我以我血荐轩辕。"同这种时代精神是吻合的，虽然写作的时间较早些，这种热爱祖国，献身祖国的精神，也贯彻了何林的一生。

何林第一次的革命实践活动，是离开东南大学参加北伐。北伐失败后，他参加了南昌起义。起义失败后，他回到故乡霍邱，因为举行反驻军的暴动，被安徽反动当局通缉。他很有革命警觉性，未被捕，而于1928年逃到北京未名社。这时他正式开始了鲁迅研究，并在此期间编了《鲁迅论》和《中国文艺论战》。对于未名社的工作也是很有贡献的。

他离开未名社后，到天津河北女子师范学校和学院中文系任教。他所选讲的多为鲁迅先生的文章，对提高学生思想水平，起了很大作用，有些人因而加入了共产党。这也就是他用鲁迅先生的精神进而哺育别人了。

抗日战争开始后，他主要在昆明，这时他作为民盟成员，与闻一多先生等从事民主运动，在一多先生被国民党刺杀后，他并不畏避。我从沦陷的北平逃出后，有家亡国破之感，他写信给我很大的鼓舞，表现了鲁迅先生所常称赞的战斗的韧性。

抗战胜利后，他到台北一面从事民盟的地下工作，一面尽心尽力协助许季莋先生筹办台湾省编译馆。"2·28"起义时，他不听信国民党宣传的台湾人仇视内地人的鬼话，去旁听群众大会的情况。许先生被国民党杀害后，他不畏惧杀身之祸，公开揭露国民党的阴谋，并写文章。这使我常想到鲁迅先生毅然去吊唁杨杏佛先生的事。民盟的另一成员被捕，他立即决定离开台北，绕道上海，从天津进入解放区，1949年5月，我们在北京会晤。他在教育部工作时，认真负责，严肃诚恳地表示自己的意见，有时同苏联专家的看法相反，但不持强加于人，也不持表面敷衍的态度。他对自己的朋友和学生，也很符合鲁迅先生的教导："我还有不少几十年的老朋友，要点就在彼此略小节而取其大。""态度和蔼若朋友然。"

他到南开大学中文系任教时，我们开了个小小的欢迎会，他也只说了不多的几句话，但我至今还记忆犹新。他说"五四"以后，新文学界出现了两个硬骨头的伟大人物：鲁迅和瞿秋白，中华民族最需要，我们所要培养的，就是这样有硬骨头的人物。这不就是鲁迅先生在《中国人失掉自信力了吗》中所说"中国的脊梁"式的人吗？难得的是在那样早的时候，他就高度肯定了瞿秋白同志。何林能对鲁迅先生评论某些人的文章，以历史唯物主义观点给以公允的肯定，看来不是偶然的。

何林被调到北京鲁迅博物馆工作，像以前一样，可以用鲁迅先生的两句诗概括他的精神："横眉冷对千夫指，俯首甘为孺子牛。"千夫指是社会一切假恶丑现象，对这一切他一生都是横眉冷对的。他病前不久，还用三周时间写了一篇长文，就几十年来的文坛史实进行纠正澄清的工作，表现了实事求是的精神，很为人们所称道。俯首为牛，就是在不同的工作岗位都认真负责，可谓"鞠躬尽瘁，死而后已"。

当然，我并不是以何林攀比鲁迅先生，只是说在遵循先生的教导上，他是一个忠诚的好学生，在宣传先生作为伟大的文学家、思想家、革命家的功绩方面，他是一个勤劳的工作者。在许多方面，我认为他不仅是我的益友，也是我的良师。

1990年9月7日

题亡友魏建功遗诗册

一

多年故旧尽凋零，忍泪吞声度耄龄。

展读遗诗思往事，心声处处见真诚。

二

数月忽惊目力衰，阅君遗墨倍增哀。

梦中二友共谈笑，惜未见君天外来。

（建功之子魏志携乃父遗诗一册来舍，请我题字留念，我原不知建功生前写过诗，因为他从未谈过；但知他善书，抗日期间同在白沙女师学院，曾请他为我写《子夜四时歌》条幅一张，悬之墙上，日夕观赏，甚为珍惜。"文革"中此件丢失，深以为憾。此次见其遗诗墨迹，百感丛生，因走笔书二绝以记。）

1991 年 7 月 10 日

齐白石老人二三事

今年 12 月 25 日是齐白石先生一百二十周年诞辰，为纪念先生的艺术成就，将在他的故乡湘潭建立纪念馆。这是很有意义的。承筹备委员会邀我去参加纪念盛会，我感到荣幸和喜悦。这使我想起与齐白石先生有关的几件往事。我与先生虽无一面之缘，对于绘画也毫无研究，但作为素人，却非常喜爱他的画。看他的画使人有潇洒之感，在心灵深处涌现生的喜悦。我的父亲喜欢国画，我有机会总为他收罗几幅，但每以未得白石老人的画为憾。抗日战争胜利后，有人要先回北平，我托他设法代买一张，那时很难买到了，他却代买了副溥雪斋先生画的两张儿童嬉乐图。父亲也很欢喜，可惜在"十年动乱"中损失了。解放初期我又托一个画家代买，当然更无希望了，我至今觉得是一件憾事。以后见到何林的书房里挂了一张白石老人的画，我很惊异，谈起来，知道他是托了老人的佳婿代求的。这时他们两位都已作古，良机已经不可再得了。

有一次一位朋友约我同去拜访老舍同志，畅谈了一晚，极为愉快。最使人难忘的是老舍谈到，他收藏了很多张白石老人的画，都是他想一诗句做画题，请白石老人画的。我们看了些张，都是诗情画意融于一体，一见就令人叫绝。老舍说，一次他提出这么一句诗："蛙声十里出山泉。"他想这次可要把老人难倒了。不意几天之后，画就送来：一道山泉从浓墨山石间流出，泉水中游泳着一群小蝌蚪。我们赞叹不止，还想续看其他的画，但老舍是剧作家，知道已到顶点，幕布该放下来了，便说，夜已晚，下次再请你们来吧。这余韵确有魅力，我们常常想着再去拜访他。可惜在"十年浩劫"中，老舍含冤逝世，那次竟成了我们的永别！他的藏画不知还存在人间否？

1956年4月，我参加中国文化代表团访问意大利。一个朋友和我专程去拜望七个英雄儿子的父亲，八十高龄的契尔维老人。为祝他健康长寿，我们送了他一幅白石老人画的桃。他高兴极了，连声道谢，因为白石老人得过国际和平奖，是在意大利也很知名的画家。白石老人不仅对世界和平做出过贡献，他对中意两国人民之间的友谊也起过桥梁作用呢。

我只看过白石老人一次绘画和刻印展览，记得有一张资本家打算盘的画极有风趣，知道他富于幽默感，他自号"三百石印富翁"，也颇有这样意味。他的有些张画所画的昆虫极为精细，我很惊异。他那时已是高龄老人，为什么还能画得那样好。陪同我参观的朋友告诉我说，老人在年轻时就考虑到年老画精细的昆虫会有困难，所以先画出一些张，以后补画上花卉。

对于中国画我毫无常识，我原以为画山水全凭想象，随意画出来的。有人给我说了白石老人两件轶事，使我茅塞顿开。他说，白石老人在琉璃厂书店或古玩店往往一坐半天，仿佛无所事事，别人同他攀谈，他多半不大理睬。一天他目不转睛观察一个到店里来买古玩的人，事后对人说，那个人可以入画，所以细细观察，在心里勾画下他的轮廓来。他也喜欢游山玩水，遇到可以入画的地方，他就画下草稿，以后据此作画。不消说，他画花卉昆虫，观察也是一定很细致认真的。一切成功的艺术创作都离不开一个基本原则：深入生活实际，细心观察，用完美的艺术，将素材提炼为艺术品。白石老人的实践充分说明了这一点。

1983年国庆节　天津

挽单演义同志

一

推心置腹学先贤，字字推敲不畏难。

疑义与析堪回味，奇文共赏乐无边。

二

教学科研不息肩，鞠躬尽瘁颂先贤。

音容远上碧空去，桃李齐声赞遗篇。

1990 年 2 月 10 日

挽包子衍同志

鞠躬尽瘁勤钻研，廿载惜无一面缘。
方期硕果荐贤哲，痛悼英魂上九天。

1991 年 1 月 10 日

· 附 录 ·

我所了解的李霁野同志

李何林

　　李霁野同志生于 1904 年 4 月 6 日，到现在已经八十岁了。他在《自传》中说："1923 年春……到北京后就常编译点短文换取稿费，利用 1924 年的暑假，我译完了俄国安特列夫的《往星中》，小学同学张目寒送请鲁迅先生指教，我得以结识先生。1925 年夏，先生建议成立未名社，印行我们六位社员的译作；在它存在的六七年时间内，一共印了二十多本书和两种期刊：《莽原》半月刊和《未名》半月刊。"从 1924 年到 1984 年的今天，他的创作翻译生活恰恰是六十年。未名社成立后六七年间的编辑、印刷、出版、发行等大量工作，在鲁迅先生领导下，除开始半年由韦素园主持，最后一年左右由韦丛芜负责外，其余全由他无偿地负责并担当一切风险，出版了二十几种书和坚持编印了六年左右的半月刊（《莽原》共四十八期，《未名》共二十四期），这是很不容易的，而且始终维持着鲁迅先生定下的进步方向，更不容易。

　　在这六十年期间，他创作了短篇小说集《影》，新诗《海河集》，并写了许多格律诗，结集为《乡愁与国瑞》，在印制中。《给少男少女》是抗战期间在白沙女师学院的讲演，近已重印出版。《回忆鲁迅先生》和《鲁迅先生和未名社》则为了解鲁迅先生与未名社的少有的书。他为纪念鲁迅先生百年诞辰，写了二十多篇文章，编为《华诞集》，已交给一个出版社。

他 1956 年访问意大利、法国和瑞士，回国后写了《意大利访问记》。他的散文集为《温暖集》，即将印行。

霁野同志一生文学活动的主要劳绩在翻译方面，他是照着鲁迅先生的"拿来主义"做的。他翻译的有《往星中》《黑假面人》《不幸的一群》《被侮辱与损害的》《简·爱》《我的家庭》《战争与和平》《四季随笔》《虎皮武士》《杰基尔大夫和海德先生》《鲁拜集》《在斯大林格勒战壕中》《卫国英雄故事集》《难忘的一九一九》《山灵湖》等；有散文、诗歌、戏剧，长短篇小说各种体裁。所有这些都是业余时间翻译的，用力甚勤！其中一百二十万字的《战争与和平》，在日军侵占香港时被毁了。用五七言绝句翻译的《鲁拜集》，在"十年动乱"中损失了。在动乱稍定时，他从记忆中重写了一些格律诗；用原有素材又重写了一些首失去的语体诗；并利用开会及旅游的闲暇时间，将旧译的抒情诗加以修改补充，成为《妙意曲》，在印制中。

人生七十古来稀，但在新中国的 80 年代，活到八十岁以上的人也不少了，就是八十岁也不算稀，而在人之一生中八十年究竟不是很小的岁数，是一个难得的整数。在这八十年的岁月中，我和他约有三分之一的时间生活在一起，他是我的老朋友中相处时间最长的一个。因此，我了解他有值得我学习的几方面长处。

第一，新中国成立前有坚定进步的政治方向和文学方向。他在主持未名社的五六年期间，虽曾因出版禁书被捕，也不畏惧，依然敢于接待地下共产党人。在 1928 年白色恐怖嚣张的时候，他敢于出版曹靖华从苏联寄来的反映十月革命斗争的小说《烟袋》和《第四十一》（前者原名为《共产党的烟袋》），始终执行着鲁迅先生定下的进步方向。

第二，工作认真负责、细心细致。他在主持未名社工作的五六年和作天津河北女子师范学院英语系主任七年，以至新中国成立后任南开大学外语系主任三十多年期间，都是细致地考虑到各方面的问题，认真负责地对待工作。他认为他的建议对于工作有利，有关同志因受"左"倾路线影响不能接受他的建议时，他就据理力争，成败与否，在所不计。他也能细心细致地对待同志，说话很有分寸。他这种细心的长处，也表现在他的作品中：鲁迅先生在 1935 年写的《〈中国新文学大系〉小说二集序》里说：

"在小说方面，……又有李霁野，以锐敏的感觉创作，有时深而细，真如数着每一片叶的叶脉……"

第三，关心读者，开架售书，门市部变成了阅览室。在霁野同志主持未名社出版部期间，出版部成立了门市部，除出售本社出版的书刊外，同时也出售用这些书刊换来的上海各地进步的和左翼的书刊，这样卖新书刊的书店，在当时的北平可以说是"只此一家，别无分号"。开架售书在北平也不多见。门市部还为顾客（多半为北大的学生和其他大中学师生）准备了凳子，可以坐下来看，这种为读者着想的精神，是值得学习的。

第四，面对逆流，横眉冷对。霁野和我都因为家中贫穷，于1919和1920年先后考入了当时不收任何费用而且管吃管住的完全公费的阜阳安徽省立第三师范学校。当时韦素园在上海准备去苏联学习，给我们寄来了《新青年》等刊物和《共产党宣言》，我们又订阅了《新潮》、上海《民国日报》的副刊《觉悟》、《时事新报》的副刊《学灯》，使我们受到了"科学"与"民主"，马克思主义的唯物史观、阶级斗争、剩余价值、社会主义，以至安那其主义（无政府主义、虚无主义）、实验主义等的影响，但我们比较倾向于社会主义和共产主义。当时三师同学中封建复古势力远远大于我们几个喜欢五四时代新文化、新思想、新文学和白话文的人。

他们认为李霁野是新派的头头，有一天鸣钟开会了，把霁野叫去，讲了一些复古派的话，都是五四新文化运动批驳了的，并且给新思潮戴上"洪水猛兽、共产共妻"的大帽子。霁野置之不理，像鲁迅说的"最大的轻蔑是无言，连眼珠也不转过去"！会后，我们仍旧阅读新书刊，他们也未敢干涉。

第五，不是共产党员，又像共产党员。全国解放前，李霁野同志不是党员（他1956年入党），但却几次因"共党嫌疑"被捕。1928年4月7日被捕之前，他还接待路过北平去绥远工作的两个党员在未名社住了十几天。这在"四一二"后的白色恐怖中，是很冒风险的！在他4月被捕释放后不到两个月（1928年7月），我和王冶秋、王青士弟兄即因家乡霍邱县暴动被通缉先后逃到未名社，他知道我们是来避难的，却为我们安排了工作和生活。自己刚坐牢释放不久，接着又"窝藏"了三个被通缉的"共党"，没有"党外布尔什维克"的立场和感情，是不可能做到的！因为要冒很大的风险。

在庆祝霁野同志八十诞辰和从事文艺活动六十周年的时候，祝他健康长寿，更长时间地发挥余热，为建设精神文明做出更多的贡献！

（载于《翻译通讯》1984 年 7 期）

"严肃的工作"

——《李霁野文集》阅读札记

解志熙

一 "新文学是严肃的": 一个宝贵的传统

还在"五四"文学革命时期,第一个新文学社团文学研究会就在其宣言中庄严宣告:"将文学当作高兴时的游戏或失意时的消遣的时候,现在已经过去了。我们相信文学是一种工作,而且又是于人生很切要的一种工作;治文学的人也当以这事为他终身的事业,正同劳农一样"。(《文学研究会宣言》,原载 1921 年 1 月 10 日出版的《小说月报》第 12 卷第 1 号)。这个宣言据说是周作人起草而经过鲁迅修改的。由此中国现代文学一开始就确立了严肃地对待文学和人生的宗旨,这是一个可与现代自由主义文学观——它是针对"文以载道"的旧文学传统而提出的——相并列、相补充的文学新精神。

为什么新文学开创之初就在力争文学自由独立的同时,又严肃强调"文学是一种工作,而且又是于人生很切要的一种工作"呢?因为新文学当时面对的不仅有僵化的"文以载道"旧信条,还有旧文人不严肃地玩世、玩文学的旧习惯,而当新文学家意识到在现代时世中新文学担负着沉重的社会使命,他们就不得不高度严肃地对待文学,而文学在他们那里也就不能不严肃地关怀人生和社会。对此,作为新文学过来人的朱自清先生有深切的体认。他认为:"新文学运动以斗争的姿态出现,它必然是严肃的。"（《论严肃》，《朱自清全集》第 3 卷第 140 页，江苏教育出版社，1988）又说："严肃这个观念在我们现代文学，开始发展时是认为很重要的。当时与新文学的创造方面对抗的是鸳鸯蝴蝶派，礼拜六派的小说。他们的态度，不论对文学，对人生，都是消遣的。新文学是严肃的。这严肃与消遣的对立中开始了新文学运动。"（《文学的严肃性》，《朱自清全集》第 4 卷 478 页，江苏教育出版社，1990）

当然，新文学要坚持严肃的为人生文学方向并不是一帆风顺的，也曾遇到不少阻力和干扰。尤其是不严肃的消遣主义文学趣味以现代面目在 20 世纪 20 年代后期文坛的回潮和在三十年代文坛上的泛滥，严重地消解和颠覆着新文学阵营严肃看待文学、严肃看待社会人生的精神。幸而大多数新文学作家如朱自清所指出的那样，"大家认为这种态度要不得。于是更明白的提出严肃的口号，鲁迅先生介绍了一句话：'一方面是严肃的工作，一方面是荒淫与无耻。' 这两相对比严肃与消遣相对更尖锐，这表示时代要求严肃更迫切了"（《文学的严肃性》，《朱自清全集》第 4 卷，第 480 页）。的确，鲁迅在 1935 年郑重其事地介绍爱伦堡的这句话，实在非常及时，影响广泛，显著地促使更多的新文学作家在随后的严峻岁月里严肃地坚守文学的底线和人生的底线。所以朱自清欣喜地说："大家常提起鲁迅先生介绍的那句话。并且从工作扩大到行动。于是文学又回到了严肃"（同上）。经过这番曲折，以严肃的态度看待文学及其与社会人生的关系，因而严肃的从事这项工作，才真正被确立为新文学的主导精神之一。

今天我们回顾已成历史的现代文学三十年，不难发现这种"相信文学是一种工作，而且又是于人生很切要的一种工作；治文学的人也当以这事为他终身的事业，正同劳农一样"的精神贯穿始终，已成为新文学的一个优良传统。虽然不同的社团和作家们的成就有大有小，但凡具有这种精神者，都让人肃然起敬。已故的李霁野先生及其所属的未名社，就是如此。

二 "有益于中国的读者"、"严肃认真地从事"：
从鲁迅到李霁野的翻译之道

在中国现代文学史上，未名社和李霁野先生都算不上声名显赫，但在

严肃地对待文学这项工作、以认真的态度从事这项工作方面，委实称得上典范。未名社诸子严肃的文学态度，无疑得益于鲁迅的言传身教。对此，我以前也曾有所闻，而未参其详。最近得到刚出版的《李霁野文集》（百花文艺出版社，2004 年 3 月出版），我首先拜读了第 2 卷，该卷集中了李霁野先生纪念、回忆鲁迅和未名社的文字，以及他对自己生命历程的追忆。这些无疑是重要的现代文学史文献。从李先生朴实无华的文字中，我们感同身受地体会到"鲁迅先生对于未名社成员的培养，既有言教，又有身教"（《鲁迅先生对文艺嫩苗的爱护与培育》，《李霁野文集》第 2 卷 50 页）。据李先生不完全的统计，单是《鲁迅日记》中关于未名社的记事就有七百多则，他寄给未名社成员的书信三百多封，互相访问的次数也不少，这还不算失计的事与信。由此也可以看出鲁迅先生为这样一个小小的新文学社团花费了多少时间与心血。其实，鲁迅与这些新文学青年非亲非故，他之所以在他们身上倾注那么多心血，小而言之，是为了中国有新的文学，大而言之，是为了中国的进步。为了这个目标，鲁迅甘愿做泥土，做人梯。所以他当年对李霁野、台静农、韦素园、曹靖华、韦丛芜等爱好新文学的青年倾心相助，不仅一丝不苟地为他们改正著译，热情地推荐发表，甚至自掏腰包，垫付出版费用，手把手地教他们如何编印书刊……于是才有了未名社。也正是由于鲁迅的感召，未名社成员潜心著译，严肃从事，在 1925—1931 年的短短六七年中，推出了《未名丛刊》和《未名新集》两套著译丛书数十种，并主编了《莽原》和《未名》两个半月刊，对新文学做出了切实的贡献。未名社的工作集中在纯文学的译介和创作方面。对他们在这方面的工作，鲁迅曾有这样的评价："未名社的同人，实在并没有什么雄心和大志，但是，愿意切切实实的，点点滴滴地做下去的意志，却是大家一致的。"又说："未名社一向设在北京，也是一个实地劳作，不尚叫嚣的小团体"（《曹靖华译〈苏联作家七人集〉序》，《鲁迅全集》第 6 卷第 553 页，人民文学出版社，1981）

应该说，鲁迅对未名社的评价是相当中肯的，而未名社同人也没有辜负鲁迅的期望。除了韦丛芜一度走入宦海外，其他人都把文学作为"终身的事业，正同劳农一样"，在文学阵地上默默耕耘，表现出"实地劳作，不尚叫嚣"的严肃与踏实。李霁野先生就是这样一个"实地劳作，不尚叫器"的文学耕耘者。如他自己所回忆，他当年并不是一个有多大文学天才的青年，之所以走上文学道路，可以说完全缘于鲁迅的提携与教诲。1924年暑假，还是北京崇实中学学生的李霁野从英文转译了俄国安特列夫的剧本《往星中》，通过小学同学张目寒转请鲁迅审阅，但心里不免担心：一个著名作家会给一个中学生校稿子吗？没想到鲁迅第二天就看了稿子，很快约他去谈修改问题。稍后，鲁迅又为李霁野校改其所译安特列夫的另一剧作《黑假面人》，并主动为之筹划出版。年轻的李霁野目睹鲁迅"用原文一字不苟地校对这两部译稿，就在夏季挥汗如雨的时候，他也毫不厌倦地继续着。以后有点经验，我才知道这工作是何等的烦苦，我们很知道只是没有'行市'的译稿，然而我们是何等严肃认真地从事！"（《忆素园》，《李霁野文集》第1卷第37页）鲁迅之所以为了校正和出版这些文学青年的译稿而无私地奉献出自己精力与心血，归根到底是因为他深切地体认到优秀的外国文学的译介"将默默的有益于中国的读者。"（《曹靖华译〈苏联作家七人集〉序》，《鲁迅全集》第6卷第553—554页）正是在鲁迅的指引下李霁野走上了文学翻译道路，而在此后的岁月中，鲁迅严肃的文学态度及其为社会改造、民族解放而战斗的精神一直鼓舞着李霁野——"我总自勉在译书上不偷闲躲懒，在做事上不苟且敷衍，就因为在我的心中永远存在着鲁迅先生这样一个典范"（《鲁迅先生和青年》，《李霁野文集》第2卷，第17页）。李霁野先生的一生可证此言不虚。

李霁野先生在旧中国的文学翻译活动，始终把注重改造社会的俄苏文学作为译介的重点，这显然与鲁迅的影响有关。就在帮助推出安特列夫的剧作之后，鲁迅就提醒李霁野摆脱安特列夫的虚无一悲观主义的影响，以积极的态度投入文学和人生，从那之后，严肃的进步的俄苏文学成为李霁野翻译的首选。1926年正在燕京大学上学的李霁野翻译了托洛茨基的革命文学论著《文学与革命》，该书1928年出版后，被军阀封禁，李霁野与台静农被关押五十天。出狱后，李霁野又翻译了陀思妥耶夫斯基的《被侮辱的与被损害的》。在抗战爆发后，李霁野先生蛰居沦陷的天津和北平，潜心翻译托尔斯泰的巨著《战争与和平》，那正是他和妻子新婚燕尔之时，"在新婚的生活中，我们的心情比较复杂，有时轻松愉快，有时郁郁寡欢……不过我们都在做着庄严的工作，我终日译书，觉得《战争与和平》

对我们有了特殊的意义，给了我们很大的精神鼓舞。不可一世的拿破仑进攻俄国的时候，俄罗斯的情况并不比我国好多少，法军前进势如破竹，俄军节节败退，但俄罗斯并未灰心丧气，却破釜沉舟，火焚莫斯科，给了敌人毁灭性打击，拿破仑从此之后就一蹶不振，最后死于荒岛。我们确曾笑谈过，东条英机的下场也许比拿破仑更糟糕"（《滞留在沦陷的天津》，《李霁野文集》第二卷第541—542页）。的确，文学翻译，在那个特殊的时代也具有战斗的意义。可惜的是，李霁野花费了四年心血完成的《战争与和平》译稿，被日寇毁于香港，而他自身在1943年初也面临被日寇逮捕的危险。在危难面前，李霁野先生决不苟且。他忍痛抛妻别雏，逃出沦陷区，历经艰险来到重庆。这一路的见闻，使李霁野在文学和人生上的选择更不含糊了。甫到重庆，他得到十多篇描写苏联卫国战争的短篇小说的英译本，"一口气读完，很受鼓舞，觉得对我国的抗战也颇有意义，便用一个月的时间译出来，以其中一篇题名《死后》做书名印行"（《在重庆和北碚》，同上书第565页）。……由于长期倾心于苏俄文学的译介，李霁野先生被当局视为危险的左翼文人，迭遭迫害，但李先生却不畏艰险，以至于数入牢狱、几次逃亡而不辞，始终坚持从事着这项"有益于中国的读者"的严肃工作。这种精神与鲁迅的教诲是分不开的。

说起来，在半殖民地半封建的中国，译介什么样的外国文学，新文学界是有争议的。鲁迅看重的是那些"立意在反抗，指归在动作"的摩罗诗人，那些旨在改造社会的革命文学，以及与中国相似的弱小民族的文学。对鲁迅的这种选择如译介弱小民族文学，林语堂就曾经轻薄地讥讽说："今日绍介波兰诗人，明日绍介捷克文豪，而对于已经闻名已久之英美法德文人，反厌为陈腐；不欲深察，求一究竟。此与妇女新装求入时一样，总是媚字一字不是，自叹女儿身，事人以颜色，其苦不堪言。"（《今文八弊》［中］，《人间世》第28期）对此种貌似有理而其实势利的文学翻译观，鲁迅给予严正的驳斥："这种'新装'的开始……还在三十年前，始于我的《摩罗诗力说》。那时满清宰华，汉民受制，中国境遇，颇类波兰，读其诗歌，即易于心心相印，不但无事大之意，也不存献媚之心……但生长于民国的幸福的青年，是不知道的，至于附势奴才，拜金崽子，当然更不会知道"（《"题未定"草》［一至三］，《鲁迅全集》第6卷第355—356

页）。由此可见鲁迅对外国文学的译介，乃是慎重选择，别有苦心的——不但希望它们在文学上有益于中国读者，而且期望它们反抗强权的精神能启迪和振作中国的国民性。在这方面，李霁野与他的文学引路人鲁迅先生是一致的，他在数十年的译介生涯中也对弱小民族文学颇为尽心，如在艰苦的抗战岁月里译出了格鲁吉亚的民族史诗《虎皮武士》。而最让人感动的是李霁野先生多年来念念不忘完成鲁迅想译介菲律宾爱国诗人厘沙路诗作的遗志。厘沙路为反抗西班牙殖民统治而英勇献身，被菲律宾人民崇奉为民族英雄和现代菲律宾的国父。鲁迅在留日时期知晓了他的事迹，很为崇敬，起意把他的诗作介绍给正在为民族的独立解放而奋斗的中国人民，但苦于文献缺乏而无法实现。在 1925 年的《杂忆》一文中他还郑重地提到厘沙路，并希望李霁野能加以介绍。此后半个世纪过去了，同样因为文献有缺而碍难完成，但李霁野先生一直没有忘怀此事。在厘沙路牺牲八十周年、鲁迅去世四十周年之际，已年过古稀的李霁野先生终于展转找到了厘沙路诗文的英译本，遂两次著文译介厘沙路的人与诗，为完成鲁迅的未了之愿而欣慰。此心此志，令人感佩有加。

的确，在那样一个时代译介革命文学和被压迫的弱小民族的文学，不但没有多少名利可收，反而要冒生命的风险，更不用说要赔上多少苦心与寂寞了。但从鲁迅到李霁野等数代先辈都矢志不移、乐此不疲。这与时下文学翻译界的风尚迥然有别。据说当今世界已进入"全球化"时代，在这样一个时代各民族间的文化交流更为重要也更为频繁，这自然是好事。但若以为全球化即等于西方化以至于美国化，并据此在文学翻译上一以欧美畅销书排行榜之马首是瞻，那就未免势利和浅薄了。所以值此之际，回顾一下鲁迅、李霁野等前辈严肃的翻译之道及隐含其中的文化自主与文化抵抗的苦心，或许并非多余。

当然，文学的天地十分广阔，读者对文学的需求也多种多样。所以文学翻译的严肃性并不意味着褊狭与苛严。而不论鲁迅先生还是李霁野先生都是心胸开阔、趣味丰富的翻译家。例如鲁迅就很喜欢英国的文学经典，并且特别看重林语堂的译才，在一封信中曾惋叹："语堂是我的老朋友，我应以朋友待之，当《人间世》还未出世，《论语》已很无聊时，曾经竭了我的诚意，写一封信，劝他放弃这玩意儿，我并不主张他去革命，拼死，只劝他译些英国文学名作，以他的英文程度，不但译本于今有用，在将来恐怕也有用的。他回我的信是说，这些事等他老了再说。这时我才悟到我的意见，在语堂看来是暮气，但我至今还自信是良言，要他于中国有益，要他在中国存留，并非要他消灭。"（鲁迅1934年8月13日致曹聚仁函，见《鲁迅全集》第12卷，人民文学出版社，1981，第505～506页）林语堂的英文之好在现代中国确是首屈一指的，可惜他当时附庸风雅、提倡幽默而不暇，那里看得起翻译文学名著这种苦差使，而且多灾多难的中国也留不住他——抗战爆发前夕，林语堂听邵洵美说有人预言中国又将有亡国之祸，便迅速卖掉家产，全家移居美国，转而按照美国通俗文学模式大写其"中国"罗曼司，至老都没有在英国文学名作的翻译上用什么心。倒是年轻的李霁野在鲁迅的鼓励下，从查字典硬啃起步，切切实实的、点点滴滴地做下去，终于成为我国首屈一指的英国文学翻译家。整套《李霁野文集》中的译文，英国文学占了很大的分量，《简·爱》和《四季随笔》等更成为经典的译品，在文学界和广大读者中产生了广泛而且持久的影响。这些都是人们耳熟能详的事，此处无须细述了。

三 散文的感性与知性：作为散文家的 李霁野先生及其他

"在写作上，我没有任何成就"（《鲁迅对文艺嫩苗的爱护与培育》，《李霁野文集》第2卷，第64页），李霁野先生回顾自己的文学历程时曾如是说。但其实，几乎在从事文学翻译之初他就开始了创作，在小说、诗歌和散文几方面均有所尝试，而尤以散文写作最为出色当行，不仅自成一家，而且造诣独到。只是由于这些散文一直散佚或来得重印，所以长期不为人所知。我自己也是这次拜读文集时才注意到。《李霁野文集》的第一卷就收录了四本散文集，约在五十万言。其中特别让我喜欢的是《温暖集》和《给少男少女》二集。这些散文集中表现了李霁野先生深挚的人间情怀和通达的人文胸怀，令人叹赏不止。

关于《温暖集》的文体及其写作缘起，晚年的李先生在"序"中有这样的解释——

就文章的性质说，现在一般称之为散文或随笔。未名社所印行的第一本书是鲁迅先生翻译的《出了象牙之塔》，其中论到"Essay"，论及这种体裁文章的发展史略，并说在日本还无适当的译名。先生在《葬原》半月刊上陆续发表的十篇回忆文，后来结集印行为《朝花夕拾》，就是这类文章的杰作。在谈话中，我说到我是喜欢读这类文章和抒情诗的，先生就劝我多读些英国的名家作品。稍后他又勉励我试写一点这类的文章。我说我的学识和人生经验都远远不够，不敢动笔。先生说了几句类似他在《未有天才之前》中所说的话："幼稚对于老成，有如孩子对于老人，决没有什么耻辱，作品也一样，起初幼稚，不算耻辱的。"我们知道先生对于青年既不苛求，也不过誉，总是实事求是，循循善诱。我很乐于遵循先生的教导。

所以，李霁野的散文创作也是在鲁迅先生的鼓励下试笔的，自然也就取法于鲁迅先生的《朝花夕拾》和鲁迅所欣赏的英国 Essay。《温暖集》收文颇多，而以前 12 篇最具特色。这 12 篇文章写于作者感受力敏锐的青壮年时期，大多为怀人念往之作，一例以感性的真挚抒发见长，属于典型的"家常体"随笔，虽然在情感开掘的深度和抒情的态度上还没有达到鲁迅的《朝花夕拾》那般深刻与从容，但比诸其他现代名家的名作并不逊色。其中《三幅遗容》《父亲》《给大儿》诸篇抒写亲情离恨，深情一如朱自清的《背影》《给亡妇》等名作，而抒情的克制加上幽默的点缀，甚至使这些篇章避免了朱作未能免却的感伤性甜腻，给人以更深长的情味。如《三幅遗容》中的"母亲"一篇写多年在外的作者回家探视病危的母亲，一见面自然难免感伤，但作者并不一味渲染感伤，而随即插入一个让人忍俊不禁的场面——

……亲友们已经传遍了我到家的消息，我的屋子中坐满了来客。有一位极亲热地招呼我，使我不好意思问姓名了，他出去后我一问，却惹起满堂的惊笑来了：

"呀，不认得你兄弟啦！"

这幽默的小插曲使悲喜得以平衡，而结尾更出人意料——

……三个月的暑假已经过去了，母亲虽然舍不得，但却有一种其他的感情使她说：

"回北京去，去毕业去。我的病是可以好的。"

我也说不好是被怎样的一种感情所驱使，决然地离开了病危的母亲，回到我并无所留恋的沙漠。几个月后接到耕弟报告母亲逝世的信，我漠然地并没有流一滴泪：时间与世事已经硬化了我的心肠，而且母亲的死并不比她的病给我更大的悲伤。

这种自我抑制的抒情在现代散文中并不多见，它显然得益于周氏兄弟所擅长的以抑为扬的笔法。《父亲》一篇与《背影》同样写父亲的慈爱，但李先生笔下的父亲形象与作者对父亲的感情又比《背影》复杂些。除了慈爱，这个父亲还有旧式家长难见的宽容，而年轻的儿子虽然受新思潮的影响写信回去要求解除包办婚约，但他也认识到"订这糊涂的婚约，大概是二十年前的事了，那时候是照例如此，没有什么错对可说。远在十年前，宣布解除婚约，在闭塞的乡间小镇上，实在是一件破天荒的谬举，顽固点的父亲一定会发誓不要这样不孝的儿子了，然而从我向家里表示要解除婚约的意思起，到这事圆满解决了的时候止，父亲无论在书信上，或是在谈话中，都没有拿出一点父亲的权威来压迫我的心意过，他从他的观点来委婉劝我的话，有时甚至让我感动得哭了。在理智上我认识了'父与子'的冲突，在感情上我们依然还和谐一致"。该文写于1932年，在那时激烈的反封建语境中，新文学界普遍地把传统与现代、父与子的关系简单化了，而李霁野先生却在深情的娓娓絮谈中向读者展示了旧家庭中父子关系的另一面，让人们看到了时代大潮下人性与人情的复杂性，这是殊为难得的。

与上述感性的抒情不同，李霁野先生的文写作还有另一幅知性的笔墨。这里我指的是《给少男少女》一集，该集所收6篇文章，原是作者1944年在四川白沙女子师范学院任教时，应学生之请所做的讲演，事后再写出的。这些讲演稿就青年们关心的种种人生问题畅谈感想，虽然所谈不外人生人性之常，并不刻意求深，但是融进了作者的人生经验和体验，并广泛吸取了古今中外的人文主义的精神，因而健全通达，亲切风趣，读来覃覃有味，令人怡然忘倦。

以《至上的艺术——爱》一篇为例，该文谈的是两性之爱，这自然是年轻的女大学生们最关心的问题，而当时在这个问题上也常有悲剧的发生，触发了作者的就是"前几天学校附近发生了一件恋爱的悲剧，一时引起了一点纷纷的议论，有几位英语系的同学想要我说几句话，我立刻答应了"。作者首先扼要考察了古今中外对两性之爱的态度，以为"以前的人和现在的许多人，关于性的一切，总持着将人蒙在鼓里的态度。不仅家庭不准谈说，学校的生物学和生理学也毫不谈到。这种缄默的阴谋所酿成的不幸，真是令人寒心。近代的思想家持开明的态度，向无知和冥顽进攻，主张将性的知识作为人生常识的一部分，交给男女的孩子，而且以为能在十岁以前完成这种教育最好"。当然，即使如此，性的生活中也难免病态与变态，于此作者认为，"我们的态度是要了解这些情形，正视事实，不是要苛责，要裁判。同情的了解和指导才是我们应做的事"。作者进而主张，"我们应该将爱情看作一种艺术"。为此不仅需要正当的知识和技术，而且要有入微的体贴和宗教般的严肃，因为——

> 世间最美的东西往往是最脆弱的，例如花。爱是嫩美的花，需要小心的培植。所以除了知识之外，爱的艺术需要入微的体贴，不浇水，花是要枯死的。没有体贴入微的培植，爱也要枯死。要"动员"我们天性中最好的一切，才可以有使这种艺术达到完美地步的希望。光是知识和技术还不够，我们还要有对宗教一样的严肃。自然，我不是指悬空的宗教，也不是说道学家板脸鼓嘴的严肃。

随后作者针对两性之爱中的种种烦恼，向年轻的女大学生们提出了自己的建议，如——

> 被爱可是并不爱，往往也是怪苦恼人的事，对不对？我觉得诗人是很可爱的，可是诸位的前辈使他们有不少吃过很大的苦头。我们在

班上已经读过好几首诗，哀求他们的女神不要残酷无情，不要漠然轻视。不过大体是没有用的。这自然无话可说。我记起约二十年前的一件小事。一个诗人为一位女子写了几首情诗，被她送给一个报纸发表了，传为一段佳话。这样的事幸而以后不大听到了，或者我们该感谢这位记者的手腕也未可知。可是拿这样的诗信之类向学校当局去告状，在不几年前我知道是还发生的，我不觉得是可喜的现象。爱是一个男子对于女子所能给予的最高的敬意，不接受是没有什么的，不过态度要大大方方，而且绝对不应当给人不必要的痛苦。在爱情上表现的小器和残酷，是最准确的量人的尺度。

在文末则是通达而又风趣的总结——

……将肉从灵分开或看为罪恶，是不对的。性是纯洁的，我们应当将爱作为艺术来培植。这需要知识，需要技术和细心的体贴。嫉妒和占有只能保持爱的躯壳，我们应当有勇气，有宽容，使爱在自由的空气中生长。结婚是爱的继续，孩子是家的基石，二者都各有特殊的问题，需要充分的知识和技巧。在任何阶段，愚昧都应当努力破除。在完成爱的艺术这工作上，男子不能是家庭的暴君，女子也不应是玩偶家庭的住客；能做贤达的父母，爱的艺术便开花结实，到了成熟的地步。

我和诗人同意，以为对于女子的爱是最好的教师。所以女子是教育的中心人物。英国的散文家斯提尔（Richard Steele）说以利萨伯·哈斯婷（Elisabeth Hastings）："To know her was a liberal education"（认识她是一种高尚的教育）。我们这里有六百位同学，我想每位都是一所大学，所以教育的功效应该等于六百所大学了。愿诸位愉快地完成这任务。

如此叮咛周至而又结之以幽默，真所谓亦庄亦谐，令人在深受启迪之余又不觉婉尔。

这样的文章是散文吗？当然是的。只不过与我们熟悉的抒情散文有所不同罢了。借用西方的随笔做比方，前述《温暖集》诸篇，显然以感性的抒情为主，近于查尔斯·兰姆的格调，而这里的《给少男少女》诸篇则接近蒙田的风度。比英美新批评更伟大的德国批评家埃里希·奥尔巴赫在论及蒙田时，称之为新型的人文主义者，因为在蒙田眼中，"现世的生活不再是彼世生活的表象，他不再让自己为了那边而蔑视和轻视这边。尘世的生活是他所享有的惟一生活；他愿意尽情的品尝它；'因为我们的存在才是我们的一切；在这里，生活是他的目的和他的艺术……"并认为蒙田用以表现他的人生和人文感想的随笔，"完全是一种生动却不浮躁、色彩丰富的谈话语调，几乎不能称其为自我交谈，因为他似乎时刻都面对着某个人。"（埃里希·奥尔巴赫：《摹仿论——西方文学中所描绘的现实》中译本第342—343页，百花文艺出版社，2002）。可以说，写作《给少男少女》诸篇的李霁野先生也是一个蒙田式的新型人文主义者，他的这些文章的谈话风格不是孤芳自赏的抒情独语，而是一个洞察人情却不世故的智者与读者推心置腹的交流。

古语云："世事通明皆学问，人情练达即文章"，说的大概就是这类既富人生智慧又有人情味的好"文章"吧。连带地，我也想起现代文学史上类似的散文。在"五四"文学革命时期产生了两个公认的现代散文类型，一是批判性的随感录即杂文的前身，一是艺术性的美文，又称随笔或小品。而后者按周作人所说"这里边又可以分出叙事与抒情，但也，很多两者夹杂的，这类美文似乎在英语国家里最为发达"（《美文》，1921年6月18日《晨报》）。但其实不论在西方还是在"五四"前后的中国，富有艺术性的散文都不止于"叙事与抒情"，胡适在1922年即指出，"这几年来，散文最可注意的发展乃是周作人等提倡的'小品散文'。这一类的作品，用平淡的谈话，包含着深刻的意味；有时很像笨拙，其实却是滑稽。"（《五十年来中国之文学》，《胡适学术文集·新文学运动》，中华书局，1993，第160页）所谓"用平淡的谈话；包含着深刻的意味"就不是"叙事与抒情"的风格，而显然更富知性，周氏兄弟的某些既非杂文又非抒情与叙事的散文，就是以亲切的人生漫谈而彰显出这种风格的，风格近似的还有梁遇春的《春醪集》和朱光潜的《给青年的十二封信》等。但在当时和此后相当一段时间，这类散文的独特风格却一直没有得到确认和独立的发展。三十年代的散文除了新增加的报告文学外，以战斗的杂文和抒情的以及幽默的小品为主要取向，而知性的人生—人文漫谈甚为少见，只有温源宁以英文撰写而被译成中文的《不够知己》聊备一格。直至四十年代，这类散文才获得了显著的发展，就中颇为杰出的便是梁实秋的《雅舍小品》、钱钟书的《写在人生边上》、冯至的《决断》《认真》诸文以及李霁野的《给少男少女》等。他们都形成了自己独特的风格。梁实秋漫谈人情世态，简劲通脱；冯至分析实存状态，严肃深沉；钱钟书俯察人生诸相，机智超迈；李霁野指点人生迷津，风趣通达：凡此皆卓然不群，独步一时，并且都保有文章之美而不陷人于理障。

这些别具一格的散文在近年已经引起了人们的关注，但关于它们"别具一格"的所在迄今仍然含糊不明。有人注意到此类散文中的智慧、学问和书卷气，并追索到其作者从而称之为"学者散文"。这诚然与此类散文的独特品性有所感知，但距离准确的定性似乎尚有一间未达。窃以为称之为"知性散文"或许更为切当些。所谓"知性"，当然有相对于理性和感性而言之意，但在此我无意强调它的哲学意义如老黑格尔所言。其实我所说的"知性"，乃指融会在此类散文中的一种不离经验而又深化了经验的感受力、理解力，因为它既不同于理论论述的理性化、抒情叙事的感性化，甚至与激情意气有余而常常欠缺理性的节制及"有同情的理解"的论战性杂文也迥然有别，所以姑且借用现代诗学中的知性来指称它。如果说杂文着重表现的是批判性的激情和社会意识，抒情叙事散文着重表现的是感性的经验与情感而且一切常被"诗化"了，那么知性散文表达的则是经过反省和玩味、获得理解和深化的人生经验与生命体验。正因为所表达的不离经验和体验，所以知性散文仍保持着生动可感的魅力，又因为所表达的经验与体验业已经过了作者的反复玩味和深化开掘，所以知性散文往往富有思想的深度和智慧的风度。诚然，写作这类散文的多是学者型的作家，知性散文其实就是他们所"历"、所"阅"与所"思"的艺术结晶。作为生活的有心人，他们当然也不乏直接的生活经验并且注意观察人生，但较之一般散文家，他们从广泛阅读所得的间接经验及其人文素养无疑更为丰厚，而由此养成的对人生、人性、人情以至于历史与风俗等等的理解力和分析能力，也较其他散文家更为健全些或者深刻些。此所以在他们的散文中不仅多了一般散文所没有的博雅之知与浓厚的书卷气，而且对人生较少执一不通的偏见，而更富于有同情的理解与豁达的态度。或许正以为如此，知性散文往往以富于开阔而且开明的人文主义心态见长。

知性散文在四十年代的显著崛起是一件颇有意义的事情：它有力地矫正了被杂文的刻薄偏急、抒情散文的感伤煽情和幽默小品的轻薄玩世所左右了的三十年代文风，恢复了中外散文艺术之纯正博雅的传统，不仅拓展了中国现代散文的天地，而且为之注入了开阔而且开明的人文精神。那精神在周氏兄弟二十年代的散文中曾经出现过，可惜在三十年代几乎失传了。

四 同样是"严肃的工作"：《李霁野文集》编校之观感

话说得有点远了，还是回到《李霁野文集》上来，略谈一点关于编校的观感吧。

实在的，现代性的中国文学在很大程度上是由众多如李霁野先生及未名社这样的作家、翻译家与文学社团，在默默的耕耘和严肃的工作中建设起来的，所以对这些"正同劳农一样"的作家、翻译家和文学社团的劳绩，我们是不应遗忘的，而尽早地搜集、编印其著译及相关文献，既是对前辈们最好的纪念，也有利于文化的传承和文学的传播，有利于学术的研究。

这无疑是一项重要、严肃而且迫切的工作。对此人们已有共识，近十年来诸多作家的文集、全集的编辑出版，就是证明。天津市的文化宣传出版部门则是走在前列的，《李霁野文集》的编校与出版，就是一个重要的成果，而且提供了有益的经验。由于老师宿儒的凋谢而使遗文随之散佚以至于无法收拾，是最让人追悔莫及的事情。而幸运的是《李霁野文集》的编辑工作早在李霁野先生退休之初就着手筹划了。1984年4月李先生八十华诞前夕，在天津市文化宣传部门的支持下，百花文艺出版社即组成了《李霁野文集》编辑委员会，正式开始工作。如此早为之计，实属难得——在那时就为一位健在的作家、翻译家编文集，确乎不多见。从那时到现在，20多年过去了，400多万字、煌煌9大卷的《李霁野文集》终于在李先生百年诞辰前夕出版了。这自然是一件可喜可贺的事。文集囊括了李先生近70年文学劳绩的大部分，在辑佚和校订方面需要下很大工夫，而不论作者、编者还是出版部门，都是把它当作一件严肃的文化工作来认真从事的，历20年的辛劳方告竣事。这与时下那些受市场利益驱动而匆促上马、粗制滥编文集全集的投机行为判然有别。也正因为严肃认真的从事，才使《李霁野文集》成为一部质量上乘、可以信赖、足以传世的文集。这是不能不感谢编校者和有关部门的。他们珍重前辈的文学劳绩，能够早为之计、精心筹划、组织得宜，又不急于求成而以质量为重。这对方兴未艾的现代文学文献整理出版事业是一个特别有益的启示。

李霁野先生虽然未能目睹其文集的出版，但他退休后的10多年间亲自参与了自己文集的整理与编校工作，这就为文集的质量提供了最好的保障。从《李霁野文集》最后一卷所收书信中可以看出李先生关于文集的编校思路，所以整套文集编排有序，断制得宜。而披览文集，最让人感动的是李霁野先生校订译文的一丝不苟。李先生以翻译名家，整套文集所收自以译文为大宗。半个多世纪积累起来的译文不仅数量甚多，内容广泛，而且涉及多种语言，校订起来，是殊费心力的，何况是一个年过八旬的老人。但李先生还是坚持从严要求自己，一部一部地校改旧译，数百万言，一字不肯马虎；他还不辞烦难，搜集中外研究文献，吸取新知，为几乎所有重要的译品撰写了新的译者序或译后记。这些译者序或译后记反映了李先生对原著体贴入微的体会和精辟独到的见解，具有很高的学术价值和循循善诱的导读作用，读来受益匪浅。如1981年写定的《简·爱》校改本译者序（收入文集后改为译后记）长达2万余言，对夏洛特·勃朗蒂的家世生平、创作历程、文学观念和《简·爱》的文学史意义，作出了详瞻的介绍和颇富深度的分析，现在读来，仍然代表着国内最好的学术水平。李先生如此不惮烦地校订旧译、撰写新序，既反映了他在翻译艺术上精益求精的品格，更表现出这位文坛前辈对文学的热爱和对读者认真负责的精神。记得冯至先生曾经说过，一个人对自己的工作漫不经心是很大的罪恶，而不认真的态度都是由于缺乏"爱"。所以他盛赞那些"死认真"的人如临死易箦的曾子，还有书圣王羲之和法国诗人阿尔维斯——据说王羲之若是发现自己的字有一笔不妥当，便如瞎掉一只眼睛、失却一只胳膊似地，感到生命有一部分残缺了；而阿尔维斯在病床上最后弥留之际，只因听到做看护的修女说话时拼错了一个单词，便把他的死往后推迟了片刻，特地纠正那个修女的发音错误。"如此痛苦地认真，是由于爱：王羲之爱他的艺术，曾子爱礼，那法国诗人爱他的语言……但世人往往认为这样认真是不必要的，多余的，甚至是可笑的。"（《认真》，《冯至全集》第4卷第7页，河北教育出版社，1999）。冯至先生的这番感慨已经60年了，如今，粗制滥造、假冒伪劣在学术界与出版界成风，也因此，像李霁野先生和百花文艺出版社这样认真负责的工作态度，是特别值得我们尊敬的。

诚然，像《李霁野文集》这样一部数百万字的文集的编与校，是不可能一点疏失也没有的。从编选上说，决定不收托洛茨基的论著《文学与革命》的译文，就是一个特别让人遗憾的缺失。尽管李先生最初的决定可能是出于非文学的原因，但时至今日已没有那么多的忌讳了，所以也未必不可改变。在校对上也偶有失检之处，如第2卷第154页和第238页两次引用林语堂的同一段话，但所述原文刊期却不一致。然而，虽贤者亦难免微瑕，所以也就无须求全责备了。

2004年11月18日夜于清华园

李霁野佚简十封释读

官 立

2004 年 3 月，天津百花文艺出版社出版了 9 卷本的《李霁野文集》，2014 年 1 月，上海社会科学院出版社又出版了 2 卷本的《李霁野文集补遗》，将李霁野先生一生所写的散文、小说、诗歌、译著、书信等近 500 万字收录在内，为我们了解和研究李霁野先生提供了最为完备的文献资料。笔者最近又在拍卖图录上读到李霁野的十封信，不见于《李霁野文集》和《李霁野文集补遗》，当为佚简，结合相关文献资料，一是对书信的日期进行考证，二是对书信中涉及的内容进行梳理。

一

秉勋同志：

文集编整工作，现在基本完了，稿先存我处，你们那里已经有几卷了。原说去年底付排的《简爱》，似乎还未旅行到印刷局，是否走出了赤峰道，那几张木刻是否能结伴同行，希见告。

一卷的清样早交去，前函谈到封面题字、扉页内应加一页书名，《温暖集》加印单行本等问题，均未蒙明告如何，希考虑好见复。

祝

好！

李霁野
四月十六日

献廷同志：

手书奉悉。以鲁迅奖金余款，作为新人奖之意甚好，我完全同意。

前接鲁迅奖修改章程早已看过，我没有什么修改意见。

《文集》问题想已谈过，前接一负责编辑来信说，新总编辑已上任，日内来舍一谈，但已过月余不见人影，不知是怎么回事。

此致

敬礼！

李霁野
九月五日

李霁野1987年2月22日给文秉勋的信中提道："文集第一卷清样，看第二次虽然又费了几天时间，似乎还有点用处，希望这次改的，请印刷局能照改……前些天带回《简·爱》几张插画，我认为最好加印上，此书或尚未付排，想无甚难处。难免加点成本，但使读者增点愉快，老板大概也不至太斤斤计较，因为他已经认定亏本了。"2月26日，他又致信文秉勋："'李霁野文集'五字（作为书面的），前已交去，现在还未见制出版来……如认为前送几字可勉强用，那就制一书面用的较大版，另制一较小版，作封面内第一页。"由此，可以推知，这封信写于1987年4月16日。

李霁野给马献廷的信中提到的"鲁迅奖"，指的是天津市鲁迅文学奖，1983年颁发了首届鲁迅文学奖。马献廷时任天津市委宣传部副部长、鲁迅文学奖金评委会委员。信中还提到"前接一负责编辑来信说，新总编辑已上任，日内来舍一谈，但已过月余不见人影"，笔者注意到李霁野1988年3月11日在给马献廷的信中说："承您协助，百花新总编辑去冬曾来舍同我谈过：百花亏款百余万元年底可以清偿，我的文集印费还须请市批准由另一有盈余的出版社拨付点款子，先排印打出纸板，以后分年出书。"因此可以推知这封信写于 1987 年 9 月 5 日。

另外，关于《李霁野文集》出版的"艰难历程"也值得一说。天津百花文艺出版社，直至 2004 年 3 月才出版了 9 卷本的《李霁野文集》。其实早在 20 多年前，天津市委宣传部就已经让百花文艺出版社着手出版李霁野的文集。李霁野 1983 年 9 月 21 日在给台静农夫妇的信中提道："一家出版社愿结为文集印行，我已答应。文集只收译著约三分之二，共约十四卷，书二十多种……文集出全，恐怕要到八十五岁生辰了。"李霁野 1983 年 9 月 22 日给陈漱渝的信中也提道："市宣传部让百花文艺出版社编我的文集，已谈两次，要组织编辑委员会。"李霁野 1983 年 9 月 23 日给宋锦海、李方仲的信中说得更详细："市宣传部让百花文艺出版社编印我的文集，这有点儿出我意外，因为我创作不多，翻译平平，不够出文集的资格。但好意难却，试写一目录，计散文三种一卷，可有二卷共六种；我认为可看者也许有三——五篇。格律诗一卷，可看者也许有也许十多首，最多二十首；语体卷，很难说了……翻译可能有六卷，但几种俄文原文难找，我本拟不要了，但有友人说，《往星中》引起未名社，似可收，苏俄短篇也尚可看看。若这样，俄罗斯文学一卷，苏联文学一卷。《简·爱》自成一卷。《四季随笔》为我所喜，与其他随笔，包括待补充的《鸟与兽》和《忙里偷闲》成一卷。译诗一卷，英国抒情诗很好，译文过得去的有十几首，近似创作，惜不多耳。再有一类，就是妈妈和你译的康拉德和其他英美短篇。我的回忆录年内可写完，妈妈想写《伉俪生活五十年》，作为末卷。共十二卷，失删者三分之一以上：这就是我留下的一点儿估衣，能给寒不择衣的人挡挡冬风，聊胜于披张报纸（以前确有这样的穷人），也就算是小小贡献了。"

李霁野一直与出版社以及相关的人沟通，为文集的编校付出了很多。早在 1985 年，他在给谢国祥的信中就提道："原想节后谈一次，现因头晕需休息些天，以后再说了。文集一、五、六、七、八卷已编齐，现送上，请抓紧时间审阅。二、三、四卷后补，以后各卷已定好卷数，所以排印就不必顺序了。我意先排第一卷，其中《温暖集》并可同时印单行本。"1986 年 2 月 14 日，他在给邓元惠、文秉勋的信中提道："来信收到，文集承允快马加鞭，至感至感！但如何为虎添翼，时在今日，恐怕还要绞尽脑汁也……我的编整工作，今年可以完毕。"1988 年 3 月 11 日，他在给马献廷的信中提道："承您协助，百花新总编辑去冬曾来舍同我谈过：百花亏款百余万元年底可以清偿，我的文集印费还须请市批准由另一有盈余的出版社拨付点款子，先排印打出纸板，以后分年出书。这样，我至少可以在能工作时校好清样。这种情况出于不得已，可以谅解，我并未提出异议。"遗憾的是，八年过去了，直到1991年12月百花文艺出版社才出版了《李霁野文集》第1卷，收录了《温暖集》《给少男少女》《意大利访问记》。不过遗憾的是，也仅仅出版了这一卷，就再也不见后续。

八年的时间，只出了一卷，并且仅仅印了1000册。李霁野1990年10月12日给张清吉的信给我们提供了答案："几年前一出版社嘱编文集，我本谢绝了，因译著虽有多种，可读者已不多；但他们一再催促，计失佚者四分之一，不收者四分之一，仍得十四卷，每卷收书数种。他们又登出广告了，知者不少。后因纸墨印刷费大涨价，出版业大滑坡，印书亏损甚巨，文集已搁置几年，看来出版很困难了。我接到不少人来信催问，弄得很窘。"因百花文艺出版社自身的经济问题以及纸墨印刷费的涨价，《李霁野文集》就停留在了第一卷。对此，李霁野1992年1月14日在给宋锦海、李方仲的信中感慨："宣传部说，仍决定出我的文集，我对此只略感他们的盛意，像对美国和几处国内出版社把我也塞进'名人录'一样，并无什么兴高采烈之感'千秋万岁名，寂寞身后事'也。"在5月16日的信中，他不无悲观地说："文集印出一本，还是拖拖拉拉，原说年内出齐，看来九十岁前夕能办到，就算不错了。现在各处工作效率大体如此，据说悠闲可以延年，也许这样倒是好事。"李霁野1992年"年底因患白内障，视力剧衰。无法从事文字工作"，直至1997年去世也未能见到《李霁野文集》其他卷问世。

出版局：

出版社一位编辑对我说，因为《简·爱》畅销，文集首先印这本书。这是万万不可的，因为《简·爱》单行本由陕西人民出版社出版。多年来，他们每重印一版都给我应有的版税，他们这样做，我觉得是适当的，也是我应得的权利。若我的文集，编辑部另出单行本，那就损害到我应得的权利，所以文集不能另出单行本。将来文集可将此书放在最后印行，一千册为限。陕西出版社印行的《简·爱》单行本仍由他们单行出版。

李霁野

1992.11.5

"出版局"指的是天津市出版局。李霁野不赞同百花文艺出版社出单行本的《简·爱》，这符合他之前定下的出版原则："出文集前，有些已付印单本，仍给其他出版社印行，有几种还另印单行本。"

李霁野译的《简·爱自传》，经鲁迅的介绍，于1935年8月20日在郑振铎主编的《世界文库》第四册上开始连载，直至1936年4月20日第十二册续完，1936年9月，生活书店出版了李霁野的《简·爱自传》单行本，1945年7月，文化生活出版社出版了李霁野的《简·爱自传》的第三个版本，书名改为《简·爱》。1982年9月陕西人民出版社出版了勃朗蒂（C. Bronte）著、李霁野译的《简·爱》，发行3000册，1984年12月再版，又印了44000册。书前的序中提道："我听从了朋友们的劝告，将近五十年前的旧译进行修改，奉献给新的一代的读者。但究竟是旧译，怎样修改也难完善，只能改正一些误译死译的地方，对曾读我的旧译，并催促我修改重印的朋友们，稍减我心里的牵就，并略答不弃鸡肋的雅意。"吴云在怀念李霁野的文章中提道："'文革'结束后，陕西人民出版社要再版李先生的译著《简·爱》。我陪该社总编去见李先生，李先生对出版社总编说，《简·爱》乃是他早年译作，需认真修改才能再印，此后，该出版社又提出重印李先生四十年代的译作《四季随笔》，他也同意了：再印的《四季随笔》，错字较多，李先生对此事颇为不满，他要求出版社收回这批书，认真校对后再印，出版社答应了他的要求，将《四季随笔》又印了一次。"

二

从经同志：

一月廿日来信收到，此前单演义同志也来过信，谈及介绍拙著

《鲁迅与未名社》由你社出版事，当时因为不明瞭"四人帮"在沪出版界情况，谢绝了。你寄来规划，看后真相已明，现将我的想法写奉考虑。

我想将二小册合为一本书，书名用《鲁迅先生与未名社》，新稿作为"上编"，《回忆鲁迅先生》修改后书名改为《纪念鲁迅先生》印过一次，内部发行，合刊作为"下编"。内容偶有重复，不多，不加改动，在"后记"或出版说明中写几句即可。多插几张图。字最好用四号。此书未印，只发表了少数篇，来信要书的也不少，所以我要平装100本，精装50本，超出你社规定的，由我付款。文字修改，必须事先得我同意。付印前，我要自校一次。稿共14篇，其中二篇先不能发表，只寄给你看看，万莫外传，因为涉及到一个在台北的朋友安全。这一点请一定保证。至于这两篇是根本不提，或印题名而注明先不发表，都可以；我偏于不提，等台湾解放后再说。

《鲁迅先生与未名社》

1. 鲁迅先生对文艺嫩苗的爱护与培育

2. 践踏未名社的屠伯——北洋军阀

3. 别具风格的未名社售书处

4. 从"烟消云散"到"云破月来"

5. 轰动一时的"最新式炸弹"案

6. 国民党反动派再次伸出魔掌

7. 两次秘密座谈会和五次公开演讲

8. 未名社出版的书籍和期刊

9. 鲁迅先生谈未名社

10. 我和鲁迅先生最后一次会晤

11. "度尽劫波兄弟在，相逢一笑泯恩仇"

12. 韦素园墓碑记

13. 厘沙路和他的《绝命诗》

14. 为鲁迅先生佚简答客问

此致

敬礼！

李霁野

二月十四日

从经同志：

　　信未黄，接到来信。关于插入书影事，我想只能以鲁迅先生的为限，别书不必，一个例外，就是《外套》。这书的原稿在北京鲁迅博物馆，有鲁迅先生少数改字，制一图倒可以。有一精装印本，有鲁迅先生题字，也在博物馆，可二者合印一张。《出了象牙之塔》、《坟》、《小约翰》、《朝花夕拾》封面，我已请博物馆印出，另与稿同寄上了。前两书可能无原稿（《坟》系别人抄，但后记可能还在），似可选印手迹。请你考虑决定后，或由人社或由我去请博物馆协助照相。

　　有两篇先不能发表，稿未寄，博物馆要去一作复稿，你到京若有兴趣，可以借看。

　　此致

敬礼！

李霁野

四月廿五日

从经同志：

　　多天前去信，试将《未名社》稿全部寄还，以便修改后再寄去，未获复音，想系改组太忙之故。还有后写的几篇也即可加入。这样了一事，我就可以比较安静的作点别的工作了。有几张插画也可加入。所以请一定从速挂号寄来。

　　韦从芜借口说他投靠国民党在未名社解体之后，我写在前，不符事实，到处写信疯狂反扑，附件只是我反斥的一例。所以我必须将全稿重看一下，该修改的修改。韦还有诬蔑周建人、鲁迅的信，到处乱寄，现在先不理，必要时当痛斥之。因此，我的文章必须修改。其实，我的所写是事实，时间也并不错，不过没有明确的文字记录，他可以钻空子耍无赖。这些先不外传。

稿如你们决定用，我决不误你们付排期限。此致敬礼!

李霁野

12. 23

"稿共 14 篇，其中二篇先不能发表，只寄给你看看，万莫外传，因为涉及到一个在台北的朋友安全"，经笔者查阅，这两篇当指"5、轰动一时的'最新式炸弹'案"和"6、国民党反动派再次伸出魔掌"，这个在台北的朋友指的是台静农。

湖南人民出版社 1980 年 7 月出版了李霁野著的《鲁迅先生与未名社》。然而这本书最初是打算交由胡从经所在的上海文艺出版社出版的。李霁野 1977 年 1 月 16 日在给单演义的信中说："承欲将稿介绍给沪社，谢谢……不知你与之交涉的是什么人，负何责任，能否告你'四人帮'垮台后社的情况如何? 我要等情况清楚后，再考虑。现在的想法是：将《纪念鲁迅先生》同《鲁迅先生与未名社》合印一册，公开印行，基本条件必须符合我的要求。不急出版。"他 2 月 15 日又给单演义写信："此前胡君曾来信，并寄来新的规划，已将'四人帮'余党肃清，我已去信同意将拙作给他们考虑，并建议以《鲁迅先生与未名社》为上编，《纪念鲁迅先生》为下编。合为一册，插些张图。等胡君回信愿考虑时，即将定稿寄沪。可惜二篇较重要的不能发表。"李霁野在给胡从经的信中提道："你寄来规划，看后真相已明。"由此可以推知，这封信写于 1977 年 2 月 14 日。

李霁野 1977 年 2 月 16 日给陈漱渝写信："《鲁迅先生与未名社》，又小有修改，上海人民出版社想看看，是单演义向他们介绍的。我先不愿与他们打交道，后胡从经来信并单信，将清除'四人帮'情况讲清楚，我已给胡回信，可以给上海社考虑。我意将此稿与《纪念鲁迅先生》分上下编合为一册，想写一短后记。想插几张图：未名社几处旧址，等我天暖去京时照几张相；还想插入《出了象牙之塔》、《坟》、《小约翰》、《朝花夕拾》、《莽原》半月刊、《未名》半月刊的封面画。不知鲁迅博物馆有无这些书刊? 希用电话打听一下见告。如无，我到上海去问一下。"3 月 1 日，他在给陈漱渝的信中提道："胡从经来信说，他 3—4 月北上，想来津面谈出版事，我复信去京之便，可请来。"《出了象牙之塔》、《坟》、《小约翰》、《朝花夕拾》封面，我已请博物馆印出，另与稿同寄上了。李霁野给胡从经的信中说："《出了象牙之塔》、《坟》、《小约翰》、《朝花夕拾》封面，我已请博物馆印出，另与稿同寄上了。"由此可以推知，李霁野给胡从经的第二封信，当写于1977年4月25日。

李霁野给胡从经的第三封信中提道："韦丛芜借口说他投靠国民党，在未名社解体之后，我写在前，不符事实，到处写信疯狂反扑，附件只是我反斥的一例。所以我必须将全稿重看一下，该修改的修改。"李霁野1977年10月29日在《一封来信引起的话》中提道："昨天收到一个朋友转来的一封信，是1977年10月9日韦丛芜写寄他的"，"韦丛芜不仅给一个人写信，也给别人写信和材料，也对一些人信口开河，所谈多为与未名社有关的问题"。由此可以推知，李霁野给胡从经的第三封信的写作日期应为1977年12月23日。

不过，李霁野为了编《未名小集》，最终决定《鲁迅先生与未名社》改由湖南人民出版社出版，其中缘由他曾这样自白："经过约三年时间，写成十几篇文章，集为《鲁迅先生与未名社》。有的出版社意欲出版，我就将稿子交给他们了。不意遭到一点鲁迅先生所说的'华盖运'，再三拖延了所允诺的出版期。但是颇有人向我催问，我也体谅到出版社出书的困难，所以就将稿子要回来了。这时我有意编辑《未名小集》，作为对鲁迅先生的纪念。湖南人民出版社愿意承印，我便将稿子给了他们。"1979年10月15日他在给时任湖南人民出版社编辑的朱正的信中提道："为了纪念鲁迅先生和未名社，前些时想编一套小丛书（《未名小集》）。未名社以前出版过《未名丛刊》收译文，《未名新集》收创作，小集想合收二者。打算将尚可看看的我及友人已出版之旧译四五种校改加序，未印之新稿几种亦编入，其中有《鲁迅先生与未名社》及诗集。《鲁迅先生与未名社》虽已被另一出版社要去，但似可收回作为第一种似尚合适。但主要目的，是学习鲁迅先生，将小集作为园地，发现并培养新的译作者。"11月11日，他在给陈漱渝的信中说："《鲁迅先生与未名社》已索回，因为我想编入《未名小集》更合适。小集将交湖南人民出版社，可能不致有变化。"

李霁野1980年9月27日在给翟泛洲的信中提道："《鲁迅与未名社》错字不少。"1984年3月23日在给周梦贤的信中也控诉："《鲁迅先生与未名社》初版中之误字，实在令人气愤……仿佛校对人与某些要混淆是非的人结为同盟，要在这里捣乱。"一是初版错字多，二是当时只印了 2400 册，但"有不少人因为买不到，纷纷向我直接要书，以后我的手头连一本也没有了。国内外仍有人来信要书，我向出版社也购买不到，所以很觉为难。我恐怕出版社有实际困难，例如纸张不够和印刷条件不行，因此建议由我退还稿费，另找出版社印行"。因此李霁野想换出版社再版。1982 年 4 月 19 日，他在给单演义的信中提说："《鲁迅先生与未名社》，我已表示不让湖社再版。朱正在京，向陈漱渝表示，可代交涉收回。我以前提的办法是：退还湖社稿费，另印。不然我这里对要书的人无法应付。稿费清单附上，如陕社愿印，只消退此稿费，送我 30 本即可。当然与湖社要正式办清手续。如何请复。此书不至赔本。"但"事过年余，得不到出版社只字答复，这就难解了"，为此天津市委宣传部致函湖南省委宣传部，最终这本书由人民文学出版社于 1984 年 7 月再版，印数为 8100 册。

三

金盾同志：

《最后会晤》可用则用，不用没有关系，因事实不多。文中有几处笔误：

1 页倒 3 行：优越性（寄稿旧的，可能不错）

2 页倒 5 行，应为"抗日民族统一战线"（"）

4 页 4 段："惊为天外奇谈"改"吃惊"（此处请改）

祝贺你得了千金，作母亲的恐怕要累些了，当然是乐意的。

文如刊，希寄十本刊物。

祝

好！

李霁野

9.15

经笔者查阅，《河北文艺》1977 年第 11 期发表了李霁野的《我和鲁迅先生最后一次会晤——〈鲁迅先生和未名社〉》，由此可以推知，李霁野写给《河北文艺》编辑金盾的信的写作日期是 1977 年 9 月 15 日。

维藻同志：

　　转上叶教授信，请考虑可否给她一封信，说明她在南大教学情况，实事求是，你如不清楚，可向中文系一问。她是我推荐，李任同志批准约请的。

　　叶信请直接寄去。给我信请退还。她的英文赠书我已转图书馆，谢函由我寄。祝

　　好！

李霁野
12.28

"她的英文赠书我已转图书馆，谢函由我寄"，笔者注意到《李霁野文集》第九卷收有李霁野 1984 年夏历除夕给叶嘉莹的信，信中提道："你在国内讲学的成绩有口皆碑，是应得的荣誉。你不仅没有按劳取酬，还自己花了旅费，并向南开大学赠送了不少书籍，我们衷心感谢。南大图书馆的谢函随信奉上。你的来信我已转给南大，校外事处会采取适当方式向有关方面反映。我虽已从南大外文系退休，只任名义职了，你既是我向南大推荐的，你如同意，我可以将你寄我的信转给教育部，并将我的复信附去。"并且笔者还找到南开大学图书馆给李霁野的信，照录如下：

霁野教授赐鉴：

　　收到转来叶嘉莹赠书廿一册（书目附）登编入藏时，将于各书扉页上写明赠书者姓名及赠书时间。附上致叶嘉莹教授谢函一件，请转致。

　　专此致谢并颂

图书馆敬启
十二月廿四日

由此可以推知，李霁野给当时的南开大学校长腾维藻的信，当写于
1983 年 12 月 28 日，图书馆给李霁野的信当写于 1983 年 12 月 24 日。

编辑部同志们：

我的简单回忆录（十万多字）已基本写完，春节前后可定稿。你
们前曾有同志问过，所以请问你们愿否看看？题目仍想用"生活历程
纪要"。内有二三篇发表过，但印数不多，如你们用，似可重发，以
求联贯。祝

好

李霁野

1. 14

"编辑部"指的是《新文学史料》编辑部。李霁野 1984 年 2 月 8 日致
信《新文学史料》编辑胡玉萍："承约写的回忆文，我已写完了解放前的
部分，解放后的即续写，总题为《生活历程纪要》。"《新文学史料》1980
年第 4 期刊有李霁野的《生活历程纪略》，自 1984 年第 3 期至 1985 年第 4
期连载回忆录《我的生活历程》，1984 年第 3 期第一次刊发时，前有一序：
"我力求真实简单，书名题为《我的生活历程》。"1984 年 1 月 14 日是腊月
十二日，2 月 8 日是正月初七，正属于"春节前后"。因此，可以推知李霁
野给《新文学史料》编辑部的信当写于 1984 年 1 月 14 日。

四

李霁野给鲁迅百年诞辰纪念委员会的信，照录如下，其中字迹模糊不
清处以省略号代替：

鲁迅百年诞辰纪念委员会：

在碧云寺附近，有个万安公墓，未名社成员韦素园葬在那里，墓前
立有鲁迅先生写的石碑，《韦素园墓记》原文收入全集。在动乱十年中，
公墓的碑多遭破坏，先生所写之碑被弃置野草丛中，幸尚完整。当时温

泉中学教师李效钦同志发现了，以电话通知北京鲁迅博物馆，据说该馆答应将原收入博物馆保存，另仿刻一碑立墓前。后听人说，这样作了，我很高兴，并写文加以记述（见《鲁迅先生与未名社》）。这事在李何林同志去任馆长之前，他去之后，也认为此事早已解决。一年多前，我又接到李效钦同志信，说新碑未立，经他交涉，旧碑移入室内了。何林和我今春去万安公墓看了看，见到管理人员孙永顺。我们表示要将旧碑送鲁迅博物馆保存，另刻一个新碑立上。他说此碑甚受北京市委重视，要运走，须经市委报请国务院批准才行。立新碑，可以代办，约 800～1000 元。这样，我们私人就无法办了，以至此事一直拖延至今未得解决。

……

（三）费用要公平合理，我估计百元以内即够了。如只大约此数，我可以负担，不要公家出钱。若索价过高，我无此力。

（四）希望作为百年诞辰一项纪念工作，迅速落实作好。

（五）此碑以前有拓片，现已无存，似可乘此时拓若干张，送博物馆、纪念馆、主要图书馆。

是否能行，请速复示。此致

敬礼！

李霁野
九月十四日

我的住址：天津大理道十一号。

"写文加以记述"中的"文"指的是李霁野 1975 年 3 月 17 日写的《韦素园墓碑记》，文中开头提到，"前些天听到一位朋友说，鲁迅先生所写的韦素园墓碑，被移置到北京鲁迅博物馆保存去了，在墓前另立了一块仿制的新碑。我感到很大的欣慰，以为这样作是很适当的"。这篇回忆文章的史料价值很大，为我们讲述了韦素园安葬的过程以及鲁迅是如何为韦素园写墓碑词的，"垫素园棺木的是未名社出版的《莽原》半月刊和《未名》半月刊"，"素园安葬后，我们请鲁迅先生为他写墓碑，他很快就写来了……我们十分珍视这个纪念品，特别请友人常维钧代为物色一个擅长石刻的人，这样，就一时未能刻就。鲁迅先生在编《且介亭杂文》时，来信问及，我抄了碑文，并说明未能迅速刻石的原因。先生有一次谈及，谦虚地说，找好手刻石，倒藏不了书法的拙劣了。我们把碑文拓印了几十份，在鲁迅先生的遗物中，一定还保存着一部分"。李霁野等非常珍视鲁迅书写的墓碑词，因此当得知鲁迅所写之碑被弃置野草丛中的消息，才会如此心如刀绞，写信给鲁迅百年诞辰纪念委员会，为旧碑的保存与新碑的雕刻奔走，甚至自愿掏钱承担立碑所用的费用。由此可见，李霁野对鲁迅与韦素园的感情之深。另外，关于韦素园，李霁野在韦素园逝世四十五周年写有《厄于短年的韦素园》，发表于《天津师院学报》1977 年第 6 期。

为韦素园的墓碑事，李霁野写有不少书信。李霁野 1976 年 9 月 27 日致信李效钦，"谢谢你对鲁迅先生所写素园墓碑的关心，鲁迅博物馆说，碑已移存博物馆，并在墓前立了仿制的新碑，但题目未说明发现经过，所以未能早奉函致谢"。1977 年 3 月 1 日致信陈漱渝，"资料一期若出，希为我代寄一册给海淀区温泉公社李效钦。他发现了韦素园墓碑放置别处，用电话通知博物馆，以后才移置馆内。为酬谢他，我曾寄点他所需要而得不到的书刊。他说曾给研究室写信打电话，想直接买，这当然增加麻烦，但外边有时确很难买，他又在乡间"。李效钦未收到刊物，李霁野 1977 年 8 月 7 日又致信李何林、陈漱渝，"我前去信，请于鲁迅研究资料出版时，代我寄一本给海淀区温泉公社李效钦，他来信说还未收到，希即补寄一本或寄我转寄"。李霁野 1984 年 3 月 22 日致信李效钦，"得来信，知素园整修一新，至喜！十年动乱的遗痕在这里也算清除了。5 月 15 日人大开会，政协大概同时开，我健康已经恢复，开会总可以去了，届时想去公墓看看，并一谒大钊烈士墓。录奉《素园墓整修喜咏》"。《素园墓整修喜咏》写于 3 月 18 日，诗曰："良师墓志放光芒，芳草鲜花散异香。壮志未酬厄短命，平生言行是华章。五十年华去不留，谁人能有岁千秋？峥嵘岁月不虚度，友谊长江万古流。"李霁野 3 月 27 日又致信李何林、王振华，"整理素园的墓，我早写信给韦顺，他说要去找你和博物馆，此后即无消息。前接四十七中友人来信，告知墓已整修好了，大概是陵园的人代办的。他还准备清明去献一束鲜花。我 5 月 12 日开政协会，想去看看。总算了一心事"。单是从李霁野给李何林、李效钦、陈漱渝等的书信，即可知李霁野对鲁迅所写韦素园墓碑的持续关注，对韦素园的深切怀念之情。

图书在版编目（CIP）数据

李霁野选集／李霁野著；宫立编. -- 北京：社会
科学文献出版社，2019.12
（燕赵学脉文库）
ISBN 978-7-5201-2831-5

Ⅰ.①李… Ⅱ.①李… ②宫… Ⅲ.①中国文学-当
代文学-作品综合集 Ⅳ.①I217.2

中国版本图书馆 CIP 数据核字（2018）第 141799 号

·燕赵学脉文库·

李霁野选集

著　　者／李霁野
编　　者／宫　立

出 版 人／谢寿光
责任编辑／李建廷
文稿编辑／孙连芹

出　　版／社会科学文献出版社·人文分社（010）59367215
　　　　　　地址：北京市北三环中路甲 29 号院华龙大厦　邮编：100029
　　　　　　网址：www.ssap.com.cn
发　　行／市场营销中心（010）59367081　59367083
印　　装／三河市尚艺印装有限公司

规　　格／开　本：787mm×1092mm　1/16
　　　　　　印　张：26.75　字　数：411 千字
版　　次／2019 年 12 月第 1 版　2019 年 12 月第 1 次印刷
书　　号／ISBN 978-7-5201-2831-5
定　　价／198.00 元